献给每一位淘宝商家

造梦者

——淘宝上的100张面孔

天下网商 编

浙江人民出版社

目录

守望故乡

后　浪

赛博科学

薪 传

以爱之名

万物生长

序

　　河南新乡郊外的村庄里，孙亚辉因意外失去双臂：一次工地事故，高压线落在他身上。幸运的是捡回了一条命。他一度灰心失意，觉得人生无望。度过最难熬的一段时间后，他做起了"异想天开"的事情：在病床边架起手机，开淘宝店，用淘宝直播带货。

　　母亲并不信，但她愿意陪着儿子。孙亚辉对着手机镜头自说自话时，她就在昏暗的厨房炒花生米。直到很久后的一天，儿子忽然抬头望着她，按捺不住激动的心情："妈，有人下单了！"母亲怔住片刻，眼泪从脸颊滚下来，即使那一单只挣了5毛钱。

　　大家渐渐发现，孙亚辉很有做直播的天分，能说会道、口齿伶俐，有幽默感，还会自嘲。许多粉丝来他直播间，就为和他聊会儿天。从无人问津，到店铺粉丝超三万，养活自己不是问题后，孙亚辉成立了合作社帮乡亲们在淘宝卖货。

　　孙亚辉是淘宝上数百万中小商家中的一员。对数亿消费者来说，万能的淘宝就是生活的烟火气。而淘宝商家，则是淘宝上真正的英雄。归根到底，是他们的"脚踏实地"和"天马行空"，把中国最有特色的商品带到了消费者面前。

　　这本书，是献给每一位淘宝商家的！

他们中有学生、家庭主妇、退伍军人，有拥有专利技术的"海归"工程师，有年轻的时尚设计师，有来自中国数千个产业带、农产区的个体经营者和中小企业。他们当中的许多人，和孙亚辉一样，没有优渥的家境和命运的眷顾，但有着对美好生活的追求，和用双手改变命运的奋斗精神。

淘宝成立于2003年，截至2020年，每一年在淘宝上开店的新卖家，中位年龄都是当年26岁的年轻人。也就是说，中国一代又一代的年轻人，构成了在淘宝上创业的主体。

互联网的魅力，恰恰就在于通过技术的力量，为普通人、年轻人以及弱势群体提供平等的机会：通过自己的努力获得经济成功。互联网技术，可以抹平一个创业者在出身、财力、地域上的劣势；让创造力、市场嗅觉和勤奋，成为成功的关键要素。

任何一个有手机、电脑的人，都可以不用租店面、做装修、通水电，用很低的成本在网上开出属于自己的虚拟店铺。任何一个有市场嗅觉的年轻创业者，都可以通过淘宝丰富的市场洞察，来判断瞬息万变的消费者需求，在激烈的商业竞争中找到自己的"蓝海"。

淘宝千人千面的个性化算法，可以让每一个有特色的小而美店铺，找到最适合自己的那一群消费者。店铺规模可能不大，但销售收入足以养活一个家庭，成就一个梦想。对于没有商业经验，但是有想法和设计能力的年轻设计师，他们可以通过平台提供的生态对接，找到合作的专业工厂和物流服务商，各取所长，把淘宝店开起来。

再小的需求，也能在淘宝上成为一门生意。很多时候，"小人物"之间的合作和协同，可以创造比大企业更灵活且更具竞争力的商业奇迹。

事实上，在淘宝初创的几年里，成交增长最快的区域，并不是商品供给充沛的一二线城市，恰恰是供给相对缺乏的三四线城市。电子商务的出现让这里的消费者可以买到和一二线城市消费者一样的优质商品。最近几年，淘宝上增长最快的商家群体来自西部省份，2020年，新入淘宝创业者同比增幅排名前十中，西部省（自治区、直辖市）占据九席，且增速全部超过200%。淘宝网上超过一半的商家，网店的经营收入是其家庭的主要收入……这样的数据和例子不胜枚举。互联网技术的"普惠"是其最具魅力的特点之一。

从创立的第一天起，淘宝的员工就以"小二"自称。这个名字时刻提醒着每一个员工，要以服务的心态去面对每一个商家，牢记服务中小商家的初心。这一群年轻的员工，大多是受淘宝使命的感召而加入，他们中的很多人来自相对贫困的家庭，一些人家里就是做小生意的，甚至很多人在加入之前也在淘宝上开过店铺。我有幸成为他们中的一员，也有幸见证并参与了无数个中小商家的创业梦想。

《造梦者——淘宝上的100张面孔》可以被看作互联网理想的晶莹切面，当一个个普通人甚至边缘人，被新技术的光环包裹时，他们究竟能飞升到怎样的高度。

这本淘宝中小商家的故事集，是以温度、新奇、有趣并兼顾社会价值的标准筛选汇编而成，共分为12个篇章，近60篇故事，30余万字，故事叙述采用群像特稿、人物特稿等多种形式，由一群国内最出色的非虚构写作者历时近两年采写完成。

作为一个互联网平台，理应是包罗万象，温暖动人，它不只事关生计，也事关生活，是这个国家最广泛人群的命运切面。这些小而美的人物故事，既充满和融的温度，也有斑斓的光芒闪耀。

斑斓镜像里，是同一种向上的力量。

淘宝小二　张凯夫

繁星

卖晚安的人

"这座岛以外，我们就叫'外面'。"玖妹说。

孤岛

30岁出头的玖妹住在广州长洲岛，毗邻码头。这里15分钟一班船，通往对岸的黄埔。这条航线是玖妹与"外面"为数不多的"联结"。

另一种"联结"则是通过网线——在淘宝上卖晚安。

"联结"，她喜欢用这个词，形容自己与陌生顾客之间的关系。

玖妹最初萌生卖晚安的想法是在2012年。当时她在深圳，在一家女装电商公司工作。

深圳是一座工作节奏很快的城市，每天睁眼便是工作。

深圳也是一座异乡人的城市，漂泊是常态，陌生人之间难以建立起稳定的关系。她搬了许多次家，从来没有"邻居"这个概念："动不动就走了，大家就分开了。"

压力大的时候，她掏出手机，想找人聊聊，这才发现，毕业之后，自己已经很久不曾和过去的朋友们联系了。

她发现，许多人都有同感，把通信录从头翻到尾，最终也没有拨出一个电话、发出一条短信。于是她萌生了和陌生人建立"联结"的念头。

没想到，店铺开张没几天，就有人下了第一单，没有备注，也没有私信商家，那个人只要一个晚安。

此后，买晚安的订单不时出现。

在短信里，玖妹有时会写上买家本人的感悟，有时是她喜欢的一句诗，有时是顾客指定的内容，但都以"晚安"一词结束。

买下的晚安可以发给自己，也可以赠予他人。如果是转赠，收信人往往对此并不知情。许多收信人都会追问她是谁，如果买家允许，玖妹会告诉对方，自己是"网上卖晚安的"。

"不管你是谁，不要再发这种信息给我了。"有三成转赠的晚安短信会得到类似的回应。

不是所有人都喜欢晚安短信，尴尬总是难免的。

有时还会踩到雷区。

"你为什么老是给我老公发莫名其妙的短信？你到底是谁？"遇到这样的情况，玖妹只能劝买家申请退款。

也有收到晚安短信的人，认为是买家留错了号码，坚持认定自己不是被关心的那个人。玖妹和买家确认号码无误，收信人仍不放过她："我想来想去，我亲近的人很少，其他人恐怕不至于为我做这种事。最大的可能就是这是一场阴差阳错的误会。"

你到底是谁？

更多时候，晚安短信成了玖妹一窥人世的窗口。她从不过问顾客的动机和故事，但总有人忍不住把她当树洞。

一位女顾客给一位男同事买了很长时间的晚安短信。某天，她告诉玖妹，其实自己早已出轨，做了第三者，对象就是那位男同事，两人均是中年，都有家庭。说完之后，她感到一身轻松。毕竟，玖妹不认识她，也不会暴露她的个人信息。

久而久之，玖妹发现，隐藏最深的秘密往往无法对身边的人坦露，而对手机那头毫无交集的陌生人却没有太多的顾虑。

后来，玖妹在店铺里加了一条告示："转赠他人的晚安，如跟爱情相关，则不包括已婚人士。"

一位女士与出轨的丈夫离婚之后，经常给前夫买晚安短信。短信中，除了"晚安"二字之外，她还会加上一些日常的关心话语。一个台风天，她嘱咐他出门注意安全，记得带伞。

他从来没有回过。

见得多了，也就明白，"念念不忘，必有回响"只是美丽的期许。石沉大海，声如裂帛，才是真实的人间。

春天里的一天，玖妹受托发出了一个晚安短信。冬天里的一天，收信人回信："你有没有她的电话？"

"不好意思，没有。"玖妹恪守对买家的承诺。

"我知道你有，帮我说声对不起，我想找她。"

人与人之间的联结终究脆弱，有时以为不过暂别，却从此杳无音信。

还有一个收到晚安短信的人执着地追问："你到底是谁？"

得不到回应，他又自顾自地猜道："××，真的是你吗？我不知道你过得怎么样，还好吗？你也不告诉我，也不告诉我身边的人。真的好想你。"

玖妹很想告诉他：你猜对了。但是基于和买家的约定，她不能说。

被赠送晚安短信的人，往往热衷猜测匿名的买家，都希望这条陌生短信来自"那个人"。

不过多数时候，他们都猜错了。

玖妹向陈先生发了一个月的晚安短信。委托人是陈先生的一位女同事，陈先生却坚信买主是曾有负于他的前女友，无论玖妹如何暗示另有其人，他都只相信自己愿意相信的事。

陈先生生日那天，女同事又为他买了一次晚安短信。收到后，他回复玖妹："她（前女友）还记得我生日。"

即便后来得知前女友已经订婚，他仍没有打消这个念头。"不可能（是别人），不会再有人喜欢我。"他回复说。

在陈先生的晚安故事中，他心心念念的前女友，自始至终不曾出场。

唯一一次例外

许多人买晚安给自己，是为了自我激励。

一个一心想去北京的人，给自己买了100条"我在北京等你，晚安"。

还有一些人给自己买晚安短信，仅仅是为了让自己不会显得那么孤单。

一个在东莞的打工者，向玖妹倾诉了自己倒霉的一天："晚上10点下班，等了半小时公交没有来……骑车回宿舍，发现钥匙落在车间……手机没电了……回去拿钥匙，路上下起了雨……"

回到宿舍后，他给手机充上电。屏幕亮起的瞬间，他收到了自己买的晚安短信。

"不管怎样，还是温暖的。"他在抱怨之后说。

一个买家在给自己买的晚安的订单里备注说："爱上一个女孩，追随她跑了大半个中国，用尽自己所有的力气、钱财、精力，想给她最好的浪漫，却被抛弃了。对，我也是个女孩，她认识了一个男孩，现在彻底和我断了联系。一个人在异乡的夜晚总是很难熬，总会思虑很多。"

白天属于忙碌和疲惫，夜晚到来，孤独如同退潮后沙滩上的贝壳，渐渐显露。

"我是一名消防兵，外出驻防三天，身心俱疲。感谢你在新年的第一天，成了唯一和我说晚安的人。"

"还在加班，不知道多久后才能入睡。昨天晚上，我在回家路上，心脏病又犯了，那时候我觉得很孤独。但你的晚安让我觉得：这一天依旧很美好。"

"我也是有人'关心'的人了。谢谢你的'晚安'，让我拥有一瞬间的温暖。"

……

玖妹从来不接买家或收信人打来的电话，只有一次例外。

那是一个患有抑郁症的高中女生，小梦。她为自己买了晚安短信后，时常在短信中，向玖妹倾诉自己的感受。

跨年夜，小梦打来电话。

"我一般不接，但她比较特殊，我备注了，当时还是接了。"小梦独自一人，父母都不在家里，她在电话中哭个不停。

电话那头还有烟花绽放的声音。在长洲岛上，跨年的烟花也升腾而起。两个陌生人，在烟花声中，从11点聊到凌晨1点，小梦的情绪稍显平复。玖妹劝她，无论如何，都要爱自己。

此后，小梦不时在短信中告诉玖妹自己的近况：工作了，交了男朋友，要订婚了，又分手了……

不知不觉4年过去了，最近，小梦又发来短信："如果有一个男孩子能和我用短信联系这么久，我估计会嫁给他。"

"期待有一天，他们不再需要我"

买晚安短信终究是一个小众的需求，1条1元的定价与花在编辑短信上的大量精力和时间相比，注定了这不是一桩能赚钱的生意。

之所以坚持多年，是因为玖妹也渴望与这些孤独的陌生人建立起"联结"。

除在淘宝出售晚安短信的"商人"身份之外，玖妹是一个4岁孩子的母亲，还经营着一家咖啡馆。

那些长期买晚安的人，就像从未见过面的老朋友。

有一年"双11"，玖妹没有参与任何促销活动。那位对前任念念不忘的陈先生却来下了一单，他在备注里说："双11"给你捧个场。

这成了玖妹那年"双11"唯一的订单。

虽然陈先生一直没有走出上一段感情，依旧觉得自己不会得到幸福，但他仍在努力工作，大概也取得了不错的成绩。他告诉玖妹，父亲在一次聚会上被朋友们恭维："你儿子最有出息。"

"没想到，我现在成了让爸爸脸上有光的大人了。"他说。

一个收货地址是"南极"的人，已经连续买了3年晚安短信。他没有别的要求，只要"晚安"两字。

他偶尔回复，与玖妹互动不多。但每一年的"晚安"发完之后，他便会默默下单再续一年。每当看到他的订单，玖妹都会感到些许激动，"因为觉得他还在"。

他已经半年没有回复玖妹了，玖妹不禁担心，他是否换了号码，或者遇到了什么难处。但她不会去问，只能等今年过去，看他是否会再买下明年的365个"晚安"。

"有时候我又很希望，这个客人不需要再买晚安了。"玖妹说，"那么，可能他已经走出了那段需要陪伴的时光，或者他可能已经有人陪伴了。期待有一天，他们不再需要我。"

五环之外，
他们让命运翻盘

华北平原偏远农村的年轻作坊主，西南小城"85后"宝妈，新疆偏远地区的大学毕业生……虽来自不同地域，身份类型繁多，他们却代表着那些边缘的声音，他们在这个时代的隐秘角落，逆流上升，让命运翻盘。

五环之外的命运

"85后"邓从昌的父母是77级大学生，他们从农村考到城市，对儿子的期待是："你怎么着也要比我们更进一步。"

重压之下，邓从昌高考失利，去了江西南昌一所普通大学，毕业时为克服自己性格内向的缺点，选择做房产销售。在山东，卖过数不清的楼盘，连续3年都是销售冠军，为了搭讪客户，他曾经自创数十种开场白。

小城青年的天花板渐渐浮现，即便是在三四线城市打拼，仍然很难有落脚归宿的幸福感，于是他带着积蓄回到家乡——江西南康。小城已不同于往日，家乡已经发展成小有名气的家具之都，从业的工厂和作坊有数千家。

曾经，家乡是一个只有两条国道穿过的小城，如今走在宽敞的街道，邓从昌有了一种突兀的陌生感。他跌跌撞撞寻找着时代潮流的切入口。

邢台农村的"90后"赵时雨觉得，他的人生已经偏离主航道。高考那年，因为成绩不好，他选择放弃，连考场也没有进，来到父亲的塑料作坊干苦力。

搬运工也不好当，几吨重的纸箱，全靠手扛。双手被磨得到处是肉茧，外皮常常磨掉，贴上创可贴，又继续干活。父亲的作坊也曾风光过，最多时，有四五十个临时工，2008年世界金融危机后，渐呈颓势，只剩四名工人，其中还包括赵时雨，每月工资500元。

在河北的偏远村镇，高考失利的年轻人经历着自己的救赎，闭塞生活几乎将他淹没。赵时雨爱玩游戏，去网吧一玩就是通宵。有次早上回家被父亲发现，盛怒之下，父亲操起身边家伙什就开打；还有一次玩到半夜，忽然一阵恶心，冲进卫生间就吐了。他也想过做二手车生意，不过大概率也是白忙一场。

新疆女孩王霏从南京工业大学毕业后，选择回到父母身边。她是巴州的汉族女孩，祖辈是响应国家号召扎根新疆、建设新建，父辈白手起家，办了玉雕厂。虽然是女孩，她身上却扛着传承家族事业的使命。

山东退伍军人梁兴春的选择与王霏类似，他曾在部队当兵，捡过炸弹，练过狙击，打掉几万发子弹，前途一片大好，却选择退伍回家，帮父亲撑起摇摇欲坠的铁锅工厂。

这家铁锅作坊在山东滕州市的郊外，已经存在了28年，近年却随着这一传统产业没落而凋敝，库存的铁锅堆到数米高，工人只剩下两名。梁兴春意气风发回到家，却被打个措手不及。船在下沉，会游泳也没用。赌气时，父亲的啤酒瓶会在深夜飞进房间。

他还不知道，自己的命运即将被来自虚空的电波激活。

在沉闷的世界，豁开一道口子

梁兴春终于完成了一份长达17页的计划书，在一个清晨，当他兴致勃勃地把计划书拿到父亲面前时，遭到的却是冷漠相对。父亲接过文件，直接甩到了桌上，看都没看一眼，继续若无其事地看着电视。

无论父亲态度如何，梁兴春都已经"先斩后奏"，开起了一个淘宝店。梁兴春不会想到，这个不经意间的"出格之举"，却是在为整个沉闷的传统铁锅产业豁开一道口子。

梁兴春的想法是"把锅做小，拿到网上去卖"，这个设想随即就招致反对。父亲和工厂的老师傅们都觉得不靠谱，在他们的意识里，铁锅要大，要走线下渠道，要搞批发，固守老路才能活。梁兴春的电商狂想被泼了盆冷水，只能顶着压力，固执坚持。

在一个大雾弥漫的清晨，放弃高考的青年赵时雨也感觉到，改变自己命运的机会已经到来。他提着水果去了同学家，向对方学习如何开网店，最终选择的品类是农产品，卖当地的铁棍山药。他的憧憬很美好，顾客却不买账，店开了几个月，依然有些冷清。

邓从昌一开始是在网上卖南康的家具，销路其实很不错，但居高不下的退货率却成为致命短板，收入成本算下来，一个月赚不了多少钱。

看着电商平台"双 11"蹿涨的销售数字，这位小城青年有种莫名的急躁，他感到时代的巨大脉搏就在身边跳动，自己却还没抓住。

他整天趴在电脑前，研究怎么做运营；对摄影一窍不通，就反复练，拍家具，上照片。夜里，他会把淘宝旺旺的声音开到最大，"叮咚"一声，哪怕是凌晨两三点，他也会迅速爬起来回信息；天南海北的散客下了一单，他便激动地去当地工厂找货。

之后，淘宝店的量渐渐起来，以至于让传统工厂的"大货"订单都显得太小，然而，退货率的问题依然没有解决。邓从昌决定做一件疯狂的事情：自己建工厂，形成产品闭环，控制质量。手里的积蓄，父母的钱，加上贷款，一共投了 400 多万元进去。

最困窘的时候，邓从昌的十几张银行卡加起来里面一共只有十几块钱。

坚持，以及不只是坚持所能实现的

2018 年底，邓从昌畅想的大翻身仍然没有到来，厂里产品积压成堆，身上负着巨债，但他回忆道，那是自己最乐观的一段时间。

就在不久前，他推翻工厂原来的生产计划，全部下线大件家具，集中生产一种小型的实木书桌。在邓从昌看来，这件小小的产品能解开他的所有难题：首先，它的价格在300—800元，能够填补这一价格区间的实木书桌的市场空白；其次，运输方便，到货后组装，路上经摔打。

那段时间，邓从昌脑子里浮现的都是一个词：卖爆。

梁兴春最终也没有说服父亲和老师傅们，但网上的销售数据证明了他的判断。无涂料的天然铁锅正是当代人对精巧生活的追求，这一年的"双11"，在这家麦田中央的铁锅厂内，淘宝旺旺声响了一整夜，纷至沓来的订单，烧坏了一台打印机。

老手艺人们开始同意把铁锅做小，在锅耳上加上麻绳，注重更精美的包装，同时，根据消费者反馈开发新的品类。2018年结束时，这家名叫"父子炊具"的铁锅厂已经通过电商卖出2000万元，在接下来的一年，电商销量又翻了一番，达到4000万元。

同样在偏远农村探索电商之路的赵时雨，也推开了属于自己的幸运之门，他不再销售食品，而是改做塑料包装袋。他找到父亲说："我有单子了，厂里机器还能用吗？"这位50多岁的老工厂主满腹狐疑地带领儿子走进陈旧的车间，指着一台落满灰尘的机器说："这还能用，你试试吧。"

如今，赵时雨的淘宝店"卓达塑业工厂店"，每天能卖出700公斤塑料包装袋，实现销售额约1万元。其间，客户反馈想要个性化定制产品。这与工厂传统的销售模式有矛盾：定制得量大，而来淘宝店下订单的那些小饭店、小超市虽然需求稳定，单次的量却不大。

"做还是不做？"赵时雨算了一笔账，小客户定制产品订单还是有利润的，只是辛苦些。这一决定，成为打入传统塑业的互联网楔子，这名年轻人的电商生意突飞猛进。

新疆女孩王霏则在老一辈将信将疑的目光中，毅然开了家淘宝店"新五德玉器"，推行C2M定制模式，还时常穿着一身工装出现在尘土飞扬的采玉场，举起手机做直播。如今，她家的玉雕厂年销售额近700万元，销售渠道几乎全部转到线上。

邓从昌的小书桌也终于卖爆了。2018年的淘宝"双12"，他一天就收到1800多份订单，整个12月，卖出书桌超过6000套。到2019年1月，超过1万套书桌通过淘宝飞出小城。到那一年结束时，邓从昌的营收已经接近2000万元。

像往水里投出石子，激起宽阔的波浪

邓从昌能轻易描摹出用户画像：部分是中青年女性，有孩子，生活在二三线城市；另一部分则是年龄更小的年轻人。

他意识到，从自己工厂出去的实木书桌，大都会变成孩子的学习工具，或者为年轻人提供一方静谧天地。曾有买书桌的家长跟邓从昌打趣，说自己当年就是缺了一张好书桌，否则也能上北大清华。

作为曾经的贫困县的创业探路人，邓从昌身上有着小县城淘宝10年裂变的缩影，像往水里投出石子，激起宽阔的波浪。

到2020年，当地家具企业已经超过1万家，与此对应的是数千家淘宝店，创造了5万个与电商相关的工作机会，成为商务部授牌的"国家电子商务示范基地"，2019年4月，南康正式摘掉贫困县"帽子"。

邓从昌的淘宝团队已经超过150人，生产家具的师傅，负责接电话的客服，思路活泛的运营……其中，有大学生，也有农民工……电商主管是个山东小伙子，重点大学毕业，曾在一线互联网企业工作，最终选择在异乡小城落脚。

梁兴春也把曾经流失的铸造工人召回。他们曾在工厂做了20多年，青春和汗水都留在这家工厂。如今，老师傅月薪可达1.8万元。滕州曾有很大的铁锅产业带，工厂达数十家，但因生产模式和经营思维陈旧，渐渐跟不上时代节奏。年轻人梁兴春蹚出的淘宝模式，为生锈的产业带来新生机，许多工厂通过线上零售维持生产，保住就业。

在多雾的华北平原上，邢台郊外的乡村塑业作坊也起死回生，工人逐渐回流——大部分是返乡务工青年，机器操作员的月收入可以超过8000元，普通工人也在4000元以上。赵时雨这些小年轻开始做电商以前，这个深耕食品产业的工业村，还只有二三十户经营者将自己的产品搬到网上。

如今，附近地域的淘宝店已经超过1000家，许多工厂在淘宝上探索出适合自己的商业模式，避免了破产凋敝的命运，数千产业工人得以在家门口就业，淘宝店正支撑起一个个普通家庭的生计。

黄昏已过，夜色暗下来，卓达塑业工厂的数十名工人陆续离去。正常下班时间已过，一名50来岁的女工仍在埋头为产品打包。过了一会儿，她忽然朝赵时雨走过来，头微低着，到跟前才抬起来，脸上带着难色，迟疑片刻才开口，因为平时关系亲近，她直接叫老板名字："时雨啊，能不能预支点工资。"

赵时雨愣了一下，彼时春节刚过，年节的工资已经发过一次，心想对方肯定遇到难事，便问："周姐要多少啊？""一万五千块吧。"不等老板问，她又接着解释，女儿2019年刚考上大学，快开学了，手头有点紧。"行。"当年放弃高考的赵时雨没再多问，当即掏出手机，将钱转到女工的支付宝上。讲完这件事，他又若无其事地感慨道："听说姑娘在安徽上大学，学校挺不错的。"

陌生人，
我也为你祝福

　　成都女孩声静喜欢用笔在纸上写信，寄给远方的陌生人。

　　这些信许多都与爱情相关，却与声静无关，她是一名表白信代写者。婚礼上的告白，声静会用娟秀工整的字迹写下："虽然有很多遗憾，但我会陪你走到最后。"

　　字是她的，意却是别人的。

　　写得更多的是遗憾，无数陌生人的椎心之痛在她笔下平静流淌，信里，"我等你"这个句子出现了数百次，但，她没等来一个成功的回音。

　　生活在山西的王紫睿相信，写信有种别样的力量，她也在网上为人代存心事，收信人却不在当下，而是那些人未来的自己，最远的寄信日期已经到了2036年。

　　在上海，章思用文字、绘画为别人记录梦境，并陈列在自己的淘宝店里，当它们被陌生人打开，梦的主人会收到消息，就知道，自己的梦被人看见了。

　　人们总会在某种无所指向的"虚无"里，找到生命的安顿，比如这些明知不会有回音的倾诉，头脑中与他人毫不相关的吉光片羽。树洞店家背后，是世相人心。消费，未必是追求物质享受，也未必是精神追求，可能寻求的仅仅只是一个属于自己的"意义"。

"我等你"

2020年初，新冠肺炎疫情暴发，原本在文创公司上班的声静只能和大部分人一样宅家隔离。难得的闲暇时光，声静想干点啥，于是她开了一家代写书信的淘宝店"玩物得字"。没想到，一年下来几乎每天都有人下单，她手写的字总数超十万。

爱，是声静书写最多的主题。表白的信通常都很短，而挽留信，却很长很长。

声静看到太多人努力回忆相爱的过程，几月几号去了哪里，说了什么话，何时见的父母，有过哪些争吵和矛盾，答应了但还没有去做的事，渴望却没舍得去的餐厅……

这些细碎的文字，在外人看来，如同一篇流水账。"但对他们来说，相遇相处的每一刻都是珍贵的，以至于过去那么久了还记在脑海里。"声静说。

有一位男士，一个月内陆陆续续让声静写了十几封挽留信。男士说，分手之后，他尝试了很多种方法都联系不到前女友，能给他带来希望的，也许只有写信了。

男士经常凌晨两三点把信的内容通过淘宝旺旺发给声静，并留言希望第二天尽早寄出。看到信后，声静内心也很触动，总是尽量腾出时间帮他抄写完，然后把信寄出去。

她就这么写着，发着。

有一封信写完了，男士想改内容，声静说不好意思，已经写好了改不了了，他说那行吧就寄出去吧，然后又回复了一句："可能她根本就不会看吧。"

声静没忍住，问他："你还继续写吗？"男士没有回话。第二天凌晨，男士又发来长长的文字。声静知道，之前的信杳无音信。写了十多封后，男士没再来下单了。

一年里，声静写了几百封表白和挽留的信，手写信四五百字就要花近一个小时，常常一写就要一上午或者一晚上，面对这些浓烈的情感，她总想早点帮到人家。疫情好转，恢复上班后，声静每天6点起床，写到临上班，下班后再写到凌晨一两点。这成了她的生活常态。

声静发现表白信千差万别，挽留信却总惊人地相似：承认自己错了，答应的事情没有兑现，在一起时总想改变对方，分手后才发现，原来是眼睛里装了太多的自己。在信里，最常出现的三个字是：我等你。

写表白信后，大多数人都能达成心愿，开心地与声静分享；挽留信，却没有收到一个成功的回音。

和声静一样，王紫睿的慢递淘宝店，也常常安慰爱情中的失意人。在她这里，人们可以写一封给未来的信，由店铺保管后定时寄给自己。

一些女孩子失恋了，找到王紫睿，说写一封帮她寄出好吗，太痛苦熬不过今晚了；一些人告诉王紫睿说想死，王紫睿会用自己和身边人的经历告诉那些女孩，人或多或少都有这样的经历，要想爱别人，就应该先学会爱自己。

她相信书写的力量能够帮助到这些女孩。她劝解她们，可以试着给几年后的自己写信，相信时间能治愈一切。可能没有人一直等你，但你自己可以。

陌生人

为什么选择写信？

声静的原因很简单，她相信书写和文字的力量。小的时候，她经常和远方的家人通信，薄薄的一张纸，留存下来的是情感，那种质感如今已难寻。

她想写，甚至是帮陌生人写。2020年3月，店里第一个订单，来自一位外地支援武汉的医生。

武汉"封城"，在疫情最严峻的时候，医生得到医院和酒店的妥帖照顾，他想写封感谢信，谢谢大家的关爱和帮助，让自己可以毫无负担地冲上前线。

大部分时间，声静都在深夜或者清晨安静地执笔，远方陌生人的心意一点点穿过笔端。有些时候，声静也会被信的内容触动，仿佛也经历了一段他人的故事。

一个丈夫，妻子怀着双胞胎，生产时大出血，他无力又焦急，在分娩室外号啕大哭，走廊里的护士纷纷来安慰他。幸运的是，一对龙凤胎顺利降生，母子平安。

尽管最危急的时候已过去，男子仍然很激动，他发来情绪奔涌的千余字，想让声静帮忙组织语言，写一封信感谢医院。

一段话戳中了声静：

"我们素昧平生，但你们为我们一家拼尽了全力。当时，整个医院最好的队伍都在这里，本要下班的医生依然坚守在手术台，看到好多医生在我面前跑来跑去，不是走，而是跑。"

声静仿佛也来到手术室门外，看到焦急万分的男子、忙进忙出的医护人员。信件交出后，她专门给男子一家写了张贺卡，希望他们今后的日子幸福、平安。

对王紫睿来说，写信这件事情，还是对曾经一份友情的寄托。十几年前，她刚结婚，噩耗传来，发小在汶川地震中去世。

她曾和发小憧憬过，要开一个文艺范儿十足的店铺，连接未来和过去。她决定完成这个心愿。

2012年，王紫睿曾跟南锣鼓巷的一家旧物店合作，也是做慢递业务，可项目实在小众，租金也贵，不到两年即搁浅。两年后，王紫睿在淘宝上实现了这个心愿，陌生人在这里会聚，和自己对话，几年间，她收到的信有近1.5万封。

有的信已经寄出，大部分还在保管中，王紫睿曾决定不接10年以上的慢递，怕时间太久，变故太多，信也许会收不到。

不过，现在最远的慢递已到2036年。3年前，一位姓鲁的先生传来几句话和一张自己的照片，约定2036年收。王紫睿后来知道，2036年是鲁先生刑满释放的日子，他在给自己一个未来，希望穿越漫长的晦暗时光，还能记得自己当年的模样。

"我实在是找不出拒绝他的理由。"王紫睿说。

夜空中最亮的星

如果世界陷入黑暗，只有梦境会隐隐发光，那么我们一定会在世界上看到最奇妙的场景——星星点点又形态各异的微光，像萤火虫一样，照亮我们现实世界的模糊模样。

怎样才能勾勒出这样的画面呢？上海的章思就能做到，他的"二拾一梦"

淘宝店有专门的客服，每天收集记录别人的梦境，然后寄存到店里。任何人进入店铺，都可以浏览这些梦，一旦梦被打开，梦的主人就会收到专门奖励。

章思说，梦境店铺就像夜空中的星，微光照见的人，也许就能获得治愈。对章思则是，进入别人梦境，会看到不一样的人生。

一个东北女孩，和章思聊自己做的梦，她小时候父母离婚，跟着留守的爷爷奶奶长大，高中毕业后未婚先孕。女孩觉得生活实在好难，能找到人说说，心里就能轻松点。刚开始，她总做可怕的梦，后来生活渐渐好起来，和丈夫也越来越融洽。有天，她做了个梦，梦见夫妻两人牵着儿子在油菜田里奔跑，漫山遍野的金黄，转到夏天，又去地里抱西瓜，劈开就吃。

信件、梦境，都是通往心灵孤岛的桥，陌生人找到声静、王紫睿和章思，把他们当树洞，穿越黑暗，寻找温暖的应许之地。

对王紫睿来说，信件也是她一窥人世的窗口。她曾经也经历过伤害，结婚后也与丈夫闹过矛盾，但现在她觉得，看过了太多故事之后，自己超脱了许多。人有悲欢离合，别人逃不过的劫，自己经历一下，似乎也没什么。

她工作稳定，不算忙碌，到夜晚，她的时间都投入到店铺里，"M记时光之旅"不是用来赚钱的，与其说是一份兼职，不如说是种爱好。

现在，书写几乎占满声静的空闲时间，家人朋友劝，花那么多精力，何必。"你在卖你的时间。"

但声静觉得值。这个写信的小店铺，更像一个属于她的小空间，一个自由简单的世界，她觉得，用自己擅长的东西帮帮别人，看看这些人间真实，会有种莫名的幸福。

偶尔，她也做些写字之外的事情。有位女士想给丈夫准备特别的生日礼物，和声静聊完，觉得文字有些淡，就问，能不能帮忙画一幅。声静答应下来，帮她画了一组插画，描绘两人经历的场景、相识的地点，聊到很深的夜晚。再配上文字，做成短视频，发过去。女士正在逛商场，打开手机看完，人潮中，她却哭了起来。

声静觉得，自己仿佛过着很多人的生活，最大的改变是把人看得更清了，无常生命里，人们能去把握住的，其实比想象的多。

回忆编织者

年近七旬的英国老人诺拉陷入了抑郁,那只陪伴她十多年的诺福克梗犬逝世了。

对诺拉来说,这只宠物懂得她的一切喜好,吃饭、睡觉、散步,每日形影不离。爱犬是她到老年后相依为命的亲人,有时候,她甚至觉得她们连语言都能相通。但狗和人,毕竟处在"不同的时空"。当这只诺福克梗犬还是婴儿时,诺拉就已到老年。而当诺拉还在慢慢变得更老时,这只诺福克梗犬,却更老了。

最终它先离诺拉而去。这是老年人的心酸,也是养宠物之人的宿命。似乎等待诺拉的,只有更孤独的余生。诺拉的哥哥大卫虽然不养宠物,但不忍心妹妹这样郁郁终年,想再送她一只宠物犬。但犬如同人,其他的宠物无法取代那只独一无二的诺福克梗犬。

大卫最终还是找到了办法,他决定给诺拉"克隆"一只一模一样的诺福克梗犬——除了不能说话,不能交流,不用吃饭,他要让这只狗和妹妹钟爱的那位"家人"一模一样。在互联网上找遍全世界,英国老人大卫最终在中国找到了一位这样的手艺人,她是来自四川宜宾的康琴。

一门可以复活动物的手艺

康琴没有上过大学，几乎不会英文，大卫也不懂中文。两人交流全靠网络视频进行，外加租住在大卫家里的一名中国留学生。事实上，能够在中国的淘宝上找到这个专做羊毛毡手工艺品的手艺人，也拜这位中国留学生所赐。大卫讲解一句，留学生便对康琴翻译一句。

在这样断断续续的对话中，康琴开始理解，这只诺福克梗犬对老人的妹妹到底有多重要。她让大卫发来了这只狗的正面照、左侧照、右侧照以及相关视频，直到她能够想象出老人与爱犬平时的体态、表情和活动。

尽管语言有障碍，但康琴也感受到了大卫言辞恳切。因为她的工作室能发展到现在，就得益于人类对死去宠物的无尽思念。康琴接下了这个订单。整个工作室开始没日没夜地打磨产品了。

整个团队加班加点做出了大卫翘首以盼的诺福克梗犬玩偶。作为手工艺品，而非工业流水线产品，每一个作品，都是这些手艺人用羊毛毡一针针戳出来的。

先是研究老人传来的爱犬各个角度的图片和视频，考虑应该怎样用钢丝构建这只诺福克梗犬的骨骼和体态，应该怎样用羊毛毡铺满整个骨架，哪些部分应该用何种恰当染料……尤其是眼睛，眼睛是动物的灵魂，一双生动的眼睛，能赋予作品生命。

康琴在高中时就自学过PS技术，她在电脑上钻研数日，刻画了一对几乎可以以假乱真的眼睛，然后再3D打印出来，安装上去。随着这只狗从只有钢丝的骨骼，到铺满毛皮，再到最后"画犬点睛"，康琴知道，这只逝世在英国的诺福克梗犬，在中国复活了。

数周后，大卫传来照片和感谢的信息，他说，妹妹特别喜欢这个手工的羊毛毡诺福克梗犬，简直和她去世的那位"家人"一模一样，"几乎不敢相信这是一个玩偶"。而他的妹妹诺拉，也在某种意义上活了过来。收到信息，康琴有种说不出来的感觉，她何止是复活了一只宠物，还治愈了一个衰老的心灵。

偶然的奇迹与不断的奇迹

2013年，当康琴刚刚在孩子的幼儿园旁边开起小店时，她没想过自己会给那么多人带来生命复苏的喜悦。

那时候，她还不做逝去宠物的玩偶，只是做一些挂件、首饰、胸针、钥匙链等，在小店里贩卖。即便小店房租不算高，但由于在小城市，理解羊毛毡手工艺品的人不多，十几元的小物件，人们也经常讨价还价，以至于小店经常面临入不敷出的局面。只有孩子的老师娇娇经常光顾她的店。

"也许因为娇娇是老师，所以她能理解我在这里面花了多少心血。"康琴回忆道。而后来，生育后的娇娇，也成了工作室的核心成员。

某天，康琴遇到了一次小小的"奇迹"。一位顾客走进店里对康琴说："有没有羊毛毡做的雪纳瑞犬'雕像'？"

康琴愣了一下，难道对方是想让她做一只羊毛毡的雪纳瑞？这可是一个高难度的要求。康琴多才多艺，爱好广泛，喜欢画画、玩PS、做手工，有自己独特的手艺，做一些有难度的首饰品不在话下，但说到做一个"动物"，她此前想都没想过。

眼前的这位顾客言辞恳切，她讲述这只狗陪伴自己成长，共享许多悲欢，已是自己生命的一部分。康琴自己养猫，她明白，对大多数主人来说，宠物是独一无二的陪伴者，一旦逝去，其他的宠物都无法填补空虚与寂寞。所以如果有只一模一样的狗复活，即便不会说话，那也能给主人莫大的安慰。

但那时候，康琴只是孤身一人，没有现在的伙伴们，她实在没有把握，于是留下了对方的联系方式，决定先考虑考虑。

回到家后，顾客的表情与言辞在她脑海里挥之不去，思前想后，她实在不忍拒绝这位悲伤的顾客。"成不成我不敢保证，但我一定尽力做好。"康琴对顾客说。

那时没有如今时兴的短视频教程，也没有任何老师能请教，她就对着狗的照片，一点点琢磨骨骼、颜色、表情、神态，最后创造了一只羊毛毡雪纳瑞出来。

顾客收到后，惊喜不已，对康琴一个劲地道谢，还发了朋友圈："就像真的一样。"此后，那位顾客又介绍了更多的顾客过来。一传十，十传百，就这样，康琴成为一个小圈子内家喻户晓的"宠物复活大师"。

康琴的人气慢慢在各种互联网群里蔓延开来，由于小店租金过高，且货品不被小城的市民赏识，康琴关掉了小店，开起了淘宝店。她心想，面向全国的人，说不定她的作品能获得更多人的认可。

事后证明，这是一个非常正确的决定，在小城市，能接受羊毛毡手工艺品的人不多，但若放到全国，通过淘宝店，就有无数潜在的欣赏者和买家，淘宝店的生意越来越好了。

一位富裕的香港女士视猫如命，希望在自己的婚礼上，让两只爱猫当"伴郎伴娘"，但婚礼现场不允许带宠物，于是她在淘宝上找到康琴，定制了两只穿着礼服和婚纱的猫，和她的宠物猫一模一样。后来，这两只羊毛毡猫顺理成章地参加了她的婚礼。

康琴记得，一位不太会用手机的老奶奶，也摸索着通过互联网找到自己，也是因为一只逝去的宠物狗。在面对面收到康琴工作室"复活"出来的宠物狗时，老奶奶哭了。她抱着那只羊毛毡狗，不停地说："她真的太像了，我真的好想她。"那个场景，让康琴也几乎落泪。

"老奶奶是真的很想念她，想念那些有狗陪伴的日子。"康琴也在那一瞬间明白了自己的价值，"我的手工艺作品，居然可以带给其他人那么大的感动和慰藉，让他们内心的思念有处可安放。"

对于康琴来说，这只是一个始于2013年的偶然"奇迹"，她当时勉强答应下来，尝试做了第一只羊毛毡雪纳瑞，不想8年间，"奇迹"已是平常。

小城里的独立女性联盟

康琴出生在1987年，家境不错，在城里长大，从小就是"叛逆少女"。高中毕业进了一家公司当销售，每天朝九晚五，公司效益不好时，还扣员工工资。康琴知道自己怀孕的一瞬间，只是感到恐惧，一切来得太突然。她还没想过，成为一名家庭妇女。

抑郁情绪始终环绕着她，直到孩子上小学，在淘宝干起"复活"宠物的事业，才让她重新找到自我，她用自己手的温度，为身边人烧起一团火。

娇娇也生活在小城，本是名老师，还教过康琴的孩子，后来怀孕，不便再回学校工作。她加入了康琴的手工工作室，也成为一名"回忆编织者"。她最擅长制作金毛和柯基。

一个小城独立女性联盟正在渐渐成形。

娇娇还拉来她的朋友贝妈，贝妈从此也有了一份稳定工作。她抓住这来之不易的机会，卖力学习，冬天6点起床，送完两个孩子，就到工作室，刻画她擅长的泰迪。

到现在，这个不大的淘宝工作室，每年收入已超百万元，随着热度提升，更多年轻女性加入进来，一名从大城市回来的年轻宝妈，厌倦了外面公司的职场竞争，只想在这里做些纯粹的创作。

康琴也不喜欢当老板，对别人呼来唤去，更喜欢的是和大家在一起做事的感觉。平时除了工作，康琴会时常请美术老师、设计师来给大家讲课，提升审美和技能。

8年来，已经有将近20名小城宝妈聚集在康琴周围，在这座小城市里，她们过着有别于其他许多小城女性的生活，兼顾着家庭、孩子，同时还能有自己的一份事业。

在遥远的小城，她们用一门手艺，为更为遥远的地方的人"复活"宠物，虽显得魔幻，于康琴来说，却是一种幸运。能做自己喜欢的事情，并从中收获生命的意义，她深感幸福。她所从事的工作事关陪伴、告慰、治愈，可以为一切失去所爱的人寻找再次幸福的可能。

万名退伍军人"中场战事"

辽宁本溪的退伍老兵李洋做客服时，会对着电话敬军礼。

每年都有无数军人完成守土职责后，回到繁华热闹的社会生活。他们当中的许多人，会以传统方式找到属于自己的位置，也有另外一群人追赶时代的浪头，触摸互联网的脉搏。他们把军人的魄力带入生活，打响人生逆战。

"我的命，半生都在边疆，你不怕，我就敢"

那是2010年的一天，父亲对刘佳佳说："我们家需要一个女兵。"

刘家两代都是军人。刘佳佳身高168厘米，身形匀称，体检顺利通过后，部队里忽然传来紧急调令。部队在山西，刘佳佳辗转抵达目的地，下车一看，满眼都是苍莽山岭。

新兵训练时，每天5点起，先跑3000米，再做"三个一百"，俯卧撑、仰卧起坐、深蹲。那段时间，刘佳佳连端碗手都发颤，夹筷子都送不到嘴边。她入伍的是火箭军，职务类似后勤，会转接许多电话，千余个号码，全靠脑子硬记。

来自重庆的熊宇驰也成长于军人之家。他不怕上阵打仗，去了西藏边境，当上一名"医务兵"。一次出巡任务，他遭遇前所未有的险境。

按指示，所在分队的任务，要登上远处山峰，插上国旗，宣示主权。熊宇驰很激动，虽是医务兵，却冲在最前面。

不料此时忽然出现一队印度军人，荷枪实弹，用英语高喊"停止"。熊宇驰没配枪，顿时有些慌，但随即镇定下来，他知道战友马上就会赶到。最终，他们顺利完成任务。

山东小伙胡大利则去到更远的边疆，绿皮火车坐了三天三夜，走出车厢时，已踩在吐鲁番的戈壁上。去沙漠拉练，风沙吹起来，炊事班的锅盖都挡不住，饭菜吃完，食盒底总沉着一层沙子。

艰苦之外，是荣誉和快乐。山东长大的西藏兵梁兴春是名狙击手，捡过炸弹、参加过全国比武，功勋无数；四川攀枝花的何思杰则在部队找到才艺的用武之地，记录下许多军旅故事。

辽宁兵李洋的故事则关于爱情，他从河南调到后勤部，在一场篮球比赛中邂逅姻缘，姑娘托人带话，想请他单独吃个饭。

从军16年，何思杰最浪漫的经历是一场闪婚。半月电话联系，半月探亲假。婚誓前，何思杰问妻子："我的命，半生都在边疆，你不怕，我就敢。"

活成人群中的逆行者

退伍以后，李洋什么都干过，销售、保安、力工、演员经纪人，曾为成龙、周杰伦的电影拉过演员。

他说自己"有点挑"，退伍后"想实现一些价值"。他放弃安置机会，想自己闯闯，却不料，社会的洪流远比想象汹涌。

在别人看来，他有些格格不入。在公司上班，老板不许在办公室吸烟，鼓励检举，他照章办事，将老板小舅子举报上去，换来的是被辞退。去当保安，站岗时军姿太直，惹来同事非议，意思是：都跟你一样，那不累死。

他倒全不在意，仍把自己活成人群中的逆行者。有次大厅出现持刀歹徒，所有人都惊慌失措地往外跑，李洋一个人冲进大厅，身中数刀后，将歹徒制服。

李洋有过一段落魄日子，想送女友礼物却没多少钱，只能在路边摊买项链。对方家里要30万元彩礼，他更是无能为力，无奈之下，只好远走北京。等他做出些成绩，一切早已成过眼烟云。

重庆的熊宇驰转业回家，从小带他的奶奶已不在人世。他长久地活在悲痛里，去医院都不知怎么用手机挂号。去石家庄找战友，喝大酒，聊下来才觉得，创业是自己要走的路。

他转去西藏，车走川藏线，一路开到拉萨，跟朋友开餐馆，坚持了两年，再回重庆，继续在餐饮行业探索。

山东的胡大利最初从事的行业还不是食品业，他也放弃家乡工作，去上海闯荡，做了3年广告策划，眼看上海房价越涨越高，又毅然辞职回家卖桃子。

他家在蒙阴县的山脚下，几十亩桃林，是父亲当年退伍回家种下的。老人是20世纪70年代的兵，在部队修过战斗机。胡大利的军人底子还在，肯吃苦，跑市场，开车一走就是上千公里。先在山东，再一路往南，把桃子卖到广州，挨家挨户推销，不知碰了多少"钉子"。

胡大利常想起小时候，满山的桃林，都是母亲一个人打理，累得腰都直不起。年少时，母亲曾找胡大利商量，想让儿子劝劝父亲，别再出去打工，家里这些林子，她一个人管不了。

有人回归，有人继续出走。浙江的"90后"退伍军人陈凌杰决定离家闯荡，去了杭州，从最基础的工作做起，打包员到仓库管理员，再做运营。干体力活那些年，手上磨得全是硬茧。

有人朝电话敬军礼，有人叫不出一声"亲"

回到家乡后，胡大利虽还时常开车往外跑，但某种"下沉的感觉"总是挥之不去，他想："总不能一辈子守着这片林子吧。"

他心里其实早有想法，在他生活的地方，无论县城还是乡镇，人们求生计，早不再囿于传统道路。几年时间，数百家淘宝店就在县城"长"出来了，胡大利听说，有人的淘宝店就开在乡镇上，一年能卖几百万元。

他也行动起来，开始什么都不会，干脆把电话打给淘宝店家的客服，对方竟也给他许多有用的建议。上淘宝大学，装修店铺，打通物流和仓储，因担心"爆仓"，他甚至准备了两个包装点，放在不同乡镇。

李洋也从北京回到辽宁，开始淘宝创业前，写下30多页计划书。他打电话给战友，对方话不多说，直接打钱投资。战友几年前就做过淘宝，跟人合伙，负责管理客服，后因理念不合离开，如今再创业，便将经验全用上。"做淘宝就是交朋友。"李洋会花很多时间跟顾客交流，但也保持适度，不至于打扰到对方。别人不知道，他甚至会在电话里给人敬军礼。

在当客服这点上，攀枝花的何思杰却很为难，一开始，他连一声"亲"都叫不出口，觉得"挺难为情"，但另一面，也因顾客好评备受鼓舞。

何思杰做淘宝，用的仍是军人"那一套"，实诚得很。别人说芒果太软，要退钱，他就掏腰包，结果对方收到钱，转手就给差评，他虽气，却也不计较，依然好言相待。

他的创业动机也很"军人"。退伍后，在老家投资种芒果，有一年，战友打来电话，指定要攀枝花芒果，当时，他家果园还没成熟，又不想让战友失望，于是去当地市场买。不想，全遇上"假货"，市场上的芒果其实是海南、广西的芒果低价运进来，冒充攀枝花芒果高价卖。

家乡好物的名声都被抹黑了，他决定自己上网卖，绝不掺假货，攀枝花芒果上市季节一过，就下架。老兵执拗，有的员工私下发了"假货"，立即被辞退。

重庆退伍兵熊宇驰的执拗，则是卖掉房子，在淘宝开店卖重庆火锅底料，找最正宗的工厂生产，请中国烹饪协会的老师傅把关原料，招人时，不用只冲钱来的人。

女兵刘佳佳去了北京，她做过公益，帮老年人做心脏急救。后来和朋友做项目，融资达到3000万元。在淘宝创业，找到了方向，想做中国的运动内衣品牌。别人外出度假，她却往工厂跑。

狙击手梁兴春退伍回到滕州老家时，父亲的乡村铁锅厂已濒临破产，只剩几名老师傅，他不顾父亲反对，回到老旧的工厂再创业。彼时，父亲和老师傅们都不相信，一家小小的网店，看不见也摸不着，竟能让工厂起死回生。

军人，走到哪里都是好样的！

"90后"退伍兵陈凌杰还是决定回到家乡，孩子即将出生，他想陪在妻子身边。

父辈一开始也是反对，觉得年轻人应该留在大城市。浙江松阳县产茶，是中国十大生态产茶县之一。陈凌杰顶住老人的压力，开始在淘宝卖茶叶。

现实很"骨感"，三个月过去，茶叶销量平平，供应商也撕毁协议，理由是，走量太少，不能再给批发价，夫妻俩只好自己掏钱，以零售价进货。

"一定是哪里出了问题。"陈凌杰回忆当时的困境。还是军人那股韧劲支撑着他，既然走不通就去学，报名淘宝大学，掌握新的运营方法，最重要的是将产品进行改良，设计爆款单品。

这一次，路子终于走通了，单月就卖出10万元。算账时，夫妻俩欣喜不已，抱在一起，在房间里使劲跳。至2019年底，这家退伍军人淘宝店，销售额累计超1000万元。

梁兴春的父亲曾去部队看他，那年，他在成都参加考试，父亲其实早早就到了，每天守在校门口，看着儿子经过，怕影响他情绪，也不喊他。考完当天出来，梁兴春看到父亲站在那里，遽然老了，身体佝偻着，头发花白，再不是曾经那个"暴躁"的父亲。

就是在那一刻，梁兴春做了个决定，放弃部队的前途，回家帮父亲扛起铁锅厂。

经过两三年的探索创业，这位狙击手终于"射中"目标，2019年即实现营收超过2000万元。半夜朝他房间扔啤酒瓶的父亲也接受了儿子的思路，将传统铁锅改小，还登上央视纪录片《风味人间》。

熊宇驰起步得迟，一开始，全靠战友们帮衬，如今，他的重庆火锅底料已经打入成都；辽宁的李洋发挥自己特长，在平台深耕粉丝运营，势头正劲；何思杰的实诚也迎来回报，他的顾客回头率奇高，已成"病毒式"传播，时常接到陌生电话，对方会说，是某某介绍的；女兵刘佳佳为自己的运动内衣品牌取名"From now on"，在运动健身垂直领域已小有名气。

他们同每天涌入淘宝创业的4万人一样，凭借刻苦努力打出一片属于自己的天地，更有不计其数的退伍军人站到生活的高处，成为每年15万个"淘百万"中的一员。

在山东滕州，郊外铁锅厂的故事已经传到远方，传统技艺正在互联网电流里重新抛光。

在四川攀枝花，芒果下市的季节，何思杰会帮助家乡其他农人带货。

在浙江松阳，陈凌杰的淘宝团队已扩展到10余人。他的表弟曾因身体残疾工作生活都不受待见，小伙子从打单员做起，到现在已是店铺大主管，不仅在县城买了房，更重要的是重拾了对生活的信心。

看见声音

孤 独 赶 海 人

一手拎着小耙子和网兜，一手拿着手机，高源独自走在退潮后的滩涂上。

这片滩涂有8000亩之广，相当于746个标准足球场。如果从空中俯瞰高源，只能看见广袤滩涂上的一个点，以及他被阳光拉出的长长身影。

向左望到头，向右望到头，都是他的滩涂。

潮水已退到最低位置，赶海人谓之"干潮"，是赶海的好时候。满潮时这里水深四五米，高源踩在本该是海底的地方，走出海岸线近2公里。

此时大海已暂退至远处，滩涂上只留下没及脚踝的浅浅水层。

在这个晴朗的下午，每一处滩涂上都流淌着阳光，这让滩涂看上去像一片闪着金光的沃土。

高家承包这片滩涂已有20多年，高源自幼生长于此。他知道滩涂下埋藏的所有秘密。

很快，他发现一处沙子上的纹路与别处有细微不同。

他陡然兴奋起来："看这是啥!"

随即打开了淘宝直播，用东北人特有的高亢噪音对着镜头喊道：

"来啦老铁! 大家好哇。"

铁饭碗，这不是他要的生活

高源常说，兴城太小。作为葫芦岛下辖的县级市，兴城毗邻京哈高速，市区东西10公里，南北3公里。每天有无数辆车从高速上鱼贯而过，而兴城在每个车窗外停留的时间不过2分钟。

如果不是因为这片海，高源可能会和同龄人一样，背井离乡，去沈阳、北京或者更远的南方。

1986年出生的高源，激情乐观，恋乡念旧，他的手机铃声是《改革春风吹满地》，每次响起时总是自带喜庆气氛。

他也经历过这一辈东北人所经历过的一切悲喜。

高源的父母本是兴城的国企职工，在20世纪90年代买断工龄，"他们工作的厂子现在都没了"。

"从小就是下岗下岗，整天都是下岗。"

父母离开国企后，承包了这片滩涂，成了赶海人。还在念小学的高源也开始了和大海的接触，每天放学就来到海边找父母。

那时高源还小，体会不到父母人到中年"从头再来"的无奈，父母在岸上分拣螺贝，没有伙伴的高源就在滩涂上独自玩耍。

什么样的石头下藏着螃蟹，纹路各异的沙里埋着什么贝，什么鱼喜欢在黑泥里钻洞，十来岁的他了如指掌。

抓到海鲜之后，便自己生火烤来吃。

到了初中，高源就开始靠赶海赚零花钱了。他经常拎着一个小桶，顶着月光下海。

"赶海的乐趣就在于，你永远不知道今天会有什么收获。"有时风大，吹乱了滩涂的纹路，高源空桶而归，运气好点，抓到的海鲜能卖一二十元。

别的男孩喜欢打球，高源偏喜欢一个人赶海。

大学毕业之后，留在兴城的年轻人很少，高源的许多朋友都去了外地。高源听从家人的意见，考了事业编制进入一家央企，这是兴城为数不多的工作机会。

在家乡，这无疑是一个令父辈放心、让同辈羡慕的工作。"说出去好听，有面子。"

"东北很多父母，不希望孩子太拼，就想孩子有个稳定的工作，然后娶个媳妇，安安稳稳过日子。"

这个"别人家孩子"，高源一当就是6年。他也终于满足家人的期待，在体制内站稳脚跟，结婚成家，缓缓步入安稳的中年。

"可是，这不是我要的生活。"

体制内的安稳是有代价的，比如，一眼能望到头的生活，"我上了这么多年班，一成不变"。

再如，严格的管理机制，让从小在海边自由惯了的高源很不适应。他向往儿时赶海的生活状态。工作闲暇时，他依旧会来到海边，钓钓鱼、挖挖贝，这样简单的消遣让他感到快乐。

"我还是喜欢在海上。"

随后，他做出了一个全家人都反对的决定。从央企辞职，重新做回一名赶海人。

他知道滩涂下的所有秘密

"海里发现这样的大包，抠就完事了！"高源指着那个纹路特别、微微鼓起的小沙包。海风很大，他只能对着手机镜头大喊。

他挖开沙包，露出一只大玉螺，愉快地将它拾起，发现下面还有另一只玉螺。

"你俩这是在干啥呢？干啥呢？"高源对着玉螺们说，说完又把两只螺放回沙里重新埋好，仿佛自己打扰了一对情侣。

玉螺、花甲、螃蟹、对虾、八爪鱼……大海里的各种生灵不知道，在高源这里，它们有着一个共同的名字——"海鲜"。

多年赶海经验，让高源练就了"指哪打哪"的本事。他指着一块遍布牡蛎壳的石头，兴奋地朝着镜头喊："你们看！这'妖艳'的石头之下，必有大货！"

他将石头翻过面来，一条倒霉的八爪鱼附在石头背面。他看着八爪鱼，八爪鱼也看着他。"你干啥呢兄弟？"接着又温情脉脉地跟上一句，"来吧，宝贝。跟我回家吧。"

说完，他一把将八爪鱼扯下，丢进桶里。

"跟我回家吧"是高源面对海鲜们的口头禅，对海鲜们而言，这句话无异于命运的宣判。

进入高源桶里的海鲜通常有两个去处：当晚被他自己煮了吃，或在淘宝直播里卖出，并于48小时内到达顾客家。被卖出的螺类贝类还能多活些时候，因为可以鲜活发货。八爪鱼的命运可谓凄惨，先被速冻，之后放在满是冰袋的泡沫箱里寄出。

高家的滩涂富庶，海鸥满天飞，常以螺、贝为食。有时高源会在镜头前和海鸥吵架："臭不要脸的，还敢打我螺的主意。"

他喜欢临场发挥，这些随性而充满激情的赶海日记，都通过直播和微淘视频，呈现在全国各地的食客面前。

两年前，当高源刚辞去工作，试图把赶海和电商结合在一起时，有20多年赶海经验的父母并不看好。对老一辈赶海人而言，电商太陌生了，做惯了线下批发的他们只觉得不现实。

不似其他商品，海鲜对新鲜度要求很高，无法退换货。在淘宝上卖，一旦顾客以质量问题申请退款，对商家而言就是100%的损失。

高源起初也只是抱着尝试的心态，记录自己的赶海过程放在淘宝上，没想到大受欢迎。直播间里粉丝互动非常积极，看得多了，他们也学着看沙子的纹路，在弹幕里问高源："这个是不是螺？那个是不是贝？"

有时高源在海边直播了两小时，想要下播，粉丝却不让。对赶海充满好奇的人们，纷纷下单购买高源捕获的海鲜。

但网络那头的食客不知道，赶海并不像视频里看着那么简单轻松。赶海是一件非常消耗体力的事，高源往往要走出很远，才能找到滩涂下藏着的海鲜。

每天退潮时间长达数个小时，赶海人跟着潮汐，在滩涂一走就是几个小时，没有任何可以坐下休息的地方，背着近百斤海鲜，在8000亩之广的滩涂中跋涉，比在岸上行走累得多。而高源只要一下海，当天必是微信运动排行榜的冠军。

高源对赶海的感受是：累，并快乐着。

"在海里捡东西的时候根本不累，可兴奋了。"高源说，"可当走到岸上的时候，发现可累了，要立马吃面包补充能量。"

每个季节滩涂上的海鲜都不同，冬天是蛏子的季节，寒冷水域的蛏子最是美味。"冷水出奇鲜。"当地老渔民说。

东北的冬天漫长，海边风大，气温往往在零下20多摄氏度。高源不得不穿着羽绒服戴着大棉帽赶海。水温在零度以下（海水的冰点低于零度），为了更好地摸到藏在沙里的海鲜，他经常不戴手套。说起在冰水里摸海鲜的感觉，他只轻描淡写地用两个字来描述：扎手。

威胁着赶海人的，除了疲劳和寒冷，还有来自大海的危险。

当地渔民中流传着一句老话：欺山不欺海。尽管只是滩涂，但大海仍在远处虎视眈眈，当海上刮起东北风时，海面原地打浪，发出空洞的嗡嗡巨响，海水一片浑浊。当地渔民称之为"闹海"。每念及此，高源的妻子就要感慨："声音老吓人了。"

更多时候，危险隐藏在寂静之中。

滩涂上有许多沙沟，退潮时沙沟里的水只没过脚踝，但一旦涨潮，沙沟中的水位陡然变深。当沙洲上的水位到达膝盖时，沙沟里的水已经可以没过脖子，沟内暗流汹涌，海水流速很快。如果赶海人没有及时返回，就回不去了。

有时落潮来得晚，赶海就得在夜里进行。赶海人会在岸边插上一根高高的竹竿，上面绑着一盏闪烁的小灯，在漆黑的夜里依靠它指引岸的方向。

更糟的是雾天，海面一旦起雾，赶海人就难以分辨方向。"你以为往前走是岸，很可能你是在往海里走。"

直播售卖海鲜，还有陪伴和爱情

夜里8点，高源打开音响，一首欢快的《好日子》响起，整个房间的气氛瞬间"嗨"了起来。

几个冷柜，一盏补光灯，一堆海鲜，这就是高源的室内直播间。除了在海边直播抓海鲜外，他也会在这里直播海鲜打包和发货的过程。

喜庆的音乐是必需的。高源在直播开始之前，靠着音乐先调动起自己的气氛，"点燃自己"。在他看来，任何时候，主播都必须保持亢奋状态，哪怕根本没人看直播。

高源曾经在直播间只有10个人的时候，连续直播了两个小时。没有人说话，他就跟自己互动。

他想象着这是一个舞台，而他就是这场秀的主持人，就算台下没有一个观众，也得进行下去。

好在高源是个健谈的人，段子张口就来，手也不停，一边打包发货，一边和粉丝唠嗑。

直播过程中有粉丝下单，他立刻把海鲜放到镜头前："××地区尾号××××的朋友，这是你要的海鲜，你看满意不?"如果粉丝不满意，他就立刻换一份。

然后便是将海鲜放进泡沫箱里，装冰袋封箱。高源手快，胶带拉得啪啪响，所有动作一气呵成。在镜头前打包发货的直播模式大受欢迎，"因为你在直播里看到的海鲜什么样，收到时就是什么样"。

粉丝们觉得他亲切，很多人并非为了买海鲜而来，而是单纯喜欢听他唠嗑，凑个热闹。他会在直播间里安慰失恋的粉丝，或者和粉丝年幼的孩子聊天，逗他们笑。还有粉丝在直播间里相互加了微信，最后恋爱结婚的。

高源经常和粉丝们天南地北地聊，然后又突然想起自己是来卖海鲜的，赶紧说一句"跑题了，我要插播个广告"，把话题拉回来。

直播不是件轻松事，高源直播时的声音语调特别高，经常一场直播好几小时下来，得含一整盒金嗓子喉宝。

　　说起在淘宝创业的经历，高源也感到不可思议。他只不过是做了想做的事，照着自己的喜好去生活，没想到居然把童年的乐趣变成了可赚钱的事业。

　　高源记得，他做过印象最深的一场直播是在2019年。那天的落潮时间在夜里，他戴着头灯，一边赶海一边直播。离开岸已经很远了，广袤漆黑的海里只有他头上的这一束光，就像一个人被丢进了没有繁星的宇宙里。

　　"但我不觉得孤独。"高源说，"有海鲜和粉丝陪着我。"

普通女生薇娅

2008年，梳着脏辫的歌手 Lil V 决定离开演艺圈。如果说过去这几年的经历使她学会了什么，那就是她一定要夺回生活的主导权。

回到平凡

3年前，她在安徽电视台的选秀节目《超级偶像》中获得冠军，由张杰和许慧欣颁奖，并进入环球唱片，成为潘玮柏、陈奕迅等知名歌手的师妹。名义上成了艺人，实际上做的是企宣工作，整天整理资料，帮艺人买衣服，陪着跑通告。

"那时候我是满怀热情地做这份工作，真的，尽管每月就2000元。"她说。

后来她有了一个新的机会，转去经纪公司天浩盛世加入说唱组合 T.H.P，重燃明星梦。"每天排练，每天就是努力想做好这一件事。对所有东西都充满了期望。"她回忆。那段时期，她录过综艺节目，也参加过杂志拍摄。

结果还是让她失望了。制作出来的专辑，完全不是公司当初承诺的样子。她终于意识到，自己没有发言权。

"我没有任何家庭背景，也不是那种百依百顺的人。我真的觉得我努力过了，我在北京住过地下室，但是没有结果。抱怨没有用，我会静下来想想我要什么，我要寻求证明我自己的路。"她说。

情绪最低落的那段日子里，她向家里仍旧报喜不报忧。

她想开服装店自己做老板。时值北京奥运会举办期间，物流不畅，她和男友董海锋去了西安，那边有表嫂照应。

西安是另外一个世界。在这个世界里，生活回归柴米油盐，再没有 Lil V，她变回一个叫黄薇的普通女孩。圈子变得完全不同。在电视里，她能看到以前的朋友和那个旧日世界。失落吗？多少有一点。但至少，不再浮躁。

此行算是重回旧业。

2003年，18岁的黄薇去北京给母亲的服装店打下手。就在那时，她和中国农业大学法律系大三学生董海锋谈起了恋爱。董海锋跳街舞，懂潮流穿搭。两个年轻人便在动物园批发市场租了个6平米的地方卖服装。街舞小子展现出精明的商业头脑。他故意把店面布置得花里胡哨，放上稀奇古怪、不实用的衣服，目的只是为与其他毫无个性的店铺区分开，真正要卖的，是挂在店中间的一套自己搭配的衣服。那套衣服就穿在他漂亮的女朋友身上，他这样告诉那些路过的年轻女孩，"你穿这套衣服一定好看"。生意非常好。"拿货的钱都用来进她这一身衣服，外贸的尾单货、库存全部卖完，再换一套。"董海锋说。

在西安，他们沿用之前的模式，店里八台模特U形排开，穿上他们搭配出来的一套套衣服。模特最初用的是常见的人高马大的欧美样式，后来换成符合亚洲人身形的1.65米高的型号，配合着装风格，戴上短发、大波浪、爆炸头等假发。

从一家女装店起步，他们开到了七家。生意很顺利，但也很辛苦。每月最少两次，他们要去广州拿货。黄薇父亲常跟着一起，他注意到女儿对款式和质量非常挑剔，总是翻来覆去地挑选、试穿，因为他们卖的不只是衣服，更是搭配。早上8点出门，十几层的商贸大楼一层层转下来，还要抢时间赶着打包发物流，小两口常常到晚上才顾得上吃饭。

到2012年，黄薇已与董海锋结婚，生下女儿妮妮，他们感到变化发生。店铺营业额不断减少。他们原以为是亲自打理店面的时间变少导致的，后来很快想明白是因为网购的崛起，很多顾客在店里拍完照片就去网上搜同款了。

线下零售的黄金时代一去不返，无人可以控制潮流，他们决定离开熟悉的温水区，进军电商。

外表看，董海锋是个不拘小节的人。他曾被妻子爆料说身上只穿30元的衣服（他后来解释，那是早几年经济条件不好，他从批发市场拿货的价格，其实衣服能卖130元）。他还曾错把宠物的泡沫洗液当成洗面奶用了很久。但共事过的人都说，他是个天生的商人，在大的事项上，他有着雄心勃勃的计划。

离开西安的时候是决绝的，董海锋决定将店铺全数关掉。如果留着实体店，做电商一旦碰壁，难免想着有路可退。夫妻俩搬去广州，与当地一家服装厂老板合伙，招募了一支30人的团队，共同投钱做电商。

"因为互联网信息太透明了，你不可能从市场上进货，那样的话，衣服可能网上一搜一大堆。"董海锋说。找厂合作自行开发，产品才有独特性。

昔日经验不再适用。线下开店只要找到人流密集的好位置——哪怕租金贵，咬牙也要租下来，把内部装修和产品陈列做好，"每开一个店都是一开门当天生意哗哗哗就来了"。线上则不一样，他们信心满满地做好了准备，把图片拍得很漂亮，却发现卖不动，没有流量。第一个月的销售额只有两三万元。

到2013年年中，账面已经亏了130多万元。董海锋意识到，如果想提升产品品质，合伙那家厂的生产力很难跟上。对方也是意兴阑珊，一直把重心放在原本的线下生意。两边一商量，决定散伙。董海锋担下所有亏损，唯一要求是，延迟一年还债。

在试错中他们继续追赶这个互联网世界，找新厂商，精简团队，更换运营人员，改变广告投放策略，优化图片，用测款看预售数据，把淘宝店升级为天猫店。"这个过程中，交了很多学费。"黄薇说。与原来的合伙人约定一年后还钱，但没过几个月对方就来催了。夫妻俩背负极大压力，他们都是急性子，吵了无数次的架，但好在"冷战最长不过一小时，每吵一次反而更好一分"。

从那时起，他们就常忙到凌晨四五点钟睡觉。黄薇白天泡在版房里跟设计团队改版，拿样品去摄影基地拍照——她充当试衣模特，晚上回来就坐在电脑前修图。一款衣服一般有十几张图就够了，她会拍200张，挑出其中四五十张来修。修图是个琐碎乏味的工作，本来应该是交给摄影师来完成的，但她坚持亲力亲为，"要修到我脑海里画面最好的效果"。照片上的衣服跟实物如果受光线影响有些微色差，她会反复调色。"我说没人会关注这些细节，根本看不出来，她说不行，差距很大。"董海锋回忆。

在挖来一位能力很强的运营主管后，董海锋没事就拉着他喝茶，向他请教。为什么要包邮，产品的排名逻辑，什么叫转化率。那位运营主管告诉他一个叫作"战略性赔钱"的概念。他乍听不能理解。对方举例解释，过完年后，在短袖、T恤还没有成为刚需的时候，把成本30元的夏装9.9元卖，用低价先把销量冲起来，再慢慢涨到19.9元，成本能够覆盖了，等真正夏天来临的时候，店铺稳稳当当占据销量排行榜前列，再去卖39.9元一件，不用花任何推广费，就获得了很多免费流量。一个夏天结束，可能卖几十万件、上百万件。而当初赔的那几十万元，就只当是小额广告费了。

"底层逻辑都捋通之后，你就知道，原来电商是这么玩的。"董海锋说。他把当时还在读大学的黄薇弟弟黄韬喊来广州，向这位运营主管学习。

2014年的"双11"，是他们第一次作为商家参与其中。夫妻俩从7月起就着手准备款式，9月特意飞去韩国拍照。预热期间，店铺日销售额将近5万元，点击、收藏等各项数据都很好，团队摩拳擦掌，他们相信自己做好准备了，"双11"的目标是100万元。他们低估了互联网。

11月11日凌晨没过多久，100万元就达到了，1点40分，卖到了200万元。董海锋看着数字不停地滚动着，热血偾张。"压抑了一年多，终于可以扬眉吐气地说我可以做笔大买卖了。"凌晨3点，店铺已经卖出了300万元。运营主管担心生产跟不上，问他意见。他脑子一热，"先卖了再说，后期工厂再去安排嘛"。

销售额冲上了1000万元。问题来了。天猫规定没有按时发货是要赔钱的，董海锋带着员工临时订面料，找加工厂，出货后根本没时间做质检，连客服与售后人员都上阵去打包了，"只要衣服码数、颜色没问题就往袋子里塞"。

大量的差评与退货紧跟而来。退回的衣服最初是用快递三轮车送，后来是小型卡车整车整车拉。退货率达到了50%。"那个时候我们突然意识到，线上的东西很容易形成退货，顾客是花钱通过广告买过来的，好不容易成交了，他给你退回来了，你里里外外一件衣服赔二三十元。"账算下来，赔了200万元。

接下来的一年是艰难的。"海锋整天被资金弄得焦头烂额。"黄薇父亲说。他曾陪着女婿去西安抵押了一套房子，因为仅靠阿里巴巴的网络借贷依然周转不过来。这些事情女儿当时并不知道，她只要顾好设计等前端的事情就好了。"不能把所有的东西压在一个人身上。"父亲承认，那段时期，女儿想过放弃。

但董海锋想法很坚定："不是莫名其妙的情况下赔的钱，我明白是什么原因造成的。因为有了这些经历，我们越来越重视互联网销售，产品质量必须过关。我们有信心把这个钱赚回来。"黄薇记得，董海锋说，放心，面包会有的。

夫妻俩卖掉第一套房子是为了还债，卖第二套则为再战2015年的"双11"，确保手头握有充足现金，在工厂与面料上提前布局，才能避免重蹈覆辙。黄薇做起了"淘女郎"（即平台认证的网模），拍一件衣服200元，一天能拍一两百件，对她来说是一笔巨大的收入，可填补店铺的亏损。

互联网商业世界日新月异，旧事物唯有继续进化。普通女孩黄薇不是一夜之间就变成"带货女王薇娅"的。

算法面前，人人平等

10个主播就位，战斗开始。

此时是2016年7月，淘宝直播负责人王斯组织了这场叫作"连秒10小时"的活动。主播依次上阵比拼在一小时内谁能卖出最多的单量。淘宝直播刚刚诞生3个月，就像是把一辆只有发动机的车开动起来后才不断组装零件——中控台与OBS推流技术是后来才有的。在阿里巴巴庞大的矩阵中，它只是一个微不足道的产品，在App里需下划五屏，才能看到直播的资源位。一年后王斯离职时，手下也才十几个人。

"连秒10小时"是主播之间的战争，也是王斯的重要一役，他希望找到能够搅动池水的那条鲇鱼。"在所有人都不看好电商直播的情况下，我肯定要展示一下，让商家看到直播的能量，让主播看到直播的未来。"

直播不间断进行着。每场结束，王斯就在为这场活动建起来的群里报出后台数据。第一个主播卖了近千单。"成绩不错。"他鼓励道。当有人卖出4000单时，他调侃："你们吓傻了吧。"当一个对他而言很陌生的主播上场后，他没有在群里公布数据。

他加了她的微信，第一句话就是："你是不是刷单了。"王斯从未在线上接触过她。她充其量算个"腰部主播"，能入选10人名单，也是得益于开播频次多与时长长。当时淘宝直播最火的主播是卖美妆的"青橙"，每场销售额有一二十万元。但这场比赛中，青橙也败给这个叫薇娅的主播。她卖出2万单，赢了第二名一倍多。

薇娅是黄薇成为主播后使用的名字。其中有一定的机缘巧合。淘宝直播创立之初重点放在美妆领域，首先邀请的是一批美妆领域达人，以分享为主，其中也包括"淘女郎"的她。2016年5月，薇娅的服装网店已经做得有声有色，日销上万元，但还是因为"淘女郎"的身份才有了做主播的机会。接到客服电话时，全家正在惠州度假，她脑子里第一个念头是，"可以帮自己的天猫店拉流量"。她后来回忆，如果只是一般靠唱跳赚打赏的娱乐秀场，她一定不会去。

第二天晚上，丈夫带女儿在酒店套房的客厅玩，她坐在卧室的写字台前就开播了。对着手机镜头说话，她有一点害羞，但并不紧张——曾经的艺人经历锻炼了她。5000人收看了她的首播。买1个流量至少1元，她想，5000个流量就相当于5000元啊。

回到广州，她每晚都播两小时，背景不过是角落里摆的一只巨型公仔熊。从一开始就像闺蜜间分享，她没有隐瞒自己是位母亲，做真实的自己就好了。"我一直觉得我情商不高，想讲什么就讲什么。"每次换衣服的间隙，镜头是空的，董海锋就在后台打字跟粉丝聊天。

对于"连秒10小时"这个活动，薇娅极为重视，她知道一旦获胜就会得到官方的流量奖励。既然比的不是成交金额，而是单数，她与董海锋便专门针对规则制定了战略。换衣服太浪费时间了，而且用户未必会在衣服上重复下单，她把开实体店时的那套售卖方案升级运用到直播间里。她从头到脚的穿戴搭配一体，T恤、牛仔裤、项链、手镯、戒指、耳环，连同手机壳，全是商品，在那一个小时里，她没有离开过镜头。

通过这一役，董海锋感受到直播的爆发力，他用心研究起直播间的运营方法。"衣服就那么几件，不能天天反复播，那么就想怎么样能把这些人留下来，才能产生后面的数据。"于是他从广州批发市场采购鞋帽饰品，新开一个淘宝店放在里面卖。

战略性赔钱，那位运营主管教给他的概念，再次在董海锋脑中浮现，他把它用到直播场景里。粉丝和薇娅聊天，用什么卸妆液，口红什么色号。董海锋记下需求，隔天开车去商场代购化妆品，小票拍照展示，原价多少就卖多少，包邮寄过去。这算是一种初级的粉丝福利。"赔点小钱，换来他们对你的信任，愿意天天来你直播间跟你互动。"

与早期大量以网红孵化为主营业务的主播团队相比，薇娅团队本就是电商出身，这是一个巨大优势，埋头苦干固然重要，懂得系统的运转规则更为重要。"宝贝排名的权重我们已经研究了两三年了，淘宝的算法肯定是差不多的。"董海锋说。

"算法的逻辑其实很公平，永远是把流量（优先）给到流量利用率最高的直播间。我给你1000公域流量，你能把1000都转化，算法就会给你更多流量。你只能留住10个人，其他流量是浪费掉的，那你的权重就会往下降。"王斯说，"公域流量能不能接住，和你人有关，和你货品有关，和你整个直播间表现有关。"

董海锋摸清了提升直播间排名权重的方法。用户如果通过直播回放进入店铺购物，转化率无法计入，所以他调整策略：其他时间购买是原价，直播时找客服"打暗号"，价格就会降。当时尚无法实现自动化处理，他守在后台一个个手动改价，"（打字）打得手都要断掉了"。这并不算是作弊，但从效果上看，薇娅的直播间接住了流量。

董海锋也会看其他人的直播。"什么时间段，哪几个主播数据特别好，他的风格、话术，直播间卖什么商品，定价是什么样的，用户大概是什么反馈。"竞争在不动声色地展开，时机与决策同样关键，他注意到一位主要的竞争对手把服装预售定为30天，便把自己店铺原本7天的预售期改成20天。用户相比对手那边少了10天等待时间，同时，工厂赢得13天时间，可以生产更多东西用于预售。对手上新快，他劝薇娅把重心放在服装款式开发上，定下目标，每天上三个新品，不再亲自修图。"你不需要再用详情页上的照片去展示你的商品了，人家看的是你主播身上展示的实物。"

直播间销售额超越了自家天猫店，至2016年底，薇娅已跻身淘宝头部主播序列。有一次，她受邀参加一个互联网会议，和其他主播一起坐在最后一排，远远看着那些出圈的"网红"坐在第一排。"哇，他们好厉害，我只是一个店主。"她想。

杀出重围，群雄争霸的局面消失了

直播间的品类不断增加着。开始纯属一时兴起，薇娅在直播时吃面包，粉丝纷纷说也想吃。她便让弟弟黄韬去找商家，谈了个优惠价格，免费帮着卖，"那时候还不知道可以拿佣金"。她估计能卖500单，结果卖出了5000单。从此之后，她经常卖零食。扩品变成薇娅团队的主动之举。新鲜感源源不断注入直播间，粉丝也有了爆发式增长，不再限于只想买女装的群体。

原本做店铺运营的黄韬有了一个新的岗位——临时的招商负责人。与一个蒸汽眼罩厂商派出的代表谈合作时，黄韬和她很细致地讨论价格。"你（给到）另一个平台什么价格，另一个平台抢跑机制什么价格"，他提出不收坑位费，按纯佣金收费，并给出单数承诺，但要求拿最低价。这令那位代表颇为感慨，先前，她与当时被认为排名第一的某主播团队接洽，"她只问我给她多少钱"，而黄韬谈的"都是只有电商人懂的东西"。拥有200多万粉丝的那位主播卖了1万元，只有100多万粉丝的薇娅卖出了14万元。

2017年四五月，薇娅办了第一场"零食节"。黄韬找了三个长期合作的商家的运营当帮手，成立了一个策划小组。那个时期，直播带货仍以服装和美妆为主，完成一晚上三四十个零食坑位的任务并不简单。通过朋友介绍朋友，他们找到不止10家店铺，每家至少提交6样备选才勉强凑够。

零食节是个相对安全的尝试，零食单价低，下单门槛低，那一晚薇娅卖出了300万元。"办节"是直播间的一种新玩法，通过提前几天预热，可以聚集流量，产生抢购氛围，她是主播中最早"吃螃蟹"的人。试验成功后，她又办了美妆和百货的专场。平台也把这套"办节"的逻辑搬去用，这才有了超级品类日。其他各类品类日也随之如雨后春笋般出现。

回头来看，薇娅率先走全品类路线，卖的多是性价比高的商品，宁愿拿较低的佣金，不强求大牌。"别的主播开始学习我们（'办节'）的时候，她们想去做一些大牌。但大品牌只是抱着试试看的角度来做，不给你折扣力度。从粉丝角度来说，若平常在店铺也能买到，为什么到你直播间来买。我不信任你，没有价格优势，所以失败的很多。"招商总监江明山说。

真正令薇娅在电商圈内名声大噪的，是2017年10月做的一场皮草专场。皮草客单价高，大多数主播不敢碰，因为一旦给粉丝造成了直播间商品很贵、卖不动的印象，必然会造成不好影响。对于薇娅来说，挑战是一样的。但她的优势在于做服装起家，已经积累了很大一批对她信任度高的粉丝，同样，也正是由于过去的经验，她对品控、价格有所把握。"如果你对这个行业不了解，你轻易地踏进来，商家给你的这个价格到底是高了还是低了，你压根没有概念。"王斯说。

薇娅一举卖了7000万元，远远超过了另一位主播创下的最高直播纪录2000万元。"一夜赚一套房"，她成为平台大力宣传的模范。

2017年的直播格局就像群雄争霸。"大量的主播迅速地崛起，也有大量的主播迅速地跌落。"时任淘宝直播负责人王斯回忆。这其中各有因素，有一个头部主播的男朋友是负责招商的，两人分手后，主播的供应链受到影响，数据直线下降。另一个主播则是折在了赚快钱上，商品出了问题，口碑大跌。

薇娅杀出重围。有一次，平台做运营测试，把薇娅的公域流量关掉了，粉丝只能从关注流里找到她，数据和以往相比没有受到很大的影响。薇娅牢牢坐在第一女主播的位置上。

伴随着流量的变大，是加倍的小心

2019年下半年，淘宝直播将排位赛改为王者挑战赛。两位在各自赛道遥遥领先的主播，薇娅与李佳琦，不再参与竞赛。"我们每个阶段都会遇到我们对标的一个竞争对手。"董海锋说，现在，对手只剩一个了。

虽然在销售额上，薇娅一直有领先优势，但在粉丝数量与流量上，自2019年初，李佳琦异军突起，他在抖音上出圈了，继而不断地登上微博热搜，也为淘宝直播平台大量引流。而薇娅的第一个热搜在2019年11月才到来，还是因为负面事件。"我们当然不想掉队。"当时已加入薇娅团队的王斯说。

第一步就是开通抖音。一个账号没有做火，就换一种思路，做第二个。从垂直的种草号，到讲述直播背后的故事，再到放直播里的娱乐卡段，薇娅在抖音先后开了四个号，每一个号都换了一次团队，不断地摸索。薇娅所属的公司谦寻为此成立了一个专为她服务的新媒体部。

谦寻也主动向综艺节目抛出橄榄枝。黄韬经过小半年与湖南卫视洽谈，通过用一场直播置换的商业合作，让薇娅登上了《天天向上》。之后就越来越顺利，薇娅不断地登上大牌综艺节目。甚至还有了围绕她打造的网综《来自手机的你》。"可以把综艺理解为一个撬板，它不仅撬动了我的C端，也会撬动我的B端。"黄韬说，通过节目他能得到一些以前完全够不到的合作机会，比如oppo手机或者汽车。

直播带货在2019年爆发，淘宝平台总销售额达到2500亿元，诞生了177个带货过亿元的主播。进入2020年，线下商业受疫情影响，直播带货却继续增长，明星也纷纷下场。薇娅和李佳琦一飞冲天，远远甩开第二梯队，明星隔三岔五地在他们直播间里串场。这进一步推动了薇娅的出圈，她成了热搜的常客。2019年"双11"她的微博有500万粉丝，一年后达到近1500万。

她所在的地理位置也在迅速进化。2019年10月之前谦寻在杭州九堡一幢很破旧的楼里，快递包裹堆满各个角落，底商是个足底按摩店，现在搬进了滨江的阿里巴巴园区，租下了10层高的整栋办公楼，其中，腾出两层楼计划建立"供应链基地"，把优质品牌商资源汇集到一起，推送给全网主播。2019年初，离职阿里巴巴一年、时任国美高管的王斯，也受董海锋邀请加入了谦寻。

电商直播利润相当可观，食品与百货类的佣金占销售额的10%—20%，国际品牌美妆8%—15%，国内品牌美妆10%—35%，珠宝类1%—5%，公益产品分文不收。公司对招商部门没有KPI要求，因为谁也无法预测销售数字将以怎样的方式增长。2019年上半年办一个零食专场，销售额只有4000万元，现在则超过了2亿元。普通的直播场，她可以卖出6000万元以上。"薇娅已经过了追求销售数字的阶段。"王斯说。

这大概是选秀之外，最疯狂的成名方式。很多不可思议的跨界会面正在发生。过去一两年里，薇娅见过泰国亲王，与联合国前秘书长潘基文共进早餐，与金·卡戴珊视频连线。当问及谁给她留下最深刻的印象时，她提到的名字是马云，马云曾进入她的直播间，还邀请她参加抗疫医护人员的火锅宴。"我没想到他会邀请我，以前做电商，会觉得马老师离我太远了。"

伴随着流量变大，是加倍的慎重。除了参与助农公益，对于生鲜类产品，薇娅只与淘宝旗下的"淘香甜"合作。2020年，董海锋主动关停了自营的面膜公司，面膜其实在直播间卖得很好，第一次卖，13万盒在2分钟内一扫而空。一个考虑是，那款面膜使用程序复杂，介绍耗时，同样时间可以讲解三个其他产品。更重要的原因在于，任何化妆品都难免出现过敏反应，而作为自营产品可能对薇娅口碑影响更大。

纳入考量的不只是产品质量与服务，他们要对外界感受始终绷紧敏感神经。丹麦"辱华"漫画事件后，他们拒绝了丹麦的产品。任何一个小小导火索，都可能引发爆炸。一位流量明星因粉丝言行引发争议，团队没有想到，薇娅仅仅卖了他代言的产品，就被弹幕刷屏抵制了。此后直播间在短期内暂停售卖那位明星代言的产品。

薇娅不敢随便开玩笑了。类似事情发生不止一次，一句无心之言，外界就会妄加揣测。她甚至要注意表情管理，因为开玩笑翻白眼的表情被截图。"跟别的话连在一起，就说我是在骂别人。"

她和李佳琦的关系也出现了微妙的变化。媒体提到其中一个名字时，往往会提到另一个，很容易让人联想到战场上的敌我。"战争是有伤亡，一定要拼个你死我活直到谁投降的，"黄韬否认了这一点，"但竞争不是。"

唯一能够预测的是，速度将越来越快

直播的节奏在加快。"以前的话我们想怎么说就怎么说，我的压力就是现在有时候话不敢说太多，赶紧上链接，有人会催你。"薇娅的副播琦儿说。

几年来的"双11"都是这么过来的，跨时十几天的购物狂欢节里，每天都要播上两三场。预售不断提前，2019年是10月25日，2020年则提到了10月21日，"双11"已经变成了一场挑战身体极限的漫长苦役。好几次，同事们都惊讶地看到蓝色的氧气瓶备在一旁，薇娅下播后近乎晕眩，只能一边吸氧一边继续工作。巨压之下，一片雪花也会引发雪崩。2019年"双11"，与海底捞的合作没有谈成——这本是一件小事——凌晨3点消息反馈回来，薇娅哭了。

没有人能够预测，直播的火热会持续多久，就像没有人知道，下一个井喷的商业油矿在哪里。关于这个时代也许唯一能够预测的是——速度将越来越快。

薇娅承认，她一直是个没有安全感的人。这可能源自闯荡演艺圈的那段经历，"努力不一定得到回报"。从早期直播开始，每逢做数据预估，她永远是预估最少的那个人。

多年前离开演艺圈，她誓要夺回生活的主导权。但生活的主导权真的夺回来了吗？

她与丈夫从来不过情人节。2020年，她又一次忘掉了结婚纪念日。"我爸老说我，说你俩老是忘记，不能这样，你还是要有时间浪漫一下的。"上一次全家旅游还是2019年5月，庆祝女儿的生日，头天晚上下播，坐最早的飞机去三亚。据琦儿回忆，薇娅白天全在睡觉："晚上一起吃个饭，拍点照片，去看看鱼，第二天下午就回了。"直播只停了一天。哪怕她去新西兰搞"全球好物甄选"活动，也没有借机逛逛景点，吃完庆功宴，就马不停蹄地赶了回来。

身为董事长的董海锋在公司群里数次发火，认为经纪人给薇娅排期太满了，连续两三天只有三四个小时睡眠。这份职业带来的身体伤害是，她的嗓音越来越哑了。她常感慨，好想看场电影，或者去哪里旅游，董海锋知道，她只是嘴上说说，根本身不由己。每时每刻总有新的事情插入进来：录制ID、纪录片拍摄、粉丝见面、地方政府邀请的参观……

她深知昼夜颠倒有损健康，但她毫无办法。晚8点开始的直播一定要排在一天中所有事情的最前面，她要以最好的状态来面对。所以只有在下播之后，她才能应对其他的工作，多年以来，薇娅都是天亮以后才回到家中。她的一天有时尚未结束，就又重新开始了——如果有活动排在上午进行的话。同事都怀疑，她天生有短睡基因。其实，她是一个睡眠很不好的人。"如果第二天有事我会睡不着，在陌生的环境我也很难入睡。"她自己估算，平均每天睡眠时间只有四五个小时。

她身边所有人都在为这种高速运转付出代价，就连薇娅的父亲，作息也近乎与孩子们同步，常常熬夜到凌晨4点。琦儿说，黄韬创立MCN机构时，每一个员工都是他亲自面试的，那段时间他掉发严重，必须在头顶扎个辫子掩盖。

薇娅的女儿在广州，由外婆带，一月才能见上一两天。女儿早晨8点起床，薇娅就打视频电话陪她玩，按照她自己的生物钟来说等于"在通宵"。8岁的女儿煞有介事地模仿她的忙碌："我要学画画，我还要练小抄，我也很忙。"她感到对女儿特别亏欠。

"会在某一瞬间觉得，太苦了。"薇娅承认有过放弃这种生活的闪念。

她的人生比大多数人精彩，但某种意义上，也比大多数人乏味。经纪人王斯说，很多记者采访后会觉得很失望。"一问薇娅生活，原来这么无聊。这也是薇娅有时候说不用再来采访的一个核心原因。"身边人都说，工作之余，薇娅最大的乐趣就是给人介绍对象。如果公司内部出现了情侣，她很快会打听到。一个同事回忆，有一次看到薇娅下播后和一帮女同事聊明星八卦，那热火劲完全不是"我掌握了很多情报告诉你的姿态"，"她就是一个普通的女生"。

这些年，与其说是"杀"出来了，不如说是"熬"出来了。还有谁记得

2016年、2017年淘宝排行前十的主播吗？互联网的残忍体现在飞快地变化，又飞快地遗忘。

商品"排期池"就在那里。就像没有暂停键的俄罗斯方块游戏，旧的方块亟待消除，上方又不断掉落新的。"团队每天都有规划，有这么多商品链接，我得把它播完。产品又是全品类，我还要学习，把产品了解透。"薇娅说。团队、公益、责任，这是薇娅在采访中会常常提到的词。在这个过程里，她找到了价值感。

如果薇娅真的停播一周、一个月，会出现什么情况？这是个无法回答的问题，可能对于她和同事，更准确地说，这是一个不该存在的问题。

同事郭洁赟有时会想起2018年"双11"那一幕，后来的日子，她很难再看到那样的一幕。那时，"女王"已经登顶，但直播盛世尚未来临，团队里没有那么多人。工作结束后，等待薇娅的不会是成群的记者与采访。那是个小而美的画面，零点下播，高压漩涡瞬间从房间里消失。整个世界安静了，薇娅光着脚，走向沙发，董海锋在那里。多年来，丈夫是她前进路上的一股支撑性力量，现在，成了支撑的实体——她把脚搭在了丈夫的腿上。到处堆着乱七八糟的商品，那是属于他们的岛屿。很长一段时间，他们谁也没有说话。

舟山渔二代的奇幻漂流

那是 1998 年，浙江舟山群岛东北洋面，太阳早已沉下，月亮被云遮蔽，四周海域一片漆黑。

大副张立详所在的浙普渔 43738 正在海上作业。接近深夜，船长进舱休息，张立详负责掌舵。

那时，渔船通信简陋，收音机信号时断时续。他察觉风浪异常，明显比平时猛烈，但捕鱼要抢行情，船仍向外洋开。快 12 点时，收音机信号恢复，延迟的预警信息到达：9—10 级大风，西北向。要知道，小船根本承受不起这个级别的大风。

来不及唤醒船长，张立详立即调转船头，全速回航。风越来越大，浪头打过来，像座山压上来，张立详神经紧绷，用力掌舵。忽然，同行渔船的对讲机传来声音："坏了，我们不行了！"

附近洋面仅这两艘船，它们属同村，几天前结伴出海，两船相距不远，张立详当机立断，决定救援。到达时，事故渔船已倾斜，船头沉没，螺旋翘出水面，6 名船员挤在船尾，船必须强行接驳。能否接上，全靠舵手技术。

张立详反复尝试，都不成功。再耗下去，只会自身难保。船长也醒了过来，但舵还在张立详手上，终于两船相靠，事故渔船上的船员吓得崩溃，挪不动脚，需要人去硬拉。

事故渔船即将沉没，已经来不及解绳，张立详举起斧头，大喝一声，立即将竹子般粗细的绳子斩断。当晚，两艘渔船的人都平安回到岸边。在舟山群岛，这个故事流传颇广，时隔20年，当事人讲述起来，依然激动不已，说到用斧头砍断绳索时，竟也大喝一声。

作为世界四大渔场之一，舟山百余万人口大都以渔业为生，悠久海洋捕捞传统背后，是一段段渔民出生入死的悲壮历史。

20世纪50年代末，吕泗洋海难，大量渔船出海遭遇台风，230艘船沉没，1178人死亡，群岛上留下许多寡妇村。在老渔民的记忆里，数十年来，几乎年年都有因海难去世的人。

更大的风浪，在岸上

位于群岛南端的虾峙岛，是舟山渔业重镇，当地有"舟山渔业看虾峙"的说法。立秋后，岛上的夜晚不再闷热，时有海风吹拂，浑圆的满月挂在天上，潮汐淹没白日里干涸的海湾。

在大岙村，一场仪式正在进行，几个僧人身披法袍，口中唱词，十来个女人全是船长妻子，匍匐在香案前，周围观看的只五六个上年纪的老人，年轻力壮的男人都在海上。

仪式一年一次，只求菩萨保佑海上的人平安，即便没人看，也要做。

虾峙岛上的船长王宁成已上年纪，早就捕不动鱼。他17岁出海，乘的是小舢板，不敢走远，只向东50海里，四五米高的浪，也照样捕捞。王宁成救过同村人，当时那人被网缠脚，坠下了近海，王宁成及时将竹竿伸去，一边拉着，一边解网，人终于得救。

能当船长全靠过硬的本事。

王宁成会看台风，会凭码头的浪判断能否出海；找鱼则是他们的看家活，洋流方向、波浪形状、海水颜色，全是门道。最多时，他一网捞起过万斤带鱼。他也是最早使用"雷达网"的人，将特制渔网锚在海地，开口朝洋流方向，等鱼群自动入网。

张立详16岁即上船，手拉渔网，拉得手时时痉挛，握不紧也张不开，用不了筷子，吃饭只能用手捧，嘴巴探到掌心去拱。每天只睡三四个小时，夜里手冷，只能放在裆部取暖。

在桃花岛上，有人18岁就当船长，掌舵技术高超，卡位泊船从不用重来，即便如此，乘小舢板出海，命还是悬在刀尖上，海上常有漩涡，小船通过极危险。

捕鱼30年，王宁成能平安回来，全靠行事谨慎。有一年，同村两条木船一起出海，遇10级大风，两船一起往回开，相隔几十米。另一条木船开始漏水，渐渐跟不上，王宁成眼看那条船沉入海底，船上20多人，全没了。

海里凶险，岸上也不容易。在20世纪六七十年代，渔民归渔队，收获算工分，命都豁出去，分到手里却不多。等到可以做生意，又是另一番艰辛，买船的老板拿大头，船长也是打工人。

1998年救人这天，是张立详捕鱼生涯的结束日，那以后，他再也不愿出海。后来上码头卖海鲜，抢货时常发生打架流血事件，若不提前投钱在船上，根本拿不到货。

桃花岛渔民老周也选择上岸做生意，货车渡海，到海鲜市场时大都在深夜，熬夜等人来买，若行情不好，海鲜坏了，损失全算自己的，一次大意外，就可能要赔光家底。

要么漂，要么走

渔民生计艰难，渔二代还得回海上，只是这次，舟山渔民会走得更远。远洋捕捞是许多舟山渔二代的出路，去西北太平洋，或横穿赤道去秘鲁。远洋捕捞主要捕鱿鱼，入夜才能作业。鱿鱼天黑才浮上来，渔船配有探照灯，光打在洋面，吸引鱿鱼聚集，快船掠过去，锋利的铁钩刺穿鱿鱼柔软的皮肉。

老周的大儿子周云做远洋捕捞，跟着大船队，去印度洋或者秘鲁。他第一次看到大鱿鱼浮出水面，20多米长，惊得全身起鸡皮疙瘩；他在洋上见过的浪，比哪里都大；有时，船驶过风暴后的海面，人躺在甲板上望向无垠星空，整个银河都像要落下来。

每次回家，周云都爱跟弟弟周汉讲些海上奇观，清晨时分大群海豚追逐渔轮，在洋面次第腾跃，巨大的鲸鱼跃出水面，尾鳍立起来，像神迹。船上生活枯燥，远洋水手必备VCD，岸上补给时，影碟比食物还要紧。带去的影碟都看了个遍。远渡重洋，音讯渺茫，虽有卫星电话，可打一次要数百元。

和许多远洋捕捞水手一样，周云的性格也被海洋塑造着，圈子小，交际少，近于木讷，全然不似码头上的弟弟周汉，即便后来结束远洋捕捞，这些影响仍留在身上。远洋捕捞是渔民的新出路，当然付出的代价也高。出去的时间，最短半年左右，往上则不封顶。

远洋捕捞很危险，长年漂于海上，身体多病，年纪轻轻就是高血压。即便如此，还得拼命。虾峙岛上有个人，30多岁，结了婚，生了孩子，去秘鲁捕鱼，一走就是7年。回来带着将近100万元，买了条近海渔船，再也不愿走远。在如今的虾峙岛，仍有许多年轻人常年漂在海上，他们可以选的路并不多。

流量时代的渔港

老周的小儿子周汉，则走上一条截然不同的路。这名"90后"小伙对大海感情很深，从小在桃花岛长大，会去沙滩挖海螺，生火烤着吃，把泡沫船划远，往深海跳。从他出生起，周汉爸妈就不在家，他偶尔乘船去大岛，看父母忙碌，那里地面肮脏，充满腥味，到饭点，有人送来盒饭，随便找个地方，坐着就吃。

他很早就起念头，以后不再重复父辈老路：捕鱼、海鲜、风浪、死亡。那是多数渔二代的抉择。周汉出社会早，去过杭州、上海、深圳、北京，在酒店行业打拼到20多岁。父亲打电话来劝，他自己也在想，不想这么活，一定要换个路子。

"要不还是回来？"老周在电话里说。

父亲有胃病，身体也不好，周汉决定回去。跑市场后，才见识到什么是辛苦。周汉想改变这个局面，向父亲提出想法。彼时的舟山，正流传一句话："在北上广的渔民后代，都被家里叫回来做淘宝了。"

王宁成的女儿王芳，是风潮的先行者。她毕业进入一家世界500强企业，因备孕回乡，顺势创办淘宝品牌"闹妈海鲜"。那段时间，水产城码头时常出现奇特景象，有个衣着靓丽的女人拿着手机四处拍，嘴里还念念有词。码头的人听说她在做淘宝直播，脸上只有茫然与错愕。风起青蘋，大浪潮少有人看得懂。不久，"闹妈海鲜"的业绩在当地引发轰动，甚至传言年销过亿元。

"舟山大好人"的经营者也是个小伙子，开始根本拿不到货。直播、发货、页面制作、客服，全由一个人做，流量出来后，才有人买他账。条件好的渔二代也不容易，父辈看不上线上销售，以为是小打小闹。讲话想要分量，还得靠流量。

在这股渔业淘宝化风潮里，逐渐涌现出一批佼佼者。"舟山蟹中蟹"与"闹妈海鲜"旗鼓相当，创办者都是渔二代，他们特地从外地回来；张立详底下渔二代运营的"舟山大好人"，利润也在百万元级别，"遇上鲜""国达"也颇具规模。

两三年里，淘宝直播迅速席卷舟山渔港，业内普遍估计，做淘宝直播的海鲜商家有二三百家，其中二三十家较为出众，周汉的"舟山老周海鲜"即在此行列。更令人惊愕的事实是，做淘宝直播的头部商家，其利润已达数百万元，与当地最大的海鲜档口旗鼓相当。

星河灿烂的夜晚

作为中国海洋渔业明珠，舟山群岛正被淘宝直播重新塑造。王芳的海鲜卖过最远的地方是黑龙江，刚从海里来的梭子蟹，进入液氮冻库打包，装满一车就发货，特制的箱式冷冻车一路奔驰。

在群岛北部跨海，货车随即进入机场，早已等候的货运专机腾空而起，北至内蒙古，西至新疆西藏，一日通达，深居内陆的人足不出户即可品尝中国海域出产的最好的海鲜，新鲜度远超传统渠道。空运海鲜并不比码头批发贵多少，因为电商模式压缩了供应渠道。周汉眼里的未来，线上与线下至少会并驾齐驱。

王芳观察到的现象则更有意思。自从跟她合作以后，供货的船长们变得对海鲜越来越"好"，出水的鲳鱼，以前直接上铁铲，现在则变成精细分拣。

越来越多的船长愿意配备冷冻设备，因电商需更严苛的新鲜度，最奇妙的变化莫过于，船长们现在倾向于使用大网捕鱼。因为海鲜上淘宝直播，走的是精品路线，海鲜个头要大，即便量少，也能多卖钱，如今，船上普通渔民收入也涨到每月八九千元。

王芳认为，若长此以往，互联网电商持续改变传统渔业，对海洋生态亦有助益。2019年8月16日这天，是舟山渔港盛大的开渔节，海上，万船齐发，场面蔚为壮观，铁甲渔船柴油发动机的轰鸣声，和螺旋桨启动时油气未充分燃烧散出的黑烟，充斥在主岛与普陀岛之间的宽阔海面。

码头上，远处跨海大桥上，观看仪式的人群中，比往年多出不少年轻面孔。在这片古老悠久的群岛上，有人回到岸上，有人仍在海里乘风破浪，无论哪种，都在朝着新方向前进。周家父子终于团聚在一起，大哥周云走下远洋巨轮，和弟弟周汉一起做淘宝直播。闲暇时日，两兄弟会来到海边，走上漂浮码头，舒服地抽上几支烟，聊起遥远太平洋上那些星河灿烂的夜晚。

成为李佳琦

"夜袭杭州"

2020年10月31日凌晨1点，直播结束后，李佳琦与团队花30分钟开完例会，接着连夜赶往杭州，参加天猫"双11"盛典。

这台声势浩大的盛典，是庚子年"双11"启动的重头戏。不仅有李佳琦参与，同台的，还有薇娅等5位顶流主播。

李佳琦夜袭杭州，一同前往的，有助理旺旺和依雯，以及摄影师、化妆师、直播团队等10余人，分乘3辆小车。

昂贵的化妆品和小件样品，由直播助理旺旺随身携带。

而晚会现场的直播装备，已在白天提前打包运抵杭州，包含2台反看显示器（提词器），3台照明设备和一些大件的样品，设备辎重10余箱。

车在沪杭通道上夜行，李佳琦再次跟旺旺和依雯确认了一遍盛典的直播和表演方案。抵达杭州市郊酒店时，恰好是凌晨4点。办完入住，天光已亮，而这才是当红顶流主播李佳琦一天睡眠的开始。

"双11"是备受瞩目的日子。为备战"双11"，李佳琦每天的睡眠被一再缩短，这是他这一阵子的常态。他的时间都是以通告表里不同色块的数字来量化的，开始是小时，后来是分，甚至细分到秒。数据显示，他的带货能力与日俱增，每分钟可赚177万元，也就是平均每一秒，可创造2.9万元的收入。

10月31日早晨10点半，李佳琦在酒店起床后，开始准备当天下午的彩排。洗漱、早餐、化妆共75分钟；午餐、补妆、对脚本共30分钟。个人部分彩排30分钟，联排最后准备30分钟，正式联排15分钟。

这些时间的分配，经过了李佳琦团队严格而科学的论证，包含了一架"精密机器"核心运转的所有流程。负责现场活动的媒介JOY，把所有细节都对应列入这块由时间建立起来的色彩不同的表格空间里，然后让它产生奇迹。在李佳琦起床的同一时间，20人的后勤保障团队，则乘坐大巴从上海大本营前往杭州，预备为这架"精密机器"再添一层"保护伞"。

同样，这架"精密机器"运转的另一部分——外场摄影棚下午4点直播间样品理货完毕，6点摆台完成，7点推流测试，7点半联排。

但也有例外，当天傍晚，和李佳琦合唱的孟美岐在联排时无法赶到，无奈之下，只能通过经纪人电话，口述确定现场复杂的舞台走位。

这些意外随时可能发生，李佳琦必须灵活应变。比如，上台前，导演又通知李佳琦需要增加与主持人汪涵的访谈环节。李佳琦团队火速拟了两段话，交给李佳琦。

李佳琦与汪涵的对谈相当流畅，盛典现场访谈效果比团队事先拟定的还要好，与孟美岐的表演也出奇地合拍。直播间粉丝留言满屏赞扬。李佳琦的稳健台风，给观看这台盛典的观众留下了深刻印象。湖南卫视当夜就向李佳琦发出节目录制的邀约。

11月1日凌晨，晚会结束，大家返回酒店，JOY负责撤场。

第二天早上，李佳琦团队马不停蹄由杭返沪，准备当晚的直播。

"人间唢呐"

从 10 月 20 日 "双 11" 预售开启算起，李佳琦每晚都有直播，短则 4 小时，最长达到 7 个半小时。

"Hello，所有女生！我们来啦！我们来啦！我们来啦！我们的直播开——始——啦！" 高亢的语调，跳跃的尾音，不断变换的语速，让整个直播团队瞬间进入战时状态。李佳琦激情高昂，园区内的整栋小楼都能听到他的声音，园区内的人称他为 "人间唢呐"。

李佳琦一般在下午 5 点到公司，这时几乎所有人都会找他，他身上仿佛有成百上千条 "线索"，导演趁着他化妆的时候，核对晚上的直播流程；公关拉着摄影师找他录像拍照；记者有采访……最后，所有的产品信息也要在直播前再次与他确认。

几年来，李佳琦养成了只用 10 分钟就迅速吃完饭的习惯。数年来，李佳琦的晚餐，几乎都是湘菜口味的外卖。每晚 7 点半或 8 点，李佳琦走进直播间，宣布直播开始，现场迅速禁音。直播间门口贴着 SOP 标准化流程，直播助理、导播、摄像、模特等在内的 30 多人的现场团队已提前 1 小时就位，灯光一亮，这架 "精密机器" 开始运转。

"双 11" 的直播间做了全新升级，李佳琦身后的电子屏播放着每一款商品的价格和赠品数量，介绍优惠信息时，李佳琦通常会放慢语速，如数家珍地一件件取出赠品展示在镜头前，助播也会提前把商品放在篮子里，逐一递给李佳琦。

在直播镜头看不到的地方，实时观看人数和累计观看人数的数字在中控后台不断攀升或下降。李佳琦一边直播，一边根据数字反馈，调整直播的进度。直播间配备了厨房，售卖速食快餐时，可以直接蒸煮冲兑好相关食品，送到李佳琦面前。

当然，也有更直接的产品展现，老盛昌的大厨穿着白色制服，端着热气腾腾的小笼包，走进直播间解说；娇韵诗的按摩师，正紧张地往身上抹精油，同时讲解精油的按摩手法……

不仅李佳琦的直播间内包罗人间万象，直播间外，商务、质检、财务、法务等公司一众人才，各司其职，随时待命，以解决直播过程中可能出现的问题。

要知道，李佳琦直播间一晚卖出的货物，超过了10家大型超市一年卖出的货物总量。在此前的一场直播中，40万斤大米5秒售空，5万罐核桃5秒售空，12万袋燕麦面7秒售空。单品销售破百万元。

在另一场直播中，他15分钟卖掉1.5万支口红，3分钟卖出5000单资生堂红妍肌活精华露，销售额超600万元。有些商家索性派专人驻守直播间外，在商品售罄后，以便根据李佳琦的口令随时追加库存。很快，他们也成为李佳琦这架"精密机器"的某个部分，甚至公司老板的各种会议，也会跟随李佳琦的时间安排而变动。

"相信我，买它！"

"三二一，上链接！赶快抢！"

李佳琦以高昂的语调高喊着。屏幕后无数手指翻飞，库存瞬间秒空。屏幕下方留言一片嚎叫，要求补货，商家开始"踢"没付款的人。直播间，李佳琦最后淡淡补上一句："不好意思，真的没办法加货了，谢谢大家！下一个产品！"

30平米的李佳琦直播间，仿佛魔力无穷。在最忙碌的"双11"预售期，舒淇、陈坤、范丞丞等当红明星轮番赶来，各类代言明星更是频频造访，相互加持。这个上生·新所园区最显眼的一栋楼，成为游客新的"景点"，很多追星族总是想方设法来此打卡拍照。

每晚的直播时间，就是这里的晨昏线，团队每天的工作时间以直播为界。直播前是长达4小时的选品会，直播后是或长或短的播后复盘。复盘时间可长可短，一般也要到一两点才能散会。之后李佳琦还有一些节目录制，这栋小楼成了整个园区唯一通宵达旦的办公楼。

7个半小时

几场直播下来,李佳琦的语速达到了每分钟350字。团队里的每个人都知道,这是必然的结果。越来越多的产品,像雪花一样飞来,李佳琦如果不以300字以上的语速直播,他将不可能介绍完直播间的货物。

"双11"冲刺的赛道一年比一年拥挤。2020年的预售时间比往年提前更长时间。第一波预售期为10月21—31日,尾款支付时间为11月1—3日;第二波预售期为11月4—10日,尾款支付时间为11月11日。4天的尾款支付期也是"双11"的爆发期,也就是说,这一年的爆点比往年足足多了3天。

更多的产品如潮水般涌向了李佳琦直播间。往往,李佳琦迅速介绍完产品,直播助理便见缝插针地介绍打折信息,引导大家领取优惠券。零点一到,后台迅速开启商品链接,产品统一上架,李佳琦则以最快速度播完120个产品。

10月20日是李佳琦第一场"双11"直播,当晚,李佳琦史无前例地播了7个半小时。当晚播出的产品达到创纪录的123件。蔚英辉是李佳琦直播业务的负责人,这也是他在公司的第四个"双11"。

他回忆,预售前一晚,李佳琦做完预告,下播已接近零时30分,直播团队开会逐一过第二天的直播流程。当看到堆积如山的产品,李佳琦就开始焦虑了,担心产品播不完,加之团队也无法预测20号预售当晚流量的最高阈值,也无法确定这骇人听闻的7个半小时的直播效果,每个人都压力很大。

蔚英辉说,团队为此一直琢磨到凌晨4点。开完会,蔚英辉把流程逐条排序制成表格,包括超时的应对预案,大流量的瞬时冲击以及直播中可能出现的各种意外。从预售链接,到审批流程,每个程序都提前做了三遍检查。

当晚,#李佳琦直播#的话题不到10分钟就冲上了微博热搜首位,零点左右,直播间人数高达1.6亿,点赞数超2.5亿,评论超2.4万,打破了直播带货的历史纪录。

当天直播销量也达821.44万元,单日GMV(成交总额)预估34亿元,单个产品销售额（坑产）达2607万元，这也是当年"双11"所有带货主播的最高值。

蔚英辉说，直播当晚，所有人员严格按照预定节奏执行。李佳琦在团队的紧密配合下，按照既定预案执行直播，所有的节奏都踩在点上，他表现得越发自信，情绪也越发亢奋，氛围达到了极好状态，不仅提前播完了全部内容，还返场了好几个产品。

7个半小时直播，创造了新的纪录。预售直播第一天的销售成绩就超越了李佳琦在2019年"双11"期间23天直播带货的总和。直播的观看人数和实时在线人数均创下新高，是之前最高纪录的数倍。

选品会

直播前的选品，是整个环节的重中之重。

"双11"之前，每一次选品会，都被形象地称为招商团队的"大考"。每天选品如雪花般从全国各地飞来，然而，选品的通过率不足5%。直播间售卖的每一件商品，犹如闯关一样，要过若干关隘，才能进入终选之列，进入这个环节之后，李佳琦还要亲自试用。初选会是最初的环节，它有美妆服饰、食品、生活等三大领域的类目。选品团队包括了专业选品员、大众选品员、质检、商品舆情在内的十几人参与。

一位化妆品参与商说："产品入选李佳琦直播间，整个过程不亚于一场答辩。"

通常，会议室的大屏滚动播放着三四十个商品表格，标明产品图、日常销售、直播间到手价等信息。现场考核的内容涵盖了商品外观、价格、上架时间、备货库存等所有细节。最后还要问赠品情况。

每位招商代表抱着一个透明的整理箱，在选品会上陈述自己的产品，实际上，只有20%的产品可以进入下一轮选品，绝大多数产品在初选就要经历淘汰的命运。

两轮遴选之后，李佳琦参与终选。备选商品都被抽象成库存、原价、优惠价、佣金比例等几个固定指标。李佳琦享有一票否决权，通常在几秒之内就能做出选择。他把口红娴熟地涂在手背上试色，看到喜欢的颜色不断惊呼，"我的天哪！太好看了吧！""我的妈耶！这是什么神仙颜色！"对于不喜欢的商品，即便是在直播间里，他也直言不讳，吐槽某大牌香水的气味像二锅头，某个大牌口红颜色是死亡色号。

李佳琦一票否决的例子不是太多。从直播早期开始，美妆一直是李佳琦直播的核心内容。对于赠品，李佳琦也特别用心。在选品会上，在商务递来的表格上，他逐一勾选赠品，计算出每毫升价格，并和海淘价格做对比。或者尽量提出改进意见，为下次入选提出建议。有些品牌方会及时寄来尚未量产的美妆新品，给李佳琦试用，自然而然地，也开始根据他的意见来指导生产，准备库存。

新助理

做"双11"招商期间，每天一醒来，旺旺的手机就会有连续五屏的未读微信。每天都会有几十个好友请求。她上班第一件事是拆两个小时快递，然后登记试用，再选择其中符合标准的选品与商家对接。

24岁的旺旺在2020年5月成为李佳琦的出镜助理。陪伴李佳琦一路走来的"小助理"付鹏自2019年离开之后，这位年轻的上海女孩获得了这个令人羡慕的工作机会。正是选品会让她崭露头角。

2020年2月，旺旺进入公司成为3C类目的招商。她不怯场，言谈积极又颇具喜感，并且敢于和李佳琦互怼，很快，她在选品会上的表现被李佳琦赏识，她开始担任起助播的重要职位。

旺旺应该是李佳琦之外，"第二忙碌"的人。从一名初出茅庐的普通招商，到成为顶流李佳琦的助播，旺旺坦言压力无处不在，每天跟播到深夜12点直播结束，还要接着开会，会议结束后，她还要花费大量时间研究商品，提前做好功课，尽量避免在直播中出错。

李佳琦公司的每一个人都有着处理不完的事，员工队伍也在不断扩容。旺旺手机里原本40多人的公司微信群，很快就扩充到了两三百人。而且公司的很多事，都绕不过她，她都得参与其中。

旺旺住在嘉定，上班回家需要4小时路程。"双11"之前，为了赶上节奏，她决定和同事在公司附近租房。即便如此，在担任助理后，她的睡眠时间越来越少，白天参加生活类选品，晚上跟播到凌晨，录制综艺和出差也经常熬夜，昼夜颠倒的生活，让她的体重不断增加。

后来，她开始注意打扮，还戴上牙套。李佳琦曾劝说旺旺从3C产品转做时尚美妆类目，但是旺旺一度很不适应时尚类目的非标品。一开始，在选品会上，她选择的多件产品被李佳琦当场否决，旺旺甚至为此躲进会议室默默流泪。但很快她就从李佳琦那里学到了不少选品经验。

如果说旺旺是李佳琦之外"第二忙碌"的人，那么"第三忙碌"的人就是依雯，她是李佳琦的助理，同时也是一位两岁孩子的妈妈。

和旺旺一样，依雯同样具有超高的辨识度，每次直播间卖商品，依雯的试吃讲解都会在深夜勾起观众的食欲。

直播前，依雯喜欢和团队成员讨论，如何呈现会让人更有购物欲，比如在刚出笼的小笼包下面放上干冰；用什么样的盛器能让食材看起来更新鲜，更好吃、更诱人。对于产品的价格和数量她也会做最后的检查，以免在直播中出错。

天猫"双11"盛典当天，李佳琦要离开直播间去晚会现场表演节目，依雯和旺旺第一次承担起主播的任务。依雯说，第一次坐到台前，第一次搭档直播，两个人内心都很慌乱，彩排现场不断出错，节奏怎么也把握不好。

直播前夜，她们反复彩排了好几个小时。第二天直播，两个"高光助理"配合默契，撑足了十几分钟，直到李佳琦回来。依雯说，这漫长的十几分钟，对自己和旺旺都是一次全新的冒险。

依雯爱吃，是美食类目的招商。她做食品检验出身，有一种天赋，第一时间就可以知道这个食品的卖点在哪里。她毫不忌讳自己的身材，原本100斤出头，现在已经160斤。她说，完全是为了李佳琦直播间吃出来的。各种食品样品堆积在仓库，需定时清空。食品类目的选品会更像是一个茶话会，依雯说试吃是一项工作，任务一下就变得无比重大了。

李佳琦式的

美ONE公司原本租用在上海普陀区一处旧厂房改造的创意产业园里，因为业务发展，公司于2019年初搬到了长宁区的上生·新所园区。

在粉丝眼里，这里是李佳琦新的圣地。这个28岁男孩，4年前从南昌来到上海，几乎一夜之间，登上了直播顶流巅峰。如今他在淘宝直播有3600多万粉丝，最高流量冲破1.6亿次观看。

李佳琦的直播室在园区大楼的第三层，被分割成两个区域，内部是李佳琦的休息室、健身房和摄影棚，外部是直播间、电器和服装会分区域展示。原本家中直播的口红墙，也更新为带发光标志的"李佳琦直播间"。

"双11"漫长的前戏和后戏，似乎让这位顶流博主越战越亢奋。他的时间被无限化地切割成通告表里不同色块的数字，量化到每一分，甚至每一秒。很长一段时间直播持续到凌晨三四点，或者天大亮。有时，人们也似乎感受到了李佳琦脸色上带有倦容，他的眼窝有些凹陷，最明显的是下巴也开始频繁爆痘。直播间数不清的照明灯光，无死角地打亮着他的脸，倦容或爆痘，只能靠施加厚厚的粉底才能遮住。

与这相比，数据是耀眼的。李佳琦的微博已经有2100万粉丝，他的微博超话有25.6万粉丝，10.6万帖子。他有庞大的粉丝团，每一次直播，粉丝团除了在群组里做好笔记，整理直播信息，也有很多人追到上海的上生·新所园区的直播场外。

门外常常有三五成群的粉丝结伴在寒风中等待偶遇李佳琦，然后送出自己精心制作的礼物和卡片。和追星不同，这些粉丝因为直播间的消费开始追随主播李佳琦，这也许是生态最奇特的粉丝群。她们会在微博和直播间留言，关心李佳琦的身体状况，看宠物狗奈娃一家的表演，赞扬李佳琦直播当天的妆发，更多的时候是在粉丝群里讨论商品价格，享受买买买的乐趣。

更多的人注意到了，李佳琦已习惯不把自己称为"我"，而总是称为"佳琦"。仿佛那是另一个他，从自己身上生发出来的另一个人，只为直播间而生。甚至他的狗狗奈娃，也如此大名鼎鼎，一进直播间，它都要引发各热搜话题。而几年前，李佳琦最初直播的地点还是在自己家里，那时候有阿姨做饭的声音、狗狗打架的声音，给观众营造了一种下班以后回到家听朋友聊天分享好物的氛围。"双11"期间巨大的工作压力，长期超负荷用嗓，李佳琦患上了支气管炎和咽喉炎。每场直播试色，口红都要在嘴唇上来回卸妆涂色好几次，最多的时候一口气试色几十次，一直涂到嘴唇麻木红肿。为了保护嘴唇，他随时都要涂上厚厚的润唇膏。

他是这架"精密机器"的核心，是运转的动力所在。经历了4年的"双11"，公司的规模量级形成跳跃式的发展，李佳琦的流量也变得不可估量。历经了2017年流量的几次井喷式爆发，2018年李佳琦成为美妆第一博主，现象级的KOL（关键意见领袖）；2019年"双11"成为微博热搜的话题发生器，41天里每天产生一个热搜；"所有女生"的群体称呼首次出现，并已进入了高德地图的语音版中。

凌晨3点以后

"双11"漫长的前夜，或许即将结束。

你在上生·新所园区见到的依然是豪气干云，李佳琦直播团队似乎一切如初，精密而庞大的"直播机器"仍然所向披靡。

但一些变化似乎也在悄悄发生。至少，直播团队其他人的生物钟发生了改变。睡觉的时间延后到了凌晨两三点，吃饭的时间也变得不固定，媒介部的负责人在下午3点和晚上9点吃饭，分不清吃的是午餐、晚餐还是夜宵。

依雯平时很难见到两岁的女儿，为了多陪女儿玩一会，经常凌晨四五点钟到家，直接等女儿醒来，陪她玩一阵子再睡。生活组的组长因为在"双11"预售期间超负荷的工作，连续多日自费搬进公司附近的酒店。李佳琦的宠物狗奈娃常年在直播间营业，如今看到镜头也会条件反射地自动鞠躬作揖。好在人们常说起这个事实：李佳琦直播电商团队的平均年龄是在25—28岁。蔚英辉解释说，这是一份年轻人才能干的工作，即便是中年人，也必须把自己当作"90后"，"战斗"在高速运转的齿轮上。

"双11"前夜，当长达7个半小时的"双11"预售直播结束时，已经是凌晨3点，所有参与当晚直播的七八十人一起去了公司附近的火锅店开庆功会，这一刻，这群神经高度紧绷的人才意识到，他们真正走出了直播间。热气腾腾的火锅和辛辣的食物，将他们带回到真正的生活。

酒足饭饱后，天已经蒙蒙亮，然而，再过几小时，新一天的直播准备工作，又将开始。"以前我很在乎直播间的数据，把每一场直播当做打怪游戏。这些年过来，我开始觉得，比起数据，更看重的是给粉丝带去爱与陪伴。我们直播内容的创新都是以'共情'为出发点，我希望自己的快乐，可以分享给大家，希望和大家像朋友一样彼此陪伴着对方。"李佳琦说。"即便不买，看看直播也是开心的。"一名粉丝在接受采访时说，每晚加班回到出租屋，打开李佳琦直播，吵吵闹闹的直播间让她很有安全感。"现在理智很多了，但有时候忍不住还会买，因为觉得不买会吃亏，每天都有快递就很开心。确实是便宜，还可以学习美妆知识。我一个人入坑了以后，我们全办公室都入坑了，现在我们整个办公室同事都在直播间买东西。"

广东淘宝直播第一镇

"可以开工了！"电话刚一接通，应梅珑便说。

广州番禺南村镇，方圆3公里内，服装工厂超过1000家，受2020年初新冠肺炎疫情影响，这里的行情坠到"冰点"。一家名叫戈诺伊的工厂内，库存垒到10余米高，积压的上百万件服装相当于多年利润，关联着制造链上2600多人。

工厂老板应梅珑的另一个身份，是南村镇商会会长，他迅速做出决定：让南村的工厂集体上淘宝直播消库存。

深夜里，他拨通了一位朋友的手机，对方是一家淘宝直播机构负责人，两个广东生意人没有客套，电话接起来就问："疫情期间你们做得怎么样？"对方回道："还可以，主要是没货。"应梅珑稍微按捺激动，然后果决地说："我有！"

附近的商业楼体被打开，施工队连夜开动，24小时作业，三班倒，20天时间，2万平米，一个超级淘宝直播基地"拔地而起"。

淘宝直播开启的第三天，戈诺伊工厂的销售超过100万元时，应梅珑意识到"有盼头了"，当即便拿起手机通知开工。

现在，原本陈旧的大楼被改造成明亮的淘宝直播间，数十家工厂相继入驻，通过手机摄像头直达数千公里外的购买者。开播不久，即完成数千万件备货，将冻结的服装小镇重新激活，南村镇也因此被外界称为"淘宝直播第一镇"。

在这个略带"魔幻现实"色彩的地方，当主播们在环形补光灯前工作至深夜时，隔壁装修工的电钻枪仍在高声轰鸣，直播间的数量还在持续增加，它的规划数量是1000个。

对于熟悉当地的人来说，这个令外界好奇的淘宝直播第一镇，其实并非横空出世，在改革开放的前沿阵地珠三角，它是一个时代新故事的瞩目节点。当潮流撞击海岸前，它早已开始翻腾。

艰难发轫

南村魔幻故事的起点不在这个小镇上。从南村向北数十公里，进入广州主城地带，十三行的批发档口背后，便是南村镇的服装工厂。

2016年，这里的新中国大厦虽已颇显陈旧，但楼内依然人声鼎沸，行道簇拥，两平米的档口，租金可高达百万元，楼外街道上，工人穿梭不停，托运服装的钢轮板车发出急密的哐啷声。

那是中国服装批发行业的巅峰，上海的批发商会在此长期蹲守，凌晨四五点排队抢货，在一些偏远市县，与广州的"潮流时差"是两三年。十三行也蜚声海外，各国商人来此交易不需要翻译，看一眼货物成色，数百万元的交易即可达成。

新的迹象也在这座老旧大楼里出现，档口老板们开始以"淘宝网红同款"招揽生意，附近大楼里，无数做淘宝的电商公司享受着临近货源的便利。但在这个行业平顺的年代，店主袁浩哲却打算换一条新赛道。

他租下几间老旧民房，将屋子刷成白色，玻璃墙落地，室内装修成简洁明亮的包豪斯风格。在当时，还没几个人理解他即将放手一搏的事：淘宝直播。

这一年5月，人们才第一次听到淘宝直播的名字，但袁浩哲已经从中嗅到某种"风口的气息"。

他最初的方向也没错，跟着行业走，模仿秀场直播，做颜值经济。给模特们面试时，袁浩哲反而说得更多，他要不停地解释到底要做什么事情。

"这个路子只走了不到半年。"袁浩哲回想当时，有人呆着不说话，在镜头前睡着，也有肯熬夜的，连做梦都是淘宝直播，可最长也坚持不过3个月。

离开前两天，有位模特在老板面前大哭一场，几个月里，她已积累了几万粉丝，但仍决定放弃，回到她月入10万元的模特工作。

到2016年"双11"，淘宝直播开始崭露头角，一家东北地区的直播机构，第一次在账户里看到盈利数字，他们掌握着一些不为外人所知的秘诀：放弃那些好看的模特，专找能说会道的人。

袁浩哲也摸到了那条隐秘的线索。最初，他把招聘广告贴到十三行附近，却被以为是传销。他想找的，是那些每天喊得声嘶力竭的档口小妹，"她们懂衣服，口才也好，天生就是卖衣服的"。

这轮面试时，袁浩哲不再费力解释，而是上来就问："你想赚大钱吗？"他记得有个女孩，忽然瞪大了眼睛脱口就说："想！"

直播比档口叫卖更复杂，也更辛苦。主播们每天工作12小时以上，两小时用来选品、规划流程，然后播整天，再留两小时复盘，有人播到深夜，直接在镜头前睡过去。

有个细节，袁浩哲感慨很深，每次下来后，主播都会坐进旁边的沙发，长时间沉默，没人会去打扰，因为知道她不想再说话。

随着这群探路者渐上正轨，一个奇特的现象开始出现，堆积在机构里的衣服越来越多。有些机构甚至达到数万件，原因不是卖不掉，而是，它们本来就是样板。

奇特现象背后，是广州这座服饰之都的"傲慢"，在工厂和档口老板看来，这群做直播的年轻人并没有什么特别，他们也没有形成看待新事物的眼光，仍像对待普通批发商那样，对待这群整天对着手机镜头说话的年轻人。

袁浩哲想让主播展示的衣服，他必须先自己掏钱买下来，日积月累，堆积成山。"很多机构最初就死在这个上面了。"最多时，这家名叫火星的淘宝直播机构，积存服装样板数万种，成本200多万元。

与淘汰对应的，是模式的迅速进化，火星的上播时段被调整到晚上，延伸到凌晨，袁浩哲时常会守到深夜，给泄气的主播鼓劲，描绘蓝图，"画饼"。

进击的淘宝直播

到2017年，"千播大战"已落下帷幕，鼎盛时，数百家秀场直播平台近身厮杀，流量注水以倍数起，出现"14亿人同时在线""10元买1万粉丝"的"乱象"。

这一年的晚些时候，直播领域的"孤独逆行者"淘宝直播也迎来爆发。一位同样来自广州服装档口的主播将给人们带来震撼，这位艺名叫"薇娅"的主播，仅在一场直播里就卖出7000万元。

而袁浩哲的好运还要再晚些时候才来，他曾去杭州出过一次差，遇到的一件事曾令他备受打击。杭州主播卖的衣服都是最新款式，而他即便近在广州，也拿不到。"很卑微。"袁浩哲说。

主播们也被"逼出"直播间，由于样板积存过多，先拿货再直播的路已行不通，随即，这群行业探路者就创造出一种新模式：走播。

袁浩哲最初领着团队去十三行，迎来的不仅是人们猎奇和轻蔑的眼光，更是敌意。这也是另一家淘宝直播机构"意涂"最初的感受。

"只能在那些最冷清的店铺里播。"档口老板眼里，他们是"尾货处理者"，即便允许手机架在店里，给的也都是过季款式。

袁浩哲曾争取过一家旺铺，前一天协商好，第二天主播带着设备过去，播了不到15分钟，老板觉得妨碍生意，直接撵人，主播只好哭着回公司。

另一家机构也遭遇过类似尴尬。那家档口他们前后去过许多次，店主有时不耐烦地拒绝，有时则粗暴赶人，嘴里连说很多个"去"字。

"服饰之都"广州其实早已电商化，许多档口背后，本就是淘宝店，他们拒绝直播，只是因为"不相信淘宝直播也能卖货"。

袁浩哲却在此时看到裂缝中透出的光亮。

选择用档口小妹当直播主力是对的，差不多相同时期，阿里总部的程序员开始调整后台程序。打赏被彻底取消，页面审美"丑"化，为保证商品真实，主播不能修脸，实际上，后台参数甚至让人比镜子里还难看。

淘宝直播大方向上的"伤筋动骨"，指向的是另一个目标：专业化。

火星的主播渐渐崭露头角，每日单人成交从几万元蹿到50万元，主播不断返场，凌晨3点多，发烫的手机摄像头才被关闭。数据突破背后，是苦功夫。"那些不愿参加复盘会的人，大都没有撑下来。"袁浩哲感慨。

2017年夏天，广州十三行遭遇了一次不小的挫折，夏装滞销了。悲观的氛围弥漫在卖场内，200万元的库存，当尾货出清后竟只值几万元，一件衣服便宜到五六元。

袁浩哲看到了机会，他立即联系熟悉的档口老板，请求派主播驻店，这一次，火星没有遇到任何阻力，"他们死马当活马医了"。

数十名主播被派了出去，在他眼里，这是"攻下"档口的最佳时机。其他淘宝直播机构也涌进来，老旧的批发大楼顿时变得"魔幻"，无数环形补光灯依次排列在档口，里面的年轻人则独自对着手机亢奋地说话，不停试穿衣服，变换款式。

那家曾经搽人的档口也接受了当下形势，女老板会殷勤地安排两名员工协助直播，主播们也会在最后一天吃到档口老板的"庆功宴"。

这个发生在南方老旧批发市场里的故事，将构成互联网行业风起的最初势能。淘宝直播将在下一年结束时，成为千亿级商业场景，作为一种"主流商业模式"走入公众视野，让档口小妹主播成为年入百万元者，让田间地头的农民将手机作为新农具。

袁浩哲对这种风起青蘋的感触尤为深刻，当他从商场路过，随时都会有人来拍他肩膀，十三行的许多档口门前，甚至特地用黑体字写出："欢迎淘宝直播。"

播遍珠三角

比起名头更响亮的白马、十三行，东北远郊的沙河则略显暗淡。

进入 2018 年后,这里一位名叫张伟的档口老板变得心神不宁,他听说楼上开了一个淘宝直播中心,有些主播单日就能卖 20 万元。

张伟终于忍耐不住,抽空去楼上看了一眼,他找到前台直接就问:"听说你们有人一天卖 20 万元,是真的吗?"

当这位沙河的档口老板开始拥抱新事物时,他已是浪潮中的普通一员。

在这座"服饰之都",将有 713 个专业市场、逾 80 万商户、超过 300 万的就业人群,感受到淘宝直播的影响力。

珠三角也正被风气席卷,中山市的兴隆工业区内,一位 50 岁的行业"老兵",开了 18 个直播间进行"二次创业"。许多普通档口小妹在淘宝直播"暴得大名",一位新晋网红小妹在回家的夜晚放声大哭,觉得多年心酸终得回报。

袁浩哲也在这一年感受到行业的风起云涌,火星换了更大的场地,每月接待数百名咨询商家。此时,离淘宝直播第一镇的出现已经不远。

视线再次回到番禺南村镇,一家中型服装工厂正在探索新的可能,它的电商负责人与火星取得联系,打算做一场工厂直播。

最初,工厂只愿意拿出过季款式,且没有折扣。开播前一天,已经是深夜 1 点,袁浩哲决定最后再打个电话,为这"珠三角地区的第一场工厂淘宝直播"要到折扣。

电话接通,对方开了免提,公司 CEO 也在场,沉默两三分钟后,袁浩哲听到电话那头有人发话:"你拍板吧。"这是 CEO 对电商总监说的。最终,这场"历史性"工厂直播的销售额是 100 万元。

2019 年将要结束时,南村镇迎来一些新的变化,包括星火、意涂等淘宝直播机构陆续入驻工厂。

未来数月,淘宝直播第一镇在番禺出现以后,广东将有超过两万名厂长,让环形补光灯在车间展厅点亮,疫情期间,超 30 万家工厂在阿里"春雷计划"中逆风翻盘。

袁浩哲现在时常会想起 3 年前的一个凌晨,他从公司离开后,开车经过十三行,街面上已开始变得热闹,钢轮板车的哐啷声此起彼伏,中国服装之都又开始了普通的一天,像永远不会被改变。

淘宝村

金蛋村的富豪诗人

清晨5点，孙允兵起来了。

四周黑漆漆的，村子仍在沉睡。这安宁的清晨，孙允兵并不留恋，他向往的是另一个世界——一间汗蒸房。孙允兵早起在自家汗蒸房念诗。

孙允兵为汗蒸房花了4000多元，他满意于它的安静、私密和隔音。毕竟，一个活在中国农村的诗人，多少有点酸溜溜的感觉。人前总要装一下，但汗蒸房的小门一关，回归自我。

……严冬尽了，冰雪消了，

大地暖了，新枝绿了，

可是

我的岁月，你在哪里？

难道就这样匆匆地走了，

永远也不会回来……

这首诗叫《岁月》，因赵忠祥的朗诵而走红。孙允兵很喜欢，能流利且饱含深情地背诵整首诗。

天渐渐亮了。诗人孙允兵从文学世界里返回，推开小小的门，喧闹汹涌而来。

诗人也要赚钱的，朗诵室隔壁就是厂房。和逼仄、密闭的汗蒸房相比，这里热火朝天，满眼金灿灿——每天有3000枚石膏金蛋在这里生产。

老板孙允兵是村里第一个"吃螃蟹"的人。10多年来，越来越多的人加入并壮大了这个产业，他们把祖祖辈辈生活的山东费县水湖村，变为全国闻名的"金蛋村"，包揽了市场上80%的金蛋。在孙诗人或孙老板看来，一手诗歌、一手金蛋的生活都还算幸运。不过，这背后的一切也不仅仅是运气。

水湖村的"高加林"

水湖村可能是全中国最金光闪闪的地方：晒网是金的，喷枪是金的，手套是金的，油漆桶是金的，连墙壁都染上了薄薄的一层金色。金蛋铺天盖地、层层叠叠，就像童话书里的惊世宝藏。

每天有30多万枚金蛋从这里销往全国，在庆典、宴会、促销会等热闹场合上，等待那幸运的一锤。已逝主持人李咏是"金蛋风"的开创者，《非常6＋1》等经典节目让"金蛋"成为人们迎接好运的常用道具。

水湖村所在的费县，北距济南250公里，是书法家颜真卿故里；40公里外的临沂，则出了王羲之。圣贤之风的浸染，让齐鲁子弟向来读书了得。然而，在恢复高考的第5年，水湖村的孙允兵却陷入了人生的至暗时刻。

1981年夏天，那天阴沉沉的，很闷热。孙允兵握紧手里卷成筒状的《哲学概论》，低头走进校门。挫败感让他不敢和其他同学搭话。

高中同学至今还说，孙允兵是"班上语文成绩最好的那个人"，考个师范大学应该不成问题。然而在预选考试中，孙允兵被淘汰了，据说差了3分。这意味着，他失去了一次改变命运的机会，余生要和父母一样在黄土地里刨食。

这一急，生了大病，孙允兵被父亲背去医院躺了3天。出院后孙允兵认了命，待在家里和父亲一起编竹簸箕：家里要养5个孩子，身为老大的他没法任性。

不读书怎么了？孙允兵想，在家也可以搞文学创作，高尔基不就是个木匠吗，赵树理也不识几个大字。他一边劳作，一边和几个上中专的同学搞了个文学通讯社，继续给各个文学刊物投稿。

稿件一封封寄出去，一封封被退回来。去村委取信的时候，他拿到手的信封往往是开着口的——别人太好奇他在写些什么，忍不住拆开看。后来，终于有一首小诗被录用了，稿费2元；去邮局领汇款要有姓名章，而光刻章就花掉了他1.5元。

在文艺创作之路上，孙允兵可以说是"挥金如土"。他拿出过10元巨资，买回成沓稿纸以供自己写作：那时候稿纸都是论张卖的，一张要几分钱。去东北打工时，他用攒下来的30元买了台收音机，别人听梅兰芳，他听路遥的《人生》，他觉得自己就像是小说里的高加林——一个热爱生活，心性极高，有着远大的理想和抱负的农村青年，而等待他的，却是"骨感"的现实和坎坷的命运。

17岁那年，父母帮他定了亲；21岁，他和大字不识一个的妻子扯了证，很快生了两个孩子。妻子从不关心他究竟在做什么，只是嫌他晚上用煤油灯看书"太耗油"。

时至今日，他依旧不怎么和妻子聊天，"没有共同语言"。有记者到村里采访，孙允兵本想和记者们一起吃吃饭聊聊天，却被妻子拦在门口，妻子问他"还去不去城里发货了"。

棋差一着，便在人生的深谷越滚越远。即使多年之后，孙允兵仍无法抚平这些憾事："第一是没有复读，第二是那么早就结婚了。"

秀才的生意

错过了大学，错过了城市，也错过了美好的20世纪80年代。那时食指、顾城、海子的诗风靡大江南北，却滋润不了留在农村的孙允兵。他仍读着他的赵树理和路遥，凭感觉写诗，自嘲道：写着玩。

现在，57岁的孙允兵虽头花发白，身材矮小，行头却不含糊：戴手表，穿衬衣马甲，和人交谈的时候字正腔圆，甚至带点儿播音腔。

孙允兵的"穷讲究"让他有些不合群，村里男人爱凑一起胡侃喝酒，他基本都不参加。大家也不知道他整天躲在房子里忙些什么。

他在写诗。在小纸片上写，最得意的一句是，"南洼那高粱把太阳烤成了黄黄的烙饼"。

可诗不能当饭吃，为了生计，孙允兵什么都做过。去集市上卖竹编簸箕，在砖窑和糖厂打工，卖鞋，卖豆腐，卖石膏娃娃，搞蔬菜大棚，做石膏模具……全村第一家浴池也是他在2000年开的。

2006年冬天，来洗澡的村民发现，孙老板又在捣鼓新东西。

这次是些圆圆的石膏蛋。几个雇来的工人就坐在浴池旁边的空地上，将调好的石膏浆倒入模具轻轻晃动摇匀，稍微晾上会儿，揭开模具，一个灰白色的半成品蛋坯就完成了，再涂上金漆料，整个工序不过几分钟。

每个围观的村民心里都回荡着三连问：这啥玩意？这玩意谁买？这玩意能赚钱？

这就是水湖村的初代金蛋。孙允兵此时还不知道一个叫李咏的主持人，在电视节目上把金蛋砸火了。批发商到处找货源，有人知道孙允兵会做石膏娃娃，就问他能不能做金蛋。

工艺上是不难的。孙允兵盘算一下，以为做完5万枚金蛋能赚到5000元，就赶忙答应了下来，没承想，他错误估计了人力成本，最后反倒亏了1万多元。

村民们见他做赔了生意，唏嘘议论一番，渐渐把这事忘掉了。

孙允兵儿子大学毕业后，把宿舍里的旧电脑拿回了家。2007年元旦，孙允兵把卖剩下的金蛋挂到网上销售，挣回了一些本钱。

虽说流年不利，但互联网终究打开了新世界：他注册了博客，开始在网上写诗。后来又投稿给诗歌网站，发表了不少，他开开心心地和读者网友们交流，开开心心地继续写诗。

村里也有了"夜生活"

学会上网的孙允兵开始接触电商，在淘宝开店。由于做得早，市场需求又大，加上平台效应，订单纷至沓来。传统的线下批发模式被打破，中间环节也被消除，每枚金蛋的利润由负数直接翻至最高2元。

由于金蛋卖得太快，一家豆浆机企业下了订单后不放心，还派了两个业务员过来蹲点，等石膏蛋上的金漆一干，就运走。

村里人终于意识到，一口酸诗的孙允兵这回真的逮着"金蛋"了。

孙允兵把第一桶金用来建工厂，又风光了一把。前来参观的人络绎不绝，本村外村都有。

金蛋确实是个好生意。和其他石膏工艺品不一样，它工序简单、制作方便，更重要的是，它是一种消耗品。每天，成批成批的金蛋被运出去砸掉，就有成批成批的金蛋生产出来补上，生生不息。

孙允兵就住在工厂的传达室，每天5点多起床，下午开车去临沂发货，晚上八九点才回家。他被人骗过8000元，苦口婆心地给对方发信息，对方却要赖骂他，他的回击却很书生气——"你这种人早晚会被孤立的"。

一个半拉子诗人做网店都这么溜，越来越多的村民也依葫芦画瓢，搭起金蛋生产线。

跑得最快的还要数村里那些年轻人。孙振国在潍坊读中专时就帮父母打理过淘宝店，2013年毕业回来后全面转向金蛋，家里的店铺销量很快蹿到前头。

村里还有千余人是代加工散户，为网店供货。残疾人低保户王全福起初也是散户中的一员，后来放开胆子借了15万元，自己办金蛋厂，注册了8家淘宝店铺。如今，26位和他一样基本丧失劳动力的残疾人，在他的工厂里靠制作金蛋谋得生路，而他也成了当地的创业和慈善标兵。

规模上来后，除了生意，一些变化也在悄悄发生。

柏油马路铺好了，新路灯竖起来了，在外打工的年轻人八成以上都回村了。村里人从此有了"夜生活"，路边每晚都有烧烤小吃，热闹到十一二点。

一家开了十几年的小吃摊干脆换掉门脸，进化成内设包间的"大酒店"。

人们常在其他村庄里看到的坐在路边唠嗑的老人，这在水湖村是绝对见不到的。金蛋市场一年比一年需求量大，人人都在忙活，家家没有闲人。

归来仍是少年

现在，水湖村已经成为国内最大的石膏金蛋生产地。国内每销售10枚，就有8枚产自这里。村里约2600人中，有2200多人靠金蛋为生，他们共同运作着7家金蛋加工厂，近百家金蛋作坊，200多辆重型卡车。

每年，上亿枚金蛋从这里销往世界各地，带来近3亿元产值。水湖村成为中国最著名的"淘宝村"之一。

除了商业和科技的力量，这一切自然也与孙允兵有关。而现在，他计划将生意逐步转交出去。儿子已经自食其力，开了一家机械厂，对金蛋似乎兴趣不大。

孙允兵考虑过退休，又觉得这样做对厂里的工人很不负责任。有人劝他享清福，他就文绉绉地吟起来——"历数乡邻之帮扶，职工之勤劳，我若弃之而去，桃源之乐安在？"

这个金蛋村的第一人，依旧在衬衣马甲中独来独往，一如少年时的清高。"之前我干吗他们就干吗，我做金蛋大家就都做金蛋，"孙允兵说，"但我喜欢的写作、朗诵，他们却不来学。"

2018年10月，孙允兵装货时伤到了腰，躺在家里的3个月闲来无事，花480元在网上报了朗诵课程。每天清晨5点，就钻进家里的汗蒸房练习。

从事金蛋制造行业13年，卖出了千万颗金蛋，他终于得到了人生的一点儿小自由。

水湖村的金蛋依旧供不应求，但新的挑战也潜藏其中。随着竞争加剧，金蛋的售价不断走低，原先五六元一枚的，如今只卖1元多。与其他产业无异，同质化竞争对产业提出了持续升级的需求。

村里更富想象力的"金蛋二代"们，一边改造生产工艺，一边拥抱直播、大数据等新模式，甚至还琢磨着把金蛋卖到国外。

在孙允兵看来，这是年轻人的事了。他还是难忘初心，把更多时间放到文学创作上：写散文，写小说，写诗歌，写自己看到的麦收播种，也写回忆中的童年与亲情；写农村孩子没钱上学的事情，把自己写哭了，眼泪滴到键盘上。被他津津乐道的是，他写的其中一首诗歌被某位大学教授点了"收藏"。

孙允兵说，等到稍微清闲些，会翻出自己年轻时创作的小说文稿。那是用白纸裁开、装订成册的厚厚几沓本子，边角泛黄，字迹工整，他准备将它们一点点整理到电脑文档上。

即使年近花甲，孙允兵还是给自己留了一项任务——每天去临沂发货。往返3小时路途，这位乡土老诗人时常会一边开着窗户漏风的小卡车，一边大声朗诵《桃花源记》。

2017年8月13日，孙允兵驾车回家时，对面有司机违规开了远光灯。他眼睛难受极了，灵感却也来了——他赶紧把车停到路边，掏出手机，车辆来来往往，车灯来来回回地扫过孙允兵身上。借着窗外昏暗的路灯，他一字一字摁下自己的诗句——

贼光惊扰了夕阳的美梦
他
躺在贼亮贼亮的
贼光里。

"魔幻"吉他村

贵州正安县瑞濠村，是一处群山环绕的狭小谷地，但在这里，人们的生活却与闭塞无关。

它是全省第二个淘宝村，每年有800万把吉他从这里飞向世界各地。在这块贵州大山里的魔幻电商飞地，共有超过2万山里人在家门口就业，找到生活归宿和理想安放处。

曾在街头卖唱走遍中国，如今为800万把吉他回到大山

大学毕业那年，王远清回到家乡，看到广场上赫然矗立的巨型吉他雕塑，觉得异常恍惚，不可思议。

吉他，曾占据他的整个青春。

王远清出生在山脚下的小镇，崇拜 Beyond，中学就在学校搞文艺，跳 breaking 和民族舞，留着长长的头发。在重庆的大学里，和几个同学组成了乐队，他当电吉他手，在几平米的杂物间排练，挥汗如雨。

毕业那年，在操场办音乐会，一首《青春再见》，唱哭许多人。乐队在校门口小饭店吃了最后一顿饭，排成一队，在大马路上合影，之后，各奔东西。

很长时间里，王远清四处游历，扛一把吉他，在不同城市落脚，住最便宜的旅店；没钱就去街上，摊开吉他包，拨动琴弦，开嗓唱歌，一晚收入够用好几天。

每到秋冬时节，北方城市一片苍茫，空落，山上也无树。他想家了。那里有四季常青的松柏，也有金黄的落叶。

"我从小习惯了开门见山，在城市很多地方都很没安全感。"

王远清回到家乡，再次看到那座巨大的吉他雕塑，他在这里找到了安放情怀与维持生计的工作。

他为吉他村大大小小的工厂作坊提供"保姆式"的电商服务，帮助他们做淘宝，让吉他走出大山，让动人的弦乐声在世界的各个角落响起。

祖父曾是贵州第一条铁路——湘黔铁路——的工人，路修好，人也留下来，一生受够了大山的苦，唯一的夙愿是后辈可以走出大山。如今，王远清又走了回来，却已经是另一个时代，他相信，去世的祖父会为他骄傲。

山上住了几十年，为养子治病走下山

活了大半辈子，却还没出过贵州省。

唐玉江家世代都是山上的农民，17年前，儿子患上精神分裂症，他才来到20公里外的县城。

现在，他每天经手500多把民谣吉他，还有尤克里里，将它们装进纸箱，送到大城市，甚至国外。他只知道民谣就是民间唱歌的意思，会用贵州普通话说尤克里里，却完全不知道那是什么意思。

但这并不影响他现在的生活，工厂的吉他在淘宝上卖得很好，他的工资每月都按时发，还包吃。"双11"厂里吉他尤其走俏，每天有七八辆大挂车拉货，装满包装好的吉他，排着队出山。

唐玉江是异地扶贫搬迁户，下山，住进搬迁房，上班就在附近的吉他厂。房子宽敞明亮，阳台摆着结婚时的木箱子、小背篓、簸箕，通红的辣椒、大蒜头，它们都是山里生活的印记。

十几年前，一向乖巧的儿子忽然骂人打架，诊断结果出来，是精神分裂。贫穷的家庭雪上加霜，往后漫长岁月，全都被羁绊住了。

妻子在家看孩子，唐玉江去县城拿药，来回步行几十公里。夫妻俩十分焦虑，有时饭就在锅里，他们却忘记吃。

想多挣点钱，他去山下的红砖厂打工，也是走山路，每天4小时，收入十几元。也有几亩地，种点谷子、玉米，可化肥、种子、农药，全要借钱买。

老农民的半生挣扎，只为捡回儿子一条命。

2017年，唐玉江进入淘宝吉他工厂上班，工资涨了好几倍，每月最少3000元，多的时候有5000元。

虽然已经快60岁了，可一想到儿子病还没好，他干活儿总是铆着劲，连续几年被评为优秀员工。

有空闲时，他喜欢往县城跑，儿子在那里住院，他坐着陪儿子说说话。很少有人知道，儿子其实是他领养的，但他从未想过放弃。

叫过一声爸，就是一辈子的父子情。

唐玉江如今最大的心愿，就是自己能在淘宝工厂一直做下去，给儿子治病，等儿子病情好转，就接他出来，一家团圆。

打工漂泊半辈子，没想过下班还能为母亲做饭

多年来，刘霞也在期待着她的团圆。

她刚过40岁，在外奔波23年。1997年她外出打工，到广州要坐7天7夜的车，后又辗转到浙江的建筑工地。

刘霞记得，她是"小工"，工资每小时2元，丈夫是"大工"，每天40元。有段时间他们把父母孩子都接到身边住，在狭窄的出租屋，生活虽然艰苦，却很开心，毕竟一家人在一起。

2009年，丈夫从脚手架上不慎摔落，脑震荡，另外一个工友则当场死亡。刘霞带丈夫回家治病，只留父亲一个人在浙江打工，不承想，丈夫躲过的厄运，却让老人撞上了。

一天，独自在出租屋的父亲突发脑溢血，摔倒在地上。刘霞接到电话，和丈夫连夜坐车赶过去，路上又接到电话，说人已经不行了。夫妇俩心如刀割，哭着安慰母亲说没事。

赶到医院，父亲还剩最后一口气，人躺在床上，知道家人赶到，眼角流下一滴泪，走了。

父亲火化后，夫妇俩带着老人的骨灰盒回家。

修好老家漏雨的房子，把母亲和孩子留在家中，夫妇俩再度踏上背井离乡的路。

刘霞从来没有想过，有一天她能在家门口找到合适的工作，收入甚至比在外面好。

时代呼啸向前，城市反哺农村，互联网赋能边缘地带，农民工返乡创业就业渐成趋势，贵州吉他淘宝村，成为浪潮中一片独特方域。

刘霞现在的工作是为吉他做打磨，每月收入3000元以上，她手脚快，工作时常提前做完，每天下班回家还能为母亲做饭。

一家人吃过饭后，刘霞总要挽着母亲去村里广场逛逛，老人坐在一边休憩，她则站起来，走向热闹的人群，跟着动感的音乐跳舞。

虽在小地方，但做的是和时代接轨的事

韦会勤只用一年时间就做到了车间主任。

他1995年出生，身上的早熟和稳重，都是艰辛生活的磨砺。

生在大山，长在大山，读书就在山里简陋的村小。山上风大，能掀起屋顶瓦片，下雨时小路湿滑，稍有不慎，轻则摔得一身泥，更危险的是滑下坡坎或者悬崖。

早上8点出门，到学校已经11点，那是山里孩子第一节课的时间。

韦会勤父母早年外出打工，兄妹俩跟着爷爷奶奶过，父母最长3年没回家。春节，兄妹俩看着别人家的热闹，心里的酸楚无处说。

为了帮父母分担压力，韦会勤初中还没毕业就辍学去工地做小工，在大城

市，每月赚两三千元，吃穿拮据，他却很懂事，自己用得少，省下来寄给家里。

跑过很多城市，在数不清的建筑工地干活，大好青春都浸在汗水里，怅惘尽头，怀念的仍是家的温暖。

在吉他工厂里，他想得宽，做事细致，很快就做到了管理，下一步是想做电商运营，他觉得自己年轻，什么都该尝试。妻子也在淘宝村上班，孩子快满两岁，聪明，认人，每天喜欢趴在窗台上，看到爸爸的黑色轿车，就高兴得使劲拍手。

作为一名农民工二代，韦会勤不再重复父辈漂泊的命运。

1991年出生的陈丽丽是大学生，早早去了深圳，从电子厂的基层开始，做到管理层，"坐办公室"，收入宽裕。她是幸运的，有学历，有能力，选择多。

5年前，她第一次到贵州婆家，当天就崩溃了，天正下着大雨，山路不好走，连续颠簸了两小时，从来不晕车的她下车就开始吐。

泥巴路，漆黑的小木屋，暗淡无光的家景，这些都不能阻挡年轻人对爱情的坚信。

有情饮水饱。

陈丽丽决定跟丈夫回家，县城房价每平米2000元，刚一到家就提了新房，保守的长辈质问他们："你们在城里又没地，吃什么？"

其实，年轻人能看到的世界已经不一样了，刚生完孩子，陈丽丽便在吉他村做淘宝客服，用自己学到的经验运营电商，带领的小团队渐渐扩大，从几个人到30多人。

她成为一名逆流而行的小镇宝妈，离开繁华大都市来到深山小地方，却过上风景独好的人生，左手事业，右手家庭。在婆家人眼里，这个外来的媳妇见多识广，又愿意学，大小事都会来问，乐得婆婆合不拢嘴。

现在，陈丽丽经常会给新人做培训，她喜欢说的一句话是："我们虽然在小地方，但做的是和时代接轨的事业，即使出去，也能走遍天下。"

平原上的三峡好人

1993—1996年，为了支援三峡建设，湖北、重庆两地的20个县（市、区），277个乡镇、1680个村，共计120多万库区人民作别故园。对安土重迁的中国人来说，离乡、失地、迁徙，都意味着难以面对的种种彷徨失据，而这些层叠的沉重，都曾交织在湖北省枝江市董市镇平湖村。

作为全国最大的三峡移民安置点之一，过去20多年里，平湖村总计接纳了2600多位库区移民。在这里，离乡背井的苦闷、思想观念的冲突、生产生活的矛盾，是每一位三峡移民必经的心路历程。

很少会有人想到，20多年后，竟是这个问题不断的移民村，成了宜昌市第一个淘宝村。全村活跃网店数量达到100家以上，电商年交易额超过1000万元，许多贫困户还因此摘掉头顶的"帽子"。发生在平湖村的故事，为移民落地这道世纪难题给出了有效解法，而这背后，是一张张独特的面孔。

记忆里的脐橙

"秭归县屈原镇西陵村。"

郑华丽一字一句说出这个地名时，脸上即刻浮现无限的神往，她说，你们都不知道那儿有多好，天高水清空气好，还有一年四季都能吃到的橙子。

1996年，三峡库区启动移民搬迁时，她还在老县城里上五年级，父亲是西陵村的村支书，第一个在搬迁同意书上按上红手印，为此还被同村的人砸了后脑勺，在医院住了三天。

郑华丽还记得，那一年4月16日，欢送仪式在长江边举行，几百艘货船在江面上齐齐铺开，岸边的人拖儿带女，扛着行李，挨个往船上走。她跟在父母身后，走在最前头。那天，鞭炮声一响，整个江面都在恸哭。

"舍小家，为大家。"这是当年郑华丽父亲说出的话，壮语之后，却是无尽艰难。

湖北省秭归县素称中国脐橙之乡，四季挂果，果实皮薄汁甜，20世纪曾作为出口换汇的战略物资，大多由外贸部门直接收购，从不愁销路。郑华丽家有5亩坡地，父亲精心栽种，脐橙年年高产，是家里一笔重要收入，但移民搬迁，这些全要放弃。

郑华丽一家跟着西陵村的80多户村民，顺江而下，来到枝江市董市镇平湖村，被编为"平湖村二组"，父亲仍为组长。下山之后，生计是秭归移民的最大难题。平湖村属平原，作物多是棉花，因为缺乏种植技术，原住民亩产200斤的棉花，西陵村的人只能种出80斤。

生计大事面前，80多户移民开启了一场异想天开的实验，在郑华丽父亲带领下，他们将棉花地全部改种脐橙。结果却是惨败，平湖村气候不适宜脐橙生长，种下6年，树干长到碗口粗也不结果，只得挖出树根，将地租给当地人，自己去附近工厂打工。

那些年，郑华丽也在外求学、工作，辗转在广东、上海、重庆，2014年回到平湖村安家，丈夫是个当地小伙子，很快生了个大胖小子，一家人就这样在平湖村定居了。

一则是为自己找个生计，另则也是实现父亲的脐橙情结。秭归来的移民，大半辈子都被脐橙养活，感情深，放不下，所以才会用6年时间折腾种植脐橙。2016年，郑华丽在平湖村开淘宝店时，她成为这个移民村最早的电商尝试者，店名为"三峡平湖特产店"，专卖正宗的秭归脐橙。

从此，郑华丽负责前端销售，父亲则负责收货把关，时常都能回到秭归的山上，采摘那些记忆里的脐橙。

让奇迹发生

郑华丽父亲没做成的事情，另一位54岁的秭归移民卢卫兵却做到了。

一年时间里，他在网上卖出2万斤脐橙，让一众秭归移民刮目相看，他还留下一句狂言："谁说平原种不了脐橙，关键还得看技术！"

他种的脐橙叫"纽荷尔"，是秭归脐橙的一种，特性是不怕晒，不怕冻，只怕水淹。早在移民前，他就曾到平湖村打探，并得出结论：平湖村种纽荷尔，成功概率70%，关键在挖渠排水。

当年移民，人们都有选择，可住在地势更高的秭归新城，卢卫兵却选择顺江而下，携家带口，落户平湖村。去了城里，再种脐橙就不方便了，平湖村能帮他延续曾经的生活。

到了新的居住地，他看中了村头40亩的鱼塘，别人都以为他想养鱼，其实他是看中了鱼塘附近几公里的岸边坡地，在他眼里，这是理想的脐橙种植区。"有坡度，像丘陵，好排水，挖了沟渠，直接往鱼塘排水。"

从2000年起，卢卫兵就在鱼塘边开始了脐橙实验，他从老家带来200多棵纽荷尔树苗，每年耐心修枝，精心浇灌，6年之后，鱼塘边一抹亮眼的橙黄，让所有人都惊讶不已。

平原地区种出的脐橙，质量不输山里，还有诸多的好处：采摘、运输都能节省不少成本，原来的脐橙出山，光是人工就要5毛每斤，而在平湖村，货车能直接开到鱼塘边。

也是在跟郑华丽差不多的时间，2016年，卢卫兵的淘宝店也开张了，作为脐橙种植大户，他也成为全村年纪最大的网店老板。

在网上做生意，卢卫兵仍然讲究种地人的实诚，价格适中，挑大个的发，他心里的夙愿是，脐橙是秭归的象征，"不能在网上丢秭归人的脸"。

在新家园长大的人

平湖村的电商故事，大都跟一个叫宋发明的人有关。

平湖村下辖有6个小组，共4000余人，其中移民近3000人，分3次到来，1974年葛洲坝移民，1989年隔河岩移民，然后就是1996年三峡移民。

而宋发明的故乡，就在葛洲坝，这些数字，作为平湖村党支部书记的他，可以信手拈来。宋发明搬来平湖村时，年仅9岁，1974年9月15日，全村50户人，用了8天时间把行李搬上船。父亲临时溜号，跑进山里躲起来，临近开船才被人找回来。

老人不愿走，也事出有因，搬迁以前，他就被组织前往平湖村考察，回到葛洲坝则百般挑剔新居所。"下面什么都不行！"他向家人抱怨。在那里，大米要泡软了吃，烧火用的是稻草，根本不顶用，野蚊子又大又多，一晚上能被咬几十个包。移民融入确实不易，与原住民常起冲突，为的都是些鸡毛蒜皮的小事。移民走惯了山路，习惯高抬腿，被讥笑"山巴佬"；原住民则常年曝晒，肤色黝黑，又被反讥为"黑脸神"。

宋发明是在平湖村长大的，在他的经历里，见到了更多来自天南海北的人，随着时间流逝，那种剑拔弩张的对立感也消散了。宋发明眼里，看到更多的是潜力，到这里的不仅是人，也是宝藏，平湖村很快就形成许多特产：脐橙、泡菜、腊肉……

移民村的庞杂也意味着生活和资源丰富，基于这种判断，结合自己的见解，宋发明萌生了建造"淘宝村"的想法。2016年，他请电商公司入驻平湖村，村里提供的条件包括1200平米厂房免租，水电网费全免，再送8台电脑，2台打印机。

在宋发明的设想里，招商引资只是表面，他最想做的，是把平湖村的人激活起来。5个月时间里，有超过90位村民得到了淘宝培训。一年过去，平湖村淘宝店就达到113家，年销售额超过1200万元，成了宜昌第一个淘宝村，这个历经跌宕的移民村，也翻开了新的一页。

藏在苏北的维密小镇

　　"90后"雷丛瑞心里，有一张最详尽的"国人情欲地图"：一线城市的购买力最强，上海能消费260万件情趣内衣；在北京，这个焦点在南四环；冬天，东北三省需求尤其旺盛，"天一冷，就没事干"。

　　11月的苏北小城灌云，气温骤降。雷丛瑞戴着黑框眼镜，扎个辫子，风一吹来，发丝摇曳，是个时尚青年模样。别人都爱称他雷老板，作为灌云情趣内衣产业的肇始者，他甚至可以被称为改变这座小县城的人，淘宝上一半的情趣内衣都产自这里。

　　雷丛瑞是电商老炮，2006年就开了淘宝店，卖避孕套等日用品，一个买家的问题给了他灵感："你这儿有卖情趣内衣吗？"彼时，他对情趣内衣还一无所知，作为理工男，也很难懂"几小片布料"意味着什么。

　　带着好奇，他一头扎进这个行业，货源大都来自广东，2009年起，淘宝上每天订单能有2000件。高考后的假期，雷丛瑞就已经有了自己的情趣内衣加工厂。下一年，他那家名叫"午夜魅力"的淘宝店销售额突破了1000万元，而这，成为灌云情趣内衣产业的起点。不久之后，这里聚集起超过五百个商家，超过两万人从事这个行业，风头甚至盖过广东。

　　时间来到2014年，国内情趣内衣市场开始"觉醒"，雷丛瑞能看到更为直观的变化，那年销量实现翻番，而一年以前，增速只有50%。购买者主要是受过教育的中年人，有教师、白领、医生、公务员等各个群体，这些人观念更为开放，想要唤醒更多爱欲。

随着从业深入，雷丛瑞头脑里的情欲地图增加了更多内容，女性比男性更愿意购买，且更愿意花钱；国内购买者偏爱纤细苗条风格，颜色素雅；国外购买者则偏爱丰满大码，五光十色。中东人喜欢金色，越黄越好；非洲人则偏爱荧光。

"午夜魅力"的情趣内衣传遍世界，日本女优会穿上雷丛瑞工厂所产的万圣节款，而来自这座苏北县城的尾货，也出现在泰国夜市的小摊上，雷丛瑞甚至带着他设计的产品，参加亚洲成人用品展，知名日本女优会亲自穿上。

每当这些时候，雷丛瑞都会激动地发微博，因为这些创意大都来自他的灵感。一块布，打开是四方形，中间挖个洞，用蕾丝包边，再做一对蕾丝罩杯，最后加上吊带，就是一款最简单的情趣内衣。在他的店铺里，这是最畅销的款。

更有趣的是，每做完一款设计，雷丛瑞都会亲身试穿，他调侃说，自己穿旗袍最好看。理工男的思维也被他带到设计里，他还独创"掷骰子设计法"，罗列元素，随机组合，蕾丝、丁字裤、牛仔、睡裙，稍一混搭，就是一种全新的独特风格。比如在万圣节主题里，有血迹般花纹的护士服全国只有雷丛瑞一人做。

像任何产品那样，情趣内衣也有它的生命周期，短则3年，至多不超过5年，而雷丛瑞每年要更新500个新款，这些新款需要不断找到与当下潮流的融合。

这对雷丛瑞来说不是什么难事，虽然地处苏北小城，但与时代之间，却有着最紧密的联系。厂里普通工人也是有花名的，待得久的员工，会得到"五年陈"的称号。比如，40岁的孟霞，在机器轰鸣的车间，时常塞着耳机听小说——穿越、二次元、人工智能题材，都是最前沿的时髦文化。

她也会跟孩子解释自己的工作，孟霞会说得很明了，孩子们听了也不惊讶，整个灌云都为自己的产业自豪，他们的产品都卖到国外去了。

不过，还是有人会害羞，24岁的立娇娇已经从业一年半了，跟朋友却不说自己具体在做什么，只说是从事与服装相关的行业，她也从来没有买过自己做的东西。每个月五六千元的工资，比在外省打工还多，立娇娇就是近年回到家乡工作的年轻人之一。

朱占涛是雷丛瑞堂弟，学计算机，最初工作是当客服。那时，小伙子还很懵懂，尤其当顾客咨询怎么穿时，他总觉得头大。一点点学习成长，不到一年时间，他就能对工厂的情趣内衣如数家珍。现在，他还是兼职主播，会在直播间穿着圣诞款情趣内衣出镜，围观下单的人接连不断。有自己称心如意的工作，安稳地待在家乡，成为这个苏北县城新故事的一部分。

边 境 梦 想 之 城

中国西南边陲，与缅甸口岸城市木姐接壤，坐落着中国最大的对缅贸易陆路口岸：瑞丽。

每天清晨，边境线上都有一道特殊风景线：一群缅甸小学生，经由中缅边境71号界桩旁的通道入境中国，到银井边防小学上课，等到下午，孩子们再放学回国。

中国瑞丽和缅甸木姐往来极为密切，甚至有村庄曾被71号界碑分成两边，村民虽属不同国籍，却是同乡同族亲戚，习俗、方言、学校，全都一样。

在瑞丽的姐告口岸，只要是开放时段，总能看到源源不断的货车驶出国门，排成长龙的边民等候通关入境。那些来中国务工的人，大多进入了各个工厂的车间。不过，事情正在起变化，在这里，那些二十出头的年轻人，正在经历前所未有的命运巨变。

在缅甸姑娘范润婷眼里，这是木姐与瑞丽的明显不同：这边竹楼错落，那里高楼林立。2019年12月的一天，20岁的范润婷排在长长的队伍中，两个小时后，她从云南瑞丽口岸顺利入境中国。

作出这个决定，她几乎是孤注一掷。

因为家里条件不好，范润婷初中毕业后就开始打工挣钱。她做过酒店前台，帮人带过孩子，在家乡缅甸木姐，她每月收入相当于人民币七八百元，按照当地生活状态，20 岁的范润婷该结婚生子了。但她心有不甘。

范润婷并不是第一次到瑞丽，以前在边关排队五六个小时，就为了来买几件漂亮衣服。缅甸人有来中国打工的传统，待在缅甸，工资普遍很低，能来中国工作，被很多人视作生活新希望，因此，每天有超过 6 万人次在这小小的边防站流动。范润婷也想走这条路。

但在以往，他们多是做些体力活。在货场、工地、餐馆、大街小巷的商铺，皮肤黝黑、扎着笼基、穿着拖鞋的缅甸人四处可见，在范润婷的记忆里，家里长辈还会带着农产品去瑞丽摆摊。虽说做的都是些苦力活，收入却比在家乡多几倍，每个月有两三千元，有时更多。

范润婷的孤注一掷正好撞上了好运气，当她再次踏上中国土地时，这座边陲小城早已是另一番热火朝天的景象。瑞丽勐卯镇，有 6 万人在直播卖翡翠，一月交易额可达 6 亿元，2019 年，被阿里评为淘宝镇，数千个主播在用直播的方式卖玉石，范润婷也即将成为他们中的一员。

缅甸姑娘何启秋的命运，也卷入到这座中国淘宝镇来。2018 年，她成为淘宝主播，如今收入是在家乡的百倍。曾经，边境的翡翠生意对年轻人并不友好，实体店成本高、难入行，现在，直播就是他们的敲门砖。

范润婷先是进了一家电商公司，做专职主播，因从小学普通话，又相貌出众，做事刻苦，入行大半年，每月收入已达七八千元，是从前在缅甸时的十倍多。她的日程排得很满，除做直播、业务培训以外，还在捣腾穿搭视频。

拿到第一份工资那天，她给自己报了半年瑜伽课，剩下的工资都寄给了父母，家里于是盖起了新砖房，再不用住篱笆房了。

直播不仅改变了传统的交易方式，也在悄然重塑边境年轻人的命运。瑞丽的国际珠宝翡翠学校会专门教大家直播带货，很快就能上手。

对于来中国的范润婷们来说，"淘金"只是最初的动机，繁荣带来的改变，远不止于此。苏静也来自缅甸，本来家里开饭店，生计是不愁的，她来中国是为了追寻更好的自己。每天直播 7 小时，每月收入 1 万多元，她喜欢用唱歌和美食犒劳自己，觉得生活就该如此，自食其力，自在欢喜。

在淘宝直播间，何启秋能一次卖出价值200万元的翡翠，因此她在瑞丽当地小有名气。她已在这座淘宝镇安顿生活，花30万元积蓄买下一套三室一厅的房子。

如果没到瑞丽，现在会是做什么？面对这个问题，何启秋和苏静给出了相同的回答：就是在木姐当一名小学老师，结婚生子，当男人的背景板。但这不是她们想要的生活，改变自己，更有尊严地活着，才是这些缅甸女孩的梦想。

曾经，瑞丽因为缅甸翡翠创造过无数传奇，如今它又来到了另一个时代的风口。这里的夜晚，中文课常年爆满，创办者不得不另寻场所。来自缅甸的年轻人，白天工作，晚上学习中文，只为更好地融入这座城市。在她们眼里，瑞丽可能就像中国年轻人眼里的北上广，节奏快，充满竞争，是座安放梦想的城市。

大 源 村 的 奇 幻 24 小 时

"在大源村，每栋楼里都藏着隐形富豪，"钟镇涛走在热闹的窄街，一只手在空中快速挥动着说。

入夜以后，大源村奇幻的一面浮现出来，四处霓虹闪烁，街面和楼顶尽是赛博感标语，看似平平无奇的房子，名头却一个比一个大——直播基地、电商创意园、电商创意孵化平台。在这个村，顶着类似名号的地方多达几十处。

根据2019年10月阿里研究院发布的数据，广州大源正式成为中国第一个销售破百亿的淘宝村，也是中国目前唯一一个销售破百亿的淘宝村。

25公里内，聚集了超3000家淘宝店，10余个商家营业额过亿，近百商家营业额超1000万，百万级别商家数千，它们绝大部分从事服饰行业。

在这里，街上遇到的年轻女孩几乎都是带货主播，她们的数量预计超过4000人。直播以外是另一种繁忙，每天，有200万—300万个包裹从这里发往全国各地，打包工人完成一个包裹的最快速度是4秒，在这里工作的人超过10万。

流动的盛宴，2:00pm

初春的南方，些微溽热，有股草土与海洋混杂的气味。

要去大源村并不容易，广州市区上高速，经过一些山梁和隧道，大源村就坐落在广州东北郊的一片狭长山谷里。

数千栋民房从山腰延伸到谷底，墙体质地粗糙，沿街是鳞次栉比的自建房。绕进小巷，七八层高的房子互相紧挨，哪怕是在南方30摄氏度的燥热春天，走到深处也顿觉阴凉。

民房心气甚高，晃亮的招牌写着"5号电商大厦""大源淘宝基地"之类的摩天大楼字眼。实际上也并没有夸大其词，一栋"大厦"里装着几十家淘宝店铺、服装设计工作室、直播间以及仓库。

大源村5公里外，另一间总仓库通常在下午2点苏醒。电风吊扇开始快速转动，从供应链回来的货车倒入仓库，打包工人不分男女，先集体排列在货物前，开抢信号发出，所有人一拥而上，抢到的货都归自己打包，按件计酬，抢得越多，收入越好。

杨幸天在这家网红淘宝店的仓库已经工作3年。起初，高中毕业后的他在家种地，两个孩子相继出生后倍感压力，小女儿唇腭裂手术失败需更好的治疗。为了给孩子们创造更好的未来，这位年轻的父亲只身离开故乡，进入城市打工谋生。

他的工位在流水线前，拿过一件衣服，扫条码出单，封入快递袋，贴单，放上传送带，直接进入物流货车厢。网络另一端，如果有人留意自己的订单状态，就会发现它在几秒间就已跳动为"已发货"。

仓库里有100多人，杨幸天的手速最快，他做过测试，一小时可以打包900件衣服，4秒钟便完成一件，而平常人的速度在15秒以上。速度快，是因为手法独特，他抛弃了工厂的培训手法，自己发明打包流程，左右手并用，类似"空明拳"，非常考验协调性与注意力。

5年前，18岁的钟镇涛高考失利后也来到广州，搬着一台电脑，住进大源村的出租屋，开始淘宝创业。

钟镇涛独自上架商品，每天只睡四小时，早上7点挤公交去沙河拿货，回来时扛着两三袋衣服。公交车挤不上去，就步行3公里去始发站，路上又不断停下来，回复旺旺客户咨询，他一个客源也不想错过。

在电商生意里，大源村的条件可谓得天独厚，南风乍起，盛宴即来。背靠服贸之都广州，专业市场的起批价只要数百元；大源村坐落城郊，房租便宜，单间300元；其本身也是广州著名物流园，快递便捷，一元一个。

"钱很容易赚。"钟镇涛出发前跟父母置气，夸下海口。他的笃定既对也不对。初创那年，钟镇涛很焦虑，每天都去大源村的夜市烧烤摊，不为吃肉喝酒，只想在其他窃窃私语的创业者嘴里听些秘诀。

他终于挺了过来，单月利润达到数十万，公司员工数十人。钟镇涛也曾膨胀过，花钱如流水，财富来得快，去得也快，等他醒悟过来，还好一切都不太晚，"早点经历这些其实挺好，摔跟头要摔得早。"

"很多年轻人第一关就没过。"李远斌是大源电商协会会长，他是1983年生人，比村里的创业者普遍年长，他看着大源村像一个聚光灯下的命运舞台，每年都有大量年轻人来来去去。很多人带着挣钱的执念而来，一些人失败离开，又有更多人只身前来。人潮汹涌，宴席无休。

在大源村口，中介店前贴满招聘启事，很快就会更新一次，机会和条件瞬息万变。"淘宝运营2名，有一年以上经验，5500+提成。""淘宝主播2名，要求女性，个性外向、张扬、夸张，能大胆尝试，多才多艺，5000+提成。"

"吃苦，坚持，学习"，李远斌几乎没有犹豫，说出他眼里的所谓秘诀。在常有暴富神话流传的大源村，人们以为将会听到其他东西，冒险，探索，命悬一线，大获全胜，在浪尖搏击的方法论。未料到，答案仍是这一套改革开放之初就形成的朴素价值观——勤劳和艰苦奋斗。

李远斌见过太多年轻人，店铺开张，稍有起色，请着数名员工，每月开支大几万，傍晚6点下班就去喝酒玩闹，这样的人，只能被浪潮甩到岸边，悻悻而归。

"不能有太多开支，守住资金，多学习别人的经验，让订单慢慢多起来。你做两三个月就想赚钱，这是很难的。"李远斌语气谆谆，满是隐忍的痛心与惋惜。

在大源村，时间既是朋友，也是敌人。

淘宝村的自由人，6:00pm

下午2点苏醒，高速运转至傍晚6点，杨幸天所在的仓库流水线暂时停下来。

他走到门口抽烟，等妻子收拾好东西，一起回宿舍吃饭。他曾在东莞的餐厅做帮厨，也在深圳工厂打过工，但餐厅倒闭，工厂待遇太差，他只能相继离开，大源村却将他锚在这里，一年后，妻子也跟过来。

两人工位挨在一起，住在公司分配的夫妻房，挡住在外漂泊的孤独。每天中午12点起床，走5分钟去市场买菜，回宿舍后，杨幸天炒几个菜，煮一锅饭，一天几十元，够吃两顿。

妻子不会做菜，杨幸天下厨，妻子负责洗碗。晚饭时间是1个小时，然后就是晚班，电商产业工人作息特别，当日产生的订单必须当日发完，而晚上则是高峰期。他们会在晚班以前跟5岁的女儿通视频，每天如此，那是杨幸天夫妇最放松的时刻，女儿总在屏幕另一边雀跃地说话。"妈妈，爸爸去哪里了？""爸爸在炒菜，给你看。"

女儿的兔唇手术并非失败，更多是因为时机不对，很小就做了手术，孩子不懂事，疼得哭闹，伤口没长好便又裂开。这成为杨幸天的心病，谈起此事便很内疚，没选对手术时间。

杨幸天的手速，是与女儿手术时间的赛跑。

他总拿最多的货，时常做到深夜三四点，旺季每月可以拿1万多元，夫妻两个卖力，平均每月收入能有1.5万元。女儿在老家上幼儿园，每学期7000元学费也能负担，年前还在老家建了房子，手上已没多少存款，女儿的最佳手术时间越来越近。

这位大男孩时常忧心忡忡，虽能赚钱，却离女儿太远，每次回家孩子都很开心，走时又万分不舍："你看到离别的眼神，心情很不爽。"他想先存5万元，带女儿到广州做手术，再存几万元，分期买辆七座车，休息时带着一家人出去旅行。

年轻工人的境况已大为不同，他们为互联网而工作，敢于憧憬，在家乡或者更小的城市买房，能开上汽车，喜欢旅游，踩着向上的阶梯，一步一步朝前攀登。打包工厂的经理刘鲤飞说，他的仓库不是农民工时代的工厂，管理年轻人，重要的是平等对待，并给他们自由。

在大源村，傍晚时分最能捕捉南方的忧郁与温柔，天色明暗暧昧，晚风吹拂间，霓虹街灯次第点亮，城中村的出租屋，容纳漂泊的单身者，也有落脚的年轻夫妻，甚至一家老小。晚饭时间，街巷空气里，飘着家常饭菜的香味。

娜娜也会在这时候结束直播，从镜头和亮眼的灯光前离开，和同事们走入热闹喧腾的城中村窄街。

她今年26岁，作为已婚人士，在这间直播公司已是领头大姐，她喜欢和"00后"待在一起，觉得自在。遇到小年轻谈恋爱，她喜欢指方向，教她们保护自己，也喜欢分享一些有关人情世故的经验。

结婚前，娜娜在品牌服装零售店当销售员，每月稳定收入7000元，5年前，她辞掉工作，把自己奉献给家庭。时间越长，她心里越慌，缺乏自我价值，又不会做饭，难以忍受公婆的目光。"从小到大，我都不喜欢向别人伸手要钱。"

成为淘宝主播是个意外。两年前，直播风口出现，朋友的老公辞掉仓库打包工作，拿出十几万积蓄在大源村试水创业，原先的主播没坚持到一周便离开。无奈之下，朋友软磨硬泡请娜娜试试。

娜娜也想冲出重围，开始硬着头皮上，面对镜头只觉得尴尬，她不习惯跟陌生人说话，做直播却必须学会主导话题，没话也要找话说。

最难熬的是第一个星期，前任主播留下的粉丝，对娜娜的出现非常排斥。"被骂了足足1个月。"她渐渐变得得心应手，骂声渐息，销量起势。儿子会用奶奶的手机进她直播间，让奶奶打字，娜娜看到稚嫩的留言，会在镜头前笑出眼泪。

回报是丰盛的，每月收入上万元，她成了家里说话最管用的人。聊到这一点，娜娜虽然嗓子沙哑，还是滔滔不绝："经济自由了。孩子的生活费和学费都是我出的，我老公管好自己就行，他在我面前，哈哈，你懂的。家庭地位反正是显著提高。"

2019年底，娜娜和丈夫在清远买了一套房子，首付全由她出。成为淘宝主播前，买房是她难以想象的事情，现在，她有了更多的欲望，找回久违的温热感觉，那是被称为热爱的东西。

住在直播镜头里的人，8:00pm

晚上8点，是大源村最热闹的时刻。

夜市开在各种"电商总部中心"附近，牛杂、砂锅粥、烤生蚝、炒河粉、小龙虾……几十个小吃摊位紧凑排列，混合的香味飘浮在空气里，闻而生津。

女生已开始穿裙子，三两结伴，裙子随风轻扬；男人们则穿着拖鞋，俨然从互联网大厂走出的程序员。大源村人口已接近20万，其中原住居民近9000人，电商产业从业者超过10万，互联网的电流以外，是落地生根的烟火气。

沿街店铺，多是潮汕口味快餐店、发廊、便利店，移步便有，鳞次排列的包括水果店、药房、干洗店、驾校、诊所、五金店、地产中介……再往城中村深处，是幼儿园和小学。在针织车行或布料行里，会有十几岁的学生趴着写作业。一间专营商标设计的店铺里，刚出生的小奶猫在玻璃门后好奇地转动着眼珠，隔壁店铺的主人来串门，身后跟着另一只深色橘猫。

这番景象，陈曦很少能见到，晚上8点，是她的开播时间，拥有900万粉丝的淘宝店里，无数人等着她推荐值得入手的衣服。她是淘宝店铺"三木子快时尚女装"合伙人，也是店铺头面主播。

在她上场前，副播会先预热两小时。8点整，陈曦穿着牛仔外套上场，评论区顿时热闹起来，有人注意到她换了发型。陈曦开始试穿一排纯色T恤，在镜头前，她随意从容地和大家闲聊着。

"我跟你们说，我今天终于去烫了头发，还不错吧。"评论区瞬间跳出几十个"好看"，围绕纯色T恤话题，陈曦可以滔滔不绝：白色T恤每个女孩子都得有一件；大部分女生都穿s码就可以了；皮肤偏黄的可以穿巧克力色，如果你是有染头发，这个颜色是你的首选；还有一个沙色，穿起来比较文艺感一点；栗色是黄黑皮"亲妈"。

在日常生活里，陈曦自认为是个内向的人，没什么社交生活，可一旦进入直播间，她却能变身观点明确的"穿搭领袖"。

相比那个烟火人间的城中村，陈曦所在的世界内嵌在这里，是另一个由镜头和灯光生成的赛博空间。她每天在直播间待6小时，指挥着由代码写成的商品链接，面对手机里瞬息万变的留言。她极为享受这个舞台，一旦走到镜头前，她就可以开始说话，那是一种表演，展现真实的自我。

陈曦很少休假，在直播的世界里，时间流速似乎比外界更快。有时休息两天，再回到直播间，顿时觉得生疏，甚至有些力不从心。她把直播看成内容创作，传递给粉丝的，除了审美，关于衣服的穿搭，还有消费观念，生活方式，甚至人生道理。那些少有人见过的自我，被陈曦放在直播间里。

她是潮汕长大的女孩，五六岁时，她就敏感地察觉到，自己并非父母亲生。"没有太强的安全感，小的时候你会想，亲生爸妈怎么不养你，对不对？"命运的降临，毫无缘由，无可辩驳。陈曦因此从小争强好胜，渴望独立，她懂事早，想的东西长远。

人生的每一阶段，她都知道自己想要什么。高中文化课成绩不好，又想上本科，就报了播音主持，走艺考之路。上了广州的大学，又很快意识到，自己并不想从事主持行业。她觉得自己比较有思考能力、自我，而当主持人不太能表达这些个人化的东西。抛开稳定，她选择了当时别人眼里的"不体面"。

父母一度很生气，在2017年，还很少有人听说带货主播，人们对主播的印象是，歌舞唱跳，撒娇卖萌。陈曦也摇摆过，她是本科毕业的大学生，工作地方还不如老家农村繁华，身边人也瞧不上，觉得带货主播"没文化""行为举止不够文雅"。这位在广州都市圈浸染的时尚女孩，花了好些时间才融入淘宝村氛围。

坚守很快就迎来回报，电商直播起势，大风吹来时，陈曦正站在风口。这一次，命运将她捧上了天，最高时，她月入十万。2020年，陈曦带父母参观她的公司，他们不再规劝女儿回家考公务员，而是见人就推荐陈曦的直播间。

近凌晨1点，陈曦下播，做完当天复盘，走回大源村的出租屋，整个世界已经入睡。她其实对大源有些陌生，只知道村里的路修了再修，已经宽敞许多，一些散乱的楼房拆掉了，建成产业园，从街巷望上去，天空也宽了许多。走在安静的路上，她有些恍惚，亮到反光的直播间，与眼前灰暗交错的街头，她分不清哪一个才是属于她的真实世界，尽管如此，她也只管大步向前。

闯荡者，8∶00am

早上8点，刘文倩会起床开始健身，这个时间比大多数人都要早，尽管作为一名淘宝主播，她睡得并不早。

在大源村，这是最不忙碌的时候，站在主街上，甚至能听到远处山坡的鸟鸣，一些人则刚刚下班，正要入睡。吃过早餐，刘文倩会搭车去服装批发市场挑货，她也做档口主播，要带着粉丝逛服装市场。

时间倒回2012年，刘文倩的老板黄朝也是一早起身，坐一个多小时公交车到服装批发市场。他身上没有钱，要先顶着大太阳，在ATM机前排队取钱，从淘宝卖出去的订单每天会到账一部分，他取出现金才能去市场进货，再扛着衣服回出租屋打包。有一次，黄朝取了3000元去市场采购，公交车上遭了扒手，当晚，他和女友连吃饭的钱都没有。

那一年，黄朝没有退路。

10年前，黄朝大学毕业，父亲做生意欠下满债。作为从小在做生意氛围里长大的潮汕人，他深知，自己如果选择去公司上班，连利息都还不起。淘宝创业的5万元，是他借来的，一路跌跌撞撞，他的公司来朝电商已经年销20亿元，其中八成来自淘宝，也有来自抖音、拼多多等平台。他会坐在阿尔法后排去打包工厂，工人们会跟他随意地打招呼，调侃他有时间过来。

10年后，刘文倩从中职学校的高铁乘务专业毕业，被分配到高铁上实习，一个月后，她辞职了，一眼望到头的日子，她过不来。

她做不来的事情，还有很多。逃离高铁，刘文倩带着4000元，从湖南跑到广州，睡朋友家地板上。她想去批发市场拍视频卖衣服，但她身上的钱远不够启动这个创业计划。

"我是那种三分钟热度的，想到就会立马行动，做了之后发现事情不通，就会逃避。"刘文倩热衷于自我剖析。

刘文倩躲回出租屋，在焦虑、自我怀疑以及自我鼓励中度日。一个月后，没钱交房租，她被房东赶出来了，两个行李箱被丢在外面。手机欠费，就在楼下奶茶店蹭网，联系上同学，接着睡地板。

她去餐厅打工，在酒气弥漫的包间端盘子，遇上客人性骚扰，愤而辞职。那时她17岁，在天台哭了两小时，终于给家里打了电话。爸妈汇钱过来，到湖南家里没待几天，她又偷偷跑回广州。

她试过秀场直播，合同签下来，却发现这跟带货完全是两回事。取悦大哥、求刷礼物，这不是她想要的职业，"觉得挺恶心的。""反正我自己做不来。"

因为觉得"这是浪费生命"，刘文倩毫不犹豫地选择离开。钱又快花光了，每天起床，只好继续投简历给直播公司，然后，被接连地拒绝。一家公司负责人给她讲了实话："你不合适做这一行。"刘文倩回到出租屋里，崩溃着大哭大喊："出社会怎么这么难！"

哭完的第二天，刘文倩终于得到一个试播机会，老板告诉她，这是她最后的机会。

那段时间，刘文倩异常努力，每天刷别人直播，学人带货，揣摩说话语气，甚至将其他主播的话背下来。她进步飞快，公司却没撑下来。

她终于找到了自己梦寐以求的职业，面试的所有公司都给她发了offer，她选择了黄朝，大源村。

一年内，刘文倩极速成长，从身无分文被房东赶出来，到月入数万，她买名牌包，住五星级酒店，执拗地坚信，"女孩子一定要赚到钱才有安全感。"

她给父母换了整套家具，送他们很贵的礼物。

自我证明后，是平和的回归，她在闲暇时间读书，用极较真的态度选品，每天清晨的健身，也是她的自律方式，从出租屋的窗口望出去，晨光里的大源村正在睡去，也正在醒来。

淘宝上的村支书

在吉林省汪清县满河村，一年里能干活的时间只有5个月。气温直到5月下旬才爬升到0摄氏度以上，在那之前土地是冻着的。过了9月，大雪将至，土地又重新冻上了。这个小村庄坐落于中朝边境的深山里，山口风极大，雪落的时候是呼啸着往下的。

老虎、梨树和鱼竿

满河村总共不到200户人家，主要靠跑山和种植木耳维持生计——这里昼夜温差大，菌类生长得格外苗壮厚实。山里耕地少，大家只能等着外乡来的小贩收了木耳，拿到钱，去换蔬菜和大米。

在一年多以前，附近山上出现了一只老虎。村里的老头是第一个发现这事的人，有天半夜他家狗忽然狂吠起来，叫声反常，老头打着手电筒趴玻璃窗上往外看，一照，老虎就在他窗户跟前。他赶紧给村支书杨光打电话，一宿没睡好。

第二天一早，当杨光带着动物保护的工作人员来到老头家的时候，狗已经被咬死了，满地都是血。杨光只好挨家挨户警告，告诉村里人别去跑山。9月是松子成熟的时节，跑山原本是大家一年中最后的一笔收入来源，从那以后也成了大冒险。

那阵子是杨光近两年来最愁的日子。他是土生土长的满河村人，也是村里有记载以来最年轻的村支书。7年前参选的时候杨光26岁，刚在山东学了一年多挖掘机，受不了外面"感觉都要闷死"的夏天，"俺们这最热也就20多摄氏度呗。"

杨光和气，见人不笑不说话，又是"文化水平高一点"的，几个同样从外面回来的年轻人想着要在村里把木耳的事做大，都起哄让他去竞选村干部。

竞选前几天，老村支书到家里找了他一趟，说要唠唠。"老村支书说话有点挺气人那种，意思就是你小年轻不行，让他再干几年，然后再给我。"这些话打消了杨光脑子里最后一点犹豫，"我说不行，现在就让我干一个试试。"

其后几年，这位年轻的村干部做了很多事。他组织大家一起出钱在村里建了围栏，把家家户户的牛放在一起养，省了人力，牛也不会去祸害人家的地了。2016年，县里规划建水库，满河村的三个屯要被淹掉两个，杨光领着大家顺利完成了搬迁，这事他至今说起来都挺为自己骄傲。

他一项一项实现着当初在竞选演讲上的承诺，但新的问题也一个一个找上来。"移民"之后，村里人虽然拿到了拆迁款，然而地变得更少了，牛也没法再养，再加上那只麻烦的老虎，大家变得越来越迷茫。9月之后，村里的人几乎只剩下两件事可以做：打牌和喝酒。他们这样"要啥没啥"的小村庄还能有什么新路子挣钱搞好生活？杨光成天都在琢磨。

这样的村庄就像一个一个小点，分布在中国大地的各个角落。有无数的村支书每天都在琢磨着跟杨光类似的问题。

甘肃兰州的袁家湾村世代种植食用百合，一旦百合的市场价格出现波动，一亩地3年的辛苦就只能换来几千元收入；山东菏泽的孙庄村以培育大棚蔬菜为业，虽然基本收入能保证，但人们日日夜夜被拴在土地上，除夕夜吃完饺子，拜个年，又要重新回到大棚里。

河北西乾泊村的村支书陈雷在前半生从来没想过当村干部。他原本是村里唯一的"生意人"，头脑活泛，早在20世纪80年代就离开了这个干旱缺水、粮食不够吃的地方，到城里去做水果蔬菜买卖。一晃过了半生，难免生出思乡之情，回到村里开了塑料颗粒工厂。

2012年，陈雷和儿子在进货的过程中发现电商渠道已经占了半壁江山，价格也比实体店便宜，忽然就想起隔壁村的那些手工鱼竿作坊，从前经常挨家挨户来他们这里推销。陈雷想，货源是现成的，渠道也是现成的，鱼竿在淘宝上又是竞争不那么激烈的小众品类，不妨卖一下试试。连他自己也没想到，就这么"试"出了自己做过的最大的生意。

2014年，陈雷50岁，自家鱼竿淘宝店的年销售额超过了500万元。而村里的其他人依旧像以前一样种着自家的梨树，看天吃饭，赚着每年几千元的辛苦钱。人们看着陈家发家致富，如同在看一个令人难以置信的童话。那年12月，陈雷当选村支书，他明白大家的意思。他也很想帮家乡做点什么："他们就是想着把日子过好了，兜里面的钱能多点。"然而，当他把自己做生意的办法分享出来时，人们却感到更加难以置信了。

庄稼人相信天、相信力气、相信看得见摸得着的东西。每天在电脑跟前坐着就能卖出去东西收到钱，这么容易的事，真的能信吗？

一个买一个卖，这就是经商

杨光最开始也不大相信。

2018年初他自己开过一家淘宝店，在县里组织的电商科普培训班上注册的，开完就抛在了脑后。直到老虎出现之后，他才又重新想起这回事来。

那段时间村里出门的人少了，平日里那些不怎么起眼的声音显得格外清晰起来。每天中午杨光走在村里，都能听见道边的姜凤海大哥屋里撕胶带的声音。刺啦啦，刺啦啦，刺啦啦——一响就是一上午，没有尽头似的，这得卖出去多少东西啊？

当年的电商培训班就开在姜凤海隔壁，杨光记得他没事就进来溜达，说这事儿挺有意思，一天能挣一盒"华子"（中华烟）也行。姜凤海的淘宝店主要卖自己家种的木耳，杨光去他家里一瞅，发现这哪里只一天一盒"华子"啊，一年几万元的销售，分明一天就能挣一整条"华子"。杨光心想，这事要整好了真行啊。

7年的时光在杨光身上留下的痕迹就是让他比当年竞选之时更加果断。2020年冬天，他把每家每户说话好使的人一个个从酒馆和麻将桌上拽出来，上道边去听姜凤海家撕胶带——那声音在大雪没过膝盖的日子里也没停过。

"你看人整得多好啊，"他对他们说，"你们要是不赶紧的，后头越落越远。"村干部被要求必须注册淘宝店，给村民起带头作用。杨光花一宿时间把上传宝贝的流程从头到尾捋了一遍，第二天就请驻村工作队的大学生帮忙，在村委会搞起了培训班。

而在西乾泊村，陈雷的劝服工作比杨光艰难许多。

上任之初，陈雷苦口婆心地给大家描述新路子的好处："咱们要想把日子过好，必须得通过经商。商就是买卖，一个买一个卖，赚其中的差价，这就是商。现在家家都用电，你们看这个电快不？一合上闸，一眨眼，十万八千里出去了。所以说这个'电商'就是挣钱非常快的这么一个买卖。"

村民们听完，看着他问："书记，那赔了咋办啊？"

西乾泊村长期干旱，连水塘河流都难觅踪影，全村钓过鱼的人加起来不超过三个。哪里敢把辛辛苦苦种梨树攒下的钱投到这上头。

但陈雷坚信自己是对的。他坚持每天到村广播站给村民们喊话："你们放心，这是个人人都能干的事！投资的门槛不高，它不需要多高的技术，我都能给你们教会了，在外东奔西跑，不如回家做淘宝！"他让注册了淘宝店的村民都来自己家里拿货，卖出去了再补齐货款，卖不出去的鱼竿给他退回来。

村里的老人不懂电脑，陈雷就去找他们在外打工的儿女。这些年轻人常年在城市与城市之间漂泊，孩子没人管，大多成了留守儿童。开淘宝给了他们一个能回家乡的理由。

前些年，由于上课的孩子越来越少，村里的幼儿园早已经废弃了。陈雷重新打开教室，召集那些得以回乡的大人坐在一起。在那些原本用来教孩子的黑板上，陈雷和儿子教大家鱼竿的特性和开淘宝的方法。大家掌握得很快。

儿子想把开了10年的旧车换辆新的，陈雷说："你换辆好点的，咱们正好宣传宣传，让乡亲们看看，做电商真能挣钱。"

陈雷让儿子闲下来就开着新换的奔驰在村里转悠。大家又好奇，又羡慕，每个人都伸手摸摸，上去坐坐。那年头村里人都觉得"大奔"是另一个世界的人才能开上的豪车，远在天边，从来都没人见过真的。陈雷趁机劝大家："做电商是真能挣着钱啊，要不咱这车怎么买来的？你不给钱，人家也不能让你开家里来对不？"

后来，不用他再劝，外面的年轻人都主动回来了。

村子要变了

在比西乾泊村更偏远的满河村，杨光想过让村里人掌握电商知识，但他没想到这件事会这么不容易。他从县里申请了18台笔记本电脑，以保证每个到村委学习的村民都能摸上键盘。真上起课来，教学是从拼音开始的。大家用电脑打字都不大灵光，杨光手把手地讲输入法。

第一次培训结束之后，杨光让大家有问题就给他打电话，结果那天他的手机不断地响到半夜。问题"老多了"，多得人脑仁儿疼。电话接不过来，有些问题他自己也不懂。

他只好每周定一个固定时间，让整不明白的村民统一到居委会来操作，碰到不会的马上问他、问驻村工作队。不用给大家培训的时间里，杨光也积极学习。先是学习上了从未用过的单反相机，有村民想开新店，他就去人家家里帮着拍产品图。后来直播和短视频流行起来，杨光又学习起了剪辑软件。

人人都能感觉到村子要变了。不断增加的订单，或者更确切地说，一种久违的、被新鲜事物包围的氛围，给这个小山村注入了新的活力。

2020年的最后两个月，满河村开起了30多家淘宝店。炕头上的牌局渐渐都凑不齐一桌。冬日里无所事事的男人和女人们每天端着手机直播，积极完成系统任务，大家第一次在土地冻住的时候有了事做。几乎每天都有村民来找杨光，"书记啊，上俺家来看看，俺这个木耳上网去卖行不行？"

汪清县木耳是当地人的骄傲，杨光让大家一朵一朵挑出最好的货发给买家，直到现在，全村的店铺没有一单退货。许多人后悔当初没听杨光的话，把自家种的木耳大部分都低价卖给了批发商。淘宝订单量上来了，他们只好自己跑腿当批发商，去附近的村子四处搜寻木耳。

杨光让每一家新开的淘宝店想出自家的特色。有人想卖朝鲜族的特色咸菜，有人想卖山里的松子，也有人想卖平时吃的锅巴和米肠。这都是村里人吃惯了的好东西，杨光以村委的名义带着店主去找附近的厂家商量，努力用最低的价格拿下最好的品质。大家相互学习，年轻的帮助年长的，开店久的帮助新开店的，人与人之间逐渐形成了一种微妙而强韧的新型联结。

养蜂人老周开淘宝店是杨光花了好大功夫劝服的——他已经60多岁了，一直觉得自己根本不可能学会那些高科技一般的电脑操作。老周的蜜蜂园选在一个远离人烟的山谷，那里草木翠绿，溪流汩汩，鸟鸣啾啾，杨光觉得放在直播上一定能火，便拿出了三顾茅庐的劲头请他出山开店。

后来，老周被这位执着的年轻书记打动了。老周是个勤恳、守信的劳动者，从答应杨光的那天起，每天都在淘宝上定时直播。

最开始的几周，没有订单，没有收入，甚至连观众也没有。媳妇儿看着自家老头子除了对着手机自言自语以外啥事也不干，气得不跟他说话了。她怪杨光带坏了老周，以前每次杨光去都热情地给冲蜂蜜水，那段时间见了杨光干脆就当他是空气。可老周还是每天坚持直播，杨光也还是老去教他。

又过几天，媳妇儿主动来找杨光了。她对他说，跟老周搭伙过日子这么多年，她还从来没见过老周为什么事情这么执着过。所以她不反对了。她承认她有点被感动了。

为荣誉而战

对于满河村和西乾泊村来说，做淘宝是为村里人的生计开路。而对于甘肃袁家湾村的原村支书高作旺而言，发展电商更像是为荣誉而战。

早在150多年前，袁家湾还不叫袁家湾的时候，家家户户就已经开始种植食用百合。得益于独特的气候条件和种植手法，这里的百合吃起来不是苦的，而是甜的、糯的。懂行的人都知道，这在全世界也是独一无二的。跟村里的所有人家一样，高作旺的爷爷是种百合的，爸爸也是种百合的，他从小跟百合生活在一起，长大后成了非物质文化遗产百合种植技术的传承人。

百合给了袁家湾人衣服、食物、财富，还有像百合一样生生不息的坚韧品格。在市场价最低的时候，当地人用卖不完的百合喂猪喂羊，烤羊肉吃。到了20世纪90年代，家家户户都靠百合盖起了二层小楼，整个村子没有一家贫困户。

可惜的是，袁家湾百合的一切好处，甘肃省外的人几乎都不知道。

高作旺至今记得，那一年，他作为村支书带队去云南参加农业博览会。到了现场，发现来参观的许多人一见他们的摊位就绕了过去。"百合嘛，"他听见两个路人议论，"苦的。"高作旺气坏了，百合怎么是苦的呢？我们这儿的百合是甜的啊！

到了2006年村子在新农村建设上名列兰州市第一，领导来得也勤，高作旺就想着趁机把名声打出去。他给袁家湾取名"天下百合第一村"，然而来采访的记者却犹犹豫豫不敢写。记者对他说："高书记，你这个名字起得是不是有点太大了？你叫个'中国百合第一村'也可以嘛。"

可是在袁家湾人眼里，他们的百合就是全天下最好的：全世界唯一的食用甜百合，历史最久，品质最优，一株真正的袁家湾百合需要6年时间才能长成。当然，还要再加一条感情最深厚。

2015年，兰州市政府组织村支书们去陇南考察当地的核桃淘宝村，高作旺回来就睡不着了。他想着：按咱们这儿百合的品质，总不比陇南那儿核桃在干果界的品质差吧？人家的核桃能在网上打出这么大的名声，咱们是不是也能？

在除夕夜也必须进蔬菜大棚劳作的孙庄村，事情开始得跟袁家湾村很相似。孙学平从1992年就当村支书了，他先带着全村种植可用于制糖、酿酒、造纸等的经济作物甜秫秸，解决了村民的生存问题。2000年起，他又带着大家种植大棚蔬菜，让孙庄村成了全县有名的"蔬菜村"。

作为一个干了一辈子的老书记，这原本已经是孙学平所能想到的村庄发展之路的最优解。人们虽然跟土地绑在一起，可人人有活儿干，天天有收入，还评上了示范村，孙学平和村民们都为此骄傲，直到他去同一个镇的淘宝村丁楼村考察。

丁楼村原本也是种蔬菜的，各方面做得还没孙庄村好呢。而现在，那里居然没有一户还在种地。整个村子都在网上卖影楼用的拍摄服和演出服。有些人家管销售，有些人家管打版，还有些人家管制作，上下游一条龙，把每个人的活儿都安排进去了。"坐在家里，风吹不到，雨淋不到。种植蔬菜的付出和回报，和电商没办法比。"他头一回意识到，原来农民也是可以不用种地的。

2013年，孙学平开始发动村民们做电商。也是在这一年，在中国的另一端，高作旺也开始做同样的事情。

高作旺自己率先开始研究这个新事物，把刚刚大学毕业的女儿强行从兰州拉了回来，在村里成立电商合作社。互联网的力量比乡亲们想象的还要强大。2018年，他们向政府申请了"兰州百合"的注册商标，天猫旗舰店开起来的那天，这个百年百合品种终于拥有了自己的名字。2020年，店铺收入达到700万元。

销量和评价共同认证着兰州百合的荣誉，袁家湾人赢得了他们的胜利。高作旺说，作为村支书，再没什么比这更让人自豪的成就了。

当了28年村支书的孙学平秉承了自己一贯的坚持：无论做什么都要做到最好。既然决定了要发展电商，那么这次一样不能让孙庄村输给别人。白天的工作完成之后，他几乎每天晚上都在研究电视上的文艺演出节目。看到好的，就存下来，找人弄成视频，组织村民们一起到村委会观看，鼓励大伙把节目里时髦好看的元素、样式，吸收融入到自家的表演服上。

除夕夜里，家家户户围坐在电视机前，聚精会神地观看春节联欢晚会，同时还要记笔记——大年初七之后书记要召集大家一起讨论。2016年猴年春晚，孙学平和村民们判断猴子元素的服装肯定能大卖。他们提前开发、备料、生产，在销售旺季来临之际做好了充足的准备。这款服装在那一年共卖了1000多万元。

2020年，孙庄村电商收入达到2亿元，成为淘宝村中的示范村。孙庄村人的骄傲回来了。

希望的形状

西乾泊村已经完全换了一个样子。村里销售额每年超过1000万元，村民们有了自己的商标、工厂，用造飞机和造汽车的材料制作鱼竿，甚至还在村里挖出了一个钓鱼池，每个人都知道"鲫鱼咬钩鱼漂会朝上跑，鲤鱼咬钩鱼漂就沉下去"。

从穷困的土地上抬起头来，他们发现钓鱼的确是一项有趣而令人愉悦的户外活动——就像生活本身也不只是劳作，还有许多超越性的部分，可以用漫长的时间去细细品味。

陈雷的儿子有时会开玩笑，说起前两年村里还没有自己的品牌的时候，从家里拿货的村民怕卖不动，常常转头就降价销售。自家店铺的客服总收到老客户抱怨，甚至怀疑他们定价不实在。他一个一个留言去跟人家解释：真的没赚黑心钱，我们家老爹他在村里当书记，就是想让老百姓一块儿做电商过好日子。

老爹退休了。2020年底，陈雷主动把位置让给了年轻人。他将自己过去6年的工作描述为"领头的羊"，"就跟这一群羊似的，那个领头的羊要是领着你们上沙漠，连个喝水的地方都没有，那别的羊它也不跟着它去啊。要是领着上个有水、有草，能吃饱喝足还能享受的地方，能不跟着咱走吗？"

有时候，杨光也会对当年竞选村干部的事感到"挺后悔的"。"咋干这玩意儿呢？这一天天累的。这事那事的也不挣啥钱，有时候还得让人骂，背后戳脊梁骨的也有。"

他会叹一口气，说起眼下需要解决的事情包括哪些：深夜接听村里男人的电话，倾听并安抚他们对老婆在直播时跟别人"过度唠嗑"的抱怨；在村委会门口拦住摔门而出的一位大姐，向她解释为什么直播积极的村民可以把笔记本电脑带回家；还有安慰自己的媳妇儿，让她理解自己忘记了她的淘宝店名字真的不是因为不管她，只是实在太忙了……"唉，总有顾不上的时候。"

不过下一秒钟，当他讲起满河村如何在县里电商培训考试上拿了七个一等奖时，声音里又立刻闪出光来。"一共十个奖嘛，前七个是我们村拿的，剩下的是我们让给他们岁数大的人了，嗯呐，就是这样。"老周和老周媳妇都拿了一等奖，结束之后非要请所有人去吃大棒骨，"老香了，我觉得当时就老开心了。"

如果希望有具体的形状，大概就是杨光说这话时的模样。

守望故乡

既然北上广不相信眼泪

"给我一个月期限，如果我坚持不下来，我从哪里来，就回哪里去。"对着火冒三丈的父亲，他打了一个赌。

那是2004年，湖北农村青年刘大锋辞掉在互联网公司的工作，偷偷摸摸回到家乡开淘宝店，父母和村民都觉得他疯了。村里人以为他在大城市受了重大打击，精神失常，每天在家对着一台电脑，居然妄想复活家乡的夕阳产业——粉笔业。

"赶紧回广州把工作找回来！"父亲的声音每天都在耳边响起。

十几年后，刘大锋的外号是"粉笔大王"。他的公司一年能生产150亿支粉笔，在他的带动下，整个村的粉笔业，从2000年初的夕阳，变成了朝阳，村里千余户，年均收入10万元以上。

刘大锋让父母和村民相信了自己没有发疯，是因为借助了互联网的力量。商业不只可以聚集在大城市，年轻人也不是只能在大城市工作，随着数字经济的发展，曾经的边缘地带、夕阳产业重获能量，经济版图正在重构，成千上万的年轻人正在回到家乡，成为"新留守青年"。

"什么都好，但没有家的味道"

从华南师范大学毕业后，刘大锋加入一家初创的互联网公司，做行政管理，月薪近万元。

后来，他曾工作的那家公司成为中国最有名的互联网公司之一，而刘大锋并不后悔，他的命运正牢牢地掌握在自己手中。

刘大锋出生在湖北应城黄滩镇，考上广东的大学，成了村里的骄傲。然而进入社会工作以后，优等生的光芒渐渐消隐。

工作内容烦闷枯燥，为办公室的绿植浇水，有时写份事务性的材料就要耗费整天时间，为领导打印文件也要算作一件重要工作事项。

住在出租屋里，每天两点一线，回家倒头就睡，第二天昏昏沉沉搭车上班，到公司，坐下，泡茶，浇水，看新闻，准备填下一份表格。

刘大锋能感受到，在他以外的那个世界，是另一番热火朝天的景象，时代飞速向前，他却像陷在泥潭里。

许多身处北上广的年轻人都遇到了相似的难题。

"90后"张猛是东北人，在哈尔滨学的是艺术设计，毕业时怀着雄心壮志，去北京创业。公司做苹果手机游戏，那时行业还前途不明，手机游戏能否打开市场还是个问题。

现实的巨浪打得这位年轻人措手不及。

高额成本下，公司压力日增，疲于应付各种设计与修改，年轻气盛的张猛第一次体会到"乏力"。一到周末就待在出租屋，"躺着，什么也不想干"。

叶婧同样能感受到归属感的缺失，尽管在很多人眼里，她其实过得很不错。

从福建东山岛走出来的叶婧，毕业后来到省会福州，在一家台企里负责了好几年的食品品质管理工作，收入稳定。

然而慢慢地，叶婧发现对待自己的工作，自己始终无法提起热情。虽然公司生产着市面上非常流行的食品，但她更怀念家乡的原味海鲜。

因为从小被海滋养，她最喜欢的就是海。在福州，"什么都好，但没有家的味道"。

忘不掉的故乡记忆：粉笔、套娃和奶奶的味道

刘大锋知道，自己拥有的一切都来自家乡。

村里人以生产粉笔为业，小时候，家里交不起学费时，他抱着一箱箱粉笔去学校，抵扣学费。更小的时候，他和村里的小孩糊粉笔盒，再看着大人装箱，拉着板车，挑着担子出去卖。

20世纪80年代，刘垸村是中国第一个"万元户村"。因为一次国外订单，湖北省经贸局将村民组织起来，家家户户分派订单，第一次向国外出口了来自应城的粉笔。

那是第一次，他们生产的粉笔盒子印上了全英文。

"很多叔辈因为这个赚了钱，搬进了市里，买房买车，过上了好日子。"刘大锋说。

2000年后，粉笔村开始没落了——很多学校不再用粉笔。刘大锋在广州工作定居后，父母认定粉笔是一个夕阳产业，希望他能好好留在大城市工作。

但他放不下小时候糊粉笔盒的记忆，也忘不掉替自己"交齐"学费的粉笔，更忘不掉在家乡成长的点滴记忆。

在城市的年轻人忘不掉故乡，尽管花了10年甚至更久时间走出乡村，但此刻，他们都做出了同一个选择：回乡。

当初一起到北京的同学陆续离开，张猛在和父母沟通后，决定回去。"北京很好，到处是高楼大厦，不缺衣着光鲜的商务精英，但我一个刚毕业的北漂，忙着生存，就像活在另一个平行世界。"

他回到哈尔滨，在一所大专找到一份设计讲师的工作。

叶婧也回到了日夜思念的小岛。

她怀念东山岛的奶奶，和奶奶做的鱼丸。

当渔民的爷爷死于一场海难，奶奶用大海的鱼做成一颗颗鱼丸，养活了爸

爸和叔叔。叶婧的爸爸成为一名远洋邮轮的船长，整年整年都在海上漂泊。

也因此，奶奶生病后，叶婧想回去好好陪伴她，她觉得，这比一份大城市的工作重要太多了。

她是吃着奶奶的鱼丸长大的，从前，奶奶总在天没亮时就起来，出去打鱼，回来洗鱼、割肉，反复搅打。

叶婧还记得，每次醒来时，总看见奶奶流着汗水在制作鱼丸。那些记忆挥之不去：捏丸子，烧一锅水，等待鱼丸慢慢定型，慢慢有了弹性。

她记得自己上大学那天，奶奶做好了一大包新鲜鱼丸给她，让她带着吃，却不敢出门送她，看她远行的背影。

叶婧很庆幸自己做了从大城市离职回到小岛的这个选择，让她在奶奶最后的日子，可以一直陪在她身边。

也是在那时候，叶婧望着东山的大海，一下子明白了什么是最重要的事情：她要把奶奶做的鱼丸留下来。这也是为什么她开了一家淘宝店，起名为"鱼丸奶奶"。

让家乡和城市一样闪闪发光

"大城市真的很好，"四川大凉山的"90后"陈阳说，"但我家乡的好，却没有被更多的人看到。"为什么要留在大城市，而不是反过来，让家乡变得更好呢？

上大学时，第一堂课自我介绍，她说："我来自大凉山。"当时，同学们一阵惊呼："你们大凉山是不是还没有通电？"虽然她知道那是玩笑话，但也心里一凉：原来故乡在外人眼中是这样的。

但陈阳是在踏过大山的角落，再和成都对比后，才得出结论的：故乡真的非常好。绿水青山，还有旷远的蓝天。连这里的黑猪肉、蔬菜、菌菇，这些曾经觉得平常的东西，在成都也成了尝不到的美味。而且，因为网络，家乡和城市的差距已经日渐缩小。

她想让更多人知道家乡的美味。这是"新留守青年"们的共同理想：回乡并不是无奈和逃避，而是另一种奋斗姿态，他们相信，通过互联网和自己的努力，在追求美好生活的同时，也能改变家乡。

相比于更年轻的张猛、叶婧和陈阳，在"新留守青年"这个身份上，刘大锋算是早期的先行者。

在他给父亲下跪保证后的那个月，为了证明自己的想法没错，他几乎每天不睡"死磕"阿里巴巴，发布了30多万条粉笔信息，但凡搜索"粉笔"，就能看到他的信息。

一个多月后，一位东南沿海某地教育局的领导打电话来，需要大量粉笔："有现货吗？货好的话我就买了。"父母一开始怀疑是骗子，但亲眼看到儿子把原本滞销的粉笔，通过一根网线卖到了千里之外后，才知道错怪了他。

接下来两三年，刘大锋把整个村子的粉笔全包了："那时候淘宝是我的平台，我是全村的平台。"

但是，打消村民所有的疑虑，让他们相信新时代已经到来，要到2008年。一个欧洲大客户通过淘宝找到刘大锋，需要大约六英尺高的巨量货源——他们要的是万圣节的伴手礼粉笔。

刘大锋组织全村村民，一共2000余人，完成这个超级大单。"当时村民还不信，我只好拿出160万美金的订单合同给他们看，并且承诺先把定金付给大家，就这样，才把全村人组织起来了。"

刘大锋记得交货那天，大雪纷飞。为了让粉笔及时烘干，村民们还临时搭建了烘房，专程到武汉买来了煤炭。

两位法国客户到村里验货时，简直不敢相信，一个中国人居然能把全村人组织起来做这件事。

今天，刘大锋被称为"粉笔大王"，他的家乡湖北省应城市刘垸村被称为"粉笔村"——1000多户人家，900多户从事粉笔产业，产量占到了全国的85%。

村民收入也大为改善。刘大锋的成功，也让很多大学生回到家乡，把他视为标杆。

十多年后，陈阳跟刘大锋有了一样的想法。她发现昭觉乡下的农产品虽然非常好，但是卖不到县里和市里去，村民们没有这个意识。

她想让彝族特色的烟熏香肠腊肉，还有很棒的农产品——羊肚菌，让更多人尝到。淘宝店一下子上线了十款左右的产品。

刚开始，她心情忐忑："淘宝上已经有这么多商家，还会有人来买我家的东西吗？"

不久后的一天，一个来自成都的客户，一下子就拍了20罐腊肉。那天走在路上收到消息，陈阳吃了一惊，赶紧问自己以前的客户和亲朋好友，是不是为了照顾自己的生意才买的，所有人都否认了。她这才知道是真的生意来了，高兴坏了。

慢慢地，靠着自己积累的资源和淘宝电商的营销，陈阳实现了一年100多万元的销售规模。

现在，她正在筹资建设一个大型农产品加工厂，作为昭觉村农产品的集散地，把包括菌类、土豆、酸菜、腊肉、香肠等土特产，配合电商，做一系列的分拣、打包、仓储、物流工作，以更好地将昭觉村的产品送到外地去。

陈阳相信，她的家乡以后不会再被外面的同学误会为"没有通电"，因为家乡会和城市一样闪闪发光。

只要你知道对岸在哪里，小船和大船都是一样的

已经成为"粉笔大王"的刘大锋说："我们上一代人是两只脚丈量天下，跑遍全中国。现在在我的影响下，村里很多大学生回来了，做相同的产业。我们现在是一个'粉笔村'。曾经许多人都认为粉笔是夕阳产业，但在我眼里，这是一个会继续发展的朝阳产业。"

而从小闻着套娃木屑味长大的张猛，则通过淘宝完成了一场套娃的"文艺复兴"。他设计了数款时尚套娃，让50多岁的留守妇女从画复杂的俄罗斯城堡到画小猪佩奇，在带动乡镇留守妇女、老手工艺人收入翻倍的同时，让他们跟外面的世界有了新的连接。

镇政府盖了一个套娃博物馆，他设计的套娃都摆在了里面。2019年销售

额达到200万元以上的张猛，看到以做套娃出名的家乡——面坡镇，正在因为套娃而经济复苏，成了一个"淘宝镇"，为自己能"培养"起竞争对手感到开心。

因为他知道，套娃没有没落，它仍然深受大家喜爱，而且这些套娃在他的创新设计下，已经变成了越来越多人喜欢的伴手礼。他知道，在小地方，也能有大梦想。

陈阳在大凉山的农产品加工集散地也初见成效："有了这个集散中心之后，以土豆来说，以前老百姓拿到县城去卖，县城卖8毛，中途的路费就要1毛5，拉到我们基地来，就不用到县里去卖了。他们在家门口就把东西卖出去，还赚多了。"

叶婧不在乎一年要做多少营业额，而是坚持最初的想法，那就是像奶奶一样做出那种最真实的味道。

这些"新留守青年"，都在通过自己的努力，改造着自己的家乡，赋能传统意义上的边缘地带。

或许他们是成千上万返乡"新留守青年"中的几个，每一个人的能量也只能辐射自己的家乡，但或许就像叶婧的船长爸爸所说的那样："你要去一个你心中的地方，你要到对岸去。一个人的小船，和其他的大船，路径都是差不多的。你掌握自己的节奏，或许小一点，慢一点，但你终究能到对岸去。"

一位全国劳模的隐秘心愿

每到年末，龙山县的孩子们都在为一个问题忧心：这一年，爸妈会回来吗？

如今，在湖南湘西土家族苗族自治州龙山县，2000多名留守儿童不必再为此烦愁，独自在家落泪。因为，妈妈就在身边工作，不会再出远门了。

在龙山县，有家淘宝店及工厂，员工全由妇女和残障人士组成，车间遍布25个村集，留守儿童的妈妈们就在这里工作。工厂的创始人——"85后"谭艳林，也因此在2020年当选"全国劳动模范"。

谭艳林也曾是留守儿童，直到现在，她仍对儿时经历记忆犹新。"每天放学回到家看不到妈妈的感觉太难受了。"在她看来，帮助留守妇女就业，比赚钱重要。

10岁时，父母出外打工，她和弟弟妹妹三人相依为命，她和妹妹需要轮流背着两岁的弟弟去学校。周末，谭艳林会去鞭炮厂打工，每次赚5元，够姐弟三人用一周。

每逢过年，是她最期待的时刻，如果父母回家，就能穿上新衣服。但是这份念想，有时也会落空。有次，爸爸给她写来一封信，说不回家过年了，春天再回来。谭艳林哭着回信：希望明年春天快点到来。

那年除夕夜，姐弟三人早早上床睡觉，鞭炮声中，她们隐约听到有人敲门，喊他们的名字，像是爸爸妈妈的声音。但当时，他们不敢开门，以为有坏人。过了很久，谭艳林才怯生生地出去开门，看到爸妈正站在门外，冻得哆嗦。怕吵醒睡梦中的孩子，他们没敢再敲门。谭艳林当场就哭了起来。原来是爸妈看了女儿回信，忍不下心，临时决定回家。

16岁那年，因家庭困难，谭艳林遗憾辍学，离开学校南下打工，近40摄氏度的高温天气，她曾在30层高楼窗外作业，腰上绑着安全带，加固玻璃窗。

这位农村女孩从没想过自己会开公司，把家乡产品带出大山，甚至走出国门。命运，还是报答了她的坚韧。

几年过去，谭艳林已经当上了部门经理，此时家里却出了意外，姑姑从树上摔落致残，只能坐在轮椅里，没了经济来源。儿时父母长年在外，是姑姑照顾他们姐弟三人长大，谭艳林想：这个恩情，要报。

2011年，她数次写下辞职信，又撕掉，在去留之间反复踟蹰。决心，最终还是下了，她要再做一次逆行者，回家。

谭艳林辞掉工作，回家照顾姑姑，帮她重拾对生活的信心。姑姑擅长做手工，质地精美，却没有想过要用来讨生计。谭艳林做淘宝，其实只是为了给姑姑找点事情做，帮她打发时间的同时还能换些钱用。

偶然的善意举动，迎来的却是意料之外的结果。

淘宝店才开一周，谭艳林就拿到了超过10万元的订单。喜出望外，但也焦愁不已，对方是个外国人，自己又不会英语，其间的沟通，是阿里客服帮她完成的。

最难的其实是生产，10万元的订单，人工做起来，不是件容易的事。姑姑以外，她又从村里找来50余人，全是留守妇女、残障人士。人齐了，质量统一也是问题。在谭艳林的坚持下，大家又一起返工，才完成交货。

这便是谭艳林通往劳模之路的起点。她把越来越多的留守妇女聚集起来，让她们独特的手工制作产品，通过淘宝送出大山。这些妈妈也渐渐留下来，在家门口就业。

在这个偏远的乡土世界里，谭艳林是那个眼光看得最远的人，不仅打破家乡人成见，上网卖东西，还把时下流行的花样全都玩了一遍——《植物大战僵尸》，小猪佩奇，喜羊羊，全都被她搬到手工品上，再让妈妈们用手勾勒出来。

创业9年，谭艳林的"惹巴妹"成为湘西明星企业，年产值达到4000万元。在湘西各县，千余名留守妇女和200余名残障人士，都因此获得稳定生计。如今，她还记得那一年，有位失去双腿的员工在她面前流泪，双手颤抖着，捧着千余元工资说感谢，那位员工说，那是他人生第一次靠自己挣钱。

一头土猪的大别山突围

泥土搭起的土锅里，肥猪肉直接用开水煮，奶奶会故意不放盐，让肥肉更腻，孩子们能少吃一点。

"如果你不好好读书，就跟我们一样，以后只能读'农业大学'"。

从小，父亲王明松就时常这样"恐吓"王欢。父亲和土地打了半辈子交道，"农业大学"是他对种地的戏称。

只上到小学二年级的王明松不知道，世上还真有农业大学，更没想到，儿子长大后还真读了农业大学。

2007年，从安徽农业大学动物科学专业毕业后，拿过一等奖学金、已被保研的王欢放弃了涌进城里的那条路，选择回家养猪。一同回来的，还有当时刚订婚的未婚妻魏霞，她辞去电信局的稳定工作，两人一起回到了家乡舒城——这个当年的国家级贫困县。

"既然你读了大学，为什么要回来养猪？"

乡人就这个问题缠问了王欢很久，受到指责更多的是王明松，"你让他这么多年书白念了！"

如今，越来越少人愿意留在家乡种地、养殖，农业风险大，农产品价格低，不值当。

"如果农大有一个人能做出来，那一定是我王欢。"8年前，26岁的王欢这样说。那时他总是端着饲料，在猪圈四周的矮水泥墙上健步如飞。如今，一瓶啤酒下肚，他调侃似的补充了一句："当然，如果全军覆没了，我也没办法。"笑容舒展的时候，眼角会伴随着一缕清晰可见的细纹。

一片猪肉，三代记忆

盖养猪场的这片土地，对王欢而言，有着特别的意义。

大别山东北麓的丘陵地带，因为杭埠河天然阻隔，交通闭塞，经济落后，过去被戏称为"路梢子，水尾子，乡拐子，穷根子，锅底子"。王欢出生的小村落金桥村更是"绝境中的绝境"，因地处高地，可耕地少，曾连井都打不通，人们要从山下担百斤重的水来用。

吃苦耐劳是这个山中家族的可贵品质，也是因为生活所迫。20世纪60年代的物质匮乏时期，童年的王明松甚至要去山下讨饭充饥，野狗一多，团团围起来，孩子能骇破了胆。直到现在，王明松的小腿上还留有巴掌大的伤疤，与其说那是被恶狗咬后没钱医治的后果，不如说是贫苦生活的印记。

王欢的奶奶是位辛勤的老人，养育了王明松兄妹六人，出生于1956年的王明松是老大。

那是个猪肉怎么烧都好吃的年代，但只能在端午、中秋、大年三十凭票换取，每人半斤。细心持家的奶奶还思忖着得留一部分，用来待客。

泥土搭起的土锅里，肥猪肉直接用开水煮，奶奶会故意不放盐，让肥肉更腻，孩子们能少吃一点。即使这样，这种神仙美味也会被瓜分干净。并不存在哄抢，因为孩子没有围锅盛肉的权利，都是奶奶均匀分好了的。

到1985年出生的王欢这里，情形好了很多，至少，他没有再经历过饥饿。但他还是被留在土房子里和奶奶相依为命，父母则进县城闯荡。

土坯房是王明松15岁时盖的，是他挥起铁锹将从水稻田里铲来的湿土一锹一锹堆起来的。时间一久，土干了，墙壁错位、收缩、下沉，形成一个个巨大的缝隙，野猫可以自由出入。

猪肉香带着奶奶的关爱，也传递到了王欢这里。不再是白煮的肥肉，奶奶会将豆干炸得金黄，和肉放在一起炒，肉的鲜味渗透到外焦里嫩的豆干里，那是人世间最美妙的滋味。

闭塞的环境，反而让王欢的童年多了许多可怀念的部分。村里少有人能拥有一把伞，下雨天也不必指望家长送伞，孩子们抄起装化肥的袋子，顶在头上也跑得欢。夏天人们从不穿鞋，觉得光脚更舒服。

后来，王欢转到县城里上小学，第一天，光脚上学的王欢发现，"大家怎么都穿了鞋子?"那是很热的9月。

第二天，他穿了鞋子去学校，依旧被同学笑话。那双鞋，是大人的旧拖鞋剪掉磨破的脚后跟部分改成的。

每逢假期，王欢总会回去看望奶奶。他目睹了农村的落寞，生活生产条件的落后，"心里总有说不出的伤感"。

"我以后要把你接到城里去。"王欢说。

奶奶却不愿意："我在这里生活了一辈子了，我不走。"

"我就跟她说，我以后会回来改变这里。当时一个朴素的愿望是，最起码要回来把村里自来水给通上。"

王欢没想到，村子比奶奶老得更快，远等不到他长大的那天。

2000年，因为生存条件恶劣，小村的人家几乎搬空，只剩下两个人：王欢的爷爷和奶奶。为了方便照顾老人，一家人好说歹说，老人才肯进城。

老人在城里度过了安详的晚年，但在最后的时光里，奶奶还是惦记着她的小村庄。

"大孙子你慢慢来，不要那么累。"奶奶的细语如今仍不时在王欢耳边响起。他想，如果奶奶还在，她不会在意孙子到底挣了多少钱，但肯定会为他高兴。

毕竟，如今连养猪场里都有了自来水。

每天睡在母猪"上铺"

大学毕业那年，父亲的编织袋生意遭遇瓶颈，货源被另一个竞争对手拦腰截断，跟着遭殃的还有和父亲一起做生意的叔叔。

全家靠捡破烂和做编织袋生意攒下的积蓄全部砸入了猪场，也将王欢沉沉地砸进这背水一战里。

王欢计划，第一年养猪，第二年做销售，第三年做深加工、搞餐饮，然后创立自己的品牌甚至企业。但这都是一个刚出象牙塔的年轻人的想象，待到真开始养猪后，王欢才发现，生意并不好做。

他常常在猪圈旁一住就是几个月，在各种角色间来回切换，既当饲养员也当清洁工，每天早晨都要打扫1000多平米的猪圈。

关键时候，他还得是养猪专家，助力母猪生产和产后护理。母猪生产的前后20天，他在猪圈上方搭一个简易的床，时刻待命。

母猪奶水不够时，王欢还得拿着奶瓶给猪崽喂奶，有时，小猪没喝饱的话，会用两只前蹄拽着王欢的裤脚不让他走。

但生意不是努力就能做好的，在养猪这条路上，王欢的运气似乎差了些。

2010年的一场大火，令几十头种猪和数百头小猪都葬身火海。

听到消息的父亲整个人都瘫软了。全家人卖掉了县城里的房子，搬进以前做编织袋生意用的仓库里。三四十万元的损失，意味着一家人一年半的辛苦随着一把火化成了灰。

"吃了这么大的亏，差不多就行了，别干了！"乡人都劝王欢。

但妻子魏霞知道，全部家当都投了进去，家庭和工人的生计都仰仗着猪场，责任心极强的丈夫不可能退却。

看不见的客人

夫妻俩逐渐意识到，把整个家庭都押在"养猪"这个产业链上游环节，将面临许多不可预测的风险，瘟疫威胁、生产安全、政策、市场波动的风险等，任何一个环节出问题都会导致血本无归。

过去猪直接卖给猪贩子，优质猪肉无法和消费者直接对接，也就无法建立稳固的联系。夫妻俩决定将产销打通，开起了线下小店"王明公放心肉"。

开业第一天，有人拿起一个猪心询价，两人蒙了："你看着给吧。"他们只打听清楚了猪肉的价格是12元一斤，内脏的价格一概不知。没人能想到这两个书生气十足的后生，后来能让自家的猪肉出现在千家万户的饭桌上。

由于猪肉品质好，"王明公放心肉"生意兴隆，妻子魏霞常站在案板前，操着长刀，案板下是一抽屉的百元大钞。

但生意不会总是一帆风顺，在"王明公放心肉"的带动下，一条街陆续挤满了猪肉店，甚至连自己家请来帮忙的师傅也出去开店了。线下竞争格外激烈，需求接近饱和。

就在此时，雪上加霜的是一直合作的超市倒闭了，拖欠了30多万元的钱款追不回，这无疑是晴天霹雳。

转型已是这对夫妻必须面临的问题，他们瞄准了巨大的线上市场。妻子魏霞是最早的一批网购达人，早早就发现了电商生鲜市场巨大的缺口。

在传统印象中，看不见摸不着的肉总让人难以放心，因此，肉类生鲜的消费主力在线下市场。考虑到物流和冷链在小城发展迅猛，魏霞想，只要把握好品控，再做好精细分割，"顾客要哪一块，就给哪一块，出错的可能性就小"。

夫妻俩很快分工，魏霞搞运营，王欢进行专业把控。2016年，两人的淘宝店开张了，魏霞一边招呼着线下客人10元8元的生意，"叮咚"一声，她就赶紧去电脑上回复来自另一端的看不见的客人，往往一个订单就有百八十元。

不久，凭借着品质和口碑，网上一天营业额能达到2万元，这相比线下已经翻了几倍了。如果线下的顾客是潺潺细流，线上看不见的顾客则是汹涌潮水。精力有限，夫妻两人决定关掉门市店，专心经营线上。

那年"双11"前夕，王欢做出了一个大胆的预估，"大概能卖70万元。"这在身边人眼中可是个天文数字。

"真能想！"众人都笑他太乐观。他并不在意，加紧准备工作，为了这一天的到来，人手增加了一倍，前后忙了半个月。

11日的零点一过，"叮咚，叮咚"，魏霞的截图一刻不停地发到王欢这里，数十分钟的间隔，破5万元了，10万元了，20万元了……"双11"单日，他们就卖出了100多万元猪肉，成为土猪肉销售全网第一。

如今王欢有了自己的团队，在员工的选择上，优先帮扶贫困户。仓库和猪场设在大别山村里，营销团队设置在了合肥，安土重迁的村民和刚大学毕业的年轻人各得其所，各司其职。

直到现在，父亲王明松对网购还是一窍不通，那是孩子们才弄得来的高科技。天猫"双11"前后20多天里，冷库里的包裹多到要溢出来，堵得人不能走路。厂里几个年轻姑娘跑来告诉他："'双11'卖了100万元！"

"那是他们年轻人的事，我不管！"王明松面不改色，一边却加快了手中的活计，心中早已乐颠儿了。

和猪肉一起走出大别山

在肉价高涨那段时间，王欢网店的猪肉最低可至19.9元一斤，销量好起来，全家人都在为这件事忙碌。

生产加工间里，刚宰杀不久、倒悬在架子上的半边猪，被师傅取下，先分出前中后三段，再精细剔割。接下来，猪肉会再转到包装的农妇们手中，一刀下去，"砰"的一声上秤，迅速装进保鲜袋、锡箔袋，接下来轮到王明松的流程，做发货前的最后准备。

最忙的时候，他会凌晨3点起床，一直干到次日凌晨1点，才躺下休息片刻，太阳落山时，看着堆积如山的包裹，王明松心急如焚，因为已在网上作出承诺，当日要发的货不能拖到第二天，他知道，诚信就是他的命。

如果不是因为电商"打搅"，王明松还有更重要的事做。他早已为自己规划好了退休生活，在猪场宿舍的不远处，他开辟出了几块田地种菜，苹果树、梨树环绕着池塘。他还饲养了小刺猬，自己孵过一窝捡来的老鳖蛋。

现在为了帮儿子，他菜不种了，小鸡也不孵了。虽说县城、省城都买了房子，但王明松不打算离开猪场："这里就是我的别墅，我死也不走了。"

在电商物流服务站的标牌下，王明松穿着迷彩大褂、顶着一头花白头发，一手扶着泡沫箱，配合着另一只拿胶带的手，应时旋转。几秒钟，横的、纵的胶带交叉缠绕，稳稳妥妥地给三斤鲜猪肉安了一个暂时的家。伴随着一声声撕拉胶带的嗤嗤声，身边的"肉之家"堆成了一堵泡沫箱的"白墙"。

他举手、下刀、投掷，动作一刻不停。每天"白墙"筑起来，很快消散，再筑起……

"天津、北京、广州、深圳……"王明松数着订单上的城市。

大半辈子里，王明松去过最远的地方是上海。那时做着收废品生意的他，听说上海遍地是废品，到上海后却连本钱都被人骗了个精光。此后，他对别人描述的能挣大钱的事情都很谨慎，再没有出过这个小县城，"待在家门口，赚一点是一点"，出了小县城之外的事，都已经超过了他的控制范围，他觉得不安全。

互联网画出的巨大疆域，是王明松的足迹和认知都没法到达的。起初他很不放心："如果他收了货非不给钱怎么搞？""你新鲜的肉他非说不新鲜怎么办？"

那时的他，也不敢相信网购这件事，只怕再被人坑骗。

随着儿子淘宝店生意蒸蒸日上，这个64岁在大别山的安全区里打转了半辈子的男人，也发生了改变。吃穿用度，他会图省事，让孩子们上网买。

"现在我非常相信。"王明松咧开嘴，就像那些天南海北未曾谋面的人相信他们的猪肉一样。

他 在 中 朝 边 境 卖 泡 菜

　　李君有个外号：泡菜一哥。在直播间，他会学"口红一哥"李佳琦，把辣酱当口红涂在嘴唇上。

　　2019年，45岁的东北男人李君，给自己租了一个小房子，专门用来做直播。每天下午，他都会喷上发胶，把自己装进华丽甚至有点浮夸的衣服里，面对摄像头，努力推销他的泡菜。

　　李君承认，自己的重点模仿对象是"口红一哥"李佳琦。李佳琦在桌上摆满口红，李君就在桌上摆满腌萝卜和桔梗；李佳琦习惯说"Oh，my God"，李君也会刻意冒出几句"哎呀妈呀"。

　　为了迎合观看直播的消费者的喜好，李君也会做一些分析，比如他发现下午3点开始看直播的人以家庭妇女为主，这一时间段，他就会换一些贴近家庭妇女审美的服装，也会在直播间开一些无伤大雅的小玩笑。

　　"你欧巴我是个特别有意思的人，不仅卖的泡菜好吃，唠嗑也好玩，以后没啥事过来跟欧巴唠会儿啊！"

　　"过几天我研制出一款人参泡菜，到时候给你们老公吃，不仅好吃，吃完身体还棒，他好你也好。"

闯荡东洋

19年前，26岁的李君刚从部队退伍。他身体健壮，野心勃勃，拿着一张高中毕业证书远赴日本留学。

21世纪的东亚，如同重新进入青春期的少年，彼时的中国加入了WTO、申奥成功、国足踢进了世界杯；而经历过经济泡沫的日本，也开始出现了复苏的迹象，平成时代的美好图景正在徐徐展开，街上总有满面微笑的人穿着优衣库的针织衫，7-11便利店遍地开花，打开电视就能看见木村拓哉俊美的脸。

青年李君怀揣9000日元和对未来的期待，站在了大阪著名的跑步者广告牌下。

说是留学，但李君从没去学校上过课，他每天混迹于喧哗热闹、鱼龙混杂的道顿堀。白天，这里是寿司和章鱼的天下；夜晚，酒吧的灯光陆续亮了起来，红男绿女们出出进进，太阳已经哑火，但躁动与妖娆照亮了夜空。

一位"福建大哥"成了李君第一位导师。福建大哥的特技，是在十几秒内给一种赌博机做手脚，包括李君在内的一票小弟，就靠这作弊的本领过活。

2003年，淘宝诞生，中国的互联网已经成了一座正在酝酿巨大爆发力的活火山。但这一切对于李君来说，都仿佛发生在平行时空，他已经过了两年标准的混子生活。这一年，他在福建大哥的资助下开了一家酒吧。

李君和那些还沉迷于赌博机的小流氓不同，他有着精明的商业头脑，不管来的是操着卷舌音、凶神恶煞的日本黑道，还是夜场里刚送走一批客人的妈妈桑，他都应付自如。

给他酒吧看场子的，是一位客家小伙，他们多是没有合法身份的黑户，习惯了好勇斗狠，用暴力解决问题。身为东北大哥，统帅十几个福建小弟，这可能是李君人生中的"高光时刻"。

这群敢打敢拼的小弟最终惹来了大祸。2006年，几个台湾人在李君的酒吧边上开了家一模一样的店，一时把他的生意挤对得够呛。在江湖人看来，这等于直接下了战书。

起初李君还能保持克制与冷静，但眼见酒吧的生意一天比一天惨淡，面对纷纷请战的小弟们，李君终于没忍住。在一句"把他们脑瓜子削放屁"的指示下，小伙子们操起球棒和砍刀，在街头对几个台湾人展开了残酷围殴。

李君锒铛入狱，被判处有期徒刑两年。

"不他妈瞎混了！"

李君还记得，两年后出狱的那天，他僵尸般地走在街上，猛吸了两口烟，瘫倒在垃圾箱旁。街头的电子屏在滚动播放着北京奥运会的大脚印。

时代又大踏步地前进了，而他的人生却和一箱不可回收塑料困在一起。

到日本好几年了，除了在道顿堀瞎混之外，他没去过任何地方。出狱这天，他才第一次见识了大阪究竟有多大。匆匆行走的白领、往来如织的汽车、高耸入云的摩天大楼……

开酒吧时，他出手阔绰，经常在夜场一掷千金，一度以为自己超越了阶级壁垒，成了成功华人的代表。但现在落魄的他只敢去超市买两袋便宜饼干充饥，吃了两口，才发现是狗粮。

"不他妈瞎混了，我得回家！"

回国后的李君在珲春开了间咖啡馆，生意时好时坏。他一边维持着经营，一边又和亲戚做些煤炭生意。在这期间他结识了比自己小9岁的朝鲜族妻子，婚后生了一个女儿，曾经放任轻狂的游侠，在形式上成了中年男人。

后来，咖啡馆的生意难以为继。咖啡馆倒闭后的一段时间，是李君人生中另一段至暗时刻。

春节在岳父家，情绪低落的他窝在炕头一角，在一群欢度佳节的亲戚中间，他感受到巨大的孤独。

在这之前，面对生活的任何挑战，他都毫无惧怕，他是曾把人世间当成游乐场的混世魔王。

但现在不同，看着妻子一天天憔悴的脸，看着女儿一年年长高的个子，他的内心开始有了松动。女儿5岁了，不爱说话，但每次出门都会钻到他怀里让他抱着走；妻子在给韩国老板打工，偶尔他会听见厨房那边传来轻轻的叹气声。

"终极兵器"：泡菜

朝鲜族的春节颇具"酒神精神"，平日里大家似乎很讲究礼数，遇到长辈不说敬语都是罪过，但两杯烧酒下肚，和谁都是肝胆相照的老铁，席间如果有一个人唱歌，其他人马上会站起来伴舞。

李君本来也想跟着跳，但犹豫了一下，还是盘腿坐下。桌上摆着打糕、酱汤、肘子肉，当然还有泡菜。

李君看见女人们从坛子里捞出腌好的辣白菜，他没想到平时熟悉的泡菜从坛子里刚捞出来时是如此诱人，色泽鲜艳，香辣扑鼻。

室外鞭炮声声，炕上歌舞阵阵，只有李君盯着鲜红的辣白菜若有所思。

过完年，他开始寻找新的营生，但对于一个年过四旬，没有学历也没有什么工作经验的中年人来说，这种寻找和在水泥地上插秧一样艰难。

直到有一天，和表弟闲聊时，李君听说延吉有些市场小贩用淘宝直播卖泡菜，表弟的话给他打开了一片新天地。

一位后来隐退的，网名叫"溜达兔"的大哥，是当时珲春卖泡菜的淘宝主播里最火的。在这座20万人口的边陲小城，"溜达兔"坐拥3万粉丝，绝对称得上名流。

李君认真分析了"溜达兔"的成功经验，只有一条——"坐得住"。

"溜达兔"每次直播都时长惊人。很多干这行的人刚开始能坚持，时间久了，一天播两三个小时就坐不住了，当初只有"溜达兔"如高僧一般，在直播间面带慈悲微笑，桌上摆满了辣白菜、牛板筋，一坐就是七八个小时。李君佩服得五体投地，甚至想去拜他为师。

珲春这种小城市，人际关系极为紧密，使用六度空间理论都有些多余，陌生人通过一两个熟人就能建立联系。比如李君后来才知道，这位"溜达兔"是他发小的朋友，是位下肢瘫痪的残障人，想站也站不起来。

"也正常，就我们这个地方，真有本事身体还没啥毛病的人，早就出去了。"

万事开头难，整整半年，李君的直播泡菜生意都处在赔钱状态。40多岁的大老爷们没有收入，要靠媳妇打工来维持生活，身边人都在劝他干脆去送外卖。

"小地方的人对于直播这种事还是有偏见，觉得我整直播卖泡菜，就是想当网红，说白了就是扯犊子。"李君至今仍对当初身边人的评价耿耿于怀。

一开始他自己也经常困惑，当了小半辈子古惑仔，让他习惯了粗粝而坚硬的表达，而现在他要满脸堆笑，他要向每一个进到直播间的人用逢迎的口吻喊一句"安宁哈噻呦"（朝鲜语"你好"）。

"说句实话，一开始真不习惯，有黑粉，还有拿我媳妇开玩笑的，我都直接开骂，差点没给我号封了。现在好多了，遇到这种人我都不搭理。"

吃过见过潇洒过，又像泥鳅一样在沟渠里挣扎过的人，适应能力往往超乎你我想象，并不是他们天性易被驯服，而是他们比谁都明白——优雅的生活方式并不是一种形而上学，当生存成为问题时，敢于选择弯腰做事的人，才是最有资格优雅的人。

李君会在直播里讲些无伤大雅的笑话，因为节奏和语态把握得极好，听者不会有丝毫被冒犯的感觉。

但多数时候，他还是会回归自己的语气聊聊家常。10平米之外，是庸常和压抑的现实世界，这10平米，成了他在家里为自己修建的空中花园。

迟到的安定生活

踏踏实实的努力取得了回报，2019年，李君终于赢利了。

生意好了之后，找上门的人也多了起来，李君会有所选择地进行合作。比如草帽村的农民收的蘑菇没有销路了，他会在直播间里帮着吆喝；春化镇的木耳他一口气在直播间卖了50斤。

曾经年少轻狂的李君对现在一分耕耘一分收获的生活有着难以言表的崇

敬。他乐于帮助农民，直播时手边摆着的农副产品，让他内心产生了一种踏实的满足。对他的事业持怀疑态度的人们开始转变看法，大家意识到，直播不是流量和虚荣的博弈，而是能实实在在带来效益和成就的一种路径。

2019年底，李君获得了吉林省乡村扶贫助农先锋奖。曾经混迹东洋关西的浪荡少年，如今变成了被乡亲们认可的先锋模范，李君承认：他有点蒙了。

这些让他眩晕的荣誉，还在持续给他带来热度，当地一家做人参的企业通过他的引荐和帮助，得到吉林省农业厅的大力支持，最后这家企业得到了180公顷的人参地，预计能给周边的农民每人带来近10万元的年收入。

李君谈起了他的计划：开春以后，他要在那片人参地上盖20个相连的直播间，带领农民们通过淘宝直播把产品卖出去。

10多年间，如果说有什么没变的话，那就是，他依旧喜欢和别人一起做成事的感觉。

最孤独的淘宝店

　　大兴安岭小镇呼中迎来中国最早的冬天，森林里积雪40厘米。"80后"女孩董菲菲眉毛上结着霜，她在采摘最后一批大兴安岭野果。

　　距呼中1700公里，中国最东的边境城市抚远，会最早迎接日出，也最先进入夜色。小城中年李景辉总在深夜清点仓库，由于疫情封锁，他储存的俄罗斯紫皮糖已不多，还要每天通过快递发往全国各地。而在数千公里之外，中国西部边境地区阿克苏秋意浓烈。阿克苏青年李小波不再出远门，仓库堆满新疆的水果和坚果，大货车每天都来装货，将它们运往遥远的内地。

　　不过，夏天还是流连在中国南端的三亚，这里进入一年中最热闹的旅游旺季，人们涌进张翊威的淘宝店下订单租车，数量比上个月翻了好几番。

　　分处中国疆域东西南北四角的四个人，未曾谋过面，各自经历着不同季节，却在2020这个特殊年份的11月，在同一个时刻召唤下，同享凉热。

边境小城，也数字化了

　　当北境小镇女孩董菲菲冒雪进山收集野果时，奔跑在全国高速公路、国道上的2000万辆货车，也加快了它们的速度。

随着国家邮政、中国快递协会联合发布的消息，中国境内最大的14家快递公司也将携手菜鸟，迎接即将到来的史上最长的天猫"双11"。

董菲菲也在做最后的准备。

呼中小镇的街外就是原始森林，出中心大街不远，通信信号即告中断，每年10月，小镇开始下起大雪，人们只能躲进屋子，进入"冬眠"。

董菲菲感知到家乡的"冷"，源于那种烟火气的渐渐消失，街边卖蓝莓果酱的小摊不见了，中学同学的婚礼没在家乡办，那几年，森林包围着小镇，年轻人都在离开。她是最先回来的那群人，时代变迁中，小镇也重获生机。董菲菲曾在哈尔滨读大学，毕业到小公司做电商，4年后成了团队主管，却不料，家乡的一通电话，彻底改变了她的生活轨迹。

父亲患病去世，母亲独居，董菲菲决定留在母亲身边。辞职的决定也不是随意做出的，她其实已在小镇看到机会，自己有电商经验，背靠大兴安岭就是天然的供应链，交通也方便，网络也不是问题，更重要的是，有人已经做出来了。

从业4年后，大学生董菲菲回到偏远故乡开起自己的淘宝店。

和董菲菲一样，中国最南端的"双11"参与者张翊威，也是位东北小伙儿，因为追求爱情，从哈尔滨跑到遥远的三亚。

他带着一个淘宝店南下，在三亚安定下来后，开始着手店铺转型，将原来的链接一个个清理掉，告别哈尔滨红肠、五常大米、朝鲜冷面、俄罗斯巧克力，转身挂上宝马2系敞篷跑车，靠着租车生意，在三亚过着甜蜜日子。

新疆阿克苏的"80后"小伙李小波，也为网上的热闹购物季忙碌起来。他生来就在偏远乡村，父亲是农民，种核桃为生，10亩地出产的经济作物，若全都卖掉，一家人生活还算宽余。只是行情从来都不稳定，连年亏损也是常有之事。

中学毕业的李小波曾在附近城镇做活，更加数字化的生活进入这里以前，他给一家老旧的照相馆做冲印，顾客不多。

照相馆没落的年代，互联网也在兴起，"时髦"的李小波赶上了，成为很早的那群"村淘"，上淘宝把沙漠里的核桃卖出去，收入也能为母亲治肝病。

就像全国500万已经忙碌起来的商家那样，李景辉每天深夜清点完仓库物品，再带着一身疲惫回家。

生活在东北边境城市抚远，他的命运则要更为从容些，虽然只是小城，却能在城市脉络里找到自己扎根的位置。

那时，已近中年的李景辉终于做出决定，放弃会计工作，带着不多的存款出来闯荡。他找到的机会是做俄罗斯零食，走近边关，把东西盘回来，单袋100克的俄罗斯紫皮糖，再挂在网店里卖出去，赚得不多，5毛钱也是利润。

卖出第一单那天，他拉着妻子在小城街头来回走，激动地说话，回家本来只要15分钟，他们来来回回，走了3小时。

生活重启

当董菲菲在大兴安岭的小镇做电商时，她仍然还是极少数先行者之一。卖的都是森林山货，再远的地方，也要赶过去收，大大小小的包裹，先拉回家里再说。

邻居都好奇，也不见姑娘跟人打交道，只看到她往外面一包包寄东西，好心邻居还悄悄拉着董菲菲母亲说话："当心你家闺女，莫不是在搞传销。"母亲也跟着邻居怀疑过。

女儿的生意越做越好，进山收货拿得多，一待就是两三天，搭个简易帐篷就能过夜。夏天虫子多，就在帽子上别一盘蚊香，冬天雪地里踩进去半米，得拄着结实的杆杖。

走在森林里，时常都会有些惊喜，要么是看到几个漂亮的蘑菇，或者是遇上几只蹦蹦跳跳的松鼠。

最初的发货做得潦草，没有快递袋，就一针一线缝起来；快递公司不来，她就跟母亲用自行车驮去镇上邮局，冬天下雪路滑，走一趟全身都得湿透。发过的货，她都写在小本上，上面记录的收入，也在不断增长。

而这样的生活，曾因2020年的疫情陷入停滞，如今最长"双11"来临，源源不断涌入小镇的订单，令人欣慰。这是国内商家的缩影。"过完这个节，我们的生活才算真的重启了。"一位商家说。

李景辉也从疫情的阴影里熬了过来，守住多年努力创立的事业。

那次在小城街头的漫长散步以后，李景辉的兴奋并没有停下，俄罗斯零食也卖得越来越好。他渐渐扩大规模，频繁在中俄边境往返。

告别8年会计生涯，不再每天与枯燥的数字和表格打交道，李景辉也在一种朝上的方向里，渡过了自己的中年危机。他还成了抚远市电商协会的会长，招俄罗斯人当兼职员工。

在遥远阿克苏的偏僻之乡，李小波再不用为母亲的医药费发愁，他给自己的店铺取了个充满喜感的名字，叫"高老庄少爷"。

从只卖核桃，到阿克苏苹果、红枣、馕，淘宝店铺年营业额已经超过300万元，他也组建起自己的团队，为当地的年轻人提供了不少就业岗位。

进入11月，随着"双11"临近带来热闹的网购氛围，年轻人们也彻底摆脱了数月以前的失业忧虑。

董菲菲在家乡创业那些年，大兴安岭的小镇也活跃起来。她的发货笔记，写了82本，到一半的时候，生活里又多了新的牵挂。

丈夫是她以前的朋友，两个人算是真正的裸婚。上午打车去酒店出席婚宴，下午就回来继续打包发货，但每个包裹里，多加了一份喜糖。

深邃的森林边缘，热闹的小镇氛围里，记忆里的一些东西也在渐渐复苏。

小时候，董菲菲爱哭闹，妈妈哄她用的蓝莓糕，就是从森林里取材；去世的父亲爱去山里打鱼，回来配着野生蘑菇在铁锅里炖，氤氲的香味弥漫了整个屋子。现在，她自己也能做。

在这个冬天到来之前，她知道，这样的生活不会再消失了。

忙碌的灯光，可以照到很远的地方

2020年国庆假期之后，杭州阿里园区开始正式进入"双11"节奏，电脑屏幕上的数据显示，超过500万商家报名。驷安好奇地看了一下最遥远的几位商家。他看到了大兴安岭呼中的董菲菲，新疆阿克苏的李小波，黑龙江抚远的李景辉，还有海南三亚的张翊威。

在此之前，他们四个人未曾有过任何交集，却在此时发现有三个共同点。他们是最"偏远"的淘宝店主，都参与了2020年的"双11"。驷安算了一下，三亚的李景辉如果想尝家乡的小鸡炖蘑菇，在董菲菲的"极北林家特产"下单大兴安岭的蘑菇，这个包裹差不多要走5000公里。

驷安一度想把四个人拉进一个群里，把这个发现告诉他们，然后让他们彼此下一个订单。后来他自己又把这个小心思给否认了，对他们来说，此刻，除备货以外，什么都显得多余。

11月以前，是大兴安岭野果的成熟期，董菲菲进入森林后，会翻过一片片蓝莓甸，采摘最后一批果实。

很快，这批新鲜山货就会登上远行的快递货车，进入千百个家庭热气腾腾的厨房。为了应对这个漫长的促销季，她已经在冷库存满了货，1000斤玫瑰花、500斤蘑菇……

李小波的准备则更为壮观，他的仓库就是一张西域水果坚果的地图，阿克苏的白瓜子、红枣和冰糖心苹果，叶城的巴旦木，喀什的开心果，轮台的小白杏，天山的乌梅，阿图什的无花果干……

对李小波来说，打完这场仗，他当年的水果寻猎就可以收工了，"积蓄了半年的力量，做一个百米冲刺"。

抚远的淘宝店主李景辉，也开始加重筹码，因为销售实在太热，他现在已经开出双倍工资补充人手，将招人的广告贴在大雪纷飞的小城街头。

在艳阳高照的三亚，"90后"东北小伙张翊威还是第一次参加"双11"，他在当地拥有两个展示的实体店，天猫店则是他与远方顾客连接的主要桥梁。

2020年11月1日，"双11"第一轮开售如期启动，李小波的销量顿时暴涨，是平时的三倍；当天零点过后，董菲菲和家人整整一夜没睡，不眠不休打包发货。

总有许多人在旺旺给她留言，大都是说：吃到了大兴安岭的蘑菇，希望有一天能去大兴安岭看看。

在家乡小镇凋敝的那些年，董菲菲回来时曾有一个愿望，就是不想让自己的家乡在森林里消失。如今，随着像她这样的年轻人逐渐地回归，带来新的想法与创意，小镇又重新热闹起来。夜里很晚，快递车仍在街道飞驰，从高处俯瞰，小镇忙碌的灯光可以照到很远的地方，在积雪的原始森林边缘投下暖亮的光晕。

后浪

乘风破浪的毕业生

2018年底，"95后"女孩黄澜曦结束6年大洋洲留学生涯，决定回国。

在父母的设想里，女儿该像其他人那样，在大洋洲找个工作，顺理成章地移民。

在读书期间，黄澜曦就在做代购，也渐渐发觉国内的变化，洞察到人们对生活的要求不一样了，她代购的生活用品，奶粉，护肤品，价格虽贵，人们却竞相购买。

她也注意到国内外社会状态的不同，相比大洋洲的安稳平静，国内则是一片热火朝天。她想清楚了，要创业，就得回国。

飞机刚落地没几天，她就行动起来。她和朋友的计划是，往宠物行业方向走。接下来的问题是，如何找到切入口，彼时，宠物市场已是红海，好不容易想到一个点子，上网一查才发现，早有先行者。

灵感来得很偶然，一次头脑风暴会，有伙伴带着一条比熊犬，被奶茶香味吸引的狗狗竟然凑了过去，绕着奶茶杯口舔嗅。几个人顿时面面相觑，稍后即恍然大悟：为什么宠物不能喝奶茶！

随即就有人泼冷水，觉得这个想法过于感性了，况且，宠物是否真的想喝奶茶说不准。黄澜曦却很笃定，她的判断来源于自己的认知，对年轻人来说，宠物已经不是动物，它们理应有更精致的需求。

在异想天开这件事情上，黄澜曦并不是独行者，2020年，有超过20万大学生涌入淘宝创业。在浙江义乌，21岁的宋承翰决定推翻父母做了几十年的生意。他家里做箱包批发，而他开的淘宝店是"藤原帽店"，主卖单品的思路在父辈看来，无疑是死路一条，宋承翰却执拗坚持。

同样为"00后"的胡为，则从姐姐身上找到了灵感。姐姐热爱拍吃的，每顿饭前，都要精心布置餐桌餐具，觉得吃饭也需仪式感，不能随随便便，杂乱无章，要"Ins风"。在姐姐的忙手忙脚间，胡为灵机一动，找到创业方向。敢想，更敢做，他随即开了间网店专卖餐具，东西的风格一定要美，相比传统朴素的陶瓷品，郁金香磨砂玻璃杯，更能打动年轻人的心。

也在大洋洲留学的陈际州则野心不浅，目标是让汉服成为专属中国人的时尚。2016年，他毫不犹豫辍学回国，来到杭州，在淘宝上开启创业之路。在他看来，汉服应该时髦，多元，而不仅是写真集里的古装。他将汉服与海军帽混搭，男模特脸上点着雀斑，手里拿小号，嘴里嚼泡泡糖。

这些尝试自然争议极大。他的每次上新，都能在汉服圈掀起轩然大波，甚至有人直接开骂，人身攻击。面对汹汹舆论，陈际州一度非常难过，觉得自己只是表达自己的美学观，没做错事，却要无端遭受谩骂、攻击。尽管当时淘宝店每月销售额已有数十万元，他还是毅然决定暂时关停。

相比之下，黄澜曦的压力，则来自漫无头绪。宠物饮品概念虽有趣，具体如何落地却感到棘手，是做成宠物的可乐，还是做成宠物的芬达、雪碧。最终商量下的结论却是奶茶。

很难，因为人类喝的奶茶对宠物几乎是灾难，高糖和香精会对宠物造成生理伤害。她找来的替代品是羊奶及肉类，跟她合作的宠物营养师也蒙了，颜色是什么，鲜肉和奶的比例又如何，这些都是困难。找到的工厂都拒绝了她的订单，业内玩家也劝，不要去挑战，做点传统宠物食物更稳妥。

无论多难，终究还是做出来了。随即又是消费者的挑战，有人不买账，说，不就是宠物罐头多加点水，再打成汁儿，反正给狗喝又不是给人喝，狗能尝出什么味道呢。

作为一名宠主，黄澜曦却觉得这是"底线问题"，她的想法是，真心希望爱宠也能喝上精心制作、营养丰富的奶茶，人类的奶茶有几十种口味，那么宠物的起码也要有三四种。这是她的所爱之事，会拼尽全力。

终究还是功夫不负有心人，投资界伸来了橄榄枝，路演时，黄澜曦走上台，外表并不像明星创业者的她，却能面对一众投资人侃侃而谈。

宋承翰也一路向前，开淘宝店以前，整日被母亲唠叨，"不能吃苦，整天没事做，只会玩手机，像条咸鱼"。

只有他自己知道，他不是懒，只是对不感兴趣的事没动力而已。决定创业方向后，宋承翰一人包揽所有工作，进货、拍照、上架、客服、打包、快递，每天至少工作10小时。即便如此，他的感觉却是不累，为此还放弃喜欢的摩托车修理。一个是爱好，另一个则是事业。他的帽店后来入选淘宝iFashion，在他的影响下，全班四分之一同学都在开淘宝店。

卖餐具的胡为也没让年龄限制自己。信心满满地出发，遇到挫折也没气馁，用毅力跑赢时间。

挫折也磨砺了陈际州的心性，在非议的漩涡中退守后，他从杭州搬到广州，后又去了成都。每天写歌，冥想，学时装裁剪，没收入，靠家里养着也不慌。

妈妈却难免焦虑，觉得他不该太早放弃，陈际州却心平气和地阐述自己的想法，做事情除了能力，还要心智，心智不够，就要时间来沉淀。他仍然坚持原创汉服设计，偶尔在社交平台分享，虽也有所折中，将传统汉服变成本土时尚的信念却从未改变。

其实很少有人知道，陈际州在大洋洲其实学的是建筑，专业排名全球前十位，若按父母规划，他若顺利毕业，早该过上体面的白领生活。他却不遗憾，想的是有梦想就要去追，书不着急读，不为自己人生设限。

不久之后，汉服崛起，经历积累沉淀后陈际州重启淘宝店，此时，时尚汉服、蹦迪汉服等品类已四处风行，潮水的方向正在改变，时代向前，后浪奔涌，陈际州也迎来了属于自己的风。

此间春色

兰若庭是家汉服店的名字，在成都，它曾推出一款宋制汉服，名"此间春色"，上线当天，就卖出55万套，创立4年，这家汉服店每年销售额已超过1亿元，而这背后的店主，却是一名刚毕业不久的1997年出生的女大学生。

张静雯出生在四川农村，高中毕业典礼那天，有同学穿着汉服拍照，她顿时就被迷住了。那个夏天，别人都在放肆游玩，张静雯却痴迷于汉服，还特地跑去博物馆，看展出的汉服。

大学时当了汉服社的社长，心心念念的就是让更多人知道汉服，为此她费力张罗了许多场汉服会。

那时，张静雯最愁的是汉服价格，均价四五百元，贵则上千元，不是一般学生能消费的。大三那年，她决定自己创业，要做平价汉服。

一台小型家用缝纫机，摆在寝室，张静雯边看书边设计，2016年，兰若庭在淘宝上线，当即诞生爆款，卖出1000多件。夜里2点睡，早上5点起，张静雯回忆当年，"为爱发电"是自己当时的状态。

张静雯知道，成功并非偶然，而是自有逻辑。秘诀是性价比："此间春色"百褶裙，同样美观、优质，她的价格要比同类款式低五分之一；织金马面款汉服，则直接比同行便宜一半。

敏锐的市场嗅觉则是她的另一个秘诀。2018年流行立领斜襟长腰马面裙，张静雯就做出一款"太平有象"；2019年，最受欢迎的款式则变成轻便宋制女装，她拿出的作品便是惊艳市场的"此间春色"。

在一般人的印象里，汉服更像一种礼仪服，只能在景点拍拍照，不适合日常穿着，张静雯却不这么想，她要将汉服日常化。

为了设计一款运动型汉服，她查阅海量文献资料，终于找到可资借鉴的原型：古代的马球服。某种意义上，这是对固有汉服审美的反叛。在汉服创新潮流里，除了运动汉服，相继又出现了宠物汉服、蹦迪反光汉服、机车汉服。经典事物与时代碰撞，总有意料之外的结果。

早年间，汉服拥趸们喜欢的，是粉嫩清秀的绣花款。而现在，绣花之上，追求的则是手工及更好的成色，要有暗纹，颜色不只粉黄蓝绿。张静雯的"此间春色"，就包含了六个色系，还能不断拆解、混搭。

在风起云涌的潮流里，张静雯选择慢下来，有时一年她只上新一次，以至被粉丝打趣：兰家一上新，上新卖一年。她却不在意这些，慢下来是想把东西做好，不忘那年夏天埋头琢磨汉服的初心。

3 万 年 轻 人 的 时 尚 灵 魂

如今，人们已经形成一个最新的认知，那就是，在决定年轻人穿什么这件事情上，中国与国外截然不同。

在国外，快时尚领域由巨头主导；但在中国，快时尚行业却是由淘宝上的一群年轻人撑起来的。

他们还会得到来自淘宝的认可：店铺里会有"iFashion"的字样，象征品质及信誉。

这群年轻人做的店铺，已经超过3万家，每家都有几万到几千万不等的粉丝数，超过60%的销售由这群粉丝贡献。

他们每个月可以更新60万个新款，年销量比任何国际快时尚巨头都多，是Zara全球市场的两倍多。

他们，就是中国快时尚的灵魂群体。

女孩内心，应有芒刺与刀锋

淘宝店铺：Milk tooth

iFashion类别：原创潮服

店主：米牙　女　25岁　安徽蚌埠

那时，我已经成了别人眼里羡慕的"网红"，可是……我从小生活在安徽农村，父母工作忙，我就经常寄宿在亲戚家，所以我养成了独立的性格，坚信自己长大后，能比父母走得更远。然而高远的志向没能让我走得更远，高考失利，我进入安徽一所普通二本大学，读的是动画设计和影视特效专业。在我的印象里，这个专业的未来就是在格子间与电脑打交道，每天拼命建模，跟"码农"没什么两样。这种生活，我一点儿都不喜欢。受到别人的关注，站在世界中心，这才是我的sense（意义）。

于是我开始利用课余时间分享穿搭照片和视频，在各种网络平台上传播。可能因为我的穿搭比较有特点，每次发照片或者视频，粉丝量都蹭蹭往上涨，逐渐积累到几十万，很快，我就成了大家眼里的"网红"。

但其实有段时间我一直很困惑：网红身份对我来说到底意味着什么？更多的关注，偶尔的打赏，大量投入的时间，然后呢？

最终还是"粉丝"给了我灵感，每次我发搭配照片，很多女生都会留言要淘宝链接。我意识到：机会来了。我可以把设计衣服、卖衣服当成事业来做，而这正是我在迷茫中苦苦寻找到的理想生活方式。

2017年左右，我开始做淘宝店，给自己取名"Milk tooth"，卖的第一款衣服就是我亲手设计的——一件可爱的毛绒兔子外套，又长又大的耳朵让它显得少女心十足。虽然是第一次创业，我心里却很踏实，因为淘宝针对我这种原创设计者有个定金模式，就是我可以先在店里发预售，再根据预定情况来生产，这样就不至于压库存亏本。结果完全超出我的期待，毛绒兔子外套很快被预定100多件，供不应求。直到今天，它仍是每年秋冬季的经典款式。2018年夏天，我大学毕业，别人都在忙着找工作时，我却已经有了自己的事业。我来到杭州创业，准备大干一场，报培训班学设计、学制版，招兵买马，建起属于自己的工作。对做服饰的人来，潮流就是生命线，而淘宝就是流行趋势的一个晴雨表，我会根据每个时期的热点来做设计，比如两年前是Lolita，2020年是JK。

当然，这个创业过程，却比大家想象的难得多，最可怕的事情是"网络暴力"。我逐渐体会到那种所谓"站在世界中心"的感觉，它远没有想象中的美好和浪漫。有人会说我做的衣服不好看，有人说我利用粉丝赚钱，他们的话很直接、难听。委屈的时候只能自己躲在屏幕背后流眼泪，或者从直播镜头前走开。渐渐能面对这些东西，是因为自己想得越来越清楚：我靠的是自己的努力，而且，我的存在并不是为讨好所有人。2020年5月，继我的Milk tooth成为三皇冠原创淘宝店后，我又创立了Evil tooth。

如果说，Milk tooth是青涩懵懂的小女孩，那么Evil tooth则象征另一种活在世界的方式。我把Lolita元素和地下朋克融合在一起，甜美又暗黑，这其实也已经是我们当下的现实：女孩们虽然外表柔美可爱，但内心却有着芒刺与刀锋。Evil tooth的衣服做出来，我并没有特别去推，但淘宝却可以帮我把微小的创意落地、变大。通过平台"千人千面"的推荐算法，我的作品自己飞到了很远的地方；小众原创女装的量小、工艺高，工厂难找，但通过"淘工厂"，就能迅速找到合适的代工。

短短几月，这个新品牌的销售额就达到50多万元。现在，我有了一个更远的小目标：把Milk tooth和Evil tooth继续做大，然后，手伸得更长一点，尝试开发其他产品。我很庆幸毕业后没有选择格子间的人生，我也感谢那些曾嘲笑、讥讽甚至辱骂过我的人，他们帮助我认识到真正的自己。那些杀不死你的，只会让你更强。

山不过来，我就折腾过去

淘宝店铺：FRLMK Brand

iFashion类别：原创国潮

店主：古月　男　24岁　浙江金华

友明　男　24岁　浙江杭州

我大一就辍学了。不是因为成绩不好，而是因为一股子冲动：趁年轻，就该去折腾。我来自浙江金华，这里的人，天生就有股闯劲儿，高中时我就想做生意，做什么没想好，但有一点我却很明确，我拒绝普普通通，要活就要活得轰轰烈烈。

虽然脑子有些野，但我成绩也还不错，考进了一所重点大学。大学生活比较自由，我开始有时间实践那些轰轰烈烈的想法。2016年，我先跟老爸借了笔钱，1万元启动资金，开始搞电商。彼时国潮正在兴起，各种汉服，翻新的秀艺，经过创意转化的传统元素，这些东西打动了我，我们应该穿得更像自己。最开始我做的是国潮代理，同时学习淘宝运营。完全没有想到的是，第一个月我就赚了1万元，接下来的事情则更奇幻，一年后我用收入买了一辆奔驰。在学校进进出出都开着豪华大奔，这事在学校还传过好一阵子，大家都说某某同学"做一年淘宝，买一辆大奔"。现在想起来，挺幼稚的，但也是经历，算是轰轰烈烈过了。

正当我在创业路上高歌猛进时，打击也接踵而来。因为生意太忙，成绩直线下滑，很快，一个至关重要的抉择就摆在我面前：淘宝店做起来不容易，辛辛苦苦考上重点大学也不容易。要创业，还是要学业，这是一个问题。犹豫了很久很久，还是做了决断——创业。决断后，我的创业方向也做出了很大调整，我给淘宝店改了名字，叫"FMK大头先生"，做国潮集合。

最困难时，我也没有怀疑过当初的选择，既然决定了，路，就要自己蹚，山不过来，我就过去。因为市场饱和等原因，我开始逐渐经历亏损，到后来还欠了外债。郁闷时，我找淘宝小二做过很多交流，想通了些问题，接下来就是静待东山再起。遇见设计师友明是事情转折的开始，他也在浙江读书，学服装设计，谈下来，觉得我俩想法很像，一拍即合。2018年，我们合作成立FRLMK Brand，继续征战淘宝。店铺定位于新式运动复古风格的原创国潮品牌。

名字其实就是 funruly monking 的缩写，翻译成中文就是"桀骜不驯的猴王"。我们都太喜欢这个名字了，因为它就是我们生猛生命的隐喻。借着"猴王"的气势，我们开始坐上筋斗云。FRLMK Brand 的第一个爆款，是一件"串标"风格潮服，当月就卖了30多万元，当年11月，销售额升至100多万元。很快，我申请的淘宝 iFashion 标签也获得认证。不是淘宝商家，可能很难意识到这个标签的珍贵，它意味着你已经得到了消费者和淘宝的认可。

到今天，我们的年销售额已经超过2000万元，淘宝团队也逐渐扩大，帮助数十位有想法的年轻人找到他们的事业方向，一同为"猴王"的情怀投注自己的青春。山没过来，但还好我折腾过去了。

存在的意义便是——不被定义。

在茫茫世界，愿每个人都真实而具体

淘宝店铺：爱国人士
iFashion类别：原创潮服
店主：安然　28岁　山东济南

如今再回想一年多以前，真是有恍若隔世的感觉。那时，我在一家国企，一眼就能望到退休。现在，我却在淘宝做潮服。我出生在山东一个工职家庭，父母对我的期望是，好好读书，将来进国企，平安喜乐过一辈子。但相比风平浪静的生活，我更喜欢某种躁动不安的状态，高中时就爱追逐潮服时尚。

大学填志愿，胳膊拧不过大腿，听父母意见选了电气工程专业。作为置换，我得到8万元做创业基金。当时做淘宝，主要是搞海外潮牌代购，积累运营经验。毕业后按部就班地进了国企，每天过着朝九晚五的温水煮青蛙般的生活。我要跳出来。几乎每个周末，我都去宁波前辈的公司取经，他在淘宝做潮牌很有心得，这些年节节上升。那段时间，我一边学习运营经验，一边研究潮服设计，筹备开店。

蛰伏两年，我终于决定跟父母摊牌。他们的激烈反对，也在预料之中，父亲说："你只是一个激进的冒险主义者！"但我心意已决。2019年底，我的淘宝店正式开张，取名"爱国人士"，自信满满上了几款自创新品，销量却迟迟不见起色。随即又赶上疫情，雪上加霜。我利用这段时间进行调整，下架所有新品，重拍图，设置详情页，调整整体视觉效果。隔离在家那段时间，我一直在思考如何将潮服贴近生活。我为每件衣服都设计了独立的编码，象征每个独一无二的人。设计的每一件衣服，我都为它记录一个故事。

比如一款基础的打底衫，我在领口写"这是一款基础的打底衫"，目的是提醒每个人，回归本质。2019年，杭州有个新闻，外卖小伙骑电动车逆行，被交警拦下后，崩溃大哭。我理解背后那些情绪，于是我设计出一款口袋拼接条纹的衬衫，左胸下方的隐形口袋里，写了些心酸文字，表达的都是成年人的心酸不易。我做衣服，不把它看成批量生产的流水线产物，每一件衣服都有自己的灵魂和生命，要认真去对待它。

我还喜欢为每个买家写封手写信，内容常是有感而发，有自己当日的感悟，与顾客互动时的安慰，有时是一些鼓励的话。我喜欢那种感觉，在这个茫茫的世界里，每一个人都具体而真实地存在着。

三个人的乌托邦

在以王晨为代表的三个1997年出生的小伙子心里，"1997邮政局"这家国潮店，就是他们的乌托邦。

9月下旬，又到一年忙碌季，工作室堆满样衣，简单睡了会儿，又开始一天的忙碌。

他们曾三次濒临破产，笑称自己是电商民工，见惯了凌晨4点的杭州，热血难凉，去和这个世界对抗，他们觉得很酷。

王晨还记得，四年前他们"桃园结义"的场景。网络论坛上，老高和香锅都发了寻人启事，彼时，想得都挺简单，就是几个人一起做点衣服，搞个品牌玩一下。

三个人一拍即合，草台班子迅速搭起来，王晨做运营，老高负责产品，香锅做视觉，因三人都是1997年出生，品牌的名字，就叫"1997邮政局"。

创业之初，三人还在中国计量大学读本科，课余时间做设计，裁衣服，找工厂下单，上淘宝做运营，日程排得满满当当。但创业之路，并不那么轻松。

第一单就遇到大难题，100件T恤，做出来无人问津，最后是靠身边亲友支持，才勉强撑下来。下一年稍有起色，却又遇到压货危机，一款棉服堆在仓库，近万元的成本付出去，几个人时常没钱吃饭，口袋里的钱加起来不过百元。

18岁的青年，年少轻狂，当他们的粉丝从零涨到60万后，所有外界质疑都消散了。他们跑去山西找皮影戏，从传统手工汲取灵感，蓝染，东阳木雕，也相继成为他们国潮设计元素，喧哗浪潮里，那份创业情怀从未消散。

在许多合伙人故事里，矛盾，争吵，甚至分道扬镳，都是常见戏码，但这三个年轻人并没有落入这样的窠臼。

三个人虽然持股比例不同，却有着平等的话语权，在他们眼里，有些东西一辈子只能遇到一次，比钱重要多了。让他们欣喜的事情是，兄弟们年纪轻轻就挣了这么多，还能一起打《英雄联盟》，"多好啊"。

现在他们都在杭州买了房，稳定下来后，也在继续思考。

2020年6月，为纪念一同走过的4年时光，他们拍了一个微电影，以高中生、职场新人、面对婚姻问题的夫妇为视角，讲述关于迷茫、孤独以及理解的故事，这些东西，也都来自粉丝们的来信。

他们喜欢慢，觉得写信是件美好的事情。所以，从这里寄出的每个包裹，都会有一封来自主理人的信。在这一时刻，"1997邮政局"这个名字的原意，才彰显出来。

玩 物 立 志

那天，"95后"刘光耀第一次感觉自己"成熟"了。

凌晨4：30，他走出位于杭州城郊的办公室，打车回家。"双11"的第一晚顺利地过去了。"好像下了一点秋雨。"中年司机说，刘光耀"嗯"了一声，算是回答。他陷入一种微妙的情绪里："很平静，没有很兴奋，回家倒头就睡着了。"创业3年，Bosie开始像一家公司了。

刘光耀身上有很多闪光的标签——山东高考文科第二名、北大光华管理学院本科毕业、清华金融学硕士毕业。那年夏天，昔日同窗纷纷涌入券商、投行时，他选择逆流而行，蜗居在杭州城乡接合部的厂房里，鼓捣自己的服装品牌。

他并不孤独。

差不多同一时间，赵葳从英国拉夫堡大学毕业后回到上海，在闵行区的工业园里，租下一个破旧的仓库，开始创业。对他们而言，这段经历与其说是一个商业故事，不如说是对既定轨道的一次"反叛"。做想做的事，成为想成为的人，对抗无趣与平庸。

一条少有同龄人走的路

在天猫开旗袍店之前，诸晶对旗袍知之甚少，这是"歪打误撞"出来的人生选项。

2015年，东华大学毕业后的诸晶在一家瑞典奢侈品牌做市场公关，稳定而光鲜。一天，母亲带她去参加一场在虹口某家洋房里举行的旗袍聚会，那是她第一次接触到旗袍。

诸晶生于1992年，在上海长大，父亲做钢材生意，母亲是家庭主妇。在她的印象里，母亲是典型的上海女性，衣服总是熨烫平整、挂好，指甲永远都修剪得干干净净，喜欢逛衡山路和静安寺附近的商场。

为了参加这场旗袍会，诸晶特地去长乐路上的老裁缝店定制了一身旗袍。"粉红色的，真丝旗袍，花了近6000元。"尽管师傅的手艺精湛，但旗袍款式传统，聚会之后，就被诸晶扔到了箱底。

不过，她对旗袍的兴趣日益浓厚，甚至萌生了以此为业的念头。彼时，她对品牌公关的工作也有了倦意："拿着一般的薪水，却要指导他人奢侈生活，身边的这些人和事，貌似跟我有关，但其实一切又跟我无关。"诸晶想做点更有"确定感"的事。

此时汉服热已经悄然升温，她隐约感到，这些小众的事物，或许是自己的机会。

诸晶辞职，开始在淘宝创业。注册店名时，她正痴迷于白居易的几句诗："松树千年终是朽，槿花一日自为荣。何须恋世常忧死，亦莫嫌身漫厌生。"对"槿"字念念不忘的她，试了很多带"槿"字的名字都不成功之后，索性输入了"槿爷东方"——通过了。

因为没有资金，也不被父母支持，她在长宁的工业园区里租赁了一间10平米的办公室，"只够放一张床，我经常自己在那里睡"。她的合伙人是两位大学同学。没有人懂电商运营，没有人懂市场，三个人既是设计师也是客服、搬运工。

从面料、款式再到花色，他们大刀阔斧地进行改良，试图做面向"90后""95后"的旗袍。淘宝店开业20天后，有了第一笔订单，顾客是一位台湾人。因为订单少，来单便是"高级定制"。诸晶抱着布料和图纸，去城隍庙附近的裁缝店里找师傅加工，完成了第一单。

"旗袍的从业者和消费者，鲜有'90后'。"在很长时间里，这是诸晶最大的烦恼。没有同龄人，孤独。

孤独也曾困扰赵葳。2018年4月，她从英国拉夫堡大学毕业后回到上海。她没有按照别人眼中既定的方向去走，求职、面试、成为陆家嘴写字楼里的白领，而是在闵行郊区的厂房里开始创业。当时的想法很"单纯"，她发现初入职场的"95后"常常买不到合适的衣服，陪她们一起度过角色转换时的尴尬期——她倔强地认为，这有市场。

"很长一段时间里，我都是逆着人流走，他们进城上班，我出城。地铁站台对面的车厢熙熙攘攘，我这里空空荡荡。"当时，她们公司的办公室在一号线的终点，"越往城外走，人越稀少"。

地铁仿佛生活的隐喻。赵葳的同学相继进入大公司，生活稳定，而自己每天辗转于工厂、档口之间，为一个"虚无缥缈"的明天奔波。"压力和不适应，来自生活的坐标系消失。"她沉默了片刻，随后说，"当然，这是要去承受的代价。"

从小众到大众

不过，天猫印证了这些年轻人的想法。

赵葳给自己品牌取名Circlofy，意思是"双面人生"。创业之初，赵葳只想做一款单品——白衬衫。2018年9月，秋季招聘季，数万人涌入Circlofy天猫官方旗舰店里，抢购一款白衬衫。

赵葳在评论区看见很多"95后"甚至"00后"的评价，他们分享穿着白衬衫，去参加辩论赛、去面试、去约会的体验。店铺开始出现转机，产品从白衬衫开始向其他品类扩展。"他们站在人生的十字路口，纠结彷徨，想要坚持自我，又渴望遵从新的规则，许多人都经历过，只是后来我们选择了忽视。白衬衫代表了我对他们的理解，我想告诉他们，去吧，勇敢往前走。"

"理解"为她带来了成功，也领略到"证明自己"的快乐。

2017年，苦苦支撑了两年之后，"槿爷东方"的年销售额达到400万元。诸晶将之归因于年轻人在争夺自己的话语权。那一年，中国第一批"95后"22岁了，步入职场，他们开始表达自己的态度与主张，"他们喜欢什么，就要把什么穿出去"。

"一位女孩告诉我，她从大学的时候开始穿我们的衣服，穿着它去求职、面试，现在准备穿着它结婚。"

办公室开始扩大，从10平米到800平米，诸晶还招聘了资深设计师。"立领降低、裙摆变大、袖子变宽……区隔日常游玩的场景、婚礼的场景……"诸晶难掩兴奋。到2018年，店铺的年销售额已达到2000万元，粉丝多数为她的同龄人。

2020年2月，一位远在美国的客户定制了一件婚礼用的旗袍，但因疫情工厂停工，无法完工。客户告诉诸晶，非常喜欢这件衣服，求她想想办法。客户的母亲在上海，即将启程去美国，可以委托她带去。诸晶找来上海本地裁缝，为客户赶制旗袍，并在客户母亲上飞机之前交到了她手中。"简直可以说是'冒着生命危险'。"

任何小众的爱好，在互联网上都可能汇聚成河流——这是这一代人绝无仅有的机会。

Bosie从0到1亿的传奇，是在进天猫一年后实现的——2018年5月开张，2019年全渠道销售额达到1.4亿元。"这就是时代的机遇，也是互联网的魔法。"创始人刘光耀笃定地说。边缘和中心的边界被打破，既定的商业规则被重组，一些以往看似不可能的事，正在变成情理之中的情节。

2018年，在上海的一个时装周上，刚刚成立、打着"无性别主义"招牌的Bosie，被天猫男装小二一眼看中，并收到了橄榄枝。当时，"无性别着装"是一个冷僻的词语，Bosie的创始团队是一群年轻到近乎稚嫩的"95后"，不懂供应链，也不懂渠道，只有满腔的热情。但是，那位男装小二敏锐地察觉到，他们或许找准了潮流发展的趋势。两月后，Bosie 正式入驻天猫。创始人刘光耀后来将之概括为"就是被选中的感觉"。

在过去的两年中，从天而降的机遇和对未来的不确定感，一直伴随着刘光耀。他举了一个例子，在2019年"双11"之前，月薪3500元的实习生大力向他自荐自己设计的羽绒服，刘光耀有些犹豫，因为款式花哨、工艺复杂，300元的成本远超其他款，大家都不看好。但为了支持年轻人，刘光耀还是做了50件。

事实证明刘光耀错了。羽绒服新上预售链接后，收藏数、加购数、访客数等一路向上——零点后的第一个10分钟就卖了近万件，销售额达到七八百万元。

"你看，这就是好玩的地方。"他说。

做想做的事，成为想成为的人

至今，刘光耀对公司、CEO、老板之类的词语仍然很抗拒，他喜欢说，我们这个团队、我们的品牌，Bosie 的多数人是"95后"，上班无须打卡，可以在家办公。

"没有在任何职场待过，这是我的第一份工作，可能也是我们团队里很多人的第一份工作。我并不是为了世俗所定义的成功而创业的。"他说。

做一个服装品牌是他从小的梦想，过去他总是按照其他人的期待而选择。直到大学期间，最疼爱他，一手抚养他长大的祖父去世，他开始重新思考"人生意义"。得出的结论是，人生短暂、生命易逝，他准备真正为自己活一次，休学，到杭州，开始创业。

创业比考试难得多。2019年4月，夏款上新，但由于供应链不足，Bosie 一个月都没法发货，线上积压了七八千个订单，线上店铺随时可能因为大量投诉而关闭。此时的刘光耀压力极大，大到对着一荤一素的午餐，眼泪仍止不住往下掉。

在这场浪潮里，当然不只有成名趁早的故事。和诸晶一起创业的两位年轻人，已经离开，重新回到写字楼里。

"所有的职业和选择并没有什么高低之分，我更愿意把它理解为一种生活方式。服装行业竞争激烈，哪怕明天公司倒闭了，也是正常的。我没有给自己预设过结果，当下才是最重要的。"刘光耀说，"如果倒闭了，就再说吧。"

他喜欢打《英雄联盟》："如果把创业当作游戏闯关的话，就不妨抱着玩的心态。"2018年的"双11"，Bosie的团队不过十来个人，蜗居在临平的一间厂房里。刘光耀既当客服又当快递员。每个人都很亢奋，"根本睡不着"。当天的销售额数字最后定格在695万元，超过了所有人的预期。半夜，隔壁工厂的人给他们送来了一瓶香槟。"嘭，我们在杂乱的厂房里，开了一瓶不知道从哪里来的香槟。"

"存在即多元，未知即有趣。"赵葳对未来充满了向往。在"双11"之外，她正在筹划新的产品线"后浪通勤装"，希望将潮牌、运动等元素，用于职场着装中。

不要给自己设限，尝试更多可能性。在采访过程中，赵葳数次提及这些话。2019年7月，外表文弱的她去了一趟内蒙古，考了滑翔伞飞行执照。试飞过程中，她需要先背着15公斤、体积大概是她体形四分之三的器材，爬上山顶，然后从悬崖上俯冲下来。

"你想在空中待得久，欣赏地面的风景，就需要学会驾驭气流。虽然是极限运动，但是在空中的过程却是很缓慢和平和的。"她对空中滑翔时看见的场景念念不忘：夏日的草原，碧草如茵，牛羊和白色的蒙古包星散其中，一条平缓的河，不知蜿蜒向何方。

朱光潜在《谈美》中举了个例子：阿尔卑斯山谷中有一条路，两旁景物极美，路上插着一个标语牌劝告游人说："慢慢走，欣赏啊！"

"这几年大概也是这种感觉。"赵葳说。

五金少女：穷并快乐着

"宁要城市一张床，不要家乡一套房"，每年毕业季，这样的口号都会被再次喊出来，成为年轻人关于人生抉择的生动写照。

生活在广州的"淘宝五金少女"就在这样的口号里悄然走红，圈粉百万。她们是一个"90后"女生组合，主业不是唱歌跳舞，而是拿着扳手、铁钳、螺丝刀帮人改造出租屋。

她们会自己动手制作工具，设计适合狭小出租屋的用具，在网上卖出爆款，让10万年轻租房者享受她们的创意设计，找到自己喜欢的生活方式。

五金少女的诞生

这个组合最初其实来源于生活。

Vee仔大学毕业时，伫立在珠江边的"小蛮腰"才刚建成几年，驻足拍照的游人络绎不绝，Vee仔却从不停下来，她已经熟悉这座炎热的南方城市。

大学生活结束，她选择留下来，在城市打拼，亲手创造想要的生活。第一份工作是在《城市画报》上班，房子租在公司附近，跟两个同学一起住。50多平米的房子，一室一厅改成两室一厅，可以住三个人，每人月租

700元。

改造房间的想法最初是Vee仔提出，她从小爱做手工，工作又与此相关。

彼时，广州的平均月租金早已超过1000元，年轻人的生活压力越发增大。《城市画报》已开始关注年轻群体的租房改造话题，Vee仔也参与这些专题的制作。

Vee仔自告奋勇，帮同学改造房间。她坐很久的车去顺德，在批发市场买到一张军用高架床。运回家就操起螺丝刀组装，转得手腕发酸，等高架床立起来，腾出的空间便用来放书桌，房间顿时有了宽敞的感觉。

这位租房女生的折腾并没有就此停下来，改造计划继续进行。广州美院对面有家碎布市场，三五元一斤，成捆卖，50元不到可以买到一大堆，搬回家，缝起来，就成了别致的窗帘；她还喜欢逛电子产品市场，花几十元买的零件，自己用电焊组装，可以做出价值数千元的人头录音耳机。

楼下五金店更是Vee仔的乐园，那里的老板说，开店20多年，从未遇到这样的女孩。墙面渗水，水槽堵塞，灯泡坏了，全靠自己动手，Vee仔会下楼请教五金店老板，买上配件，自己回家修理。因为经常出入五金店，室友们就给她起了这个昵称：五金少女。

Vee仔改造的第二间出租屋是同事Mayden的，刷墙、贴纸、铺地毯、装吊灯、换百叶窗，自制装饰画，两天时间，花费3257元。改造后的出租屋焕然一新，单调的白墙用暖棕粉色代替，陈旧的木制家具变成简约的黑白色系，柔和的灯光让临时的居所多了一份温暖。

Mayden擅长拍摄，她记录下出租屋的改造过程，制作后放到网上，Mayden不会想到，她们的生活即将迎来至关重要的转变。

视频放到网络平台后，观看人数远超预期，弹幕里满是称赞，"厉害""幸福感爆棚"……五金少女渐渐有了名气，Vee仔和Mayden开始创业，内容即是租房改造视频。

从生活到生意

"条条大路通淘宝。"五金少女也正在验证这条创业金律。

观看视频的人多起来，留言里就会时常出现些问题，粉丝们关注的不是怎么制作，而是在哪里可以买到服务。淘宝店的落地，让五金少女的内容创业，沉淀为方向明确的商业模式，"从内容传播变成内容电商"。

经过前期的试探与摸索，自2019年起，五金少女开始在淘宝沉淀大量粉丝，很快突破20万。Vee仔的改造计划给越来越多的人带来惊喜。这次是两位刚毕业的女生，她们住在城中村，10平米的出租屋，1.5米宽的床，两人挤着睡，余下空间，只够摆两个落地式挂衣架。

狭窄的空间焕然一新：原来的木板床，被两张卡口式高架床代替，衣帽间是原创特制改造，还可以自由组合……两位住在城中村的女孩，终于有了自己相对独立的空间，她们向Vee仔说了好多个谢谢。

在出租屋改造上，Vee仔会做许多功课，看书，查资料，从别人注意不到的角落挖出"宝藏"：简单操作后制成的墙布，不会损害墙面；一种特殊的地板，会让房间呈现"顶配"效果；收纳箱的底部也有很多文章可做……

五金少女的淘宝店里，陈列着琳琅满目的出租屋改造物品，它们大多是五金少女的发明或发现，比如特制的衣帽间，成为粉丝们抢购的爆款。

淘宝的电商生态正在悄然影响并塑造着这群年轻创业者。

手握稳定电商流量后，她们决定再往前迈一步：尝试时下流行的C2M。她们出创意方案，为出租屋设计工具或用品，再请工厂定制生产，然后通过淘宝平台分享给更多毕业租房青年。

这些尝试，一开始难免碰钉子，传统工厂里，少有人理解她们的想法，甚至觉得她们是异想天开，认为她们不过是"一家小小的淘宝店"，成不了事。然而，随着五金少女受到更多认可，工厂这边也慢慢理解新的商业模式，开始接受这家淘宝店的改造，生产适合年轻人需求的东西。

仅2019年以来，就有超过10万人在五金少女淘宝店购买过租房物件，它们被用来弥补水槽功能不足的缺点，或者为房间腾出更多空间。Mayden感慨，最初以为只是"搞搞装饰，拍拍视频"，想不到却能在淘宝做成事业，实现自我价值，还能帮助更多人就业。如今，团队正在稳步发展，招募的伙伴已有十几名。

打败孤独

"财务虽然不自由，但我们的心灵超自由。"Vee仔和Mayden常把这句话挂在嘴边。

在她们眼里，五金少女不只是一家淘宝店，更是与人交往、传递理念的平台，每次改造出租屋，都是一次交流机会。

曾有一对年轻情侣，男生是插画师，女生是设计师，大学毕业后，为了省钱，两人住在天河区的城中村，一室一厅，15平米。房间改造后，他们再不用把红酒杯塞在床底，而是可以时常请朋友来聚会。

有个独居的女生，工作是客服，尽管大多时间都坐在电脑前打字或接电话，却格外喜欢打扮，拥有几十个眼影盘和上百支口红。五金少女帮助她整理出空间，让那些化妆品不再杂乱地塞进纸皮箱。对这位女生来说，平常琐碎生活里，每天出门时脸上色彩的些微变化，都有它的意义。

在这家脑洞大开的淘宝店背后，也试图传达一些严肃的想法。

她们把刷墙比作涂指甲油，把基础装修比作化底妆，试图冲破传统观念：刷墙，钻孔，组装大型家具，这些事情只有男人可以干。Vee仔从小就被大人告诉，即便是女生，也要独立，拼搏，闯荡。

Vee仔早已在城市落脚，然而即便已经工作了好几年，家乡人仍将她住的地方称作宿舍。她自己却执意把出租屋称作家——一个几乎安放所有生活的地方，在这里，独立的棱角与联结的温度，都不缺少。

到2020年，在一线城市里，房租占收入的比例超过50%已是普遍现象，背后则是城市年轻人群对生活追求的活力，既要低廉实在，也要有舒适的空间，五金少女的出现便是顺应这样的潮流。

虽然现在已经搬离原来的出租屋，Vee仔仍会想起几年前，那时她们的出租屋刚刚改造好，朋友们会时常来玩，吃些自己亲手做的菜，几个人围坐在地毯上，喝酒，弹吉他，谈论书里和远方的世界，休憩时可以靠在窗边遥望夜晚的城市，有时聊得尽兴，聊到凌晨天光泛白，再结伴下楼吃早茶。

赛博科学

3D 打印首饰：
将幻想戴在耳朵上

和最好的朋友一起创业。这样的故事令人向往。

高二那年，酷爱美术的陆倩茵转学到艺术高中，成为蒋星懿的同桌。

艺考前一年，她俩不约而同打算在北京参加考前集训，不谋而合的默契，让两个女孩像磁石一样互相吸引。

那一年，两个来自广东佛山的女孩，贸然闯入北京这个庞大的城市，一起寻找画室，日复一日练习，在漫长的等待里，她们用些简单的快乐相互支撑，轮流抄《新概念英语》，收集干脆面小卡片。考前焦虑彷徨时，一起在露台朝远方大喊，即便多年过去，回忆起这些，陆倩茵还是忍不住笑出声来。

高考结束的夏天，这对好朋友各奔东西，人生变成两条平行线，陆倩茵考到江苏一所美术大学，蒋星懿决定复读一年。之后，两人虽依然联系紧密，却少有见面机会，陆倩茵毕业那年，她们相约在杭州疯玩一个星期。

再后来，陆倩茵去意大利米兰学服装设计，蒋星懿留在北京钻研珠宝设计。友谊在电波信号里延续，无数个夜晚，打跨国电话闲聊，聊感情、学业、各自的美学观念与追求。"GEL啫喱"也在这样的场景里诞生雏形，这是她们后来做的3D打印首饰品牌，有点古灵精怪，又带些激情摩登风格。

2019年初，陆倩茵还在米兰理工大学留学，蒋星懿在北京的珠宝工作室朝九晚五，做着不太喜欢的工作。又一次越洋电话里，她们定下创业品牌的名字：GEL啫喱，啫喱是果冻的意思，晶莹剔透且多变，很像她们构想中的首饰风格。

创业的火苗烧起来，两人商讨计划，常要熬到夜里两三点，但因当时还面临学业、工作压力，计划被迫延期。2020年初陆倩茵回国，两人在家乡佛山相聚，突如其来的疫情，反而帮助她们扣响了创业的扳机。

1月到5月，构想淘宝店铺，精修产品视觉和店铺装修，越洋电波里聊到的想法逐渐变成现实。夏天来临，她们做出选择，一起搬去杭州，在良渚租下工作室，每天一起工作、吃饭，在暗室里抓捕灵感，兜兜转转，就像又回到多年前的那个夏天，年少轻狂，心无所畏。

GEL啫喱，是那种逛一次就能印在脑子里的店铺，个性，多变，复古，摩登，赛博朋克，让人讶异的是，她们设计的首饰，大都采用3D打印技术。科技与美学结合起来，那些残缺的裸体雕像，骷髅怪兽，不规则星体，都需要技术配合才能完成。

科技延伸想象，过程并不容易。先是找不到3D打印工厂，设计作品拿过去，工厂技师连连摆头，形状太复杂，色泽达不到，都是难以解决的问题。后来终于有人肯接，两个姑娘又直接住进工厂，守着做了一个月，才终于完成第一件合格的3D打印作品。

材料上，她们也是另辟蹊径，没有采用传统的金银，而是偏爱非传统的尼龙和树脂，斑斓的色彩，奇特的结构，都是它们备受青睐的原因。从艺术美学来看，新的材料也意味着很多东西，在现代艺术里，材料曾带来诸多颠覆性的改变，杜尚在纽约街头发现的小便池，开启了万物皆可成为艺术材料的时代。

创业前的5年，两人虽没在一地生活，但在艺术观念、审美视角方面却始终保持一致，因而她们很少在设计理念上产生争执。

蒋星懿常常有些古灵精怪的想法，灵感甚至来源于梦境，她会向陆倩茵描述梦境，逼真得像电影场景，这些梦境的"碎片"，会通过科技手段，成为挂在人们耳际的耀眼饰物。

陆倩茵在米兰留学期间，就时常泡在时装周，相比于捕捉灵感，输出创作，她将更多精力用在产业趋势调研方面，她的任务是，保证做出来的东西前卫新颖，紧跟时下潮流，不会和市场脱节。

天马行空之外，始终还需要一股向下落地的力量。

创业第一年，陆倩茵的状态可谓拼命，每天一起床就立马投入工作。

淘宝店仅有两人运营，设计产品是基本，店铺维护、运营、客服等也得亲力亲为。虽然累，但收获也多，自由是最有实感的东西，无论是设计理念上，还是日常时间，养活自己，又能做喜欢的事，算得上是一种奢侈生活了。

在年轻人的世界里，商业关系也在被重新定义，忠实粉丝会不停催更，有人爱刨根问底，总想知道设计灵感，表达喜爱的方式还包括，花3个小时为她们提建议。人们要的，其实就是一份认同、确信以及自得，宏大之物消解的科技时代，美的准则也散落世间。

三位农学博士的浪漫主义

　　三位"80后"农学博士，都是从未下过地的年轻人，忽然来到山东潍坊的农村，建大棚、撒番茄种子，他们的目标是种出一颗"有种的番茄"，因种植技术影响，如今市面超九成番茄没有种子。可对当地农民来说，博士头衔也不能代表什么，面对读书人的浪漫畅想，他们只有四个字：别扯淡了。

　　村里来博士，还是2015年的事情。梁其安的哥哥到唐家店子当村支书，那里穷，许多地都荒着，新支书想的是，搭几个大棚，种些经济作物，收成高些，也就自然会有人把地再种起来。于是推平一百亩地，县里镇里出钱给了配套，水电、公路都通起来，万事俱备，村民却"放了鸽子"，竟没一个人愿意出钱建大棚。

　　这位新支书慌了，才找弟弟想办法。

　　梁其安为了帮哥哥，贷款，抵押了房子，拿出300多万元，下乡创业，之前他做的都是互联网相关的工作，现在要去地里搞项目，心里不太有底，全凭着一股子气。妻子也没拦着，她本身也是山东农业大学毕业，还顺便给丈夫介绍了一帮农学专家，最终有三人进入创业团队，都是博士。厉广辉，擅长生物育种；冯磊，懂栽培和土壤；夏晗，精通植物保护。

　　一支"高配"团队就这么建起来了，全是"80后"，也都没种过地。

唐家店子村附近就是寿光，全国闻名的蔬菜基地，几个"门外汉"组队去考察了一番，没找到灵感，却听了不少抱怨：几个种番茄的农民，忙活一年，到收成时节，价格跌下去，最后连孩子学费都交不起。

其实，番茄有市场且适合城市消费，只是没品牌、没标准化，农民收入也没保证。研究下来，发现是现在的番茄种植有问题，"不好吃了"是普遍状况。原因也不难找到，农学博士们很快就弄清楚了问题根源：现代育种过程对产量和外观的重视，导致控制风味品质的部分基因点位丢失了。

要找回番茄原来的味道，挖到番茄好吃的源头，这些都让农学博士们兴奋起来。

世界番茄主产区有两个：一个是欧洲，尤其是荷兰；另一个则是东南亚。而对番茄研究最深入的是日本，据说那里存有最古老的番茄品种。

几人辗转坂田、龙井等地，凡是找到的古老品种，都咬下去试试，有一天，几人仍是轮流试尝番茄，这次的感觉却惊人的一致，都拼命点头：就是这个味了，像儿时吃过的糖拌西红柿。在日本，这种番茄只是一串编号，3628。

很快，他们也将它的原理分析出来：这种番茄之所以有这种口味，是因为芳香物质多，有机酸含量丰富。接着，就将这种口感进行了数据化，酸甜比为10：1，糖度区间保持在7—10。

种子有了，还要过栽培这关。博士们想得理想，不用农药化肥，直接上农家土肥，发酵完，到用的时候却发现，效果完全不及预期。在中国酵素第一人高亮教授的帮助下，将大豆、鲅鱼边角料混合，才制出合格肥料。

大麻烦还在后头，在授粉环节，得是自然授粉。传统的人工受孕，不仅味道会丢失，连种子也不会留下。但要自然授粉，就得养蜜蜂。一打听，土蜂口味刁钻，只采甜蜜，番茄花太寡淡，土蜂看不上。博士们又研究了一番，找到一种荷兰雄峰，不挑，什么花都能采。

可第一年，还是败在授粉上，整个大棚的番茄全部"阵亡"，只因到花期时，雄峰怎么都不出箱，花期一过，没能授粉，一个果子也结不出来。真正突破种植的技术难关，是两三年以后。

2017年底，博士们的番茄终于种出来了，并在淘宝上开了店，销路出奇得好，上架不久即被迫下架，因为库存很快就告罄。小试牛刀后，终于决定放手一搏，他们决定将种植面积扩大一倍。到2018年7月，暗礁再度出现，夏晗意外发现，番茄口味忽然发生变化，不如以往浓郁。团队顿时大惊，紧急研究，追根溯源，发现问题出在温度太高，好在最后有惊无险。

博士们最近的浪漫想法被称为"人海战术"，就是动员整个村的乡亲做短视频和直播，把整个生产内容化、可视化。村里一共160户，500人左右，他们先找来200人参加短视频录制，计划是捧出3—5个"网红"，让乡亲们一起增收致富。

蓝凤凰：斑斓的科学

蛊，是种传说中的巫术，流传自古代中国西南部，在各种志怪武侠小说里，它被写得神乎其神。

金庸的《笑傲江湖》里，有位"蓝凤凰"，她是云南五毒教教主，甫一登场便千娇百媚，荡人心魄，下毒养蛊更是拿手好戏。

沈从文在《湘西》中也曾写过："湘西是个苗区，同时又是个匪区。妇人多会放蛊，男人特别喜欢杀人。"

自古苗女多情，才有了"下蛊收情郎"之说，但这都属于民间传说，算不得数。

不过，28岁的湖南长沙女生周晴烽，却真的卖起了类似传说中的蛊的东西——黏菌，一种微小的原生生物。

然而它却与蛊不同，黏菌无毒无公害，主要用于科学实验，周晴烽也不是"蓝凤凰"，而是一位淘宝店主。

周晴烽的本职工作是药物研发，研究黏菌与真菌是她的兴趣爱好。

黏菌喜爱有机质丰富的潮湿环境，枯枝落叶、腐木上常能找到。成长期的黏菌长得像鼻涕虫，是大团脉络状的黏液，通过爬行觅食；到繁殖期，它就变得像蘑菇等真菌一样，顶上结出成片孢子，那是后代"子实体"。

成长期的黏菌是绝佳的生物实验材料，有研究表明，黏菌能够在迷宫中觅食，可应用于指导城市运输网络设计。繁殖期的黏菌颜色鲜艳、晶莹剔透，具有观赏价值，纽约、伦敦等城市都曾在生物艺术展览中使用黏菌。

为了方便和广大黏菌爱好者的交流，2018年，周晴烽开了家淘宝店，销售各种黏菌及培育工具，是平台第一位出售黏菌的卖家。

周晴烽从小热爱自然生物，大二那年，在前辈带领下，她对黏菌着了迷，读了许多文献，试着采集培育，然后拍照、拍视频，通过社交平台分享，还渐渐成了大V，有45万粉丝。

毕业后，她进入上海一家医药公司，做药物研发，有了研究者身份，培育起黏菌来更加方便。她常跑到云南等地采集菌种，带回来，配上保温箱、试验箱，这些设备都价格高昂，为了这些爱好，她花了20多万元。

周晴烽在上海市中心上班，自己工作室则在苏沪交界的浏河附近，下班后，她要花两小时赶到工作室，常常通宵达旦，周末也几乎全花在菌类上。她这人也怪，一边抱怨浪费时间，一边又乐在其中，家人最初也不理解，但看到她的作品出现在自然科学杂志上，也都感到欣慰。

不过养菌也确实有很多烦恼。采集菌种后，要确定品种及培育方式，免不了查大量文献，四处问问题，国内研究黏菌的人又屈指可数，她时常只能发邮件问国外同好。为黏菌拍视频，常常要通宵。小众爱好，曲高和寡，乏人问津。

周晴烽的寂寞坚持，还是迎来了掌声，喜欢黏菌的人越来越多，有人发私信请教，有人咨询怎么买。在大家催促下，她开出一家淘宝店，最初只卖一种产品，针箍菌，黄绿色的小东西，这是她从浏岛采回来，成活率接近100%。

工作之外，周晴烽的兴趣是科研，她会给科普杂志供稿，开店卖黏菌的收入算是生活补贴。她在实验室里培养出来的黏菌，会被装进快递盒，送往新疆、西藏、青海，收货人既有中学生，也有在读博士，他们还建群交流，常会聊到凌晨，在这里，孤独的养菌人，找到了共同的港湾。

宠物机器人：最冷静的陪伴

机器人能成为家庭中的一员吗？

讨论这个话题也许为时尚早，我们换一个角度：一个移动灵活，有着即时视频语音功能的精灵状机器人，能否让我们远程控制着，替代我们"在场"呢？

赋之科技的朱虹就在做这样的尝试。她和同事们开发的Ebo陪伴机器人，已经销往60多个国家，入选天猫2020年"新生宝贝"。很多人用Ebo逗自家宠物，毕竟能发出激光束，能戴上羽毛、换各种可爱的外形，自然会引起喵星人和汪星人注意。可是Ebo还有更多的用途，朱虹讲起她同事最近的经历。

"同事的孩子2岁左右，小男孩很淘气，妈妈比较严厉，会经常批评小孩，"朱虹说，"同事比较心软，就经常远程启动Ebo和儿子聊天说话，小孩会觉得爸爸一直在身边。有一天，妈妈又在教育小男孩，小朋友哭了，抱着Ebo就大声喊：爸爸，快来陪我！爸爸，你快出现呀！"

朱虹觉得很欣慰，2018年，她从大疆离职做家庭机器人，就盼望着能用软硬件结合的方式，让机器人融入家庭。她自己的女儿5岁，已经习惯了妈妈会启动Ebo和自己说话。还有用户在外地工作，就将Ebo放在家里陪伴父母。

"我们就是希望有一款产品，能帮助家庭成员更好地互动，"朱虹说，"发消息或者视频，都是有事才会做的沟通，我们更希望让成员'在场'，没有沟通的压力，就像陪伴在身边一样。"

理念越新，在面对投资人、市场、消费者时，就越难讲清楚。"你们机器人到底能做什么？"这样的问题朱虹听到太多次了，她更愿意让产品本身给出回答。

平凡人也可以做出优秀的产品

2014年，朱虹从香港科技大学电子系博士毕业。她想进入一家优秀的公司磨炼自己。

她加入的企业是大疆。4年时间里，她做过大疆董事长执行助理、松山湖机器人产业基地轮值CEO等，这些经历彻底改变了她。

"之前总觉得在电子行业要打造一款产品销往全世界，是索尼、苹果或者国企等大企业才能做的事，"朱虹说，"来到大疆后，彻底改变了我这一想法。原来，我们也有机会实现想法，做出世界级的产品。"

令朱虹印象最深的是大疆 Phantom 2，这款无人机彻底打开了欧美市场，人们带着无人机旅行，航拍镜头下，马尔代夫海岛、玻利维亚丛林、阿尔卑斯山脉展现出别样的魅力，朱虹看到国外社交平台上人们兴奋地分享，推荐大疆的无人机，她也被深深地震撼了。

"做一款真正优秀的产品，让人特别有成就感，"朱虹说，"亲身经历这一切，就会意识到 Made in China（中国制造）可以进入世界市场，我们也能做出自己梦想中的产品。"

朱虹是湖南长沙人，高中之后就在外求学，和父母聚少离多。读博士的时候，原来的同学散落世界各地，联络虽然很方便，可还是少了陪伴的感觉。

5年前，朱虹的女儿出生。短暂休息后，她又投入繁忙的工作里。在女儿身边的时间很少，她总想着能不能开发一款陪伴型的机器人。

2018年，她和一些对家庭机器人感兴趣的朋友聚在一起。大家都注意到当今社会陪伴的稀缺，有的人是想在远程也能陪宠物玩耍，有的人是想要在家里多一个灵活的玩伴，朱虹则想到因工作无法陪伴的女儿和父母。要能有这么一个机器人，能随时启动，远程陪伴家人，那该多好啊！

大家一拍即合，确定了Ebo家庭机器人的项目。

宠物玩伴

远期目标虽然已确立，但朱虹仍然遇到了很实际的问题：第一款产品，究竟要陪伴哪个家庭成员呢？

朱虹很清楚，设计一款产品，一定要找准需求点。特别是他们这样的初创团队，想法很多，资源却有限，一定要有扎实的市场需求。更何况他们是软硬件结合的产品，机器人的设计生产周期需要10个月甚至一年之久。

经过讨论，朱虹和同事们决定先从宠物陪伴机器人入手。一方面，市场上已经有了不少智能宠物设备，人们接受新的宠物设备更容易；另一方面，陪伴宠物相对容易一些，只要会移动、能发出声音的机器人就可以吸引宠物的注意力，对语音和视频的传输精确度要求也不会那么高。

灵活移动的圆球形的Ebo很快脱颖而出。Ebo中间的摄像头，让它有了独特萌感，很像是一个机器精灵。朱虹和同事们经历了几百次的尝试和修改，又给Ebo加上了球形双履带，让它能够像不倒翁一样保持平衡。他们对传感器做了多种调试，让Ebo随时感受地形变化，自动规避障碍。

"一旦动起来，产品设计就会很麻烦，"朱虹笑着说，"每个家庭的户型差别很大，宠物的性格也各有不同，我们要将各种信息提供给AI，才能让Ebo运转起来毫不费力。不过，这些挑战也是创业的乐趣所在。"

产品有了最初的模样之后，朱虹选择在美国著名的众筹网站Kickstarter上发起项目，一是筹集资金，二是她也想验证在北美乃至世界市场，人们对这样的新型陪伴机器人兴趣如何。朱虹对海外市场始终很关注，毕竟曾经的大疆就是先在海外销售火热，再进入国内的。让Made in China的创新品牌，屹立在发达国家的消费品市场，对朱虹意义重大。

Ebo在Kickstarter上线后，10分钟内就达到了朱虹预估的众筹额度。最终有近2000人支持了该项目，这给团队提供了巨大的信心。

有了这份底气，朱虹他们将自己多年来在电子行业积累的经验都发挥了出来。软硬件团队每天都协作调试，保证AI和硬件最快兼容，朱虹笑称这是"深圳特色"。他们在供应链多年的积累，也让产品设计的细节能最大程度地落地。

让家庭成员更亲密

2019年底，Ebo机器人正式被推向市场。很多人发来Ebo和自己宠物互动的视频。一些科技网站也从宠物智能设备的角度分析了Ebo，朱虹一边关注其中可以改进的地方，一边观察是否有人将Ebo用于陪伴其他家庭成员。

广州的一个用户因为好友养了一只猫，于是他买了一个Ebo，放到朋友家随时启动，说自己是真正的"云养猫"。好玩的是，另外一个共同的好友看到了，也买了一个Ebo放过去，于是两个机器人共同逗一只猫，三个好友经常在群里发自己拍的照片、视频，两个"云养猫"的人还会监督好友有没有偷懒，有没有对猫不好。

还有一个用户，本来是给猫买的，结果儿子特别喜欢Ebo，小朋友喜欢带着Ebo到小区里"遛弯"，四处和别人炫耀自己的精灵机器人。结果，小区的小孩子都围上来，一群人一起逗Ebo，大家笑得很开心。

投资人将Ebo带到了美国，他对朱虹说，美国青少年非常喜欢这个机器人。学校里的同学会彼此炫耀，并且愿意让关系好的同学接入机器人，让它在家中连线，仿佛放学之后朋友还在身边。

这些案例让朱虹坚定了信心，现在，Ebo能够适应更多的对话视频环境，在宣传和运营文案中，增添了陪伴家人的部分。她希望Ebo真的能让家庭成员之间有更多沟通和陪伴。

"一旦运用到人与人之间，我还是会有点紧张，"朱虹说，"毕竟要即时语音视频，又要保证机器人的移动平稳，这对我们的技术是很大的挑战。而且，家庭陪伴机器人是个新概念，我们不敢保证它会被市场接受。"

2020年7月，赋之科技的天猫旗舰店正式开业。十几年前，大疆先进入欧美市场，是因为当时国内消费水平还不够，国内市场对创新科技产品不如发达国家接纳度高。现在，中国市场已经不一样了，消费者非常愿意尝试新的智能设备，而且天猫等平台也提供了品牌支持，可以让新企业专注打磨产品品质。

果然，Ebo在天猫上广受好评，搜索"陪伴机器人"或者"Ebo机器人"的消费者也越来越多。朱虹收到更多元场景下的用户反馈。

一对跨国夫妇各自开发了Ebo的新用法。妻子是中国人，喜欢通过Ebo和家人远程交流；丈夫是土耳其人，他则将Ebo当作遥控赛车，在家中探险。

当然，也有很传统的用途，比如监督孩子写作业。一个用户工作很忙，他担心孩子不好好写作业，每次打视频电话过去，孩子都像在努力写着作业，可下班后发现作业根本没完成。她买了Ebo，留言说：这个小机器人太好了！摄像头会有死角，可机器人能来回移动，这下子孩子根本躲不了！

让机器人和孩子躲猫猫

2020年淘宝造物节的时候，一位荷兰用户的留言打动了朱虹。他曾经是一名新闻从业者，因为报道战争场面患上创伤后应激障碍，一到夜晚就会做噩梦。他买了Ebo机器人后，设置了一个早晨6点的提醒，让Ebo启动后和自家的猫玩耍。提醒声也常常唤醒了他，每当睁开眼看到家里小机器人正在和猫玩闹，他都会觉得很温暖。

荷兰用户告诉客服，如果需要在德国、比利时、荷兰设立售后点，可以联系他。他想为这么一款好产品做点力所能及的工作。

"我现在还时常当天猫店的客服，也登陆海外销售平台的客服后台，"朱虹说，"和用户保持最直接的接触，真的能让我们收获很多。"

大多数时候，客服接触的都是常见的问题，比如连接出错误，安装或者更新有差错，Ebo在某些地形移动缓慢等。有些时候，也会有用户发来热情赞美。朱虹笑着说，要在赞美那里吸收能量，好去应对反馈中的改进之处，以在二者之间找到一种平衡。"有一位河北用户特热情，"朱虹说，"他一直给我们留言，夸产品设计师：'哎呀太厉害了，脑洞真大呀。请转告设计师，我爱她。'我就忍不住说：'我们设计师是男士哦！'他说：'没关系，我身高一米八，还是很爱他。'"

一位客户说他用 Ebo 和自己孩子玩躲猫猫，这启发了朱虹。她就和女儿说好，工作闲暇时间，朱虹就启动家中的 Ebo，和孩子一起数十个数，然后操控着 Ebo 藏起来，让女儿来找。这给她们母女带来了很多快乐。

初步的成功，让团队能稳步实现更多的人机互动设想。

"最近很流行一句话，做时间的朋友，"朱虹说，"我们团队也是这么想的。方向定了，每天做的事情，积累的经验，都是很踏实的。我们相信只要很好地利用这些技术，就会让家庭成员之间的交流跨越地域和时间的限制，变得更亲密。"

中国厂长，
扒着悬崖的逆袭

在最困难的2020年2月，无论陈孝军、张旭还是陆鸿，或多或少都怀疑过——厂子快完了，自己也快完了。

"封城"那天，武汉厂长陈孝军与家人正在三亚，身边四老一小，工厂里千余名员工，相隔千里，他不得不开始盘算工厂破产之事。

华北平原郊区，"80后"厂长张旭突发高血压。因疫情影响，这家地毯厂的外贸订单几乎全部取消。他身后，是一群跟他打拼多年的小镇青年人、焦虑中年，厂子要是垮了，他们都不知去哪。

苏州平望镇，陆鸿则独守空厂摆弄着残疾人证。他患有脑瘫，能办下这个厂已是奇迹。如今，多年的累积眼看要被悉数收回。他打算一无所有之时，就去做直播，哪怕被人当怪物看。

新冠肺炎疫情来袭的2020年，对普通人来说，生活像踩了一脚急刹，头一次觉得聊天、聚会乃至呼吸都那么珍贵。而在更多看不到的角落，无数挣扎求存的故事在静默上演。

它们是千千万万的中小企业，在浩荡翻腾的经济海洋，它们不是巨轮，而是扁舟——船浅桨小，风雨稍起便分外飘摇。

众多数字记录了这段艰难的时光。2月初，全国中小企业协会发布报告，近九成企业资金撑不到3个月。一季度，全国GDP同比下降6.8%。此后的事实证明，工厂要苦撑4个月，到6月才能迎来"全国复工复产达到正常水平"。

回看这段风雨路程，当百舸千帆穿越漩涡，最感惊心动魄的还是船长，也就是中小企业的厂长们。他们既是各车间厂房的掌舵者，又是一方水土的带头人，或是一群手足兄弟的大哥，更是一个家庭的儿子、丈夫、父亲。他们是中国经济底盘最活跃的"细胞"，也是中国城镇化进程和乡土社会的镜子，其中充满了冷暖悲欢、烟火人间。

我们走访了近百名厂长。他们中有武汉厂长、厂三代、残障人士厂长、母女厂长……他们的半生乃至几代的心血都曾命悬一线，他们拼命自救，但到处碰壁。

不过，也正是在这些摸索中，他们抓住了数字化时代的缆绳，看到了新的风景。

兄弟，对不住了

"新的一年，一切都是可能的。"

2020年1月18日，农历腊月二十四，石家庄创美地毯厂厂长张旭在酒店大堂举杯展望。过去一年，销售额突破2亿元，张旭特意把此次年会放到高档酒店开。36岁的他意气风发，笑声洋溢在整个大厅。

对这个华北平原郊区的工厂来说，疫情来得毫无征兆。甚至，当看到武汉"封城"的新闻，张旭仍心怀侥幸。随着春节结束，原定开工日期一延再延，更糟糕的是——订单黄了。

张旭接到的第一个订单取消电话，是合作多年的朋友。电话那边的声音同他一样沉重："兄弟，对不住了。"外贸单也跟着取消了，订好货的商家，连定金也不要了。张旭同管理层开视频会，谁都没见过这架势，谁也拿不出办法。

全厂200余名工人，工资还得照发。张旭还将工资改为半月一发，一是照顾员工生计，二是表示工厂还有钱，撑得住，以免大家跑了。

但这样资金压力就更大了，入不敷出是必然。实际上，张旭已经有些撑不住了。他整天待在家里，非要出门买东西时，就开车去厂里转转，站在空荡荡的大门前，抽几支烟，那段时间，他整宿整宿失眠。

有个武汉供应商，和张旭通电话时几度哽咽，让他更觉堵得慌。很快，他发现不对劲，自己站不起来了。一检查是突发高血压。医生警告，再这样下去会出事。

在武汉，陈孝军的攀升科技电脑组装工厂也停了。更麻烦的是，他此时刚带家人去三亚过春节，很快就被隔离在酒店。他开始写日记，发在员工群里，意思是告诉大家：公司还在。

只是，也不知道要被隔离多久。他不得不做最坏的打算，甚至开始预演公司破产的流程，这些给员工，那些给供应商……钻心、割肉般的那种疼。更难受的，还有苏州缘跃纸制品厂厂长陆鸿。他的情况有点特殊，他自小患有脑瘫，头歪着，手指也缩成一团，从小被叫"傻子"。他用20多年证明了自己，置办下了眼下的工厂。工厂42个员工里有30个是残疾人。

员工就是他的动力源泉，自己有饭吃，还能带大家一起谋生，比天天吃山珍海味还有成就感。残友们尊称他"六哥"，媒体称他"阿甘"。

但隔离通知下来，生活再没向他展示奇妙的"巧克力"。厂空了，人撤了，订单也都没了。"我可以继续发工资，但总有见底的时候，到那时候几十号人怎么办？"陆鸿说，"没人会要他们。"

2月15日，全国中小企业协会调研6422家中小企业后称，86.46%的中小企业因疫情受到较大影响，近40%中小企业处于完全停业状态，超过半数已经断货，海外订单同比下降70%。疫情冲击下，无数脆弱的中小企业飘摇欲坠。

在广东东莞，一家耳机制造厂外贸单几乎归零，厂长郭胜只能断臂求生，忍痛裁人；义乌的泽熙日用品厂，单次订单取消达2000万元；在湖北，姜华的工厂停摆后，只能借钱发工资……

怕！但也必须上

在中国，厂长这个称呼虽历史悠久，但真正壮大还是改革开放以后的事。一群富有商业嗅觉和探索精神的年轻人白手起家，他们麾下的机器、车间、一桌一椅、一草一木都是时代的见证。

如今，不管他们是准备衣钵相传，还是处于奋斗伊始阶段，都将打下的企业视作成就，更视为责任。工厂装着他们的梦想，也装着家人、朋友、手足和合作伙伴，他们都想细心呵护，拼死守护。

这就是中国企业的"家文化"。在雇用关系以外，还有人情、道义。这就不难理解，在疫情最肆虐的时刻，厂长们再恐惧，再绝望，也不轻言撒手。

"阿甘"陆鸿就时常被这样的忧虑灼心。就像电影里的阿甘，陆鸿既不幸又传奇。19岁，职高毕业被分配去看锅炉，负责人当着他母亲的面赶他走："看看你儿子，养条狗都比他强。"后来，陆鸿修过自行车，卖过开水和报纸，还守过电话超市。

陆鸿不想凑合活，他学电脑，学视频编辑，结果在表弟婚礼上一炮而红，他做的3D相册惊艳全场，摄影师都找他下单。他决定创业，从单干到现在40多人，卖相册年销售额达近千万元。

他深知残障人之苦，于是专招残友，把他们当兄弟和知心者。疫情刚起，大订单全跑了，人也回不来。

"正常人还能干点别的，他们能去哪?"陆鸿坚持给残友们发工资，钱发没了，就想去做直播，准备一路徒步到西藏。"等我混出来，还带他们干。"

和陆鸿的"自救"不同，张旭的办法多一些。虽然此时他已经因高血压躺在床上，但仍旧天天打电话，每天20多个，企图重开销路，但消息一个比一个坏。

张旭做销售出身，属于有知识、懂技术、眼界宽的大学生厂长。他曾开过兽药厂，却遭遇滑铁卢，三聚氰胺事件波及兽药，厂子被迫关了。

张旭从头再来，又经数年才有了现在的地毯厂。人近中年，心力也大不如前。"再跌，可能就起不来了。"

至于陈孝军，他的"自救"似乎更难，厂在武汉，人在三亚，回不去，什么事情都做不了。

就在这紧要关头，一个特别的电话打进来，陈孝军接到抗疫任务，需为武汉及全国紧急生产红外线测温电脑。这意味着，他又多了个身份：抗疫人员。可以回武汉了。

撑起这家工厂不容易，陈孝军华科毕业，学的就是计算机，工作却是销售，几年做到公司副总。出来创业，目标是做到上市，留下些能给后人说道的东西。

接到任务后，陈孝军迅速买机票，与家人告别。飞机降落长沙，朋友开车来接，上车即直奔武汉。

到武汉高速入口，有武警把守。检查人员问了句："你想好要进去了吗？"出收费站那一刻，陈孝军才感到，真正的恐惧是什么滋味。

"怕。"他事后回忆，低头看地面沉思良久，声调放得低沉，"但也必须上。"

老的那套不灵了

熬过磨人的2月，总算有了点曙光，各地开始陆续复工复产。这意味着，工人们能回来，机器也能继续轰鸣。张旭的高血压也降下去了些，可以离开病床。

问题也接着来了：大家回来该干啥呢？没有订单，只有仓库堆积如山的货，开工只会增加库存。

订单从哪里来，成了摆在厂长们面前最迫切的问题。疫情虽在国内趋稳，国外却严重起来，大批外贸订单被撤销。

至3月底，全国七成外贸企业已复工，但现实仍有些尴尬。彼时，外贸界流行一个说法，叫"外贸打全场"：上半场国内疫情影响，无法开工，是"交不出货"；下半场国外疫情蔓延，则是"没人要货"。工人倒是回来了，却没有活干。

海关总署曾发过数据，2020年1—2月出口同比下降17.2%，进入3月，国外疫情蔓延，国内疫情亦未完全解除，广交会也未能如期举行，双重压力之下，外贸出口雪上加霜。

"外贸企业要做好未来3—5个月都没订单的准备。"

张旭实在没辙了，召集管理层开会。所有人一筹莫展，都低头看桌子。张旭有些失望："没什么要说的，就散了吧。"

话音刚落，电商负责人忽然开口："最近淘宝店销量还可以，恢复得很快，比疫情前都多。"张旭眼前一亮，让他接着说。

"把重心放淘宝店上。"对方说。在很多"老资历"看来，这是个大胆的决定，过去的成功经验让他们坚信，大货才是根本。只要等待外贸恢复，渠道一通，啥问题都解决了。

张旭却不想赌大小。他和电商部一起分析线上猛增的原因，发现了一个有趣的现象：现在走量的是入户地垫，上面印着"欢迎光临""出入平安"等字样，常见于商铺和酒店。张旭恍然大悟：疫情渐渐解除，经济在复苏，商店都开张了。

"有机会了！"随后几天，张旭脑子里一直是这个念头。但如何迅速实现外贸转内销，是个难题，比如供东南亚的地毯多为暴雨天气设计，卖给西亚的地毯多毛，都不合国人口味。

张旭飞了一趟杭州，跟淘宝小二见面聊了4个小时。他听到一个新概念：C2M（用户需求驱动生产制造）。杭州之行收获满满，张旭带回一大堆细化生产建议，包括尺寸、绣花、颜色等。"例如，中国人喜欢大红。"张旭说，大数据里都有答案。

回到武汉的陈孝军，直接下到生产线，进入车间那一刻有些蒙，眼前是一幅他从未见过的景象——除了机器响动，听不到任何人的声音。工人们都穿着白色隔离服，分不清谁是谁。

陈孝军烦恼更多的是物流。因疫情阻隔，湖北地区商家普遍都有发货延迟的问题。这时候，淘宝小二打来电话，说也注意到这个问题，决定为他的天猫店开特批权限，向顾客说明情况后延迟发货。而顾客也展示了极大的善意，愿意一等再等。

线上增长的销售量，成了艰难时期工厂少有的亮色，也连带让一些工厂的"少主"一展身手，让老爹们刮目相看。

"厂三代"屠新业是扬州曙光牙刷厂的厂长，大学学航空，研究飞机发动机，英国留学回来后接父亲的班。一上任就与淘宝合作，开发9.9元的电动牙刷，卖爆全网。但父亲总不放心，严厉有加。

疫情来了，线下渠道全线亮红灯，唯有淘宝店一枝独秀，销售额从2019年的1000万元增长到2020年的2000万元。父亲服了，长叹老了："再过两年我厂子都不进了，年轻人有法子，都交给他。"

到4月，"阿甘"厂长陆鸿也等来了订单，主要来自淘宝和1688。他放弃了徒步西藏的计划，做回他的厂长。到5月，订单持续走高。他感叹天无绝人之路，脸上出现久违的笑容。

成都的数十家女鞋厂也陆续开工了，厂长们变了思路，做直播、走线上，试水"柔性制造"。在广东佛山，一直做外贸的女厂长曾娟娟，直接把办公室改成直播间，老乡和工友都有活儿干了。

他们都回来了

订单带来的生气和喜悦，"阿甘"厂长陆鸿觉得无人能懂。饭碗是一回事，重启的机器唤回了30多位残友，他们不用流落街头或看人脸色了。轮椅、拐杖和小推车又在工厂穿梭起来，填快递单时的吆喝声就像田头的号子一样有力。

陆鸿的厂子虽不大，但也颇新潮，主营产品相册100%依靠阿里平台销售。这意味着，当传统渠道堵塞时，工厂的恢复也最快。他把左膀右臂都调到淘宝店负责运营。

陆志成8年前就跟着陆鸿干，也是脑瘫，但和陆鸿相反，他双手灵活，就是走不了路。另一位"90后"刘子龙患有偏瘫，但练得"独臂神功"，一只手也能把键盘敲得贼溜。订单从网店滚滚而来，最终在"天猫618"翻了身——当月销售额做到200万元，是疫情前的两倍。

陆鸿高兴坏了，又露出他的招牌笑容。他带残友们到镇上的商场吃烤肉庆祝，那是很多残友去过的最远的地方。

这样的好消息并非陆鸿独享，张旭的"春天"也来了。在淘宝小二的大数据支持和建议下，他的地毯新品来回改了很多次，用测算的最佳售价去匹配生产材料，降低成本的同时保证了品质。

这款定制产品终于在5月登陆淘宝特价版，仍是入户地毯，颜色大红，改良后造型精致，价格"真香"。

张旭心里也没底，好歹拼一把，兜底的想法是：又不是没垮过厂子。上线第二天，张旭正靠在沙发上打盹，合伙人忽然推门进来："有戏了！"张旭立即从沙发上弹起来："啥情况？"合伙人喝了口桌上的冷茶："爆了！爆了！"

是"卖爆了"！在淘宝特价版上架首月，张旭的定制地毯就卖出了15万单。地毯虽不起眼，却是商家开门迎客的标志。国内市场的稳步复苏，大大对冲了外贸风险，推开一扇新窗户。

武汉的陈孝军也不赖。4月，武汉"解封"，他走进久违的办公室，窗外长江滚滚，想着自己绝处逢生，不禁泪流满面。

在工厂复工后的首次绩效会上，他点开文件，一时不敢相信自己的眼睛：销量不仅没降，比2019年同期还增长了5%。人心也稳了，行政总监手里的签到表越拉越长，最终全员到岗，一个也没少。

陈孝军被暖到了，人往高处走本是人之常情，但这帮兄弟姐妹并没有大难临头各自飞，果真有情有义。他给行政部下了指令，执行"守护人计划"，给坚守员工发奖金。除了着重奖励时间长的，全员都享受阳光福利。那个月，连清洁阿姨都拿到了超过2万元的收入，工厂整体财务支出超过1000万元。

员工们以更大的热情回报他，"天猫618"线上销量竟超过了2019年"双11"。

5月底，工信部发布消息，全国中小企业复工率达到91%，二季度结束时，全国GDP增速已转正为3.2%。再过3个月，这一数字进一步回升至

4.9%。数字背后，是无数通过数字化转型重获生机的中小企业。

在广州，龚氏皮具的数字化转型也完成了，淘宝直播来的订单，让这家工厂连续一个月全天候运转；浙江湖州一家棒球服工厂，发力线上，天猫日均出货3万单；义乌泽熙日用品厂的年轻厂长方昊也不再入不敷出，在线上，他比2019年同期多卖了三成。

每代人的新世界

以"天猫618"为界，厂长们终于结束了难熬的4个月。第一轮复苏后，厂长们又对天猫"双11"寄予厚望，争取把上半年耽误的工夫追回来。

在陈孝军的工厂里，"双11"倒计时已经竖起，并且倒计时已超过100天。即便已在天猫实现一轮复苏，但陈孝军明白，他的厂子还没恢复到最佳状态。4年前，它的年增速超100%，2020年虽是小小的5%，却也意义重大。

"如果当初不果断转为线上销售，可能就是另一个结果了。"他说。

前段时间，一直跟陈孝军对接的淘宝小二来了趟工厂，带来了大数据分析和研发建议。要从淘宝特价版的C2M模式里寻求爆发，小二反复强调一个意思：价格要低，产品要好。

陈孝军决定重压研发，请来芯片领域巨头合作，研发了一款不到2000元的产品，被他形容为"'双11'的超级定制电脑"。产品果然火了，月销售近万台。现在，厂里90%的销售已转到线上。

陈孝军只是一个缩影，在国内，千千万万的工厂铆足劲冲刺"双11"。厂长们的战场又回来了。

陈孝军让员工改了电梯里的喷绘，换成充满科技感的"双11"主题，仓库已被包装好的大件堆满，只好临时露天搭建帐篷。

在华北平原，张旭的地毯厂彻夜灯火通明，工人恢复两班倒，因为太缺人手，他把招工信息发到网上。

在浙江湖州织里，棒球服工厂每天卖出三万单衣服的同时，还会挤出生产力，每天储备1万单库存。

在湖北汉川，满负荷运转的童车工厂正在四处找车发货，他们至少需要50辆超长的挂车。

在浙江义乌，泽熙日用品厂的方昊每天夜里两三点才下班，工人们干劲十足，他们预计的目标是100万单。

在广东佛山，女厂长曾娟娟已经亲自上阵，放开了嗓门做直播，刚会说话的孩子也陪在旁边，2020年"双11"的目标是个吉利的数字——600万元。

苏州的"阿甘"厂长陆鸿，备货堆到了会议室。他已经答应妻子，忙完"双11"带一家人去三亚玩。

而曙光牙刷厂的屠新业，比任何厂长都接近"双11"。10月31日，他们一家三代受邀到杭州出席"天猫双11开幕直播盛典"，与汪涵对话。当晚，爸爸穿上笔挺的衬衫，爷爷则披马甲戴墨镜，史无前例的新潮。

爷爷爱谈往事，最爱说当年如何用牛骨和猪鬃手扎牙刷。孙子做的事情他已经看不懂了，但他相信后生，如同他相信每年"双11"捧着手机狂欢的年轻人一样，每代人有每代人的新世界。

诸暨"袜王"

30岁这年，杨钢泽早已不住在工厂里了，但在深夜，他有时仍会听见织袜机的轰鸣声。

这是他的"铁马冰河入梦来"。

作为第一代企业主的儿子，杨钢泽的童年与机器为伴。家就在厂里，工人们轮班倒，织袜机从不休息，夜里震得窗户跟着作响。

当时中国刚加入WTO，正大步迈向"世界工厂"。

袜业持续十几年的增长，让杨家父子所在的小城诸暨成为"国际袜都"，每年生产的袜子占全国总量的70%以上，全球每三双袜子就有一双来自诸暨。

诸暨是中国众多"巨无霸"城镇的缩影。"中国制造"40年，催生了庞大的工业制造体系和产业地标，如"提琴之都"黄桥、"泳装之都"葫芦岛、"假发之都"许昌、"童装之都"织里、"石材之都"水头……它们各领风骚，成为足以影响全球经济的超级"产业带"。

缔造这些城镇奇迹的重要单元，是众多民营企业。激荡数十载后，它们的创造者正在老去。如何顺利交班、家业长青，是这代人的难题。

杨钢泽的父亲杨光泉，临近花甲之年，正面对晚年的大考。历经了中国第一代生意人的大航海时代，杨光泉信心满满，只要袜机不停，他就能给儿子一个安稳的未来。

毕竟，人总是要穿袜子的。

不过，杨光泉没想到，临近交棒，很多东西却变得不一样了。

"辛苦"不管用了

和大多数小商品商人一样，杨光泉也是从义乌小商品市场摸爬滚打出来的。

在杨钢泽眼里，父亲里外一肩挑，既是管理者，也是织袜工、采购者、机修工。每条销售渠道，都是一根根烟，一杯杯茶，亲力亲为谈下来的。

彼时袜厂的销售渠道很单一，杨光泉在义乌支起了一个露天小摊位，垫块布，摆上袜子，就开始谈生意。

江南多雨，每逢雨天，杨光泉就在摊位上撑起一个小雨棚，雨水顺着棚顶淅淅沥沥落下，在摊位之间汇成一道道溪流。南北客商云集于此，雨中的市场依旧熙熙攘攘，简陋而繁荣，宛如一部活的《货殖列传》。

杨光泉疲惫而乐观，只要忍得住日晒雨淋，就有钱进袋。

但世上没有一成不变的生意。

儿子杨钢泽在袜机的轰鸣声中日渐长大，待学有所成，杨家工厂的生意已逐渐不如往昔。随着诸暨的袜厂越开越多，袜机迭代后的产能越来越高，袜子的利润越来越薄。

"大家都换了大机器，产量又高又快。"杨光泉说，"利润开始下滑，对我们来说，这个问题很难解决。"

同时，传统工厂又无法解决销售渠道单一的问题，小商品市场的模式已无潜能可挖，恶性竞争出现。

杨光泉必须比以往更加亲力亲为，在单件利润极其有限的情况下，他必须紧紧抓住每个环节，才能维持工厂的运作。

这一切，儿子杨钢泽都看在眼里。"过去的老板是赚辛苦钱，现在的老板，辛苦也不一定有钱赚。"

酒香也怕巷子深，如果不能开辟新的销售渠道，仅凭节流式的生产管理，袜厂在可预见的未来，都将如履薄冰。一旦外贸环境变化，订单量下降，利润本就极低的传统袜厂必死无疑。

竞争同质化，销路单一，中间环节过多，产品创新乏力……这是中国传统制造业的通病。除了袜业之外，各行各业也都面临着这一困境。

给儿子的"学费"，竟救了命

大学期间，杨钢泽注意到了刚刚兴起的电商，通过互联网购物的体验令他印象深刻。大三那年，杨钢泽在一家做电商的茶叶公司实习，这使他对电商有了更深的了解。

他开始向父亲介绍互联网和淘宝，想把家里生产的袜子挂在网上卖。但是，"在电脑上买卖东西"，在杨光泉听来就像一个骗局。"当时村里都没几台电脑，谁来买这个东西啊？"他说。

杨钢泽转而向表哥杨华鑫倾诉，后者是家族同辈中学历最高的人，并且已成功创业。

在杨钢泽看来，未来的生活将和现在全然不同，他甚至看到了移动互联网的发展趋势。"说不定，未来我们拿着手机，足不出户就可以消费。"

杨华鑫认可表弟的判断，但他认为那至少是十几二十年后的事，"等到那时我头发都白了"。

杨钢泽大学毕业，杨华鑫本想劝他去读研究生，但杨钢泽却说："来不及了，我要抓紧创业，发展快些，几年后感觉又要不一样了。"

杨钢泽的淘宝店就这么开起来了。那个时候，一个大学毕业生开淘宝店，用他的话说，"不是一件很有档次的事"

杨钢泽的创业伙伴马威鑫也承认："'逼格'没那么高，很多人都会说，你怎么大学毕业了去开淘宝店。感觉都是找不到工作、学历不太高才会去做这个事情，和路边卖早餐的一个样。"

杨钢泽知道，要改变父亲对电商的看法，仅靠说是没用的，必须做出成绩来。商人是务实的。"我们都是实践者。"杨钢泽说。

杨光泉虽然不看好儿子的淘宝店，但是他并不反对儿子去尝试。"做生意嘛，"杨光泉想，"'学费'还是要交的。"

杨光泉没想到，儿子对淘宝店的投入非但没成为"学费"，反倒在销售渠道上打开了一条新的"罗马大道"。

最初，淘宝店的销量并不大，杨光泉只把儿子当一个小客户。但几个月后，杨光泉惊讶地发现，自己生产的所有袜子，都被儿子在淘宝上卖掉了。

"我们这边产量跟不上了，我还得给他到外面进货。"杨光泉说。

这年下半年，受益于淘宝店这一新渠道，杨家袜厂的处境得到了根本改善，销量一天比一天好。

这更坚定了杨钢泽全力投入电商的信心，"不利用、掌握好电商这个大渠道的企业，一定会倒，不管它品牌做多大"。

尽管杨家的传统工厂已经走上了电商转型之路，但当杨钢泽说出"要在电商上做出一年1亿元销售额"的时候，亲戚们仍觉得他是在开玩笑。

好在父亲杨光泉是个务实的商人，他只看销售数据。杨光泉几乎没有夸过儿子，这次他也没有。"我心里知道，只要他比我们卖得好，不必说，他就是优秀的。"

"少主"的难题

袜厂的转型，让跟着父亲一起打天下的老员工们有点吃不消。

做惯了传统外贸订单的老员工们，一年到头，做的都是同一款产品。

但和电商接轨之后，袜子的款式更迭很快。如果一个款式的销售不如预期，那么就会迅速被淘汰。袜机也要重新调整，有时甚至需要适应新的设备，学习新的工艺。

"父辈会觉得，你为什么要做这么麻烦的袜子，这么折腾。"马威鑫说。

淘宝店旗开得胜之后，杨钢泽逐步接手了袜厂的销售渠道。在管理上，初出茅庐的杨钢泽颇为严格，他和父亲一样，很少夸奖员工。"我们整个公司的风格就是这样，活干好是应该的，而且我们要不断创造惊喜。"

他设定KPI考核，"要立军令状的，哪个部门不涨，当天负责人就换掉"。在杨钢泽的管理理念中，企业就要讲规矩，不管是亲戚还是老员工，都不能例外。"我宁可赔他一笔钱，也不能继续留他。"

杨钢泽的一位堂妹也在厂里工作，有次向家族长辈抱怨道："小时候看到钢泽哥，没有畏惧感。现在在公司里看到他，我都不太敢叫他哥了。"

开始时，父亲杨光泉也想不通，"我们这一辈人比较重感情，老员工和我一手弄起来的厂，感情比较深了，不合适就调岗，不会开除"。

表哥杨华鑫有时会在深夜接到杨钢泽的电话，谈到老员工调岗的事情，"他很苦恼，他说哥，那边都是自己的长辈，思路完全不一样"。

另一边，父亲杨光泉也很苦恼，一些老员工不愿调岗，提出离职。"我心里肯定难受，那时创业，一起走过了好些年。现在说变就变了，觉得有些对不起他们。"杨光泉感慨，"我们这代人跟不上，等于是下岗了。我们不懂他的东西，自然他说了算。"

虽然不舍，但杨光泉没有给儿子设置障碍，因为他是商人。商人之间的交流最简单：数据为王。

新一代的帆

2014年，杨钢泽成立了新的袜子品牌"s你"，并在天猫上开了店，次年天猫"双11"就斩获袜子类目销量第一。

到了2016年"双11"，主抓生产的父亲杨光泉和老员工拍着胸脯跟杨钢泽说，你们不用担心，放心卖，生产肯定能跟上。结果这些老江湖很快就被"打脸"了。

那天零点一过，没过几分钟，销售额就冲过了80万元。连对互联网见多识广的杨钢泽和年轻员工都懵了，谁也没有见过这阵势。

"太凶了……"杨钢泽从恍惚中回过神来，说了这么一句。

次日清晨，当杨光泉来到工厂时，只看到整个办公室堆满了人一样高的快递面单，而电脑还在一刻不停地打单。儿子告诉他，这一晚上，他们卖掉了工厂大半年的销量。

杨光泉不敢相信这是真的。"天下哪有这么好的生意？"当然，他并不知道，这背后是中国内需市场的持续爆发，当年天猫"双11"成交额首次突破千亿大关（1207亿元）即是例证。

2018年8月，对数字和信息尤为敏感的杨钢泽已深刻意识到，新零售时代来了，再不能像父辈那样，埋头做出东西，再想办法卖。

"能不能提前获取市场信息和需求，来指导生产？"杨钢泽所想的，科技巨头们也在探索，海量用户、大数据、云计算……都让更直接、扁平、定制化的生产销售重构成为可能。

杨钢泽这次比他的父辈走得更远。他决定加入淘宝"天天特卖"的C2M计划，后者正致力让100个地方产业带实现数字升级，计划公布后，一下涌进2000家工厂报名。

C2M模式即根据消费者的数据反馈，让工厂更清楚地了解用户需求，并以此指导生产。这与杨钢泽希望将传统袜业从"接单生产"转型为"以需定产"的理念不谋而合。

监控系统、光纤、控制中心、云管理系统……都进来了，所有机器全部联网，就像有了生命，杨钢泽和管理人员坐在办公室里，就能尽览所有机器的状态。淘宝的大数据和定制反馈就像宝贵的商场情报，只需动动鼠标，就能准确查看机器的闲置产能，并快速进行调配。

这么前卫的东西，父亲杨光泉已觉得不太看得懂了。那一代人，拼命学习并把握市场，但始终在经验主义的圈圈里打转。新商业和新技术是新一代人的帆，它们能驶向深海。

一轮改造下来，杨钢泽也算了一笔账：每双袜子平均可以节省7%—8%的成本。

"理论上我们只要管理得好，厂里没有一双袜子是卖不掉的。"杨钢泽说，"这是一个极限值，我们会无限接近它。"

几乎每半年，杨钢泽就需要新建一条生产线。如今拥有六条生产线的工厂，1000多台袜机同时轰鸣，每天可以生产65万双袜子。

背靠数字化改造、智能物流等商业基础设施，到了2018年天猫"双11"，杨钢泽已经不再手忙脚乱了。而那一年"双11"则是最轻松的一年，袜厂通过设在义乌的云仓一天发货11万件。众人终于不必再通宵熬夜了。

这让父亲杨光泉感慨万千。30年前，他刚开始做生意时，一车货价值20万元。全部家当，甚至整个家族的未来，都压在一辆货车上。他不放心，总是跟车送货。从浙江到北京，车程近两天两夜。为了防范车匪路霸，一路上，扳手总是放在伸手就能够着的地方。夜晚不停车，不到城市也不停车。

而现在，儿子已远远奔跑在他无法理解的前方，作为一个父亲，杨光泉不敢说一点也不操心了，但他是个理性的人，相信数字，相信商业规律，相信世界终究是属于早上八九点钟的太阳的。

于是，面对晚年的招手，他也放心不少，有时间就和同龄老板们一起喝茶，在这些"厂一代"眼里，杨钢泽无疑是晚辈中的佼佼者。每当这些同龄老板夸奖儿子时，杨光泉总是不动声色，故作谦虚地客套一番。

"其实心里开心得很。"他说。

厂长的女儿回来了

何超友是20多年的老厂长了，他的鞋厂是成都当地著名的大牌女鞋代工厂，产品远销欧美。

为了让女儿继承家业，何超友可谓用心良苦。

女儿大学主修的是设计专业，是他填报的，目的就是等女儿大学毕业，可以接手自己辛苦一辈子打下的事业。

可是女儿李梦沛却直言："一开始，我是比较拒绝的。"

和大多数"90后"女生一样，李梦沛的心中也有诗与远方，她趁自己去奥地利做交换生的机会，考出了一张出境领队资格的证书。

放着好好的家业不要，反而当起了带人旅游的辛苦工作。

"外国的月亮并不比国内的圆"

李梦沛如愿走遍了整个欧洲、中东和东南亚，"人家平时听过的地方，都去过了"。

自由自在的日子过得飞快。有一段时间，李梦沛甚至有过找一个国家定居的念头。但是，新鲜劲正在逐渐散去，李梦沛开始想家。

而真正让她决定回国的，是在国外的一系列经历让她明白，"外国的月亮并不比国内的圆"。

有一次，在瑞士，一个当地人问她，中国产品这么好，她为什么不用华为手机。"他们跟我说 Chinese NO.1 的时候，我特别有民族自豪感。这种心情，比我去帮人买爱马仕鞋更加有成就感。"

奥地利的一个咖啡馆老板，同样拿着自己的中国品牌手机，一个劲地称赞"Chinese is very good"。

也许是因为出生在制鞋家庭，在欧洲，每到一个城市，李梦沛都会习惯性地去拜访当地有名的制鞋匠人。在波兰旅行时，波兰司机带她去了一个女鞋店，她一口气选了好几双鞋，想买回家，结果司机一看反问她："你为什么要在这买来自你们中国的东西？"

李梦沛仔细一看，鞋盒上果然印着 Made in China。

更让她深有感触的是在意大利的一次经历。一个朋友带她去拜访一位手工鞋匠。转了一圈后，李梦沛发现，"其实我们成都女鞋，做得并不比他们差"。

此时，那位意大利的制鞋师傅竟然跟她说，自己也会借鉴中国的制鞋技术。

"其实最好的就在你身边。"她感叹道。

于是，这位厂二代决定回国创业。

厂长的女儿回来了

2019年8月，李梦沛回到了记忆中那个"敲敲打打的环境"里。

小时候，她总是跟在父亲身后，在工厂里玩。厂里的叔叔阿姨们，会经常给她好吃的，也会提醒她留心危险的机器。虽然忙碌的父亲总是一转身找不到人影，但那个小小的鞋厂，一直是她最自豪的存在。

"这个工厂，维系着从小陪伴我长大的叔叔阿姨他们的家庭收入。你做一件事情，连续做一周，做一个月，不难，但是你坚持做20多年，是非常了不起的。"

但当她提出要做自己的手工女鞋时，她突然又隐约感觉到，工厂内部的气氛有些不太对劲。

那些制鞋的老师傅，在厂里做了一辈子的贴牌鞋，"觉得我在瞎折腾"。

在他们眼里，厂长的女儿，一个女孩子，嫁个好人家就行了，至于工作，清闲些最好了。

李梦沛并不这么想，她充满了忧患意识，"外面的世界在改变，如果我们还不改变的话，世界就会改变我们"。

当时，父亲听说女儿要做一个自己的女鞋品牌时，也并不是特别支持。作为成都本地知名的国际代工厂，外贸订单已经忙不过来了。父亲跟她说："我已经很累了，难道你还要去做更累的事情吗？"

父女俩的分歧，显而易见。

作为父亲，希望将工厂的规模做得越来越大。作为女儿，则想把产品做得更有质感，以此找到一批手工女鞋的忠实客户群体。

转机出现在新冠肺炎疫情暴发后，工厂的外贸业务遭遇前所未有的考验，这让父亲第一次意识到，工厂必须做一些改变了。至于怎么改变，女儿给出了自己的建议：创造自己的女鞋品牌，用做外贸的品质，做内销。

父女俩的理念，终于达成了一致。

手艺人

李梦沛坦言，自己其实并没有认真想过，将来的某一天，究竟要不要去继承父辈的事业。曾经的她，甚至有些抗拒。其中有一条理由，就是"做鞋子太复杂了，里面有非常多的步骤"。只有经验老道的制鞋师傅才能胜任。

真正开始着手打造自己的手工女鞋后，李梦沛才明白，在这家20多年历史的老牌制鞋大厂中，年轻的设计师与老师傅的冲突几乎不可避免。年轻设计师能准确抓到每一年的流行元素，而老师傅更注重牲子的舒适性。

但这并非不可调和，李梦沛知道，两者缺一不可。

60多岁的张叔是厂里最受尊敬的制鞋师傅，也是李梦沛从小就敬佩的手艺人。

20世纪90年代，当大家的月工资在700元左右的时候，张叔凭着一手过硬的制鞋手艺，月收入可以达到1万元左右，早就实现了那个时代的"财富自由"。

手工女鞋最关键的，就是必须有好的楦形，以及手工制作的特殊工艺、手工上色、手工缝制等方面，这些正是老师傅们最擅长的手艺活儿。楦形怎么打磨，才能减少鞋子对脚掌的磨损，提升舒适性，这一点老师傅拥有话语权。

年轻设计师追求美感，有时候就会在舒适性上有所欠缺。这时，就是老师傅们上场的时候了。"他们特别愿意跟你聊这个，这是他们一生当中，特别有成就感的事。"

如今，工厂中50岁以上的老师傅有20多个，年轻一代设计师人数更多，这是一家手工制鞋工厂最大的财富。

父女传承

李梦沛非常推崇意大利的手工业，因为传承，"我知道现在很多年轻人可能不太愿意听'传承'这个词"。

"一双好的鞋子，可以从18岁穿到80岁，你可以刻上自己的名字，你买了这双鞋子以后，它提供的是一辈子的服务。我希望我们这个鞋，提供的是一生的服务。"

李梦沛说："我希望我们的鞋子，是一个可以陪伴人一辈子的品牌，可以一起见证我们父女之间的一种传承。"

小时候，记得父亲看到一批鞋的鞋面上有一点点的小皱褶，便把那批鞋子给剪掉销毁。她当时就被吓到了，"为什么要把刚做好的东西毁掉？"

长大以后，她明白了，如果自己遇到同样的问题，她也会像父亲那样去处理。

如今，她和父亲的关系更像是合伙人。李梦沛坦言，暂时还没想过最终会不会接手父亲的工厂。因为她看到，父亲现在依然热爱着自己的制鞋事业。

让她高兴的是，自己的手工女鞋在淘宝上越来越受欢迎，也许，离第一个爆款已经不远了。

以前，李梦沛经常会帮朋友去买一些意大利奢侈品牌鞋。一双爱马仕拖鞋就要3600元。"我希望做出一个可以让国人自豪的品牌。以后能有外国的朋友让我从国内给他们代购好鞋子。"

造 锅 狙 击 手

鲁南平原已进入夏季，县级市滕州没有太多城乡过渡带，离开市中心，两车道的乡村柏油路略显崎岖，老旧的集镇上，煎饼店的招牌字迹斑驳。郊外，成片的黄色麦地延伸到远处树林边缘。

入夜，村民梁家虎家客厅的挂钟指向11点，广袤麦田中央，一栋巨型建筑骤然间灯火通明——他的炊具厂只在夜里开工造锅，因为此时用电便宜。

梁家虎守在车间，双手交叉抱在胸前，生铁开始融化，车间越来越燥热。铁水颜色正由红色向黄色过渡。"再等等！"他说话时，没有看发问的儿子梁兴春。

"差不多了！"梁家虎终于开口。

从1992年算起，梁家虎用生铁造锅已经27年了。在鲁班故里、中国机床之乡滕州，父子俩传承着一项古老的铁锅铸造工艺。央视纪录片《风味人间》里的滕州铁锅，即是出自这里。

作为一种形制简易的器具，铁锅在中国历史文化中占有重要位置。从学者研究可以看出传统生铁锅对中国饮食文化的塑造，有了它，灿烂瑰丽的中华菜系才得以成形，血以食为天的文化体系中，一口锅便是所有伦常生活的象征

现在的传统铁锅产业，仿佛已进入暮年时代，随着城市生活品质提高

大量工厂开始涌现。

然而，到了 21 世纪，中国城市化进程加快，传统的家族式聚居被打破，小家和独身渐成主流。中国人用了上千年的大铁锅，连同不断萎缩的乡村社会，逐渐消逝于历史的烟尘中。

"这个行业已经完了"

时间回到 2008 年，遥远都市的证券交易所内，金融危机风起青蘋，地处鲁南乡间的制造企业随即承压，车间积存的成品铁锅超过 1000 吨，垒堆至数米高。

梁家虎却不能停产，必须保住饭碗，留住工人，在这项传统铸造业里，熟练工人的培养成本极高。

这一年，滕州的传统铁锅产业带亦分崩离析，存活不超过十家。

长久失眠后，梁家虎做出决定：放弃坚守 30 余年的手艺。他开始转移资产，承包土地种树。他的决绝，源自他过去经历的一切。

20 世纪 90 年代，滕州还叫滕县，小城闹市区的立交桥刚建成不久，梁家虎驾驶货车经过，还能看见崭新的雕刻字。

在鲁班故里，木匠手艺传承久远，梁家虎的功底得自父亲；"大锅饭"时代吃不饱饭，他去河里打鱼遭逮，渔网当街被烧。

改革开放后，梁家虎做木匠谋生，买拖拉机的 3000 元被偷，只能坐在车站抱头痛哭。

1992 年，滕县只有一家造铁锅的小工厂，师傅来自农机站，时代变化，他们悄悄复活古老的造锅技术。梁家虎也看到商机，"有家庭吃饭，就得用锅"。

草创时期，他过得极其艰难。烧铁的冲天炉贵，他就自己造，假扮客户进厂偷学，全凭肉眼记；请的师傅不愿外传吃饭本事，做模具时关在小屋，他又只好爬窗户偷看；铁水温度全靠眼测，夏天守在锅炉旁，直接热晕在地上。拿到订单，产品做出来，途中遭遇"路匪"，整车被打劫。

不过也不是没有回报。梁家虎迎来了兴盛时期，最多时买进4辆9米长的货车，从山西运铁，每月产80吨锅，其他小工厂也跟着起来，滕县成为重要的传统铁锅生产区。

但好景不长，到20世纪90年代末，铁锅刚熬过金融危机，又遭遇新技术冲击，更重外形的涂层锅、铁皮锅兴起，冲击了传统市场。

熬到2008年以后，滕县铁锅产业已受损严重。位于界河镇的一家铁艺是存活的工厂之一，仓库堆积成品五六百吨。"亏了六七十万。"工厂的继任者邱真真说。

"你懂个球！"

在行业坠入冰点的2008年，梁家虎的小儿子梁兴春也迎来了命运转折。

他2005年入藏参军，练狙击，别人摸枪都难，他打掉的子弹就有几万发，百米的标靶，每发必中；一次徒手排雷，冲上去时，他心里大喊"下辈子再当你们儿子"；五次参加大比武，拿到两次三等功，一次二等功。

2008年，梁兴春准备考军校。考点设在成都一所士官学校，梁家虎也去"陪考"，这是3年以来父子二人第一次见面。

起初，梁兴春没有认出父亲，直到那位头发花白、鬓角染霜的老人挥手，他才恍然惊觉。梁家虎朝他微笑，嘴角拉起来，末了又些微向下坠。梁兴春记得，他离家时父亲还"不老"，如今却已两鬓斑白。

这一年，梁兴春22岁，这个瞬间决定了后来许多事情。

2010年，他决定退伍回家造锅，放弃军校和荣誉资历。电话里，父子激烈争吵，梁兴春说："不让我回家造铁锅，我就跳澜沧江。"没有说出口的话是，"父亲已经老了，我要回去托住他"。

但在梁家虎眼里，传统铁锅大势已去，"太苦了！这个行业已经完了"。他觉得即便儿子回家，也应该去当公务员。父了二人开始长时间的"冷战"。

2011年的一天，深夜2点，梁兴春的房间灯光透亮，忽然，屋外传来一阵巨响。父亲隔窗抛来的啤酒瓶炸了，以示对儿子的不满。

梁兴春没去跟父亲争吵。不久以后，他终于完成一份雄心勃勃的计划书，在那种工厂信笺纸上，足足写了17页。梁兴春反思行业弊端，认为它的下行与风气保守、闭门造车有关。

他想起工厂的老师傅张振强，他刻磨过数百种尺寸的生铁锅，可以肉眼测试铁锅重量与厚度，30余年生命光阴，全都消磨于那份精准的弧度，没人比他更希望传统铁锅技艺能够传承下去。

面对行业颓势，老师傅仍持"大锅论"，固守旧有路径：走线下渠道，为食堂、酒店提供大锅批发。

梁兴春却不这么想，他的直觉简单而清晰：现代都市家庭结构的主流是小家，与之相适应的，必然只能是小锅。

这种直觉是对的，他的思考与时代趋势暗合，截至2010年的调查数据显示，只有1—3人的家庭数量已达65%，只有一代人以及两代人共同生活的家庭数量，占比已经超过八成。

另一个重要趋势，也只有梁兴春看得懂，那便是互联网消费的兴起。2012年，在大城市，以淘宝天猫引领的电商行业已蔚然成风，梁兴春看到扭转行业颓势的机遇："把锅做小，拿到网上去卖！"

但儿子的激情随即被父亲遏制。那份计划书出现在梁家虎眼前，他封面都没翻，直接扔茶几上，丢出一句方言："你懂个球！"便起身离开。

梁兴春仍没放弃，一天傍晚吃饭，他拍着桌子赌誓："即便当公务员，5年之内必然回来造锅！"

不过，梁家虎只是要面子，背地里却翻起儿子的计划书。这一看，发现儿子还真下过功夫，不像头脑发热。

那是一个清晨，工厂外的麦地轻雾弥漫。梁家虎正要出门做模具，看到正在路边逡巡的儿子，他顿了一下，便朝儿子甩头，终于说出那句决定这家工厂命运的话："要不要一起去？"

这是父子间的独特和解方式，争执之后，梁家虎若想让步，不会直接说，而是叫儿子一起做事。

梁家虎后来也对儿子说："是你自己选的。"

谁更懂年轻人

由于缺乏经验，梁兴春试水线上销售的道路并不顺利，他先去逛各种论坛、网站，留下联系方式，然后爬梳潜在客户的联络痕迹，有电话就打过去，如果只有地址，就直接找上门。

网上来的第一笔"大额外贸单"却让他亏损严重：货发出去，对方要赖，钱收不回来。

梁兴春开始意识到不能这么瞎碰了，必须依靠平台。梁兴春悄悄在淘宝开了店，一直瞒着父亲，怕被说"乱来"。

背靠淘宝庞大的用户数，梁兴春很快找到了客户。张丽琴老人家住青岛，为找一口传统生铁锅，她已各处奔走两年。她出生在农村，晚年想念母亲用过的生铁锅，独特的菜香，亮白的光泽，锅壁与铁铲触碰时"清脆"响声，都能唤起她与母亲生活的记忆。

两年里，她没少跑腿，也没少麻烦人，但没了就是没了，直至她看到梁兴春的淘宝店，卖的就是她心心念念的老铁锅。老人马上打来电话，和梁兴春聊了近1个小时。

下了第一单后，张丽琴老人又接连下单30余口铁锅。越来越多"铁锅粉"找过来。但在梁家虎眼里，这仍只是"小打小闹"。

2016年，梁兴春的淘宝店已经运营了两年。2014年，线上销售额还只有10万元，到2015年，网络销售迅猛增长，一举突破60万元，约占销售总额的四分之一。

现实给了他信心，他开始组建团队，扩展店铺和产品线，大量来自淘宝的反馈表明，他们的产品需要更多优化。于是梁兴春力排众议，推出小体积产品，在锅耳上缠麻绳，优化弧度，表面磨砂，加杉木锅盖。在淘宝的特价活动中，每天能卖出数百口锅具。

这一年，梁兴春的店迎来爆发，无涂层传统铸造铁锅也上"匠人从"，"滕州梁氏父子"成为淘宝极有家店铺。当年9月开始，其淘宝店铺月销超过7000

件，全年线上销售额超500万元。

到2017年，淘宝店的销售额已突破1600万元，"双11"期间即卖出6000多件锅具，相当于之前半年销量。

当晚，父亲梁家虎坐不住了，频繁到电脑前，明显兴奋，不断问："做不做得完？"他一改不管不问的态度，亲自指挥工人装运，忙到深夜2点。

这一业绩已远超历史，但梁兴春期待的赞许，仍未到来。梁家虎依然吝于赞许儿子，甚至时常争吵，一次因产品问题，两人争执起来，梁家虎甩出两拳，打得儿子满嘴是血。

梁兴春想迎合年轻人，将锅继续做小，父亲却怼出一句："燃气灶支锅架大于15厘米，锅小于15厘米，你打算正好漏下去吗？"

这一次，姜还是老的辣，父亲是对的。

"怕他步子迈得太大。"对自己的苛刻和严厉，梁家虎这样解释。

"我都在"

如今，在梁家父子的铁锅厂，场景显得有些超现实。

工厂之外，是齐整的麦田和宁静的乡村，工厂之内，却深藏10余个时髦的直播间。它们风格各异，或现代简约，或古典雅致，或是朴素民居风格。主播身边，架设专业灯光设备，运营主管现场指挥，摄影师手持单反，变化着角度捕捉精彩画面。

梁兴春计划开30个淘宝直播间，"进来的人目的都很明确，就是买东西，转化率很高"。目前，他的直播销售已占线上销售的两成。

梁兴春开拓的线上模式，不仅拯救和改造了自家工厂，还对整个滕州铁锅产业带产生影响。

电商改造产业带的成效，体现得很直接。滕州的铁锅厂，工人平均工资达七八千元，在梁家的工厂，师傅工资一次涨出一倍，最高月薪达1.8万元。

而这只是电商改造铁锅产业带的缩影。在济南，《舌尖上的中国》让章丘铁锅走红中国之前，其传承人已在天猫店铺经营3年，产品销往20余个国家；

在南方铁锅大县广西陆川，借助阿里巴巴和淘宝，地方政府正竭力推动产业电商化；在甘肃金昌，传统铁锅大厂接触电商后，将2亿元的亏损扭转为赢利。

近年来，《舌尖上的中国》《风味人间》等饮食文化纪录片热播，重新打开中国人对传统菜肴的味觉，传统铁锅因此倍受追捧。到2018年，梁家的铁锅厂营收超2300万元，九成以上来自淘宝、1688等电商渠道，每年有数十万传统铸造铁锅进入中国家庭厨房，而这只是回归传统消费的小部分。

梁家虎依然没有完全"承认"儿子，在他这里，那台警钟会始终高悬，当儿子在业务前线冲锋时，他则会出现在工厂所有容易被忽视的地方。"他看不到的地方，我都在。"

那还是儿子梁春兴刚刚接手工厂时发生的事情，他刚被"老赖"客户戏弄了一番，钱也打水漂了，气得全身颤抖，走路踉跄。父亲就站在眼前，当他准备接受一顿数落时，父亲却一反常态，甚至安慰他："没事的，这个事情就交给我，我来解决。"

在父亲的手拍到肩膀上那一刻，梁兴春感到，从小到大他一直期待的那座大山，终于出现了。

步履不停

淘宝长征，
从华强北到平凉

20岁那年，李锋踏上一场改变命运的火车之旅。那是2003年，他离开老家甘肃平凉，坐长途汽车到西安。身上积蓄只剩300元，又花238元买了火车票，从西安到广州，几天几夜，一路都站着。

彼时，春节刚过，北方还冷，他哆嗦着挤在几百个打工者中间，窗外景色变换，从荒烟蔓草到南方城市。树渐渐绿了，天空不再高远，途经的村庄多了水牛和稻田，空气湿热起来，车厢里，汗味、香烟味混杂着。

漫长旅途中，他想明白一件事，不能去投靠别人推荐的那位老乡，传销的船，上不得。在广州站门口，李锋浑身是汗，数了数身上的钱，铁了心，不回去，至少现在不能回去。

他茫然走入站前广场，拥挤的人群朝他涌来，忽然一阵激灵，他想起自己在平凉打工这两年，安装、修理电脑时，听得最多的两个字是：深圳。

没再多犹豫，他迅速联系一个初中同学，对方彼时正在深圳一家工厂当保安，有了安顿的地方，李锋掉头就去了汽车站，用仅剩的几十元买了票。李锋不想进厂，心中想好要去早已耳闻过的"圣地"：华强北。

小镇迷茫青年

小时候，李锋住在甘肃平凉的小镇上，信息闭塞。他的父母都是农民，印象最深的，是妈妈经常会做当地传统的锅盔、油饼。这是他记忆里的味道，后来在深圳的12年，再没吃到这份味道。

李锋学习成绩优异，总是年级里前几名，那时候流行初中毕业考中专。于是初中毕业，李锋考上了兰州城市建筑学校。他至今还为这个决定心怀遗憾，因为没有继续读高中考大学。

李锋学的是城市与桥梁专业，但他觉得索然无味。在学校意外接触电脑，那是1999年，他从开关机学起，学会打字，学会拨号上网，打开一个全新的世界。他从只懂基础电脑知识，逐步变成班上最精通电脑的人。

那个中专学历的"旧世界"，如此昂贵且无聊，每学期学费2000多元，每月生活费300元，农村家庭不堪重负。读完一年，17岁的李锋就走出学校，到兰州科技街一家电脑公司兼职，当起"电脑技术员"，每月收入300多元，帮人装软件，修电脑。

又过了一年多，他冒险做出决定，辍学，跑到山东，去读那里的一所民办大学，也是学计算机。这是一所全日制的民办学校，要读4年，且是从数学、语文等基础知识开始，一年多时间，他连电脑的影都没见过。

看起来，又是一条迷茫的道路。就在这时，母亲突发重病，李锋只好再度辍学。回到平凉，在一家小公司打工，仍是组装电脑，安装网络，每月收入不过300元，一边上班，一边照顾母亲。

但终究，年轻人的心还是不安分，母亲身体康复后，故乡就再也困不住他。

华强北，电商

深圳福田保税区，一家炒粉店，李锋抹了抹嘴巴，他对初中同学说，隔天就去华强北，找一份"电脑相关"的工作。

转悠，打听，询问，"要招员工吗?我做过好几年电脑维修，软件安装……"大楼里，摆着许多数码产品，琳琅满目，李锋硬着头皮，从1楼问到4楼，没人对他感兴趣。

沮丧失落间，身后忽然出现一个声音："小伙子你是陕西人吗?"

李锋转过头，说："我是甘肃平凉人。"那位老板笑着说，我这个店招人，跟我来吧。

很多年后，已到中年的李锋回忆起来，都感到这位陕西老板是自己的贵人。老板在华强北开了一家做投影屏幕的店，专门给电影院制作和运送屏幕，也做VCD、DVD、MP3。老板和他一样，也是孤身一人，从老家跑来华强北，一路打拼到自己开店，在深圳成家立业，有了自己的一方天地。

老板看李锋年纪轻轻充满干劲，正是他初来深圳的样子。老板对李锋照顾有加，带他跑业务，教他本领，教他如何为人处世……

李锋终于找到了自己的人生方向，每天都有学不完的东西，跑不完的业务，薪水也从小城的每月两三百元，涨到2000元以上。在深圳这片飞速发展的土地上，李锋很快就会长出自己的翅膀。

不过，有时他提的问题，老板也不能回答。李锋平时爱鼓捣电脑和网络，就想，能不能在网上卖些电子产品。老板听了他的想法，却是满脸茫然。那是2003年，淘宝也才刚出现。

一个9月，他照常坐公交车上班，车里有个淘宝广告。这是他第一次看到"淘宝"这个词。他目不转睛地盯着屏幕，想弄清楚它到底是什么。电子商务，网上做买卖，一系列概念出来，李锋越看越兴奋，意识到，这就是他一直在想象的东西，激动得差点在车厢跳起来。

出租屋没电脑，下了班，他跑到公司附近的网吧，拿起身份证，注册账号，完成资质认证，就这样把网店开起来了。真的可以在网上卖东西了，李锋大喜过望，连续几天都兴奋得睡不着觉。

先从当时华强北最火的MP3做起，上传产品信息，拍照片，然后就是忐忑不安的等待。几天后，第一单生意来了！江苏徐州的顾客，想买华强北的

MP3，第一个顾客，李锋跟他聊了很多，两人还成了朋友，至今都有联络。

李锋过上一种奇特的生活，白天上班跑业务做销售，晚上蹲网吧做淘宝，卖MP3、MP4、手机。一年下来，靠淘宝赚了7000元，对彼时的他来说，这算是一笔巨款了。

正当他的事业小有起色时，命运的意外却再次降临，母亲再次病重，他将做淘宝赚的所有钱寄回家，随即又踏上归途，陪母亲走完人生最后一程。

梦想依然在远方，他要在深圳扎下根，做出些名堂，以对母亲有所告慰。不久，他就告别网吧，淘宝带来的盈利让他能买下一台属于自己的电脑，将网店开在出租屋里。当初帮他的老板在他帮助下，也开始涉足电商，生意蒸蒸日上。

22岁时，李锋不再是最初那个迷茫青年。

深圳的梦与困

李锋还在深圳遇见了爱情，两人结了婚，一起住在开网店的出租屋里。

到2005年，原来老板的淘宝店已有声有色，恩情已报，李锋决定跟老板提出辞职，准备和妻子一起创业。他负责技术、仓储、进货发货，妻子管客服和沟通，一台电脑变成两台，70平米的房子，是家，也是仓库和办公室。

彼时，科技产品的迭代正在急剧加速，去年流行MP3，今年流行MP4，再过一年，手机普及的风潮也即将来临。

嗅觉敏锐的李锋，也闻到这股气息，他喜欢浏览新闻资讯，看电影看剧，逛论坛，熟知当下流行风向。美剧《越狱》在那几年风靡中国互联网，剧中男主所用手机，在当时还是被视作"高大上"的东西：黑莓手机。李锋决定，他要在淘宝上卖这个。

两人已个够打理淘宝店，李锋把弟弟也叫来深圳，还招了个年轻人。生意最好那几年，每月能卖4000台黑莓手机。他定下规矩，货一定要保证全新，不能是翻新机、组装机，售后和服务要做得精细。

很快，他就做出了自己的招牌，凭借创业挣的钱，李锋在深圳买了房，按子也在这个时候出生，在深圳，一家三口有了一方家园。

只是，李锋以为生活已进入风平浪静的阶段，不料却波澜再起。华强北迎来一次重挫，在国家组织的二手手机、水货手机的清查行动中，许多商家都被清理出去，盛行数年的港版、欧版、美版手机，在此时迎来生态剧变。

科技数码市场一日千里，李锋的淘宝店意外被封。他不愿放弃，注册了新的店铺，打算重整旗鼓，雄心壮志却应者寥寥，一些老客户确实没有抛弃他，只是也确实再难回高峰时期。

因为长期劳累，一场重病击倒了他。两年时间倏忽而过，等身体好转过来，生意却不见起色，新做的平板电脑业务仅能勉强维持一家三口在深圳的日常开支。人到中年，他再度陷入迷茫。未来在哪里，他不清楚。但他知道，电子产品草莽时代，已经过去了。

李锋在深圳的家，位于坂田区，他时常在小区周围闲逛，偶然发现楼下店面成排的都是外地特产和零食，吸引的顾客大都是同乡人，他们说来这里找家乡的味道。李锋于是想起老家平凉的锅盔和油饼，在深圳打拼多年，竟一回都没吃过。

随即，他投入大量时间和精力做研究和咨询，最终得出判断：电子产品下行，全国辐射到顶，而农产品电商，则刚刚发轫。

李锋再一次决定出走，不同的是，这次是回乡。

中年返乡

2015年末，李锋孤身一人回到了平凉。妻子则去了成都，那里有对孩子更好的教育和生活环境。

比起他离开时，平凉并未有翻天覆地的变化，街道依旧，人依旧，他注册完公司，办好资质，就往当地小工厂、小作坊跑，为淘宝店联络供应商。

小地方的传统企业，几十年如一日做东西，也没考虑过外面的市场。李锋骤然跑过去，跟他们说他们从未听过的电商，难免不被当成骗子。

一腔热情回乡创业，却遭家乡人保守思维的当头棒喝，李锋难免不气愤，急了也用狠话吼回去："你别管我是不是骗子，我付你钱，你给我做好吃的产品！"

锅盔、窝丝、油饼、生鲜，从前做数码产品的思维，现在用来做家乡美食。在平凉找不到拍摄团队，就跑去西安，请来专业摄影师，把家乡特色食品拍得诱人。

在平凉，绝大多数东西都是从外面输入进来，当地很少向外界输出产品。李锋要走的路，前人没有走过，能不能成，他心里也没底，只能硬着头皮扛下去。

头一年，他是单兵作战，客服、销售、发货、联络供应商，所有事宜，都亲自操刀。一年下来，利润不多，6万元，好在是上路了，他鼓励着自己。

重要的是人们对他的印象发生了变化，再没人觉得他是骗子，看得见的好处，让家乡人的保守思维渐渐转变，电商种子开始在这个西北小城生根发芽。

又过一年，淘宝店的需求，就已经超过当地作坊产能。李锋于是找了家造设备的工厂，设计新设备，用工业化手段生产平凉锅盔，加快速度的同时，保持原有味道，还要研究更多新的口味。本来即将倒闭的工厂，也因此起死回生，靠着李锋的淘宝店，养活整个厂子的人。

这对李锋来说，也意味着一些新的东西。在深圳，他为自己，为家人打拼，如今他能做的事情，早已超出这些，家乡人的就业、观念、生活、美食，都因自己一家小小的淘宝店而变得不一样。

到2020年，他一年已经能卖出100万个平凉锅盔，员工数量也从0发展到20人，产品、运营、仓库、财务等，大家各司其职，而他所带动的当地工厂、作坊已经达到七八十家。

以往，平凉可以算是电商的荒漠，没人懂，更没人做，如今有了李锋一个个手把手地教，竟为西北小城带出一批电商"黄埔军"。他知道，这些成就感，都是他在深圳无法得到的。2020年，他去定西参加全省农特产品大会，遇到一位远自庆阳的客户，别人对他说，是专程跑来吃他这锅盔的，李锋顿时觉得惊讶，庆阳虽然同在甘肃，但路程不近，对方专程跑来捧场，李锋很感动。

新冠肺炎疫情期间，很多人在外无法回乡，李锋店里的食物就成了他们思乡的慰藉。现在，李锋去时常想起童年时的光景，每到饭点，母亲就从热气腾腾的厨房端出一碗碗望而生津的食物，这些就是他如今正在卖的东西。

中 年 男 的 大 码 文 胸 狂 想 曲

大白已经创业三次，其中两次都是做淘宝。

大学毕业那年，他刚到护肤品牌李医生工作，被委任做一个内部创业项目，到各大城市开发线下店，那些日子里，他跑了许多地方，连轴转，有时每天只能睡三四个小时，身体长期处在极限状态。

并非所有艰辛付出都会有结果，线下门店推进困难重重，公司不得不调整策略，大白的第一次创业也随之夭折。对这位年轻的创业者来说，摆在面前的却并非多坏的结果，而是即将到来的晋升机会、同龄人羡慕不已的丰厚薪水，但他却毅然选择离开。大白知道，这里已经没有自己要走的路。

下一站是更大的平台，一家非常成熟的内衣公司，大白做商业顾问，薪水很好，发展不错，几年熬下来，也会迎来向上走的机会。那是一份诱人的工作，对大白的年龄、资历甚至发展空间来说，都是个不错的台阶。

那天，他走出办公室，沿着熟悉的街道回家，在头脑中设想自己的未来，像放电影那样。当他意识到自己的人生即将一眼望到头时，他忽然难受得发慌。他放弃了这份工作。

第二次创业，大白选择在淘宝上做服装，主打设计师品牌。也是为圆妻子心愿，能够做出属于自己的设计师品牌。最初做得顺风顺水，公司员工也发展到20余人，看起来已经小有所成。

"选择比努力更重要"

2010年，两人从深圳搬到广州，当时妻子还在高校当老师，闲暇才有空做设计，最终，原创设计师品牌没能实现，店铺也逐渐变成风格不明的买手店。随即便是缓慢的下坠，巨大现金流让大白倍感压力，最后半年，他仍然每天都去办公室，最主要做的事情，就是慢慢遣散员工，最后只剩一个仓库，而他，则是最后一个发货人。

苦撑两年，大白还是决定关闭这家淘宝店，其实这还不算失败，还是赢利的，只是不那么成功，前景不那么开阔，但让他沮丧的却是，失去了创业的价值感，想不明白撑下去到底是为了什么。于是，索性选择关闭店铺。

那次缓慢死亡的创业经历，一度让大白陷入深深的自我怀疑。

他去和曾经的老师喝咖啡，对方说："选择比努力更重要。"瞬间如醍醐灌顶，深陷泥潭的大白，又看到一束向上的亮光。

2015年5月8号，大白至今清楚记得那一天。晚上9点多，豆瓣私信突然跳出消息，界面显示，来信者是当时豆瓣内衣社群"All about bra"的组长，组长在信中说自己看过大白的一篇内衣市场调研报告，想聊聊。

一聊聊到凌晨3点多。第二天清晨，一架飞机落地广州，建筑系的大四女孩张成璞，跟大白聊到深夜还不尽兴，竟飞了过来。

大白见到张成璞，看她拖着个巨大的行李箱，里面装的，竟然是百余个文胸，它们都是淘自世界各地。两人坐在咖啡店，女孩讲得眉飞色舞。讲到她的成长困扰，她从小学拉丁舞，因身体发育太快，每次上台表演跳舞，胸前晃荡起来的，总会招来起哄的声音，几乎成了她的阴影。

见面后，大白打定主意要拉张成璞一起创业，遇到的第一个坎，就是说服女孩改变原本的人生轨迹，为此，他还和女孩父亲通了电话，描绘愿景，许下承诺，请对方允许女儿跟自己创业一年，如果失败，再去德国念书，彼时，张成璞刚刚拿到德国一所建筑学院的录取通知书。

5年后，"奶糖派"这三个字，成为中国最知名的大码内衣品牌之一。

巨大的挑战

作为一名男性，大白留意到大码内衣的前景，源自妻子怀孕，涨乳时很难买到合身内衣，妻子甚至时常抱怨，要么尺码小，要么款式特别难看。大白嗅到了机会。

那一年的"双11"，当人们都在疯狂购物时，他却冷静地守在电脑前，打开所有内衣品牌的文胸店，等待销售高峰点出现，逐个记录情况，最后果然不出所料：市场上几乎没有大码文胸品牌！

有了现象观察还不够，他又继续用数据和资料佐证判断，从日本20世纪的内衣白皮书，到英国1920年第一家做大罩杯内衣的品牌，大白从中总结出规律：在经济高速发展二三十年后，随着人们生活水平提高，人们对大号文胸的需求会不断增长。而中国正处在这个时期。

认准市场前景后，他开始在豆瓣等平台出没，了解"All about bra"小组中女性的烦恼，甚至看到女性朋友就忍不住问内衣相关问题，为此，还惹来不少异样目光。他却从没在乎过，因为有信念支撑，如果做得成，那就对社会有价值。

遇到张成璞后，大白决定正式启动大码内衣创业计划，在淘宝再出发。设计阶段，就遇到巨大挑战需要克服，这也是国内市场的硬伤，内衣都按标准胸型设计，然而现实却并非如此，尤其对于大罩杯胸型，差异甚至更大。

克服的办法，是分胸型设计内衣，想法很美好，实践起来却困难重重。首先是要找到愿意接单的供应商，因要求的款式多，对大部分工厂来说，也是一种挑战。烈日炎炎的杭州，大白挨个去和工厂谈判，软磨硬泡，最终找到了一家愿意供货的工厂。

挑战远未结束，正式投放市场之前，需找到大量用户测试分胸型设计的内衣是否符合市场需求。为此，他们四处搜罗合适人群，豆瓣、知乎以及其他各种社交平台，逐一发帖，然后将感兴趣的用户组成社群，最终找到3000多名测试用户，分布在20多个群组，代表不同胸型反馈意见。

随即，第一批内衣发出，反馈却并不尽如人意。那是2016年春节，大白焦虑地看着手机弹出来的信息，有人反馈觉得穿着不舒服，还有人觉得质量差……反馈的人数也并不充分。

理想很美好，现实却残酷。

春节结束，几个合伙人马不停蹄赶到办公室，商量对策，然后决定挨个打电话向用户致歉，并仔细询问具体穿脱体验。笨功夫最终还是收获了惊喜，在调查中，其中一款内衣脱颖而出，成为满意度奇高的"爆款"。

这也成为"奶糖派"的重要转折点，至少有些内衣款式可以继续生产，前期大量投入不算完全浪费。

创业的价值

创业的引擎转动起来。作为创始人，大白几乎要承担所有角色，在淘宝上，他做运营，也做客户咨询，从产品研发到市场营销，都要归他管。再次回到那种披星戴月的状态，每天早上6点不到起床，一直到深夜，每月只休息两天。

2016年，第一款内衣在淘宝上线，大白四处寻找供应链合伙人，请工厂方来办公室试穿分胸型内衣，最终打动了手握重要生产链的合伙人。

接下来几年，"奶糖派"逐渐走上正轨，销量越来越好，进入大码内衣细分领域后，市场上其他内衣品牌几乎无法竞争，因为产品款式多样，还针对不同胸型，前期的大量投入已经形成稳固护城河。

大白也渐渐从具体事务中解放出来，将更多精力用在潜心研究公司发展战略。从未改变的却是用户情结，他依然花大量时间和用户聊天，了解她们的诉求，倾听她们的烦恼。

有时坐在办公室，他会想起刚毕业那段时间，走在繁华喧嚣的深圳街头，各种创业想法涌出，天马行空，看到小餐馆，就想做美食评价系统，路过水果店，则设想高品质的水果连锁店。

在他心中，没变过的，是对创业价值的信念，就是要解决人们生活的痛点，就是要为社会创造价值。在淘宝连续创业折腾多年，这一次，他做到了。

长 白 山 的 孩 子

当朱玉广向女朋友承诺，第二年就在北京买房时，他正蜗居在3平米的地下室。

北漂失意

他很拼，同时做好几份工作，有时到晚上9点，才能吃上第一顿饭，每月能存下万把块钱。他总觉得，再攒一攒，明年就能付首付，现实却容不得那么多理想，他的腰包虽越来越鼓，却没有跑赢房价。

他选择回乡，吉林通化县，一个山村，出门就是绵延不尽的长白山脉。村里300多户人家，朱玉广家生活水平倒数，二老每月收入三五百元，有时靠挖山参补贴家用，没能力给孩子未来铺路，全靠孩子"自然生长"。

朱家有两个孩子，朱玉广是哥哥，为让弟弟上学，他初中没念完，就辍学出门打工。2001年，刚满18岁，他攒到1000元，动身去了北京。没太多别的想法，就是不想在农村过一辈子。

开始是在印刷厂当工人，整天泡在油墨味里；也兼职摆地摊，挣些钱补贴生活。朱玉广书虽没念完，头脑却异常聪明，学东西快，从印刷厂工人，一跃成为时尚杂志的美术编辑。伴随骤增的收入，他也自信起来，向女友拍了胸脯，结婚前，一定在北京买套房子。

为了实现承诺，朱玉广拼尽全力赚钱，摆地摊已看不出多少前景，借助时尚杂志美编的背景，他开始在网上卖高仿女包，最初是在当时还未退出中国的易趣，后来又转战淘宝，生意做得异常顺利。

2004年，朱玉广果断辞掉工作，准备放手大干一场。当时资金准备不足，首批货款还差两万元，家里也筹不到钱，合作的工厂老板却拍了拍他的肩膀说"你先卖，要多少我先给你，先不算钱"，一下就给他赊了50万元的货。

那是一家小工厂，位于广州白云区居民楼里，老板也成为朱玉广最铁的合作伙伴，那时高仿包利润高，一天就能赚5000元。然而即便如此，还是追不上房价，手里的钱，在前一年看起来还能够得上，到第二年，差距又被拉开。

最致命的打击在3年后到来，朱玉广的淘宝生意突遭折戟。高仿包被严打，广州的小工厂被罚，老板跑路越南，朱玉广货源短缺。紧接着，淘宝也对卖高仿的店铺进行处理，许多店铺被封。

朱玉广的选择当然是从头再来，他又在淘宝开了家女装店，苦撑数年，钱没赚到，反倒赔进一笔。一面是生意遇挫，一面是北京越来越大的生活压力，朱玉广陷入消沉。一个夜晚，女朋友的话，给了他莫大安慰："北京太累了，要不咱回家吧。"

父亲的野山参

回到通化老家，朱玉广很快发现一个奇怪现象。

父亲有片六七十亩的林地，撒下的野山参种子已有10年。当年，来村里推销的人曾信誓旦旦承诺，这些野山参只要长满15年，他就会回来全部收走。

15年期限即将来临，那位老板却再也联系不上。

父亲回头一算，这些年已在山上投入10多万元，正等收成之际，却突然没了出路。野山参没人来收，十几年工夫等于白费。

两临困境前，遇事坚朱玉广并未一人，整个村子都被"放了鸽子"，四五千亩的山林，满坡的野参。有外地商人找上门来，开价10万元，要收父亲整片林子，等于逼着贱卖，2万来棵林下参，10万元，连成本都不够。

在朱玉广力劝之下，父亲决定留下山林，交由儿子来经营。他在北京已积累多年开网店经验，此时正有用武之地。他心想，长白山的野山参怎么可能卖不出去，儿时印象里，还有韩国人来收人参，60美元一斤，折算成人民币，值400多元一斤，那还是20世纪八九十年代。

此时，父亲却泼来一盆冷水：野山参还没到15年，现在还不能挖。

一般的种植人参，先苗地长两年，移植后，再长两年，再移植，两至三年后可成熟，整体周期是六至七年。林下参的要求，却更高，需野外环境，人工播种后，任其自然生长，且避免人为管理。而种子的来历则更为稀贵，长白山里有放山人，长年出没在深邃苍莽的原始森林，种子便是他们带回来的，稀少，且成活率低。

距离采挖时间还有四五年，但包括父亲在内的村民已等不及，如何说服他们不要贱卖山参，艰难的考验摆在朱玉广面前。

林蛙合作社

他想到了林蛙，又名雪蛤，一种主要生活在东北山林里的动物，经济价值很高。长白山正是林蛙主产地之一，于是，朱玉广承包下300亩山林，开始抓林蛙。

每年秋天，天气转冷，林蛙就会大规模下山，去河里越冬，上半夜和次日凌晨，是抓捕的最好时间。朱玉广在山脚下围一圈塑料布，这样，可以拦住从山上下来的林蛙，成群堵在那里，如瓮中捉鳖，不再用前人土办法，漫山遍野地找。抓林蛙的时节，会从9月中旬持续到11月底。

卖林蛙，主要是卖林蛙油，每斤价格超过5000元。朱玉广重新开起淘宝店。

刚开始，每只林蛙卖19.9元，自己只收5元邮寄成本，等于林蛙免费送，一个月就送出400份林蛙。随后订单陆续增多。坚持送了3个月，网店人气也开始起色，排进前五位。

因是野生环境，朱玉广的林蛙价格比外地要高1—3倍。产品很畅销，自家山地里的林蛙不够卖了，自然要拉别人入伙，于是成立林蛙合作社，定下契约，以高价收购社员林蛙，销售完成，再还予15%利润。一时间，加入的村民就有30多户，合作社的山林达到1000多亩，头一年销售额就达到700多万元。

朱玉广的买房梦也终于实现，一口气在县城买下两套房。然而这一切，都还不是他真正的目标，通过林蛙把林子圈过来，是为了拖住村民等到野山参成熟，彼时，这个长白山深处的小山村，将迎来新的好运。

长白山的孩子

生在长白山脚下的孩子，都是听着孙良的故事长大的。当地人都知道，孙良是采挖野山参的祖师爷，大山深处，曾留下无数关于他的传说。

儿时，父亲常带他上山找参，一路都讲祖师爷的故事，父亲跟朱玉广说，人参又被戏称为"棒槌"，山上就有一种"棒槌草"，长这种草的地方，就容易长人参。父亲还告诉他，人参都长在向东、朝阳的坡上，上午有太阳，下午没有。他记得，自己第一次见到那种红色果实，尖叫着差点滑下山坡，是父亲一把将他拽住。

2018年以后，山林里的人参陆续长满15年。这时，朱玉广在淘宝的连续创业之路，也迎来新节点，他有了天猫店，因前期林蛙热销，店铺小有名气，所以当这些林下参甫一上市，一年不到，全村的人参都被卖光。他记得有个70多岁的广东揭阳人，心脏不太好，一次买走七八十万元的货。

林蛙与山参之役后，朱玉广的淘宝店品类日渐丰富，都是长白山特产，销售突破2000万元，仅野山参单品就能贡献700万元收入。

只有长在长白山的人，才能理解那份对于野山参的情结，对曾经那些长年以野山参为生的人，它早已不只是生计。朱玉广比较遗憾的是，如今已罕有纯粹野山参。

朱玉广记得，最近一次遇到纯野山参，还是在7年前，那时，他在山上挖蕨菜，意外在沟里发现一棵巨大的野山参。最后，竟接连挖掘出27棵。事后，消息不胫而走，几十个人陆续上门来收，最大的山参，单棵就卖出3.8万元。对于这样的事情，朱玉广觉得，遇不遇得到，是个人的命。

在他记忆中，长白山上以前有很多放山人、挖参匠，他们不只挖人参，也挖党参，或者一些名贵的中药材。那时，关于野生人参，还形成一些独特的交易规则，一旦挖到野生人参，就会给人打电话，谁出价高，就归谁。

像父亲一样的挖参匠正在老去，年轻人却争着外出，像朱玉广这样能回乡的人，越来越少，他在淘宝创业多年，屡战屡败，从没想过，最终的归宿，竟是故乡长白山。

"我们都是长白山的孩子，这里才是我们真正的家。"他说。

最后的闹钟守夜人

在淘宝创业的时候，徐定吉51岁。

当年，老东家上海钟厂濒临倒闭，他盘下那些带有时间印记的库存闹钟，13年间，上万人从徐定吉这里买到了回忆。

看着仓库中的货一天天少下去，这位上海大爷总会兴奋不已，他说，那种感觉，就好像囡囡（女儿）出嫁，"寻到好人家了"。

1975年，18岁的徐定吉响应知青下乡，来到现在江苏省盐城市大丰区的一处农场，负责养猪。4年后，他才得以回到上海，被分配到上海钟厂。

因为之前做的是畜牧，厂里领导将徐定吉安排在食堂做后勤。他很知足，厂里条件比农场好很多，更重要的是，他终于能在家乡安身立命了。"我们的车间就在当年繁华的九江路上，中央商场对面，很高的一栋楼。"回忆这段过往，徐定吉语调轻快。

正当一切向着既定轨道行走时，生活又对徐定吉开了个玩笑。他的右手因为一次工伤落下毛病，不得不从原来的岗位调离，干起门卫的工作。

"就像到了被遗忘的角落，很不是滋味。"徐定吉的话语中仍有一丝失落。工作变得不那么忙碌，有了更多空余时间的徐定吉，开始写作，他向《解放日报》投稿了一篇几百字的文章。

这次投稿，虽然最终见报的只有100多字，但这足以燃起他的斗志。徐定吉想成为一名作家，他决定重回校园，于是报考了业余初中，上完高中，又拿到了当地电大新闻系的毕业证书。

"给我们上课的，有几个是报社的老师，他们鼓励我们毕业后去报社。"徐定吉原本应该是最积极响应的那一个，但看着受伤的右手，想到自己只能偶尔写作而无法长时间持续写作，他刚刚往前挪动的脚步又退缩了。

文学梦破碎的徐定吉没有想到，自己也是一块经商的料。

一切，似乎顺理成章。

1999年，曾享誉国际的上海"钻石牌"闹钟，面临不再生产的可能。有一天，货车开进工厂，一车车拉走仓库的闹钟，贱卖如废铁。

守门的徐定吉，感到内心阵阵刺痛。当时代的聚光灯突然从一家明星公司身上转移，留下的，是曾身处其中之人的落寞。"你们没在钟厂干过，体会不到，就好像自己的孩子被人抱走一样。"

后来，为了方便照顾母亲，徐定吉去了上海城隍庙附近的车间当门卫。空下来的时候，他试着在车间门口摆摊，生意竟然不错。这让他萌生了把厂里的闹钟拿出去卖的想法，初衷很简单：这些机械钟表都是工人们的心血，绝不能就这样当废品给扔了。

徐定吉很快付诸行动并有了不错的成绩。从2007年开始，每次钟厂库存清仓，他都会拿出积蓄囤货，买下的闹钟累计超过10万只。"工厂把很多名贵的细马钟抵押给了客户，我多方打听从他们手里买回来一些，前后花费了几十万元。"

有一个女顾客总来批发闹钟，徐定吉好奇地问："你都是卖到哪里去啊？"女顾客回答："在网上卖啊！"

一语惊醒了徐定吉。他拉上正在上初中的儿子，准备开个淘宝店。当时，父子俩对于网络都是一知半解，折腾了半个多月才上架了第一件商品。

2021年是徐定吉开"上海钻石闹钟经典国货"淘宝店的第14年，店铺升到了皇冠，来店里买闹钟的客户超过了1万人。他们中有的是为收藏而来，更多人是为了寻找小时候的记忆。

有个杭州的导游，收到钟后来感谢徐定吉："从小离不开这个，没有这个声音就睡不着觉。"

有个"90后"小伙子，拿到钟后向父母炫耀："小时候因为调皮摔坏钟被暴打，看我现在给你们买个一模一样的。"现在店里卖得最好的，是小鸡啄米、海狮、猫头鹰、大象等拥有卡通元素的闹钟。

"上海钻石牌闹钟"常常出现在"回忆杀"的论坛文章中：上海钟厂生产的机械闹钟，以走时准确闻名于世，不少中老年人结婚时都用"钻石"牌机械闹钟，走了几十年依然很准。

因为停产，徐定吉囤的钟很多都成了绝版，为了让自己成为闹钟专家，他曾天天泡在车间向老技师们讨教。因此，他见不得别人说他的钟"不好"。

当客户留下"差评"后，他很多时候会发给对方一长段文字的专业说明，如果对方恶语相向，他还会跟对方探讨人生道理。最后，他有些置气地在店铺中写道：这些钟因时间流逝，外壳很难与刚生产的全新钟媲美，很多都有瑕疵，而且本人老了，很难看见外壳的许多瑕疵，故挑剔的客户请绕道，谢谢。

店里标价最高的，是一款八天十五钻（上一次发条能走8天，钟里有15颗钻石）细马机械闹钟，售价99999元。他罕见地放了12张照片，在产品描述中写道：这款钟是给客户欣赏，不卖，所以价格特别贵，当初为生产细马闹钟，上海钟厂花了血的代价，国际上只要听到上海钟厂的细马钟无不竖起大拇指。

每当碰到懂行的客户，徐定吉会异常兴奋。他说，那种感觉，就好像自己女儿出嫁，给闹钟找到好人家了。

如今，徐定吉守着家中码得高高的闹钟，他的心愿是帮它们一个个找到归宿，"可能在我离开这个世界以前，也卖不完那10万多只钟"。

64岁的他，每天还给闹钟上发条，当客服打字时，右手有时疼得厉害，眼睛也老花了，眼镜度数从100度到200度。管理一家店，几乎耗尽徐定吉所有的精力，但他依然坚持着自己的爱好：旅游、打太极，还有写作。

徐定吉在《人生价值》一文中写道："我愿意天天守着电脑，哪怕一天只有一个订单。"

倔强的力量

轮 椅 上 的 光 荣 与 梦 想

身处安徽潜山这个偏远小城，黄勇前半生的主题是挣脱——挣脱病痛与死亡，挣脱残障标签，挣脱物理世界的孤独。努力数十年，他终于如愿过上普通人的生活。

但当广阔世界致以掌声时，黄勇却主动寻找家乡的残障伙伴以及血友病病友，乐于投入大量精力，义务带领大家一起通过电商创业。这不只是开创一份事业，更寄托了常人难以切身感受的梦想：打造一个属于残障人士的理想之家。

血友病和轮椅

黄勇不是人们传统印象中的那种残障人士，他既不沉默，也不愁苦。家庭相册里，无论单人照还是合照，他绝大多数时候都在笑，眼睛弯弯，眉毛弯弯，洁白的牙齿整齐露出来，像是刚刚遇到了十分开心的事情，忍俊不禁。

这种明亮爽朗的笑容使人很容易忘记，无数的止痛片、激素注射液已经彻底改变了他的脸部轮廓。他的双腿也经历了更残酷的变化，从能站直，得倚靠，到拄拐，直到大多数时候，他都只能坐在轮椅上。

比残疾更难让人注意到的，是黄勇的血友病。黄勇出生于1980年，从出生第一天起，他身体的异常就显而易见，先是连续7天舌下出血，用棉球按压一天一夜才止住，随后是身上经常莫名出现的大片青紫和关节疼痛。从1982年开始，为了查清黄勇的病因，父亲黄先桥先后带他去了安庆、合肥、苏州、上海、南京等市的各大医院，直到1985年才在南京医科大学第一附属医院确诊血友病。

血友病是一种凝血功能障碍的出血性疾病，主要包括两种——第八凝血因子（以下简称FⅧ）缺乏的甲型血友病和第九凝血因子（以下简称FⅨ）缺乏的乙型血友病。黄勇患的是甲型血友病。一般普通人血浆中的FⅧ活性值应高于50%，而黄勇的仅为0.42%，属重型血友病，在中国的发病率约为十万分之一。

血友病的治疗，最初主要是在患者自发性出血后，输注血浆，改善病痛。20世纪70年代开始，预防性治疗方法出现，也就是定期为患者注射FⅧ制剂，如果FⅧ补充足量、及时，患者可以维持和普通人一样的生活。

但黄勇确诊时，合肥的医院里还没有FⅧ制剂。因无法得到有效治疗，黄勇过上了体内（尤其是关节）不断出血的生活。出血带来剧痛，最痛的时候甚至比孕妇分娩时的痛感还要高一级，有时连续两三个月里，黄勇只能躺在床上，拿头撞床板，或者把双腿放进冰水里，一秒一秒地挨过去。

残疾是从1994年初三开始的，那一年，他先是腿节内大量出血，肿胀，随后长出巨大的假性肿瘤，又先后溃破。原先黄勇还能由父母用轮椅推着去上学，但双腿大量出血后，他只能退学，接受每周一到两次的输血治疗。

黄勇的家境并不富裕，父亲是当地一家农场场长，工资微薄，母亲曾是农民，后来在一家效益低下的原种场上班。整个少年时代，黄勇的生活主题只有两个词语：病危和贫穷。直到2003年，他双脚的出血才渐渐止住，身体状态逐渐稳定。但多年出血的后果是，他的左侧小腿彻底萎缩，两只脚后跟分别留下了空洞。他再也无法正常地站立和走路了。

辍学前，黄勇学习很好，成绩名列前茅，竞赛得奖，还担任班长。他的乒乓球打得不错，即使在双脚行动不便的日子里，他也是班里为数不多能跟高中部学生一决胜负的选手。

残疾意味着他身处的世界也在改变。黄勇至今记得，成年后自己到当地残联去办残疾证时，工作人员问的第一句话是："你会写字吗?"其实这位工作人员相当和善热心，后来在诸多事情上都帮助过黄勇，但当时他出于刻板印象的发问，至今仍让黄勇感到刺痛。

就在黄勇病情渐渐稳定的这一年，他妹妹大学毕业，在父亲的强烈要求下，回到当地，成为一名高中老师。黄先桥的考虑是，等自己和妻子离开人世后，有女儿在家乡，起码有人能管黄勇一口饭吃。

这个决定的意图，黄勇心知肚明。那时候，他的世界已经塌缩到床上和房屋附近百来米的范围内，甚至连最亲近的爷爷去世后，他也无法上山祭拜。有一小段时间里，他差不多放弃了自己，每天让父母推着，出门跟周围的退休老人打打麻将；买彩票，等着天降大奖；也抄写过一些小说片段，幻想自己能一夜成名。

困在县城里

如果把时间直接拉到2016年，人们会以为，黄勇跨过这一段自我放弃的时光，就像大多数人跨过自己的年少荒唐一样，不过是一段轻松的插曲。毕竟2016年时，黄勇几乎是轻松地获得了国家级大奖——2016年首届"全国脱贫攻坚奖奋进奖""中国残疾人事业十大新闻人物"。

但现实的故事精彩得多，2003年，经历了短暂的"堕落"后，黄勇很快就意识到不对头。从十七八岁开始，父亲就把自己微薄的工资以及母亲种地卖菜的钱全部交给黄勇，由他来规划家里的收入与支出。在那个大大的账本上，困扰一家人的是高达数十万元的债务，也时时刻刻困扰着黄勇，后半生到底应该如何生存。

黄先桥给黄勇找过各种门路，最早他希望儿子能回到校园读书，通过升学进入体制内工作。黄先桥是20世纪70年代的农村大学生，两个弟弟后来也通过上大学和招工跳出农门。在他的人生经验里，上学能带来稳定的保障，但当时黄勇已经离开校园太久，身体条件也根本无法支撑他独立求学。

退而求其次，黄先桥想让黄勇学一门手艺，他先后找过钟表店、家电维修店，但都因为黄勇的身体条件被拒绝。黄先桥还找过一家制作丧葬用品的店，想送儿子去学习，但黄勇感到压抑，拒绝了。通过残联，黄勇也试图找一些其他工作，但后来发现，有的单位宁愿白给他发薪水，也不愿意让他去工作。

2005年，黄勇还开过一家农资店，每天由父母推着去上班。直到如今，黄勇依然保存着当时的记账本，上面清晰记录着每天的进货、出货、利润。那一年结束，黄勇一共挣了2000元，是他成年后自己挣到的第一笔钱。

如今回想起来，黄勇依然觉得，那是一段快乐而充实的日子，因为看书多，懂的农业知识多，甚至有人问他是哪个农学院毕业的。但开农资店对黄勇的身体不利，而且他行动不便，只能依靠父亲的帮助才能做生意，于是第二年他放弃了这门生意。

开网店的想法，黄勇最早是在看电视时萌生的。黄勇其实在2003年学过电脑，当时潜山县里流行开打字店，一家人都觉得这是个不错的生计，黄先桥还找到一家店，可以让黄勇免费学打字。但在店里，黄勇只坐了半天，就因为凳子太硬导致病情恶化，回到家后双腿肿胀，最后花了1万多元治疗，卧床4个月后才恢复。那段经历让他一度对电脑怀有心理阴影。

但电视上那个开网店的残疾人，再次勾起了黄勇的斗志。当时黄勇身边还没人在网上买过东西，但他敏锐地意识到，这可能是最适合他的生计。2007年8月，他找妹夫借钱买了一台电脑。至今他还保存着当时花20元买来的《计算机快速入门》，并花了近一年时间，才逐渐熟练掌握五笔打字、发邮件、注册QQ及淘宝账号等基础技能。

随后，2008年5月17日，他在充满琳琅商品的淘宝上，创建了自己的第一家店铺。黄勇记得，当时开通淘宝店铺需要先开通网上银行，并绑定支付宝，才能认证成功。因为害怕被骗，黄勇特地让父亲到银行开了一张新卡，并只在卡里存了500元。此后很长一段时间，他每次交易，都会让父亲专门去银行打款、查账。

而黄先桥跟妻子有空的时候，会搬把凳子坐在黄勇的身边，看他在电脑前敲敲打打。在两位老人看来，那块小小的屏幕充满了神秘和未知，而儿子的世界正在通过网络变得前所未有的广阔，但在现实生活里，直至如今，黄勇都没去大型超市和商场逛过。

开淘宝店的确为黄勇翻开新的生活篇章。开店一年后，2009年，黄勇还清了因治病而欠下的债。同年，血友病被国家纳入大病医保，他每年二三十万元的日常医疗费用能报销大半。2011年，他结了婚，有了可爱的儿子，并于2015年在县城最贵的小区买了一套130多平米的房子。

他原先对命运不公的怨怼开始消散。黄勇带给涂春玲的第一印象就是开朗乐观。涂春玲是潜山市残联理事长，2016年刚调入残联时认识黄勇，也是最早关注到黄勇的人之一。

到残联之前，涂春玲曾在潜山县委办公室工作，她曾自认为对政府各部门的工作是基本了解的。但到了残联才发现，这个边缘的部门竟然有这么多工作要做，比如需要跟人社部门配合解决残障人士就业问题，需要跟市政部门配合解决公共设施问题，需要跟教育部门配合解决残障孩子入学问题……

她意识到，无论公众还是同级政府部门，都忽略了残障人士这个庞大的群体，她决定多挖掘一些残疾人的故事，引发关注。黄勇正是残联前任理事长推荐给她的自强典型。

自由与友谊

但当时的黄勇并不愿意接受采访，一是因为他岳母当时还不知道他患血友病的事，二是他不认为这对他的生意会有什么帮助。后来听说报道只会在报纸上出现一个"豆腐块"后，他才勉强答应。

这是黄勇故事中最为人熟知的部分，打定主意开网店后，黄勇通过一个血友病患者的论坛，认识了同在开淘宝店的四川网友李祥和田芹夫妇。李祥也是血友病患者，但程度比黄勇轻微，残疾程度也不重。他从2006年开始经营网店，一开始卖的是点卡、QQ号等虚拟产品，2007年开始售卖家纺产品，也就是在那前后，黄勇认识了他们。

可以说，黄勇进入淘宝的时机恰到好处。2003年，淘宝网成立后全年的交易额仅为2271万元，但2006年达到169亿元，2007年则上升到433亿元。李祥的感受特别明显，他2007年做了家纺生意后，过了大半年才完成了第一笔订单，但随后，订单就像滚滚而来的洪水，他每个月在淘宝上的收入都有好几千元。

做网店之前，李祥的妻子田芹曾在药店上班，她性格内向，不喜欢跟人面对面交流，从没想过会自己开店，但网店给她打开了一扇新的大门。她记得，自己当时从早到晚都待在电脑前，处理订单，负责发货。

赚了钱后，李祥开始主动在血友病患者论坛上发帖子，分享自己的开店技巧。李祥曾在QQ群里看到，大多数的血友病患者都闲在家，在他看来，网店几乎是为他们这群人量身打造的谋生方式。在帖子里，李祥留下了自己的QQ号，黄勇是众多添加他号码的病友之一。

和李祥夫妇熟悉之后，反而是田芹跟黄勇交流更多。田芹至今没跟黄勇见过面，但她感觉黄勇是个淳朴踏实的人。她记得，当年黄勇什么都不懂，但特别爱问问题，有时一个问题会问好几遍，都是些商品上架、商品属性、商品标题、商品描述之类的细节问题。有时候，田芹讲不明白，甚至会直接用远程操作软件帮他处理。

开网店看起来简单，但同样遍布机关，有的人止步在复杂的商品上架环节，有的人听说还要学习PS修图，就放弃了，但黄勇是特别愿意往前走的人。刚做淘宝店时，黄勇卖过土特产，自己找货源，找人拍照、上架，还卖过男式结婚礼服、皮包、衬衫和茶叶，一个品类失败后，他会立刻开始尝试下一个品类。

最终，在李祥和田芹的建议下，他也开始卖家纺产品，为知名品牌水星家纺做分销，只需要完成销售环节，不用自己发货。但这也并不简单，田芹说，当时网络购物刚刚兴起，消费者大多疑虑重重，问的问题特别多，细到面料成分，面料支数，面料是平纹还是细纹，"跟审特务似的"。

正因为没有实物展示，当时要想开好淘宝店，对店主的专业知识要求很高。对黄勇来说，这反而如鱼得水，他本来就喜欢读书，爱琢磨问题，不怕刁钻精深的问题。当时他每天7点起床，睁开眼后有时连脸都没洗就开始处理订单，常常忙碌到深夜一两点。他久违地感受到了一种普通人对生活的激情。

刚入行时，水星家纺最大的网络分销商是一位重庆大姐吴莹（化名）开的店，吴莹从2006年就开始开网店卖家纺产品，2008年时，她的销售额在分销商中最高，比第二名到第七名加起来还高。但黄勇入行没多久，就拿到了一个大单，客户正是从吴莹那里来的。

黄勇记得，当时吴莹还不服气，找了家纺公司对黄勇的QQ聊天记录和银行卡记录做了严格调查，结果发现黄勇并没有用给回扣这样的伎俩抢单，转而就和黄勇成了好朋友。黄勇后来分析，自己能成交的原因是，随时都在家守着电脑，对客户有问必答。

正式入行后，黄勇的销售业绩连年翻番，2015年还成为水星家纺排名第一的分销店铺，单店年销售额超过300万元。同时，通过电商创业，黄勇认识了很多朋友。他有一个已经建了超过10年的4人QQ群，群友分别来自上海、广东、四川和黄勇所在的安徽。

虽然很少见面，但在群里，大家会讨论开店的技术问题，互相帮忙拿货，甚至互相帮忙垫付数十万元的货款。黄勇说，在现实世界中，大家的生活环境截然不同，他知道上海的那个群友儿子大学已经毕业了，每天9点起来会开着音乐喝一杯咖啡；广东的群友则独自带着三个孩子。

和他们交流时，他会忘记自己的肢体残缺，只感受到创业的激情、友谊和尊重。甚至，在网上，他会变得更有脾气。现实里他几乎是个从不发火的人，但在网上，当感受到别人的不尊重时，他会为自己争口气。通过网络创业，在获得物质回报前，他更早一步获得的是身份认同的回报。

更大的梦想

开淘宝店后，在世俗层面，黄勇已经最大程度挣脱了自己的残障人士身份。在老家潜山，黄勇是亲朋好友口中的创业榜样。占善祥是他的表妹夫，大学毕业后，先在北京做了一段时间团购，2012年回到老家，亲戚们立刻指点他去跟黄勇学学做电商。占善祥从一开始，就没把黄勇当残障人士看。

就和带他入行的李祥一样，黄勇跟残障群体的联系始终很紧密。在潜山，他第一个带领上路的，是另一个血友病患者黄曹苗。

黄曹苗跟黄勇年纪相当，也是在幼年时就确诊甲型血友病，但他的残疾程度更轻，早年学过电器维修，靠一家乡镇门面养家糊口。2008年，因为咨询病情和黄勇认识后，黄曹苗也走上了在淘宝开店卖家纺的道路，最终，他在2012年关掉了难以为继的家电维修门面，成为全职淘宝店主。

很长一段时间内，黄勇和黄曹苗都是彼此知道的县城内极少数想在事业上有所作为的残障人士。但他们不知道其他的伙伴在哪儿，在干什么，就如同大多数人的印象一样，潜山的残障人士几乎从不出门，也从不需要自己的事业。

2016年后，随着黄勇与潜山残联的接触不断变多，名气变大，就像龟裂的大地飘落下雨滴，更多的残障人士开始冒出来。胡金文就是主动找到黄勇的残疾人之一。胡金文33岁，先天性视网膜脱落，视力只有0.3，只能勉强分清白天和黑夜。

因为经常到残联参加联谊活动，跟其他的视障人士一起唱歌弹琴，胡金文偶然听残联工作人员谈起黄勇的电商事业，立刻就心动了。过去在潜山，视障人士的主要就业渠道是按摩，但胡金文不喜欢这个工作。他没有上过学，因为眼盲出过车祸，从三楼摔到楼下过，还被人丢过石头，但这些都无法阻止他喜欢出门，喜欢交朋友，喜欢折腾。

听到黄勇开网店的经历后，他开始积极找他沟通，询问开店需要的资金、人手、难点。黄勇一一给他解释后，2019年底，胡金文决定开一家淘宝店，卖的是中国传统工艺品，如桃木剑、貔貅等，算是冷门小品类。

店是黄勇帮他注册的，店铺装修是请专业美工设计的，日常维护，胡金文则聘请了一个专业客服。因为有人帮忙把关和运营，从2019年11月到现在，胡金文的店铺总销售额已经超过了30万元，店里的产品最远卖到加拿大。

另一个残障人士陈方青则是占善祥介绍给黄勇的。从2018年开始，占善祥一直在当地做电商培训，2019年上半年的一次培训课上，他见到了拄拐爬5楼坚持天天去上课的陈方青。陈方青患的是肌肉萎缩症，在20岁后才残疾。残疾前，他在浙江湖州的服装加工厂当工人，因为手脚利索，一个月能挣八九千元。

残疾后，他先是在湖州开淘宝店卖服装，后来因为家庭原因回到潜山。陈方青去听占善祥的课，是希望提高自己的运营水平，拓宽产品类别，但他更大的收获是认识了黄勇。占善祥能明显感到，陈方青跟黄勇交流时更放得开。

从2020年上半年开始，陈方青开始售卖当地粽叶，但遇到的一个问题是，新鲜粽叶真空包装发货后，总是会出现胀气、坏掉，陈方青琢磨了一个月，也没发现问题出在哪儿。占善祥知道后，立刻告诉他，这是因为粽叶包装后依然在"呼吸"，所以会产生气体，只需要在包装里放几颗脱氧剂就行了，每份成本一分钱。但占善祥知道陈方青这个问题，却是从黄勇那里，因为陈方青只告诉了黄勇。

在那前后，占善祥和黄勇都意识到，那些想要进取的残障人士之间，其实有着一份特殊的凝聚力。因此，新冠肺炎疫情趋缓后，黄勇开始筹划建设一个电商孵化基地，用来培训和帮助残障人士开网店。

黄勇最早的打算是租下一间门面，既当仓库，又可以日常办公。潜山市残联了解到他这个想法后，主动将残联大楼的几个房间空出来，为他们提供办公场地。2020年6月，孵化基地正式开张。虽然在家里办公更方便，但无论黄勇、黄曹苗、胡金文还是陈方青，如今都更喜欢聚在这里工作。

除了各自的数家店铺，他们还另开了一家名叫"皖源乡"的家乡土特产店。黄勇说，这家店既可以用来探索新的网店经营模式，也可以用来让电商新手练习日常操作。

聚在一起的几个人中，黄勇擅长关键词运营，陈方青有美工功底，黄曹苗会开车，因此即使是各自店铺的事，大家也会经常互相帮忙。另外一个没有自己店铺的残疾人胡徐苗，则会在晚上时段承接这几家店铺的客服工作，获得一些收入。

占善祥有时候特别羡慕他们，他发现，和健康人不一样，残障人士似乎能更快发现各自身上的闪光点，迅速融入集体。他有时觉得，他们在一起时，就像一群坦率真诚的孩子在自己的理想之家玩耍。实际上，胡金文甚至有一个梦想，他希望以后能租下一栋很大的楼，有宿舍，有仓库，有食堂，所有残障人士都可以在里面生活工作。

黄勇还没有想得那么远，他现在只希望能帮助更多的人。采访他的第一天，刚刚见面没多久，他就撩开自己的裤腿，展示自己腿上的伤疤，这个动作很容易让人误以为他喜欢展示苦难。但这不是他的本意，做淘宝这些年，他去上海谈过生意，去合肥、北京领过奖。现在，他更愿意折身返回，坦然面对自己的残障人士身份，因为这可以让他帮助更多的人。

无臂主播，命由我

翻看孙亚辉的第一次淘宝直播记录，境况异常惨淡：只有两件商品，一人观看。而这一人是他的母亲。

意外遭遇高压电击后，这位河南"95后"小伙捡回一条命，却失去两条手臂。做直播，是他人生的绝境突围。一年时间里，他每天坚持直播8个小时，用嘴含着筷子敲键盘回复消息，卖母亲在农村厨房里炒制的花生，从无人问津，到粉丝破万。

孙亚辉的店铺有个奇特的名字，叫"做个有用的人儿"，如今他的店铺每天能赚200元，够负责一家人生活开支，最重要的是，这位曾认为后半生废掉的年轻人觉得，自己真的有用。

他拒绝所有的打赏，最怕粉丝可怜自己，他没有双手，却比平常人负起的责任还多，他住在最偏远的地方，却过着最新潮的生活，他的经历里藏着这个时代的最新隐喻，新的媒介工具正在延伸他的身体。

搏斗

刚刚出院回村的那些日子，24岁的孙亚辉只觉得自己出生、长大的村庄和屋子突然间变成了全然陌生的地方。他做任何事情都像是从来没做过那样。

事实上，大部分时间他什么事也做不了。困在床上，失去了全部行动能力，甚至无法坐起身来，父母把食物喂进嘴巴，白天黑夜地盯着从前被自己粉刷成蓝色的天花板。

时间对他而言就是时间本身，没有任何可填充的东西。每一天都很长很长，他什么也不想，什么也不发生——一种纯粹、彻底、完全的无望。

此前，他已经在郑州医院的病床上躺了一年半，在这期间陆续失去了左手、左臂，接着是包括半个肩膀在内的一整条右臂。

高压电造成的伤害刚开始看不出什么，然而随着时间的推移，皮肉会慢慢起泡、感染、腐烂，为了保命，感染的肢体必须全部切除。

事故发生在2016年。那时他22岁，是个高挑清瘦、开朗活泼的小伙儿，虽然出生在农村，没读过什么书，但他讲义气，大家都喜欢他。

那年冬天他去外地给承包工程的朋友帮忙建加油站，一根高压电线不知怎么就碰到了他们正在搬运的钢铁建材上。一同搬运的三个伙伴都是轻伤，最严重的一个跛了脚，唯独他全毁了。

截肢手术平均一周要做一次，清理腐肉时不能打麻药的疼痛超出了言语可形容的范畴。等到双腿可以植皮的时候，家里已经再也借不到钱了。

在所有这些发生的坏事里，最让他难以接受的是相恋多年的女友的离开。他们原本已经订婚，出院回到村子的第二天，对方托媒人把彩礼退了回来。现在回想起来，他觉得这不过是个寻常故事，姑娘刚刚20岁，在他住院期间一直悉心照顾，他其实是感激的。

但在那个时候，他心里只剩下一个想法：我这一生的结局就是孤独而毫无用处地死去。

200多户人家的小村庄里，消息传得飞快。儿时的朋友来家里看望他，无论说什么都让他感到厌倦不已。不是一个世界的人了，他想。不管人家过得好也罢，不好也罢，总归是比自己要好得多。他躺在床上，盯着天花板不说话，像是会永远沉默下去那样沉默着。

所以当2019年10月孙亚辉决定开始做淘宝直播的时候，大多亲朋好友的态度可以概括为有点事做总比啥也不干强。他自己也清楚，谁也不相信他能干出什么名堂。

在他们这个老辈居多的河南乡村，电商直播尚且算是新鲜事物，老辈们相信的是，买和卖都还讲究一个看得见摸得着。孙亚辉不甘心。

废人一样的日子过了快3年，这孩子上辈子肯定造了什么孽之类的话也听了快3年。可他到底做错了什么？在姐姐给买的平板电脑上，孙亚辉刷到一些淘宝主播的直播视频。这份工作看上去不需要出门，不要求行动能力，他想他或许可以试试。

孙亚辉第一个告诉的人是在工地打工的发小。他请求他帮忙做一张特殊的桌子，比寻常书桌高一倍，能够让他坐在轮椅上用仅剩2厘米的左臂触碰到桌面上的鼠标。咬着筷子一个键一个键地试着敲键盘，把鼠标移动到电脑屏幕的特定位置，再简单不过的一个动作，需要花费至少10分钟。他日复一日地练习着。

可是卖什么呢？没钱没资源，他盘算一圈，想到自己家地里刚成熟的花生。他分期付款网购了一口用来做沙子炒花生的大锅。锅寄到家里，妈妈从看到它的第一眼就开始生闷气。

孩子出事之后，她从一个开朗能干的农妇变成一个越来越沉默的母亲。借了村里人的钱还不上，没脸出门，跟儿子一起成日窝在巨大而简陋的祖屋里。那个锅1000多元，是他们家半个月的生活费。母亲的说法是：常人都不一定行，你怎么行。她只希望儿子平平安安，养他一辈子都可以。

孙亚辉却执拗，他给自己的淘宝店起的名字叫"做个有用的人儿"。这的确是他当时唯一的愿望。命运的墙围倒下来，他想推回去。

希望

孙亚辉永远记得那个初冬的傍晚。

天刚擦黑，母亲把锅从院子移到屋里，就着昏暗的灯光沉默地炒着花生。那天早上他们刚吵过一架，直播半个月，花生炒了几十斤，一份也没卖出去，母亲觉得完全是浪费，让他别干了。

也难怪，那时候孙亚辉直播不出镜也不说话，妈妈炒花生，他就打开直播用手机镜头对着她。他无法设想网络另一端的陌生人，如果看到一个没有双臂的小伙出现在屏幕上，会发出怎样的议论，无论怎样的议论他都无法承受。无望的一天又要过去了，两个人都很压抑。

那是2019年复健期间发生的一次争吵，母亲扶着他试图让他站起来，但是太难了，无论如何就是站不起来。当时又着急又暴躁，完全控制不住情绪，他跟母亲大吵起来。"我不锻炼了！"他冲母亲喊道，"不想练了，就这样吧！"母亲沉默很久，低着头，眼睛不敢看儿子，说："已经这样了，还是要看开，妈妈会一直陪着你、照顾你。"

那天晚上孙亚辉一直睡不着，愧疚吞没了他。他默默在心底下了决心，一定要自立起来，至少要能给父母养老，让他们不要一生都怀着担忧。再坚持一下吧。于是，现在换他跟母亲说这句话了："咱们锅都买了，再试一试。"

突然，昏暗的厨房里，一阵清脆的提示音响了起来。

那种消息他以前从没见过，手机淘宝界面跳出来的是：您有一笔新订单。孙亚辉蒙了一下。有好一会儿他才明白这是什么意思，赶紧去翻后台，那个买家有真实的名字，真实的地址，真实地付款拍了一份炒花生，花生将寄往江西。

"妈，"孙亚辉坐在轮椅上说，"有人买了一单。"

"真的假的？"母亲的声音是轻轻的，怀疑的。

"真的，有人付款了。"

一份花生5斤，按他们的定价能赚到5毛钱。孙亚辉听到母亲的哭声。

天光很暗。自从出院后，孙亚辉家的房子就再没收拾过，显得又空旷又寂寥。母亲拿着铲子坐在炒花生的大锅旁边，昏暗的光勾勒出她模糊的轮廓。毫无疑问她老了，老得很迅速，泪水从她浑浊的眼中不断掉下来，但她是笑着的。孙亚辉没见过母亲什么时候这么开心过。"她真的是为我高兴"，那个画面剪影似的印在了孙亚辉的脑子里。

那之后，两个人都像是有了盼头，那种久违的、看到希望的感觉如金色的空气飘荡在房子里。孙亚辉打起精神每天直播8小时，生活在3年的崩坏之后重新开始有了规律。那位江西买家的ID总是出现在直播间。

渐渐地，眼熟的名字越来越多了。平台机制会给努力的人以报偿和奖赏。当然，孙亚辉那时候不懂这些。在很长的一段时间里，他以为那些只是来自陌生人的同情。因而他最看重的数据是复购率，如果有购买记录的客人再次来店里下单，哪怕是数额再小也能让他高兴一整天——这说明是店里卖的东西获得了肯定，他不仅仅是别人展示善意的工具。

有一天直播中途，在他一如既往地卡了壳、不知道该说点什么的时候，那位江西姐姐打字问他："今天吃什么了？"他猛然意识到他们是在帮他找话题。他们希望陪伴他。

还有一天是另外一个熟悉的买家，自然而然地跟他说："小灰灰，要不要到时候给你介绍个女朋友啊？"开玩笑的语气却让他有点哽住了。能开玩笑那就是真正的朋友了吧，他想，他们是真的喜欢自己。他从来没想过，自己竟然还能获得别人的喜爱。

2020年的除夕夜孙亚辉是开着直播过的。自从受伤以来，每年春节都变成了最索然无味的日子，他和父母看着全村的热闹觉得自己像不合时宜的客人。但现在不一样了。

看他直播的粉丝年龄通常都比较大，那些哥啊姐啊边看春节联欢晚会，边在他的直播间里热烈地讨论。人气超过了1000，对于那些网红大主播来说这数字或许不值一提，可孙亚辉心满意足。这样的流量刚好让他可以念出每一个人的名字，回答每一个问题。

店里只有炒花生和红薯粉条两样产品，卖出去一两百份，一个月的生活费就够了。大家吵吵嚷嚷，提议阿姨也就是他母亲趁年节蒸点农家馒头，他心怀志忐开了预售，白面的1.5元，杂粮的2元，豆包贵一点2.5元，没想到全都很快卖光。他剪掉毛衣的袖子好方便操作鼠标，断肢被磨破了，伤口流血化脓，但是很奇怪，竟然不怎么觉得疼。

土地

过完年，新冠肺炎疫情跟着春天一起来了。一时间所有人都被困在了家里不能出门，跟孙亚辉没有两样。世事维艰，陪伴是相互的，孙亚辉每天跟粉丝们聊到很晚。

每周一他会停播半天，让母亲推着他在村里转悠，想在这个特殊的时期多给大家找点河南农庄特色的好东西。

他们隔壁的许昌是闻名全国的腐竹之乡，纯手工制作。他寄给群里的哥啊姐啊们试吃，都说口感嚼劲比城里买到的不知好到哪里去了。他心里有了底——上架。

舅舅女儿的婆家是做松花蛋的，河南土话叫"变蛋"，做几十年了，孙亚辉从小就吃。他跟人讨了些样品过来，剥了壳，蛋白像凉粉一样晶莹剔透，蛋黄如雏鸟一般嫩黄新鲜。这个不用试吃了，百分之百的好东西——上架。

他又想到舅舅家祖传的磨香油手艺，乡下叫"小磨香油"，飘香四溢。舅舅有小儿麻痹症，身体不方便，就在村里开个小油坊，磨了一二十年。他让妈妈去村里收了新下来的芝麻送过去磨成油，寄给包括江西姐姐在内的几个老粉丝尝尝，反馈是香油非常好，很香——上架。

还有杂粮、蜂蜜、豆皮、花生酱……他选的每样东西都卖得不错，直播工作将他原本的自信找了回来。皮蛋还卖到了美国，是即使在他能够自由行动的时候也没想过会去的地方。还有一个身在印度的买家，自费转运买了三箱，运费比蛋还贵。买家说，就想尝尝家乡的味道。

孙亚辉初中没上完就去城里打工了。他从小看着父母种地、养鸭、运猪草，一心只想脱离黄土地去过另一种生活。他也说不清那种生活是什么，总之就是更广大，更潇洒，更像年轻人。后来出事回家，两年没下过床，第一次重新接触地面的时候他发现自己居然无法把脚掌放平，连大地也变得陌生了。他一屁股摔在地上。

如今，他通过直播重新观察四季轮转，寻找自然的馈赠，土地再一次接纳他、保护他。淘宝的所有活动他都报名，无论是早上6点还是凌晨3点。时间一长，负责活动统筹的小二们都知道河南新乡有一个没有手臂的残疾小伙主播，朴实勤奋，工作起来不挑时间，因此只要有空的位置他们就帮他留着。

邻里乡亲都听说了孙亚辉做淘宝直播的事儿——这孩子都这样了，居然还行，挺有办法。"土地—批发商—市场"的传统农产品销售模式，在乡亲们的脑子里一点一点动摇。母亲一下子成了村里的大忙人，总有人来找她问："哎，俺家种的啥啥啥快熟了，能不能在那个网上帮俺卖卖？"

"都是些帮过他的人，该回报了。"他想。

第一个代售产品选了大伯家种的桃子。他跟大伯说好了，让他们自己去果园里树上摘，挑最好最新鲜的。整个6月母亲每天早上骑一辆电动三轮带着他和轮椅去桃园，父亲骑另一辆电动三轮，装着秤和满满一车斗包装材料跟在他们后面。

太阳很大。母亲找一处阴凉位置帮他支好手机支架，他直播，父母摘桃、称重、装箱、发货。一箱桃子定量5斤重，常常少装一个就短2两，多装一个又超出3两。孙亚辉跟父母说，按超的装，不能让人家吃亏。

运输路上有碰坏的、放烂的，他就按单价算，坏了几个就赔几个的钱。一箱桃子利润5元，赔两个其实就相当于白干了，可他心里觉得必须这样做。看着群里的人越来越多，大家讲话越来越亲近，他就高兴。大家在直播间里说他变了，变得开朗了，自信了，脸皮厚了。他自己也这么觉得。

他们卖出了2亩地的桃子。再后来又卖了韭菜、沙果、鸡蛋，各式各样的梨……有时顺利，有时不顺利。遇见过难缠的客人，不过大部分时候遇到的都是好心人。乡亲们越来越体会到上网卖货的好处，他也跟着变得越来越忙。他隐隐感觉到，这个村子里，土地连着土地的时代要过去了，土地和需求可以直接对接在一起。他也对此有了新的规划：依托淘宝店，试着建一个农村合作社。

从前他最讨厌的事情就是念书，初中没上完就逃离了学校。现在他26岁了，经历过生死，回到出生的屋子里，他重新开始学习。

未来

一个夜晚，孙亚辉正在直播间跟大家开玩笑，突然看到一个陌生人在弹幕里问了一个问题。是个没见过的名字，应该是从推荐位看到第一次进来的人。那个人问道："主播的手是怎么回事？怎么伤得这么严重？"

孙亚辉没多想就把这个提问念了出来，接着自然而然地回答，是碰到了高压电线。他讲起受伤之后如何躺在地上等救护车等了整整一小时，工友如何持续不断地跟他讲话防止他睡着，如何做了一次又一次大手术，又如何在家人的照顾下一点点康复。讲完，直播间里沉寂了。

过了好一会儿，几个老粉丝冒出来，说："灰灰，我们以前一直不敢问你这些。"直到那个时刻他才意识到，这是他第一次完整、详细地讲述自己受伤的经过。在自己的淘宝直播间里，他跨过了人生中最大的障碍。他终于可以面对它了。

那天晚上，孙亚辉躺在床上，长长地舒了一口气。

还有未来。所有人包括他自己都在告诉他，即使是命运不公到这个地步，他也还有未来。

他还有很多事情想做，比如换一台速度更快的手机，买一台冰柜好让大家吃到新鲜的牛羊肉，等着舅舅葡萄园里的两百只鸡仔长大，实现让大哥大姐们吃上最好的土鸡的承诺……

还想去海边看看。他从来没有见过大海，有手有腿的时候总觉得随时可以出发，所以一直没有出发。他在直播间认识一个福建姐姐，住在一栋紧邻沙滩的房子里，搬着凳子坐在阳台上就能看到海浪。她经常发捡海螺的照片和视频给他看，邀请他有空的时候来家里玩。

他很想去。他一定会去的。

直播间里不能开口的女孩

27岁的姑娘赛赛将手贴在耳边，做出"听"的手势，继而用双手食指搭成"人"字形。

听人——这是听障者对普通人的称呼。

对中国近3000万听障者而言，这个词也意味着一个笙歌鼎沸却与自己无关的世界。

赛赛所在的大楼数十米外，即是穿过杭州城的留石高架路，往来飞驰的载重货车发出震耳欲聋的声响。这是隐藏在综合体建筑内的一个直播间，与其他地方都不同，这里没有开播前的交流和热闹准备，房间里寂静无声。

暖白色的环状LED灯亮起，赛赛朝远处的助播轻微点头，直播开始。

几分钟过去了，直播间依然没有一点声音，赛赛坐在镜头前，嘴唇始终紧闭，嘴角微微扬起，脸上保持微笑。

她的精力全聚焦在自己的手上，两条纤细的手臂在身前不停比画，充满节奏感。她是一名听障者，也是一位淘宝主播。在直播上用手语卖东西，是赛赛每日的工作。

屏幕另一头，网线连接着的是同样沉默无声的工厂，有消费能力的听障人群大都聚集在这里，日复一日地做着体力活。

中国有着全世界最多的听障者，他们大多从事着重复、低薪的工作，男性以搬运工、钳工、焊工为主，女性则主要从事流水线普工、缝纫、插花、按摩、手工编织等工作。

与这个庞大群体不成正比的是，会手语的"听人"和手语翻译极少，这使得听障者缺乏与外界沟通的桥梁，被困在无声的孤岛里。

手语直播的出现，让这个无声的群体也能看着直播买买买，像他们眼中的"听人"一样，享受最新的生活方式。

赛赛每日直播五六个小时，为50余款商品做直播。所有的信息都要通过连续的手语表达出来，一场直播下来，她的手常常酸痛不已。

她享受着这一切，她喜欢被人关注和夸赞的感觉，这个安静的世界正在变大，她不再是曾经那个透明的小姑娘了。

这一份全新的职业，让她得以走出工厂，站在镜头前养活自己。在整体就业率不高的听障者中，这实在神奇。

"我听不见，但我知道他在骂我"

赛赛烫着一头卷发，见人会先礼貌地微笑，打手语的速度很快，脸上同时显出极丰富的表情，对不能说话的听障者而言，表情相当于语言里的标点符号、助词以及语气。

赛赛出生在苏北的一个小镇上，出生时，她还是这个有声世界的一员。1岁不到，因一次发烧青霉素注射过量，她失去了所有听力。

在懂事的年纪之前，她也曾有过欢乐无忧的短暂童年。父母心里愧疚，从小叮嘱哥哥沈治克，凡事要多让着妹妹，苹果要给妹妹大的，三个奶油鸡蛋糕，妹妹吃两个。

13岁那年发生的一件小事，是赛赛开始遁入那个隔绝世界的节点。

一个起雾的冬日早晨，沈治克带着妹妹去镇上早餐店吃早饭。点餐时，赛赛几番吃力地比画过后，有旁人嘴里嘟囔，随即哥哥青筋暴起，与人大吵，旁人有的围观，有的劝解……小小的早餐店陷入骚动。

赛赛在一旁静静看着，她知道，一定又是别人骂她哑巴了。"我听不见，但我知道他在骂我。"世界依旧那么安静，似乎连这场因自己而起的争吵也与她无关。

在"听人"世界里一次次倍感受挫的赛赛，和许多听障者一样，渐渐产生了"只有聋人才是自己人"的想法。

只有在家的小世界中，赛赛才能被温柔对待。父母和哥哥都没有受过专业的手语训练，但家人之间的默契，让他们发明了自己的手语。

这是一种只有这一家人才懂的语言：两个大拇指是爸爸，两个小拇指是妈妈，一个大拇指是哥哥，一个小拇指是她自己。

到了上学的年纪，赛赛去了特殊学校，一个月回家一次。在没有手机的年代，电话打回家里，只能对着听筒独自"咿呀"。

语言连接着世界与心灵，当语言受限，情感表达也会受限。为了便于听障者表达，手语追求"言简意赅"，在方便的同时，也遗漏了语言中的许多美好，抽象词汇尤其匮乏。赛赛可以用食指在太阳穴处转动，表达"想"这个字，但她永远说不出"思念"，因为手语里没有这个词。

人们在运用语言的同时，语言也在塑造着使用者的思维方式，听障者的思维方式则更为直接。因此，听障者的表达一旦落到文字上，往往缺乏委婉，对不了解其中缘由的"听人"而言，有时会显得生硬。

后来，赛赛有了手机，能发短信了，那些干涩的汉字，就成了她与母亲最亲近的"联结"。

"我要走出去"

随着年纪渐长，赛赛与家人间脆弱的联结也面临着瓦解。

初中读完，最近的特校高中在外地，赛赛想继续学业，父亲却不放心让她走远。在父亲心里，去到外面的世界，对患有听障的女儿来说，无异于一场冒险。

赛赛性格倔强，一定要走。在一次与父亲的激烈争执后，她偷偷从家里跑了出去。不料被骗进了一伙针对听障者的传销组织里。她和同去的听障同学一起出逃，她成功了，同学却被抓了回去，此后杳无音讯。

这场失败的冒险并未让赛赛回头，沈治克回忆，那时的妹妹在短信里对他说："只有聋人才会对聋人好。"

接下来的几年中，赛赛辗转南京、乐清、宁波等地打工，和其他听障者一起在工厂做板材，整日闻着刺鼻的胶水，一天工作10多个小时。她与家人联系也少了，彻底躲进了听障者的小世界里。

"我要走出去。"她说。

后来和赛赛一同成为手语主播的紫薇，则有着不同的身世。她从小被养父母带大，和"听人"一起上普通学校，但这并未让她和世界走得更近。当不懂事的少年当面骂她"哑巴"时，她只能沉默地站在原地。

从学校出来后，紫薇先是在咖啡厅当服务员，后来又去酒吧跳开场舞。即使是最喧闹的酒吧，在她的眼里，也只是个寂静的空间。

她听不到节奏，只能死记动作，跳舞时紧盯同伴，尽量保持动作协调，一场舞下来，别人大汗淋漓，她两眼发酸。

紫薇模样俊俏，常有男孩搭讪，即便有好感，她也只能礼貌笑笑，一个字都说不出。虽身处喧哗中，她却觉得自己像个透明的游魂。

此时的赛赛也在孤独里挣扎，没日没夜工作的她病倒在工厂。沈治克从杭州赶来，带她去医院检查，是呼吸道和肠道损伤，是长期吸入有毒气体造成的。

沈治克站在医院走廊里，久久沉默。考上大学后他离开家乡，辗转上海、杭州，想做一番自己的事业。刚创业时生活拮据，他曾尝试跟妹妹开口，赛赛立即给他打来了1万元。

他没想到，妹妹的钱是这样赚来的。

"站着把钱给挣了"

出院后，赛赛被哥哥接到杭州，养病几个月后，尝试重新找工作，找了许多工厂，竟没有一处愿意接受听障者。

走投无路之时，沈治克建议妹妹，可以试试直播。他打开淘宝，给赛赛看一些大主播的直播，并告诉她，有的传奇主播一天能卖一亿元。

赛赛也曾点开过直播间，但"听人"主播说的每一个字，对听不见的她都毫无意义。她从不敢想，有朝一日自己居然用手语做直播。

沈治克曾经营过娱乐直播公司，深谙其道。他不希望妹妹靠讨好"土豪"求打赏，而是选择走电商路线，通过专业的商品介绍卖东西，"站着把钱给挣了！"

紫薇也在此时加入，一个听障者电商直播团队诞生了。

直播对赛赛是个全新的领域，以往，她甚至不太敢和陌生人说话。初次上播，即便连一个粉丝都还没有，镜头前的她仍然紧张。

"手语都忘记怎么打了。"

紫薇也好不到哪去，她站在镜头前总是不自觉地发抖。

要将妹妹从那个隔绝的世界拉出来，比沈治克预想的要难。

与一般娱乐直播不同，卖货主播要先练基本功，懂销售，整个培训过程极其漫长。赛赛需要在5分钟内，用手语将一款商品介绍清楚。她必须先写文案，再将文案转换成手语，将每一句话都拆开来比画，一遍一遍练习，全部流程走下来，到赛赛熟练掌握，竟用去一个半月。

更大的问题出现在脸部表情上。在听障者的日常交流中，因为手语传达信息有限，需要脸部表情辅助表达。

但对于不了解手语的"听人"而言，这样的表情"过于丰富"。

"甚至显得狰狞。"沈治克苦笑着说，连面容姣好恬静的紫薇也不能避免。

在直播间里，有的粉丝说她们"自带表情包"，更有不客气的人则会直言她们的表情"扭曲"。

沈治克意识到，手语直播要跨过这道专业坎，表情问题必须解决。

那段时间，他亲自站在直播间督战，一旦妹妹的表情出问题就立刻喊停，甚至在打光灯上贴A4纸，上面写着四个硕大的字：保持微笑。

如此重复打磨数月，赛赛和紫薇终于练就了现在的专业水平：端正的坐姿，跟随手语动作展露的自然微笑。

直播间还有一道特别的规定，每个招聘来的"听人"助理，都要学手语，并且设定三天"体验期"，最终去留由主播们决定。

直播终究是面向大众的，即便有哥哥周全的保护，也无法彻底避开没有缘由的恶评，赛赛和紫薇都被伤害过，温和点的观众会说"看不懂"，更不堪的评论则是："一群哑巴在这儿做什么直播！"

赛赛和紫薇因此哭过许多次。在开播初期，看到突如其来的恶评，直播中的赛赛会心头一紧，从小到大遭遇过的恶意从记忆里一涌而出，手语也乱了……

她想哭。但直播仍在继续，还有许多粉丝看着她，她硬撑着直到下播。镜头关闭之后，她一个人开始默默流泪。

沈治克这时才发觉，自己拼尽全力，或许可以帮妹妹发现一个新的工作，却很难向她解释那些无端的恶意和这复杂的世界。

他只能打着简单的手语，用妹妹能理解的方式说："那些都是坏人，我们是为好人服务的。"

幸好，留言区里更多的是鼓励和赞赏，若是看到一句"手语很棒"，赛赛和紫薇一整天的直播都会"很有感觉"。

"看，这个主播是我的工友！"

赛赛清楚记得第一单成交时的激动，回忆起那一幕，她的手语动作里有一个使劲拍大腿的动作，兴奋之情溢于言表。

听到消息，沈治克也松了口气，这意味着他的预设逻辑生效了，"听障者直播的商业效果与常人其实没有差别"。这一单发生在开播后的第五天，甚至超越行业平均水平。

一个月后，赛赛每天能卖出 10 多件衣服，紫薇的化妆品也卖得不错。从收件地址可以看出，这些从直播间卖出的东西，大都发往同一个地方：工厂。

赛赛知道，那意味着，收件人大都是和自己一样的听障者。在这个群体中，略有消费能力的人，大都集中在工厂的流水线上，那也是赛赛的"来处"。

正因如此，赛赛挑的货，多以物美价廉的东西为主——29 元的粉红色包包、几十元一件的女装、耐用实惠的生活用品、好吃不贵的零食……

曾经的听障工友，看到赛赛的直播，顿觉眼前一亮，这是他们第一次看到自己能"看"的直播。他们中的一些人成了"赛赛"的"自来水"，纷纷在朋友圈和听障朋友的群里转发。这种转发有时还带着一点炫耀的味道："看，这个主播是我的工友！"

2019 年 10 月，在杭州举办的全国残疾人技能大赛上，赛赛和紫薇连续进行了 4 天直播。现场的许多残障人士都围了过来。他们中，有来自天山脚下的蜂农，也有云南深山里的采茶人……他们都希望赛赛和紫薇能帮忙带货。

这是赛赛从未想过的事——自己竟然也能帮助其他残障人士。

"觉得更有动力了！"赛赛说。

世界更近了

时间一天天过去，赛赛的直播间里也涌入了许多充满善意的"听人"。

她从不曾与如此多的"听人"接触，很是紧张。但随之而来的赞赏与鼓励让她彻底放心了。

"'听人'还是好人多。"她依旧言简意赅，却掩饰不住开心。

与"听人"世界的接触，让赛赛渐渐走出无声的孤岛。

如今，无声的直播间已经不再"无声"了，赛赛有了帮自己进行口语翻译的"听人"助播，粉丝结构也变成了一半听障者，一半"听人"。

她不再相信"只有聋人才是自己人"，开始主动习得"听人"世界的规则。

听障者是敏感的观察者，他们情感细腻，只是语言限制了他们。

赛赛开始明白，文字是冰冷的。以往，与"听人"文字沟通时，赛赛的表达常显得生硬，没有语气词，没有委婉语，容易让人感到被冒犯。在发给长辈或领导的消息里，她会直接说："你过来一下。"就像发布一个命令，但她本是个友善、温和的人。

在和"听人"的接触中，她渐渐意识到，"麻烦""请""有劳"这些字眼并非无关紧要。

世界更近了，家也更近了。

自从做了无声直播以后，遇到适合老人的商品，赛赛总会留一份，寄给父母。

父母也放心了许多，虽然女儿不在身边，但他们随时可以在直播间里看见她。一次，母亲来杭州短住，赛赛担心母亲出门怕生，每个周末都领着母亲一起逛街。

母亲惊讶地发现，女儿不再是那个害怕陌生人的小姑娘了。

包括赛赛、紫薇在内，直播间里的四个听障女孩，时常一起逛街做美甲，一起散步遛狗。

部门聚餐后去唱KTV，她们也一起去，紫薇会领着女孩们在灯光下跳舞。更多时候，女孩们只是坐着，静静地看着屏幕，那些众人熟悉的歌曲，在每个女孩心里都有不同的旋律。

赛赛喜欢电影，对她而言，看电影就是"看"电影。她知道，自己的体验永远和别人不同，甚至"有差距"，但她越来越喜欢自己看到的这个世界了。

虽然以前也知道"双11"，但直到当了主播，赛赛才更直观地理解了它的意义，"就像过年！"

与所有商家都不一样，手语主播们的"双11"更像一场复杂的表演，每个商品都需要长长的手语介绍，她们利用下班时间排练，找感觉。

让赛赛激动和自豪的是，在那年"双11"，她们的无声直播间推出了听障者特卖会，商品来自一家主要由听障工人组成的首饰工厂。

她就是从那样的厂里走出来的，她知道关于那里的一切。

中国版"阿甘"厂长

陆鸿出生不到10个月，一场高烧差点要了他的命，性命虽然抢救过来，脑子却被烧坏了。自从有知觉以来，他就没当过一天正常人，是个旁人口中的"傻子"。

高烧导致的脑瘫，让他走路、说话都困难重重，小脑神经受损后，陆鸿走路跌跌撞撞，说话磕磕巴巴，在无知的童年里，他经受最多的是无数异样的目光，还有嘲笑。

但这些目光没有击溃他，少年陆鸿用他刚硬的意志挺了过来。

超常刻苦之下，陆鸿考上中专，还是一所包分配的学校，家人喜出望外，摆酒庆祝。然而，正当全家都期待着陆鸿毕业后拿到"铁饭碗"时，命运再次向陆鸿露出残忍一面。

临近毕业，他被定向单位拒绝聘用，守锅炉的师傅甚至恶语相向："狗都比你强。"对陆鸿来说，20年来的坚持与希望，瞬间化为泡影。

父亲病倒了，危难之际是否还要治疗，成了这个家庭的艰难选择。父亲想放弃，把钱留给儿子，母亲无意中说出的话，深深刺痛了儿子，她对病床上的丈夫说："得治，儿子是残疾人，你才是家里的顶梁柱。"

此时，陆鸿更多的是自责，自己已到承担家庭责任的年纪，却成了拖累，甚至让父亲有了为省钱放弃生命的想法。

被现实浇灭的斗志又重新燃了起来，他告诉自己必须扛起这个家。他卖早点、修自行车，对待每件事情都兢兢业业。

另一扇窗，就要向他打开了。

机缘巧合下，陆鸿结识一位后期制作主编，愿意义务教他，领他进门。陆鸿身体的隐藏机关开启了，为了弄懂电脑里的东西，废寝忘食。在一次亲友的婚礼上，陆鸿制作的视频震惊了现场所有人。

他接下来要做的事情，还会让人们更为惊讶——创业。

凭着对电子产品和互联网的了解，他成为时代新技术的挑战者，当淘宝电商尚没有蔚然成势之际，陆鸿便先行一步。

他开始用做小生意赚的钱做淘宝店，卖得产品也很特别，不是那么实际的产品，而是电子相册。他走薄利多销路线，势头渐渐起来。

此时，生活也开始向陆鸿伸出橄榄枝。另一位影响他命运的贵人出现了。苏州一位研究摄影的老教授，想为过生日的老伴送一份电子相册，他大老远跑来找到陆鸿，请他制作这份珍贵的纪念品。

那是一位慈眉善目的老教授，与陆鸿父亲年纪相仿，陆鸿倾注心血将纪念品做出，还不肯收老先生的钱。

陆鸿的固执打动了老教授，他理解这位年轻人的想法，于是便将自己毕生所学倾囊相授。掌握了摄影技术后，再加上之前的后期制作技术，陆鸿的淘宝店因此效益陡增。

渐渐地，他获得了更多人的认可。在曾经的伤痛里，他也找到了新的人生方向，他在公司里大量地招收残障人士，行动不便或是视听不敏的人，为他们提供食宿，发给他们工资，让他们体会到自身存在的价值，把自己这里变成残障者之家。

原本陆鸿还开着一家照相馆，但淘宝店的成功让他重新思考规划。他果断关掉照相馆，转而办起工厂专门生产相册。这同样是一条少有人走得通的新路，他踩中了时髦的节拍——互联网反哺传统制造业，从电商切入上游产业链。

更重要的是，陆鸿又可以继续扩招了，更多的残友会聚过来，这个由残障者组成的团队，已经超过5000人，年营业额达到1000万元。

如今，在闲暇时，陆鸿喜欢带着大家去城里下馆子，在油烟弥漫的街巷开怀畅饮，大声说笑，那些生命里的阴影也在此刻消散而去。

薪传

抢救秦淮花灯

郑峰手上的老茧，全拜一道工序所赐：为荷花灯打叶。

必须买到合适纸张，据尺寸剪裁，拿捏染色，晾在阴处，经数月风干。再用特质工具，在染纸上压制纹路：将染纸砌成小叠，贴绕在光滑木质圆柱上，再用细绳缠绕，勒出形似荷花瓣的嵌纹。纹路也颇讲究，不仅要深，间距还要相同，这功夫，全靠双手磨出。"在以往啊，只要打完叶，整年的工，就算完成一半。"

郑峰曾是七级钳工，现在是南京秦淮荷花灯"非遗"传承人，屋里那台"打叶机"，是他亲手设计的。

傍晚，南京秦淮河华灯初上，波光闪烁，来燕桥下，几艘画舫穿梭回环，桥上游人驻足，轻柔晚风吹来，摇动岸边灯影里的轻枝细叶。

过来燕桥向南，经两三路口，到槐树荫蔽的转龙巷，郑峰即住在这里。他年近50岁，家里长年做秦淮花灯，传到他这里已是第四代。老母亲阮寿珍也没闲着，她90来岁，做花灯已有70余年。

南京秦淮花灯传承悠久，朱自清的散文曾使国人尽知秦淮河的桨声灯影。然而，"活化石"们扎好的花灯，如今已不知交到谁手里。

仅有的光

十里秦淮，六朝烟月，桨声灯影里孕育着文人墨客的激越诗情，也留下无数才子佳人的动人离歌。《桃花扇》里侯方域与李香君的故事，即是这种浪漫意境的化身。

花灯技术流传千年，到了阮寿珍一代，尚有余晖。每年元宵节，夫子庙灯节开市，纵使已年过九旬，她仍会去瞧一眼，从街头到街尾，看看各家成色如何。糊灯70余年，亮的、暗的，都在心里了。

民国时夫子庙南面一带曾住着菜农，每到蔬菜成熟季节，他们便用竹编箩筐担着蔬菜，挑到街市上卖。菜农用的箩筐都是自己编织而成的，青篾坚韧，用来编箩筐；层篾绵软，便是花灯材料。阮寿珍还记得当年场景，母亲白日劳作，夜里编制荷花灯、鲤鱼灯、兔子灯、三足金蟾……到春节时分，灯农们鱼贯出门，箩筐担着，小车推着，放在秦淮河边卖。

花灯"非遗"传承人曹真荣，也生在那个年代，他几岁时就开始学做花灯，有次使刀裁纸，竟不小心切掉左手拇指与食指指头。

在曹真荣的记忆里，秦淮河灯会略显冷清："灯少，人也少。"等到年长经事，回想起来，却又别是一番滋味：南京频遭战火蹂躏，稍得太平，百姓就要燃灯，虽然稀稀落落，终究也是一份向往。

成年后，阮寿珍进了工厂上班，闲暇时仍做花灯。若卖得好，一年下来不只能补贴家用，还可当数月工资。

曹真荣本是化工厂技术人员，"破四旧"时，因为卖花灯遭受处分被下放车间。但他仍放不下这门手艺，私下里还在制作花灯。到了元宵节，就变法子让孩子去卖，买的人也心照不宣。

1969年，阮寿珍举家离开南京，远赴贵州支援三线建设。手艺人还是闲不住，每年悄悄做好花灯后，一逢过节就拉去贵阳城。战时逃难过来的老南京人，见了秦淮样式的花灯，激动得满脸热泪。

在阮寿珍眼里，秦淮花灯像长在肉里，"人要过日子，就得看灯"。20世纪70年代中期，形势严峻起来，市面上再不能卖灯。她就捡些竹篾，弄些染纸，做成一只简朴的兔子灯给儿子玩。

儿子郑峰高兴得直跳，拖着灯满地跑，拉出一道昏暗厂区里仅有的游动的光。

短暂的热闹

秦淮花灯的复兴始于20世纪80年代，曹真荣永远记得1984年，那年卖灯的钱能买一台黑白电视机。

夫子庙前又热闹起来，人们又可以光明正大地热爱花灯了，旧俗重又兴盛。

彼时的秦淮灯会多是自发，每到元宵，南京各大企业、机构，便会派人斗灯。曹真荣就曾代表工厂参会，他耗时数月，造出一座高大的巨型灯。

夜幕下，无数巨灯瞬时点亮，或高耸入云，或诡怪奇绝，河水闪如金鳞，天空亮如白昼。

曹真荣的手艺也"翻身"了，做的灯还被送去北京参展，用飞机空运过去，两天不到就被抢购一空。盛况背后是手艺人的艰辛。花灯虽轻盈，体积却大，又受不得风雨，一年的产量垒起来，家里屋子再宽也不够放。

下雪尚好，下雨最麻烦，百姓不逛街，纸做的灯沾水就坏，整年生计都得搭进去，许多人就是这样，亏得没本，只能放下这门手艺另谋生计。

在曹真荣看来，这亦是秦淮花灯的致命缺点，它的备货周期极长，售卖周期极短，导致经营风险极大，因此为后来的衰亡埋下伏笔，传承也变得异常艰难。

在郑峰家里，这门手艺已被放弃过一次，20世纪90年代，郑家从贵阳回南京，有年在夫子庙卖灯，老爷子熬得过于劳累，忽然胃出血送医，那以后，郑家再不做灯。后来因为下岗，郑峰才又把手艺捡起来，不过生意是一年不如一年。

曹真荣有个徒弟，情况与郑峰类似，国企下岗后，生计无着落后，便到曹家拜师学艺。这年头，学老手艺的人着实稀罕，曹真荣不仅学费分文不收，且还给工钱。

纵然如此，秦淮花灯也只是做节日的陪衬，越来越远离货架了。后来，南京尚在做传统秦淮花灯的，只剩20来家，大多都是靠老头儿老太太撑着。

"你们年轻人想得太简单了！"

1990年出生的程涛，也见过秦淮花灯盛景。小伙子天生浪漫，尤其钟爱荧荧河灯在水中蜿蜒漂流。他很怀念小时候坐在父亲肩上看花灯或拖着兔子灯满地飞跑的时光。

读中学时的一年元宵灯市上，程涛却再也找不到三足金蟾灯，他顿时头脑"咯噔"一下，敏锐地意识到，秦淮花灯快没了。

后来考大学，他选了家具设计专业。乍一看与花灯风马牛不相及，但程涛却巧妙地将它与家具设计结合，找到了日常应用的场景。

他每年都逛灯市，跟各位师傅攀谈，了解他们的技艺，并最终拜郑峰为师。

师徒两人理念契合，都有求新意识。早在多年前，郑峰就改进过打叶工具，将这一流程机械化。

徒弟的新思路也得到师傅支持，程涛从2012年开始做淘宝，让花灯上网。为卖好花灯，程涛甚至辞去稳定工作，去电商公司上班学经验。

老手艺和互联网的磨合困难重重。有位年纪已经很大的老师傅是做花灯的高手，程涛辗转许多关系才找到他的电话。

打过去却是老师傅儿子接听的，说老人上岁数了，已经不想再做了。程涛却很执着，几次联系下来，老师傅终于答应见一面。

老人早已白发苍苍，谈起手艺，眼里依然放光，只是他对花灯传承依然悲观。临走时，老人不无感慨地说："我这里还有些存品，就这些了，你都拿去吧。"

所剩的手艺人不多，程涛就一家家拜访，开始不便说是拿来卖，只讲喜欢收藏，做淘宝店前两年都是如此，最多时，家里存的灯价值两三万元。

所遇到的老艺人，对互联网毫不了解，温和些的师傅会婉拒，固执些的则还讥讽两句："你们年轻人想得太简单了！"

抢救，创造

不过，这个被看轻的年轻人，最终用事实证明了自己。随着程涛的网店销量攀升，老师傅们不得不重新打量现在的后生。

几年来，网店的销量以翻倍速度增长。囤在老街的花灯虽无人问津，但通过添加现代时尚元素，再与现代家具等场景结合，却能在互联网上征服一批年轻人。

老师傅们虽说不懂个中微妙，不过看着祖辈的手艺又吃香起来，久违的热情也被点燃，纷纷表示愿意和程涛一起干。

老手艺人回来了，有人就有戏，剩下的就是技术性难题。

花灯脆弱，不便运输，程涛的店，最多时每天有十几单退货。仅是为改进快递包装，他就绞尽脑汁，改过五遍设计。

还有个产品调适问题，根据大数据反馈，某些形制的花灯最畅销，程涛想让师傅们改改尺寸或形状，但这是一件麻烦事儿。

老手艺人对自己的东西有执念，有个姓殷的师傅，固执到极致，宁愿不卖东西，也不愿改一毫一寸，说年轻人不懂得他做的花灯的美，照旧端着卖。

程涛就从其他老师傅入手，有些愿意尝试，比如程涛的师傅郑峰，他甚至接受各式不同的定制。

果然，花灯经改良后真的更好卖了。在事实面前，那些不愿改的老师傅也不再固执己见了。

花灯上网售卖渐趋成熟。程涛的"秦淮花灯"每年在网上能卖出几十万元，还远销美国、加拿大等国。

程涛觉得，他的愿景清晰起来了，儿时的秦淮花灯正以新的面孔归来。

他还有一项很重要的工作，便是记录老师傅们的花灯样式，但凡有人做新灯，他必定赶到现场拍照，记录工艺流程。这是一项和时间赛跑的文化抢救。

每一个镜头，既是文献保存，也是新的创造素材——让花灯更有生命力，就要有突破性的作品出来。

2019年，程涛带着他的新式花灯，赴杭州参加淘宝造物节。这个彰显新生代创造力的节日，历年来都是黑科技、时尚、潮流、二次元、设计、"非遗"、美食的一场大斗秀。

一盏千年老灯，如何从载人仿生鲨鱼、飞行摩托、演奏机器人、极速3D制造、力反馈操作手套等酷潮科技中突围？程涛想了很多方案，最后设计出一款花灯装饰品，将传统木雕进行现代风格改造，再与古韵花灯结合，突出婉致与清简。"一切才刚开始。"程涛走在夫子庙附近的秦淮河边，望着河里的粼粼水光说。

大山里的二次元刺绣

贵州黔东南台江，县城不大，清水江支流从城中蜿蜒而过。湿热季节里，雾气笼罩着河谷。县城地处偏远，时间走得慢，商业街上售卖的服装，电子音箱里的歌，还是十几年前所流行的。

40来岁的邰艳是苗族人，为陪女儿读书，她从山寨搬来县城，开始不好找工作，只能背着背篓蹲在街头，等人请她搬东西。后来，她终于找到了称心的工作：刺绣。

有天，她拿着刺绣样品回家，东西很简单，是根上面绘有山谷、彗星坠落、日文字母等的带子。

到了晚上，读初中的女儿回来，拿起刺绣随意把玩，却忽然被手里的东西震撼住，小姑娘琢磨半天，终于恍然大悟，对她眼里平日老气的妈妈惊呼："天啦，妈妈，你竟然在绣《你的名字》。"语气尽是崇拜。

在这些偏远的县城或深山密林的村寨，一场乡土魔幻大戏正在上演，像邰艳这样的苗族绣娘们有份很时髦的工作，她们时常都要"追热点"，但不是用电脑或手机，而是一根发亮的刺绣针。

除日本动漫《你的名字》，她们绣过的IP图纹还包括《大鱼海棠》《大护法》以及国家博物馆国宝级文物。

这些产自大山深处的刺绣作品，最终会被来自北京上海以及国外的时尚青年穿戴到身上，或者摆进他们房间，成为醒目的装饰品。

从深山乡土世界到繁华现代都市，古老的千年苗绣汇入新兴的时尚潮流，连接其间的是一条鲜为人知的隐秘通道，背后更是一个社会文化剧变的跌宕故事。

网线与针线

故事要从 16 年前讲起。

这一年，江西青年饶勇以优异成绩考进贵州民族大学，但身边所有人都质疑他的专业选择。

按众人看法，他所在的艺术学院，平面和环境设计才是热门专业。而饶勇作为所选专业却是民间设计，有人讲得更直白：这是一个即将被淘汰的专业。

班上总共 12 人，且有调剂生，上课时学生常常来不全，教室里仅坐着零零散散的几个人。饶勇却想得很清楚，他就是来贵州学民族艺术的。

大学期间，他几乎走遍了贵州所有州县，去远的地方时就搭夜班火车，这样还可以省住宿费。他看到银饰，会用放大镜辨认细节；有的装扮，制成竟要 10 年；也会听到"神图"的故事，有人为一张刺绣耗时 3 年，完工时，远近村寨的人蜂拥去看。

他为村寨外的棉花地拍照，记录苗族女人繁复的嫁妆，感受刺绣串起大山深处的寂静流年，同时，也痛心地目睹了民间艺术的衰落：年轻人纷纷外出，古老苗绣后继无人，千年绝唱竟要戛然而止。

正如人们预想的那样，饶勇毕业时，无论如何也找不到对口工作，在当时，民间艺术复兴尚无半点星光。

他只好去深圳实习，做游戏设计。或许是命运的安排，他与同校同专业的师姐王丹青相遇，两人最终走到一起，相恋，成家。往后的日子，王丹青辞掉珠宝设计工作，远赴北京深造，而饶勇连续创业三个项目，均以失败告终。

转变的契机，既来自个人坚守，也源自时代变迁。人们变得富裕的同时，也开始懂得欣赏美。

王丹青多年坚持手工艺术品创作，开了一家淘宝店，名叫"王丹青的手创"，后改为"王的手创"。那是2014年左右，饶勇感到民间艺术的时代终于要来了。迹象便是，他们的淘宝店订单开始"暴涨"，远超供给，一天订单等于半年手工产量。

夫妇二人决定回到大山，借助电商风潮挖掘绣娘技艺，复活千年苗绣。

他们贷款10万元，历时半年波折，遭遇无法用普通话沟通的困境，终于在一位当地校友的帮助下，办起一个培训班。他们将经过现代改造的苗绣设计，交给手艺娴熟的20多位绣娘。当终于有人拿着连夜完成的作品回来时，他们意识到，苦心经营的情怀终于落地了。古老技艺与都市生活的隐秘连接通道，正在悄然成形。

来自城里的"怪异"

苗绣出山并非一帆风顺，磨合过程的艰难，台江绣娘邰艳感受尤其深刻。

从台江出城，汽车驶入盘山公路，70余公里路程中，车子忽而在藤蔓缠绕的密林中穿梭，忽而来到开阔的山间台地，山脊梯田周围，错落分布着木质的民居吊楼。

越过最后一个山头，终于到达邰艳的故乡。村寨不大，百余座房子绕山而建，这里的女人们都有一项绝活：苗族刺绣。

曾经这里家家有纺车，人人是绣娘，邰艳五六岁时便开始学习刺绣，初中毕业将绣花送给同学当礼物，结婚的嫁妆也由自己耗时数年绣成。在广东打工也随身带着绣具，想家时便绣上一会儿，也算一种寄托。刺绣成了生活的一部分。

以往，苗绣并不售卖，饶勇夫妇最初去村寨找人，样品倒是送出去了，作品却从来出不来。深山里的老手艺人，还看不到苗绣的未来。

传统苗绣虽然繁复、精美，但蕴含丰厚的文化内涵，有绣、插、捆、挑等丰富的针法，其图纹色彩对比强烈、想象奇异，有大气古朴的质感。

可对于都市青年人的偏好，它却并非天然契合，在年轻人眼里，传统苗绣有些"土"，因此必须把它变得"酷起来"。

饶勇夫妇找业内最优秀的设计师，潜心打磨产品，一个创意动辄打版十多次，之后还要在淘宝VIP群做品测，对于那些反响不热烈的，做得再辛苦，也照样废掉。有成熟作品后，才组织绣娘们标准化手工生产。

再者，传统苗绣重想象，针法自由，标准化生产却需要适当限制这些。最初，邰艳卖力绣出东西，却多不合格。淘宝发来的刺绣图，又与传统苗绣很不同，有些甚至完全看不懂。有次浙江发来样品，是个卡通形象，且仅有一只眼睛。苗绣向来讲对称，绣娘们以为样品有误，于是"好心"地绣上两只眼睛，饶勇看到两百多件作品后哭笑不得。

2016年，"王的手创"通过阿里鱼获得国博馆藏文物C型玉龙的IP授权，设计出单面刺绣的玉龙项链，成为销售爆款。在这家淘宝店，包括玉龙佩、青玉龙形佩、海晏河清尊、人面鱼纹彩陶盆等十余件文物精品，也都有了相应的刺绣IP产品。

新的电商模式正在贵州深山制造魔幻现实，最乡土的技艺与最时髦的文化潮流汇合在一起。电影《大鱼海棠》热播期间，贵州山寨的绣娘们熬夜赶制，把电影动画绣到电脑包、挂件、发圈等产品上。

《你的名字》《大护法》等动漫电影上映时，深山绣娘们也紧忙着"追热点"，邰艳有时连夜刺绣，熬到两三点是常事。

黑科技，二次元

几年前，饶勇的导师曾向他推荐过一位独臂绣娘梁中美，她住在贞丰县的村寨，刺绣技艺高超，双腿夹绣盘，单只右手飞速挥动，穿针引线，精准而流畅。饶勇决定在这里设一个村寨工作坊，由梁中美领头。

他记得第一次见梁中美时，她脸上尚有愁丧，等到后来再去，就看到她家盖起了新房子，人也穿上鲜亮衣裳，脸上挂着和煦的笑。寨里的人也被她带动起来，20多位妇女，即便足不出户也能挣钱，在家中的地位也由此一变。

贞丰村寨的故事只是这场魔幻大戏的缩影。到2016年末，被这家淘宝店"激活"的绣娘已超过800人，如今，人数已超2000，绣娘的收入，普通的1000元起，中等的则到2000元，最多可月入3000元。

互联网电商正在贵州深山开枝散叶，绣娘们分布在黔东南的凯里、剑河、施秉以及黔西南的贞丰、册亨，这里的村寨或乡镇建有刺绣工坊，当地最优秀的苗绣艺人都聚集在这里创作，其中也不乏"90后"年轻人。

大山里的苗绣已重塑活力，焕然一新，2019年9月淘宝造物节，"王的手创"贡献了一张苗绣"神图"。

参与"神图"制作的邰艳却没去现场，她有两个孩子，都还在上学，因此她每天早上6点就要起床做饭，等孩子去学校后再出门"上班"，坐在工坊里，穿引那些新奇图案。

她还时常想起在广东打工的日子，她在五金厂造零件，在食品厂做包装，在制衣厂操作电动缝纫机，整夜盯着那根缝针，看它在工作台飞快而猛烈地探扎。织衣女工最耗眼神，年长女工的眼睛早就坏掉，时常流泪，看不清东西。

打工挣的钱，邰艳基本不用，一部分寄回家给孩子当生活费，余钱则存起来留作盖房子。那时，她时常想家，打电话回家时总是忍不住啜泣，但孩子还小，什么都听不懂。不能回家的日子里，手边的苗绣便是寄托。如今，家和刺绣，都在身边。

宫廷"非遗"，
飞入寻常百姓家

刘超一家，从外公算起，几乎都和花丝镶嵌这门"非遗"手艺息息相关，唯独刘超例外。为了不当这个"非遗"传承人，刘超摆过地摊，当过保安，还卖过车，在他眼里，做手艺既辛苦，也没前途。但是当家庭作坊真正濒临倒闭，手艺几乎失传时，刘超还是选择了"浪子回头"。

至此，刘超一家和花丝镶嵌这门"非遗"手艺，结缘已经有三代。

早年间，一位清朝宫廷技师在当地摆摊收徒，渐渐将这门皇家手艺传入民间。花丝镶嵌又叫细金工艺，是一门传承久远的中国传统手工技艺，主要用于皇家饰品的制作，为花丝和镶嵌两种制作技艺的结合，是与景泰蓝、京绣等齐名的燕京八绝之一。

20世纪60年代，生产队的老师傅在村里专门给人做首饰，看起来"挺吃香"。刘超的外公李玉成体弱，体力活跟不上，就托人找关系拜了老师傅学手艺。

学艺的人多，全是十五六岁的小伙子，李玉成最讨老师傅喜欢。他勤快、机灵，夜里住在师傅家，又是洗脚又是捶背，师傅被伺候得开心，教给他的本事也多，再加上李玉成爱钻研，渐渐就成得意门生。实际上，学这门手艺的许多人最后都没坚持下来，李玉成决心很大，很有毅力，这也是他被师傅看重的缘由。

那时条件有限，没有气泵，没有焊枪，也用不上煤气和氧气，要想熔化金银材料，只能用油灯，拿一小管，用嘴吹油灯的火。于是气息就很重要，要把握火候就得练气，许多人在这关就放弃了。李玉成却很执拗，练到嘴唇出血还在坚持，功夫不负有心人，得到了师傅真传，成为这门手艺的传世独苗。

曾有收藏家找上门，委托李玉成复刻一条辽代金腰带，金腰带的真品收藏在博物馆，用的手艺正是花丝镶嵌。在此之前，收藏家已经到处打听，寻遍四海无果，正想要放弃时忽然听说了李玉成，真是大喜过望。

金腰带的难点在于，它所用的材质都是丝，包括外面的包裹，里边的填充，所有的云头、卷文、龙，全用丝线展现，没用一点金片。李玉成却胸有成竹，带了5个人，花费整整一个月时间，把东西做了出来。

名气就这么散播了出去。

一面钻研工艺，一面也当个生计。花丝镶嵌传到李玉成手里，也逐渐开枝散叶，家族亲戚中不少都以此为生，附近几个村，也时常有人拎着点心、托了关系来拜师。光景最好的时候，李玉成还开起手工作坊，雇了四五十个人，为工艺品做代加工，东西交给出口商，赚的都是外汇。

刘超念完初中时十六七岁，正是学艺的年纪。

可他宁可去当保安，去卖车，卖家具，也不愿继承家传老手艺。那时，他满脑子想的是开个汽车修理厂。

做这门手艺的辛苦，他从小看在眼里。最初东西做出来，销售主要靠地摊，刘超跟着父亲，辗转全国各地跳蚤市场、古玩市场，广州、杭州、郑州、太原、石家庄，摊开一张垫子，3米来宽的垫子上摆满了琳琅满目的工艺品，摆不到两天就得换个地方。

去一趟北京潘家园，周末摆两天，生意好时能卖个万把元，惨淡时就只有两三千元，冬天天气冷，穿着大棉袄坐着时，一动就漏风，夏天则热，整日都汗流浃背。

偶尔他们也会帮博物馆修复文物，但这不是好生计，能养家糊口的还是寻常百姓喜欢的珠宝首饰，比如寓意长命百岁的锁头。有一年，刘超父亲把珐琅工艺用到锁头上，销路异常好，却很快被抄袭，生意转眼又被抢走。

到2015年左右，家里生意已很惨淡，工人渐渐流失，只剩10来个，学徒更少，有人兴冲冲来学，第二天就打退堂鼓。

眼看着老手艺就要失传，外公找到刘超，劝他先学下来，以后不干也行，但要会，再不济都有口饭吃。

其实刘超能感觉到，外公总在教他东西。身边人都知道，外公手上有本厚册子，锁在柜里，记载的都是不外传的经验和绝密配方，很多人跑来想买，老爷子从不松口，却时不时地翻出来给外孙看。他用心良苦，只是想引刘超上路。

沉甸甸的交接棒，刘超还是把它接了过来。

他开始做一些简单的首饰，戒指、吊坠之类。到2016年，学有所成的刘超决定做一次大胆尝试。在故宫珍宝馆，他看到一件乾隆60大寿如意摆件，当即被震撼到，六十一甲子，做成六十柄如意，对应不同年号，再拼在一起。

刘超想复制这个巨大的如意摆件，作为花丝镶嵌的新传承人，他需要一件足够有分量的作品，而故宫这件藏品，使用的工艺正好就是花丝镶嵌。在刘超的想法里，用相同工艺复刻经典，既是寻根，也有致敬的意思。

然而，实际情况却比他预计的困难得多，刚一动手，刘超就陷在摆件的精妙工艺里。60个如意，每个要镶嵌上千朵装饰，总计超过6万朵。

他计算过工量，填满每个如意上的花，单人做工需要3个月，所以这道工序必须集体完成。之后，则是用绿松石手工打磨出年号，再一点点镶嵌上去，这样一来，花丝和镶嵌两种工艺就结合起来了。

一年半后，这件"传世之作"终于完成，它成为刘超的出师之作，他也正式从外公手中接过传承人的担子。

花丝镶嵌是小众市场，老一辈开拓市场主要靠私人藏家、博物馆和影视剧，日用首饰则很容易被模仿，甫一面世就被大量复制，甚至直接用倒模粗制滥造，真正的精良工艺则被逼到角落里。

真正喜欢这门工艺的人，其实很难找到。地摊上已经没有"非遗"手艺的未来。还是年轻人的思维帮了大忙，刘超开了淘宝店，在网上寻找传世手艺的知音，也想看看现在的年轻人对这门手艺到底是什么态度。

很快，有位广州女生联系他，她想定制一套凤凰。

明代有种发型叫狄髻，凤凰就插在狄髻两侧，中间挂小牌。此类造型一般出现在婚礼或其他盛大场合。

对刘超来说，这笔订单也是一次学习的契机，以往他只掌握工艺，对背后文化元素却一知半解，现在他边学边做，没想到最终出炉的作品却引发了意想不到的连锁反应。

这套凤凰，让那位广州女孩在她的汉服婚礼上大放异彩。

这是刘超生平第一次听到"汉服"这个词。那位女生的婚礼是场汉服秀，她头顶镶嵌的凤凰迅速在汉服圈传开，这次意外尝试给这家新开的网店带来300个同款定制。

年轻传人的探索，也让"非遗"工艺迎来曙光。在另一场汉服大秀前，刘超的淘宝店接到的定制订单，是一件十二龙九凤冠的定陵出土文物，使用花丝镶嵌、篆刻及点翠工艺，冠上十二条龙、九条凤，其间点缀许多宝石、珍珠，并镶嵌不计其数的花朵。

点翠技艺已无法复现，因为翠鸟已是国家保护动物，于是刘超选择用丝绸代替冠上需要的翠鸟羽毛。作品完成时，一算成本，竟然花费20万元。他用的尚且是纯银，若用金，造价则会达到300万元。

走秀上，龙凤冠又是一鸣惊人，汉服界也伸来更多橄榄枝。以所有人都没有想到的方式，这项"非遗"工艺在互联网时代重获生机。

西 湖 扇 人

淘宝店"平加扇艺"已经经营了10年有余,这背后是一对母女——赵平加和游晓婷的故事。

1979年,赵平加进入杭州王星记扇厂时,做的就是扇面设计。王星记前身源自1875年,制扇名匠王星斋在杭州清河坊创建的"王星斋扇庄",扇庄所产的高档黑纸扇曾进贡皇室,有"贡扇"之誉。

赵平加是首位书画全艺的扇面大师,首批浙江省"非遗"杭扇的代表性传人。赵平加擅长传统工笔重彩技法,早期创作的《哪吒闹海》《西厢记》和《西湖民间故事》等作品,曾代表杭扇外出交流。

看似光鲜,实则也备尝辛酸。

女儿游晓婷从小就见证了妈妈吃过的许多苦,因此在大学选专业时,她没有选择与妈妈职业相近的人物画专业,而是选了环境艺术。

看上去,她的人生已经朝另一方向发展,实则只是绕了个大弯。

2009年,游晓婷开了家淘宝店,上架了赵平加的作品。"当时是响应大学生创新创业热潮,想把妈妈的品牌做出去。"

淘宝店刚刚运营一年,赶上了世博会。那时赵平加在展馆内有自己的杭扇专区,人潮拥挤,她一个人没法应付,于是叫女儿过来帮忙。

那次经历，让女儿游晓婷真正了解到妈妈赵平加从事的扇艺行业。"原来妈妈的扇子并不小众，懂扇之人远比自己想象的要多。"尤其当那么多外国人投来欣赏的目光时，做扇艺背后沉甸甸的中国文化内核，开始让游晓婷心动。最终，她放弃了收入更高的环艺工作，专心打理淘宝店，成为一名"匠二代"。

但妈妈的个人作品数量少、价格高，这给扇艺文化推广带来了困难，游晓婷开始把目标锁定在文创产品上。

杭扇与丝绸、茶叶被称为"杭产三绝"，母女俩就照着这个思路，设计了西湖风景剪纸扇，把剪纸和丝绸元素结合到一起，最终，这把扇子连续3年拿到了杭州市旅游商品的金奖。

学来了妈妈的真金彩绘，游晓婷还试着在她自己设计的"四大名著"套扇里画起卡通图案。夸张的人物造型和传统的黑纸扇混搭，和谐又现代。

"非遗"文化借助互联网，以一种更"平易近人"的方式，突破了固有的年龄圈层。游晓婷至今记得，有一个买家在淘宝上向她咨询一把观音红湘妃竹折扇。红湘妃造价高昂，非懂之人绝对不知其中有何讲究。聊到兴起，她加了这个买家的微信，才发现这个人刚刚年满18岁，着实吓了一跳。

"因为平时文玩圈里大多都是中老年人，没想到会有这么年轻的懂扇之人。后来我和他聊了才发现，他从小就喜欢研究这些文玩，买扇子并不是要送人，而是要自己收藏。"游晓婷回忆，那把扇子最后卖了20多万元。

曾经，往来聊扇艺之人都是赵平加的老客户，有了淘宝店之后，越来越多懂扇之人慕名前来，只为见上赵平加一面，聊一聊关于扇子的工艺和文化。

"在实体店里聊得不够尽兴的，我就告诉他们关注淘宝店的上新，方便他们随时随地选购自己喜欢的扇子。还有很多人关注了我们的淘宝店后，到杭州后就会来实体店坐坐。"游晓婷说。

互联网让杭扇文化拥有了更多可能性，这也是游晓婷做淘宝店最原始的本心。

直到现在，绘扇用的金箔材料还是赵平加自己手工捻出来的，一捻就是一个下午。

"要不是因为喜欢，谁会做这行一辈子。"扛过了结婚生女，扛过了家长里短，如今的功成名就是用高于常人多少倍的酸楚换来的，赵平加没有说，但只要是讲扇，她现在的神情与20年前报纸上的照片丝毫无差。

越来越多的国外订单涌入淘宝店，虽然游晓婷不知道他们是谁，也不知道他们基于怎样的信任拍下了这一把把造价高昂的折扇。但是她知道，只要仍有人愿意为这项非物质文化遗产买单，杭扇文化的传承之火就还没断，自己和母亲两代人的坚守就仍有意义。

以爱之名

永不打烊的淘宝店

小魔豆的录取通知书终于到了，是北京一所很好的大学。

蔻蔻看着手机信息，眼里有些发酸，13年的守候，终于有所结果。

她决定去看看孩子。

13年前，苏州小学教师周丽红身患乳腺癌，丈夫离她而去，留下6岁女儿小魔豆。在生命最后的日子里，为给女儿挣些学费，已经卧床不起的她开了一家淘宝店。经《焦点访谈》报道后，她的故事传遍中国。

周丽红最终还是走了。聚光灯之外，蔻蔻是第一个走近她的人，自此再未离去。她以一个常人的善意和过人的毅力，照看周丽红留下的小魔豆和淘宝店。13年里，越来越多人加入进来，让这家小店永不打烊。

这场爱心接力延续至今，成了互联网上女性精神和力量的一个象征。他们因那个既可怜又幸运的小魔豆而得名——"魔豆妈妈"。

列车在京沪线飞驰，窗外是江南风景。这一天，蔻蔻和小魔豆拍下13年来的第一张合影。担心小魔豆被打扰，她一直谨慎，从不拍照也不发朋友圈。

不过这一次，在返程的路上，她终于决定在朋友圈分享合影。文字打了又删，斟酌良久，蔻蔻第一次用了这个称呼——大女儿。

"妈妈，你要去哪里？"

13年前，蔻蔻还是淘宝论坛版主，那段时间有个帖子频繁出现，讲一位患癌的女教师需要帮助，请人去她网店买东西。

论坛不能发广告，救助也难辨真假，蔻蔻于是全部删除。

发帖人却不依不饶，删了又发，坚持了许多天，总共四五十条，每次的内容还不相同。蔻蔻觉得这人怎么这样，电话打过去，竟是位医生，叫谢建军，他在帮自己的病人。

谢建军接诊周丽红时，对方已入膏肓，医了一段时间便婉劝其回家。谢医生是个热心肠，想帮帮这个可怜的女人，得知周丽红开淘宝店为生，于是执着发帖。

蔻蔻决定去看看。

彼时，周丽红住在苏州胜浦镇的一栋二层小楼里，院子打扫得很干净。蔻蔻跟着上楼，心里越来越沉重。门开了，周丽红躺在靠窗的床上，温煦地笑。她特意梳洗打扮过，换上新衣服，房间也没有异味。

2002年冬天，周丽红24岁，已教过数年小学，女儿也刚出生不久。但这一年，一份医院检查结果从天而降：乳腺癌，最多能活5个月。

治疗耗光了所有积蓄，一套房子也被卖掉，丈夫却在此时选择离婚。艰难时，她想过自杀，但一看女儿，又想拼命活下去。

周丽红爱笑，癌变痛起来，也不作声，只是使劲抓床板，让人带女儿出去。

卧床以来，她便再没出过门，女儿也很久没穿过新衣服了，周丽红听人说开网店能挣钱，就开了一家淘宝店，便是后来蔻蔻在论坛里看到的"广告"——魔豆宝宝小屋。

"我知道自己活不成了，想抓紧时间给女儿挣些学费。"周丽红对蔻蔻说。

蔻蔻开始帮周丽红推广网店，越来越多的网友知道了这位癌症妈妈的故事，《焦点访谈》来了，其他媒体也来了。

魔豆宝宝小屋热闹起来，周丽红却日渐虚弱，时常陷入昏迷，清醒时才能处理订单。"无论多艰难，只要坚持不放弃，生活总会有希望。"她想给女儿留些东西。

蔻蔻永远记得那个场景，周丽红斜躺在床上，女儿小魔豆将头依偎在枕边，小魔豆问周丽红：

"妈妈，你要去哪里？"

"妈妈要去很远的地方。"

"你不回来了吗？"

"等你长大了就可以来找妈妈呀！"

沉默片刻，小魔豆忽然问："妈妈你要死了吗？"她声音稚嫩，显然，并未完全理解"死"的意思。

2006年4月18日，周丽红躺在床上，最后一次目送女儿去幼儿园。下午1点，她耗尽所有力气，去世了。

"你的孩子，我们帮你带大！"

周丽红曾有个心愿，希望她走后，她的店能一直开着，这样孩子的未来也能有着落。淘宝做了网上征集活动，选出4名店主，继续经营魔豆宝宝小屋。

办理交接时，苏州人顾林华见到周丽红，她已瘦骨嶙峋，说话吃力，其间还打过杜冷丁。她虽极度虚弱，仍不忘热情好客，硬要留人吃饭。

离开时，志愿店主们留下一句话："你的孩子，我们帮你带大！"

就这样，一个天南海北的团队运转起来了。西安的朋友作图，顾林华和苏州朋友负责产品，客服则在昆山。

前期因有媒体报道，小店流量大，生意不错，有时会忙到夜里两三点。

爱心妈妈们不仅义务贡献，还时常自己掏腰包，一些货款也由她们垫付，等卖出东西后再作结算。

顾林华团队照看了魔豆宝宝小屋两年多，后来有人结婚，有人生孩子，网店就到了第二任店长"兔子弯弯"手里。她是蔻蔻的好朋友，也时常去周家探望，当时恰好她辞职，于是便把店接手过来。

由于没有其他人加入，这时期几乎就是她单打独斗，每次拿货都要转两趟车去上海城隍庙的批发市场，再拖着大包小包回来囤在家里，制图，发货，客服，全靠她一个人。虽是很辛苦，却也撑了下来。

窗边的小魔豆

妈妈离开后，蔻蔻把小魔豆接来家里住了一个月，小姑娘乖巧懂事，话却不多。

蔻蔻会想起以前，周丽红还在时，每次去周家，小魔豆都会站在门口等，远远看到人，就张口喊阿姨。

那时的她，虽不是活泼欢脱，开心起来也会蹦蹦跳跳。在孩子心里，妈妈虽病了，只能躺在床上，人却还在。但自从周丽红去世以后，小姑娘再不蹦蹦跳跳了。

蔻蔻带她在浴缸洗澡，晚上一起睡，想把孩子拥在臂弯，却终究没有做到。那时，她也年轻，尚不能完全理解母爱。

上海到苏州不远，最初几年，她至少每月去一次周家。知道阿姨要来，小魔豆总在门口等。

等到稍大些，每次来时，小魔豆都在学校，放学时，爷爷和蔻蔻会一起出现在校门口。

孩子总是很沉静，即便跟蔻蔻逛街买新衣服，选到好看的衣裳，也只是有些开心，而不至欢喜。

大约在小魔豆十二三岁的时候发生了一些微妙变化。蔻蔻结婚成家，很快怀有身孕，即便挺着肚子，也常去周家。

小魔豆却似乎在刻意躲避，每次蔻蔻来，打过招呼，便躲进屋子写作业，等到吃饭时才走出房门，匆忙吃完又下桌。到蔻蔻走时她再出来，说一声"阿姨再见"。

蔻蔻当时不知道，等她走远，小魔豆还趴在阳台望她很久，有时还落泪。

修行

第三代魔豆宝宝小屋店长游林冰，总是说错一些数字，即便特意叮嘱过，到头来还是会说错，1997，她总要说成2007。

在她心里，带"9"的数字有着难以抹去的黑色记忆。1997年那次车祸，彻底击碎她的生活，汽车飞出公路，丈夫当场死亡，她和儿子被甩出车外活了下来。

苏醒后，游林冰下半身截瘫，得知丈夫去世的噩耗后，她心如死灰。她整日坐在轮椅上，长久坐在窗前，凝望泛白的天空发呆。

很多年来，她一说起当年事故就会双手冰凉，须用热水袋暖手。打理魔豆宝宝小屋给自己带来的改变，是她始料未及的。

前任店长虽独立打拼，但孤掌难鸣，交接时小屋已陷入困境，半年才9个订单。

接手后，游林冰立即着手调整，召集10余名关心魔豆宝宝小屋的淘宝店主，分工配置，各司其职，游林冰则主攻产品。

新的团队为小屋立下规矩，不接受"捐助"。因为媒体报道，有人会来付款买东西，却故意不留地址，东西发不出去，付的钱等于捐款。

心意虽好，却不符合周丽红生前理念，她要的是自强，魔豆宝宝小屋必须靠自己活下去。

最初两年是摸索期，产品渐次更换，她们卖过丝袜花，一单发出去仅赚几毛钱；也卖过童装，但仍无起色，女装转型也不太成功。

真正的突破口是在居家生活用品上找到的。有家工厂愿为小屋定制产品——一种粉红色的自动脱水拖把。

魔豆宝宝小屋的经营渐入佳境，2013年为小魔豆提现生活费2.8万元，2014年2.5万元，余下利润作小屋运作成本，为小魔豆以后上大学做准备。

后期经营渐稳，所需人力不多，其余志愿者渐次抽离，转而主营自己的网店，对小屋支援转为机动，随时集结。店铺平时则是由游林冰和一名客服人员在打理。

有次活动，订单忽然井喷，游林冰立即发出号召，其余客服当天就位，每个人同时回应四五十名客户。那一役打得酣畅，一举赚了数万元。

小屋一天天变好，游林冰自己也是，父亲去世前跟她讲过的话，如今也开始应验。父亲是浙大物理学教授，老爷子佝偻着走进来，唤着女儿乳名说："改变不了的东西，就换一种眼光看待它。"

魔豆宝宝小屋的能量，渐渐温热游林冰。让它永不打烊，于她看来也是修行。

母亲爱看她和保姆在楼道打包发货，老太太悄悄走来，佝着身子默默看，她也总爱问："今天有没有订单啊？"每一声都是关切。

对这个家庭而言，订单来时的清脆叮咚声比快乐本身还要多。

游林冰也变了，有时傍晚吃过饭，她挺愿意到楼下转转；开始爱玩游戏，激动时会大喊；家里吃饭也变得热闹起来，说起经营店铺的事情时，游林冰总是眉飞色舞；魔豆宝宝小屋得钻那天，她在轮椅上大声欢呼。

妈妈到底是什么？

13年来，在爱心店主的接力下，魔豆宝宝小屋始终没有打烊。在这些陌生人彼此信任和协作的同时，平台也注意到了他们。

早在2006年，这个故事即引起阿里巴巴的注意，随后与中国红十字会联手，诞生了"魔豆爱心工程"，以帮助困境女性创业脱困，她们拥有统一的称号："魔豆妈妈"。到2019年，这个群体人数已超过2000名。

如今已成为阿里巴巴合伙人的语嫣，是当年的项目负责人之一，听到小魔豆考上大学后，不禁欣喜落泪。在她眼里，正是当年那些普通女性的努力和坚持，才让一份小小的善意成长为一棵大树，从而惠及更多女性。

例如长沙创立中老年女装品牌"魔豆恩"的失聪女工孙霞，她的团队里近半数是残障人士，摄影师患小儿麻痹症，客服高位截瘫。

江西湖口的王芳，8岁时就停止生长，身高仅有1.2米，成为"魔豆妈妈"后，她的淘宝店3年卖出3万多双绣花鞋垫。

还有天津的李玉荣，离婚、失业、母亲病重，她用万元基金起步，专营民俗剪纸，生活渐渐步上正轨，供女儿读完了研究生。

而这一切的源头——魔豆宝宝小屋，此时，改名为"魔豆妈妈公益官方店"，做专业运营以帮助更多人。周丽红当年留下的"魔豆"，不仅帮了自己的女儿，也帮了更多人家的女儿。

从"魔豆妈妈"出发，语嫣后来也走得越来越远。2017年，她和11位阿里女性合伙人成立了湖畔魔豆公益基金，以帮助偏远贫困地区的母亲和孩子们。

而小魔豆，也在热闹中安静地成长了起来。蔻蔻想起两年前去周家，经历的很不寻常的事。

到周家后她就直奔厨房做饭，等到饭菜端上桌时，小魔豆也回来了，她照样轻声喊了句阿姨，便进房间写作业，等到吃饭时再出来，吃完说一声吃好了，又回房间。

蔻蔻自己有心事，说起来竟忍不住哭了，老人伸手拍她肩膀，却还是止不住。

这时小魔豆忽然开门，她默默走出来坐到蔻蔻旁边，也不说话。那份连接感让蔻蔻心中暖热，眼泪终于止住。

蔻蔻的孩子渐渐长大，会跟着蔻蔻一起到小魔豆家，孩子把小魔豆当榜样，小魔豆也挂念着蔻蔻的孩子。

蔻蔻越来越知道"妈妈"到底是什么。

高考结束那天下午，小魔豆出考场后发来消息，有些沮丧，说恐怕考砸了。

收到消息的蔻蔻没有丝毫责备，反是异常轻松，顺手发去千元红包，让她好好玩，还说，不要告诉爷爷奶奶。她想和小魔豆之间拥有小秘密。

故事开头那条斟酌良久的朋友圈发出不久，蔻蔻再拿起手机，忐忑点亮屏幕，立即心花怒放：小魔豆出现了，且是第一个点赞！评论里，还有普通少女爱用的表情图"嘿哈"。

这是许多年以来，蔻蔻由衷感到的大欢喜。

红河谷地白衣人

入夜后，一辆车在黑暗的谷底行进，两侧高耸入云的峰岭上，没有一点人迹的光。两小时的蜿蜒路程中，鲜有车辆同向而行。道路的尽头是红河县，这里没有璀璨的霓虹灯和宽敞的入城大道，远远望过去，只有几处沿山脊分布的光团。

待到天明才能看清，在高深的V形谷底，颜色泛红的红河水奔腾而过，腾起的水汽雾化成云，填满了整个峡谷。

在这峡谷和崇山间，村医常乐妹走了35年，她熟悉每一个村寨，每一处梯田，接生了超过500个孩子。

但12月的一天，常乐妹却罕见地留在了卫生站里。这是她组织村寨孕妇定期孕检的日子，村里共有11人怀孕，得益于一个名叫"大地新芽母婴健康行动"的公益项目，她们可以到卫生站进行免费孕检。

接近上午10点，阳光依然没有照入山谷，一团轻薄的云雾掠过山腰处的卫生站，常乐妹穿戴好色彩鲜亮、缀满银饰的民族服，站在医务室外。

常乐妹的心里没底：她们会不会来？

"都是命……"

生于斯长于斯的她，对大山太了解了，越是了解，这份担心就越沉重。

长久以来，红河县农村孕产妇系统管理率和住院分娩率，双双几近于零。这意味着，大部分产妇在生产前几乎没做过孕检，而她们的分娩场所，则是毫无医疗保障的家里。

调查显示，当时产妇的贫血率甚至超过了20%。

在如此条件下出生的婴儿，于人生正式开始之前，便要经历一系列冒险。包括难以逆转的智力差距，因分娩时宫内窒息、营养不足而引发的佝偻病等残疾，以及更严重的畸形。

到了知天命之年，回望过去，常乐妹发现，自己的人生也是一场冒险。只可惜，当她还是个爱跳舞的哈尼族小姑娘时，她不会知道，自己曾在不经意间失去了什么。

常乐妹所在的宝华镇是哈尼族聚集区，在海拔上距离红河县城又上升了1000多米。

从上小学开始，常乐妹就得过一种"怪病"，发病时止不住地流鼻血，甚至休克。当时她能得到的治疗，只有"神婆"嘴里念出的咒文、符水以及不知疗效的草药，然而鼻血并没有因此止住。

那是1982年，村里只有两人考上初中，常乐妹是其中之一。山路遥远，初中3年间她一直住校。中考前一天，常乐妹的怪病再次发作，鼻血流个不止，吓得同班女生尖叫。简单处理后，她便被送回家中，一度陷入昏迷。等她醒来，那一年的中考已经结束。

少年的常乐妹并不知道，错过那场考试对她的人生意味着什么。那场不明的怪病，就像航线上的一块暗礁，隐秘地改变了一切。

从此之后，常乐妹告别了校园，因为家里穷，她没有选择复读。一同考上初中的同村女孩后来读了高中，又考上大学，走上了一条截然不同的人生道路。

"都是命……"常乐妹坐在木制长条凳上回忆当年，眼睛看向别处。

这是山民们常挂在嘴边的一句话，当不知所以的死亡、悲惨的孕产、畸形的婴儿出现时，他们便这样无可奈何地告诉自己。

交通闭塞、医疗落后，在毫不知情的情况下失去自己的人生，似乎是山民们千百年来的宿命。他们的一生中，有太多这样的暗礁。

第二年春天，身体恢复后的常乐妹参加了乡村医生培训。在那一年初，卫生部宣布取消"赤脚医生"这一名称，常乐妹因此成为中国第一批"乡村医生"。

名称虽有变化，使命依然传承，很长一段时期里，没有接受过正规医疗训练的"赤脚医生"，为缺医少药的农村地区解决了燃眉之需，到20世纪80年代，这一群体的人数已经超过150万。经历短暂培训，常乐妹也将汇入这个默默无闻的庞大群体。

6个月以后，常乐妹学会打针输液，诊断一些常见病，她提着所有行李回到村上，吃住都在一间小屋，前面是药柜，转身就是床。还不满20岁的她不曾想，自己将在此度过大半辈子。

并不美好的"自然"

从山村卫生站步行至最近的集镇需要两小时。53岁的常乐妹还是喜欢走路赶集，她从来不怕晚，因为在树木葱郁的盘山公路上，只要她招手，就会有摩托车或三轮车载她回家。

35年来，远近乡邻几乎所有人都找她看过病，走在村寨土路上，迎面而来的年轻人，都可能是经她接生的。

早年间，比起村医，山里人更相信"神婆"，当好一名大山村医，她要先过这道关。风俗的吊诡之处在于，只有当人们被疾病逼到绝境，破罐破摔时，才会想到医生。

在尚未摆脱蒙昧的大山深处，常乐妹每治愈一次感冒或者腹泻，每接好一次骨折，都是文明的传播。

她常在凌晨三四点，背着药箱疾行在山脊间的田埂上。夜间出诊的急情多是孕妇分娩，常乐妹气喘吁吁赶到时，往往能看到"神婆"正站在一旁束手无策。

红河县96%的面积都是山地，千里红河经此而过，一路向南奔腾，高山深谷造就了壮丽的自然风光。

但在生育这件事情上，"自然"从不美好。1992年，云南全省的新生儿平均死亡率为28.69‰，在远离城市的山区里，这个数字只会更高。除此之外，没有孕检、不在医院分娩的"自然"状态，还会带来更多伴有先天缺陷的新生儿。

最典型的就是佝偻病，在村寨行走，不时能遇见佝偻病患者，他们腿部残坏，走路趔趄。在年纪更大的佝偻病人身上，命运的悲惨更为清晰地展现为就业困难，娶嫁无着，一生留在大山，孤独终老。

事实上，佝偻病的预防和治疗非常简单，只要保证儿童摄入足够的维生素D就好。它在山区和贫苦地区高发，并不是因为山里的孩子天生就容易发病，而是因为他们得不到足够的营养。

35年来，常乐妹的诸多努力都是为了让乡民脱离这种残酷的"自然"。她的工作繁杂而庸常，动员妇女孕检、在医院分娩，干预胎儿营养，为婴儿打各种预防针，喂糖丸，定期进行体检筛查，做完一轮工作，往往耗时数月。

她相信，自己每多走一段山路，那种狰狞的厄运，就会离出生的婴儿远一些。

但这项浩大的工程，远非一人之力可以完成。30年前，山村里少有孕妇会去医院生孩子，人们相信祖屋的福气与孕妇的子宫。在1991年，中国贫困地区的妇女未住院分娩率超过90%。

常乐妹只能尝试在这种"自然"中，慢慢地建立信任。

一位正在县城读高中的女孩，每次回村里时都会从常乐妹门前经过，总不忘问一声好，有时还会捎上水果。

18年前，若非常乐妹，如今这个水灵的女孩很可能成为夭折的28.69‰中的一员。

那是一个深秋的夜晚，有人急促地敲打木门，睡梦中的常乐妹被惊醒，打亮电灯，看一眼挂钟：深夜2点。

她意识到这肯定是危重病情。于是迅速挎上木制医药箱出了门。

见到产妇，常乐妹立刻伸手摸胎位，顿时就吓出一身冷汗：她既没有摸到婴儿脑袋，也没有摸到胎息。

情况凶险，产妇的喊叫声撕心裂肺，异常情况却再次出现。产妇下体竟然开始渗出黑色流质物，常乐妹一闻，立刻恍然大悟：是婴儿粪便。

这意味着，婴儿的胎位很可能是臀部向下，因此粪便才会被挤压出来。

更剧烈的妊娠阵痛袭来，婴儿臀部已经可以看见。常乐妹当即伸手，将婴儿腿部强行拉出。接近黎明，一阵清脆的啼哭划破深山的宁静。

次日，这家人杀猪宰羊请来所有亲友吃席，后来的很长一段时间内，山里人都在传说常乐妹这次惊险的接生，信神的人们甚至戏称其为"神手"。

虽然山村医疗条件简陋，但相比毫无医学知识的人，常乐妹对分娩要懂得多。此后，越来越多的人开始找常乐妹接生。

数十年披星戴月的接生生涯里，也不都是喜乐场面。

曾有个难产的产妇，在赶去医院的路上时孩子便滑了出来，没有了气息，产妇也命悬一线。最让常乐妹悲怆的是，那个还没来得及看一眼世界的孩子，出生时便四肢不全，脸上五官全无。

从医多年之后，常乐妹无法再像山民们那样坦然把一切都归于"命"。随着医学日渐昌明，她知道，许多所谓的"宿命"本是可以避免的。

《云南省妇幼健康事业发展报告》白皮书显示，婴儿出生缺陷率可以通过人为干预大为降低：当产妇的住院分娩率接近100%时，产妇的分娩死亡率也会下降九成；妇幼卫生机制健全条件下，婴儿死亡率也会从接近30‰下降到3‰。

破土而出的"新芽"

大约10年前，常乐妹便不再接生，新的公共卫生政策提倡更科学的生育，鼓励孕妇在医院分娩。社会公益力量也加入进来，由阿里巴巴与爱德基金会发起的"大地新芽母婴健康关爱行动"（简称大地新芽），旨在帮助贫困地区孕妇实现更安全健康的生育，提升新生儿及孕产妇生命健康水平。

有数十年山区接生经验的常乐妹，顺理成章地成为"大地新芽"的一线执行者。她的新工作是劝说孕妇做孕检，进行前期营养干预，减少异常发育，为处在"黄金1000天"的初生婴儿提供营养支持，减少他们出现智力发育迟缓、佝偻病等问题的风险。

"大地新芽"破土不易，首先要改变的，是山民们的观念。

一位孕妇，面对常乐妹叫其孕检的劝说，反驳道："你们医生讲的都是错的，我都生五个了，从来没出过事情。"

常乐妹认为，山里孕妇不愿做孕检，说到底，还是因为担心花钱。这一困境，在"大地新芽"出现后，得到了彻底解决。如今，当她再去农家动员孕检，底气充足："你们去做孕检，阿里巴巴给你们出钱！"

这项由企业和公益组织联合发起的公益项目，支持孕妇持续免费孕检，并向有需要的家庭赠送包含各种卫生用品和新生儿必需品的"孕产礼包"，包括产褥期卫生巾、哺乳文胸、婴儿护脐贴等26种妇婴用品。

这个大山深处的妇幼健康屏障，全靠常乐妹行走的脚印编织而成，遇到困难户就反复上门，来回山路数十公里。

2019年，在政府公共政策和"大地新芽"的支持下，常乐妹所在的红河县的孕产妇系统管理率已经达到74.56%，远超最低时期的20%。

红河县之外，"大地新芽"也在云南、四川、青海、贵州等四省七县开枝散叶，帮助46.9万名落后地区育龄妇女，获得孕产周期内的基础公共卫生系统支持，让超百万名新生儿免于可能遭受的厄运。

惊奇之处更在于，这一庞大公益工程，是由无数涓涓细流汇集而成的。

实际上，"大地新芽"的资金，全部来自阿里巴巴平台上的网友捐赠，通过购买"公益宝贝"，"剁手党"每成交一笔订单，就会捐出一定的金额给公益项目，金额从2分到1元不等。

仅2019年，"公益宝贝"计划全年累计捐款笔数就超过98亿，总捐赠金额超4.3亿元，有252万平台商家参与，有4.7亿消费者在阿里电商平台购物时，默默献出了自己的爱心，包括这些大山深处的妇女儿童在内，全年受益者共695万人次。

告别命运的暗礁

接近晌午，山谷里的云雾渐渐散去，孕妇们陆续到来，常乐妹清点人数，11个，全都来了。在检查室外，还聚集另外数十人，他们把孩子抱在手里、绑在背上，排队为婴儿做抽血检查，并领取营养品。

这也是公益项目的一部分，常乐妹会将维生素D、钙片、硫酸亚铁颗粒等定期发给孩子。得益于这些营养品，山区儿童的贫血状况得以改善，曾经高发的佝偻病也得到了较好的抑制。

以往，由于营养缺乏，中国贫困农村地区儿童贫血率达到28.2%，并因此导致5岁以下儿童20%的迟缓发育率，其中最为致命的差距是智力，这让大山里的孩子远在起跑线之前，就已经输了。

在这个意义上，"大地新芽"带给下一代孩子的，不仅仅是健康，也是一个更接近城里孩子的起点。

"大地新芽"营养支持计划的成效，也直接体现在体检结果中。2019年，红河县的婴幼儿贫血率已经降至1.86%，与城市地区已无差别。这意味着，深山里的孩子将和城里的孩子一样，摆脱智力发育迟缓这个无形的桎梏。

那天活动日下午，当所有人都散去后，常乐妹独自坐在狭窄医务室里。窗外的光影落在她的侧脸。她不再是当年那个在云雾里跳舞的哈尼族小姑娘了。数十年半医半农的生活，在她的额头上凿下了密布的皱纹。

她望着日光消隐的窗外，谈起30年前那场因病错过的中考，语气里略带伤感。

如今，她已经能推测出当年的那场怪病大概是怎么一回事了。那很可能只是一种与维生素缺乏相关的营养病，"营养不好，血凝不住"。主要病因是长期进食过少，长期低脂饮食。

而它的治疗方法也很简单：饮食治疗。

在闭塞的深山地区，得不到及时干预和治疗的小病，都可能成为影响个体命运的暗礁。

常乐妹庆幸的是，伴随着她在深山中留下的每一个脚印，在下一代人那里，暗礁将成为历史。

1000 万自闭症患者的秘密

"没教养……"

这三个字刺痛了女人，她转身走向老太太。几秒钟前，在这辆驶向北京798艺术区的公交车上，女人的侄子冲着老太太咳嗽，没捂嘴。

纵使女人再三道歉，老太太还是不依不饶，她不理解，这么一个高大清秀的年轻人，怎能如此无礼，而且神情茫然，好像事不关己。

"他是有问题的孩子！"怒吼过后，在众人的劝说下，女人拉着侄子下了车，开始责备他，"咳嗽时要低头，不能冲着人。"

"知道。"小伙子捂着脸，笑起来。

"知道，你知道什么啊……"女人轻推了他一把，轻叹，"走吧！"

他们是要去北京一家自闭症疗育中心，相比数量庞大的患者群体，有地可去已算幸运，在城市以外更广袤的地方，很多患者家庭甚至从未听说过自闭症。

和其他显性疾病不同，自闭症在中国乃至世界都被广泛而深刻地误解着，许多人认为患有自闭症的人只是孤僻一点、不太合群而已。事实远非这么简单，它是发育障碍的一种，七成患者伴有智力问题和社交障碍。然而，人类医学至今仍对其束手无策，连病因都未找到。

这意味着，这个病没得治。无数家庭因此陷入漫长黑暗中。

这个愈发庞大的群体，缺乏与之匹配的救助途径，干预与康复资源也严重不足。2017年《中国自闭症教育康复行业发展状况报告》显示，全国在职康复训练师与确诊儿童的比例为1∶143，而自闭症康复机构只有1000多家。

自闭症患者有个诗意的名字——"星星的孩子"，以形容他们像遥远星辰那样，在夜空中独自闪耀。但现实却要残酷得多，他们大多在无知或无奈中错过最佳的干预时机，以致一生孤独，备受排挤，直至一群IT工程师和产品经理发现了他们。

这些技术志愿者，用产品和代码闯入这一艰难之地，10多年后，把它变成一场数亿人参与的超级救助。

而大多数人，对此却知之甚少。

两小时5元钱的朋友

19年前，祝荣带着布谷，从昆明来到北京。在北医六院，儿子被确诊为自闭症。

那一刻，她知道，儿子的病治不好了。这意味着，不仅孩子，她的家庭甚至人生都要就此改变了。

世界上最聪明的大脑，也无法想象出自闭症患者的世界。常人可以轻易完成的穿衣、吃饭、说话，对他们而言，都是巨坎。

祝荣花了两年时间教布谷游泳，又教他写字，但是半年后，布谷只学会了握笔。

布谷13岁那年，祝荣丈夫因食道癌去世。弥留之际，他躺在病床上连连叹气："怎么办？你们以后日子怎么过？"说完便咽了气，眼睛也没合上。

祝荣瘫在地上，布谷也坐着，若无其事。

父亲过世后，布谷被院子里的孩子们排挤，他们给他取了绰号，远远便喊："大头来了！"然后一哄而散。布谷也不反驳，不高兴时就咬自己，手上全是牙印。

为了让布谷保留本就不多的社会接触，祝荣为儿子找了一个朋友。"你陪布谷玩，两小时我给你5元钱。"布谷非常喜欢这个朋友，每天盼着他来，直到朋友考上大学离开。

同在北医六院确诊的，还有周静的儿子多多。

多多两岁时，在姥姥的生日宴上，众人唱过一遍生日歌后，多多一个人依旧不停地唱，就像一台复读机。

"我们当时都很高兴，觉得这个孩子很可爱。"周静说。后来才知道，那是自闭症患者的典型行为。

周静跑遍图书馆和书店，所有医学书籍都告诉她一个冰冷的事实——自闭症发病率为万分之二到万分之四，病因不详。至今为止，该病症没有医学介入手段。

那天夜里，周静号啕大哭，她觉得过不去了。"癌症还有抗癌成功的。自闭症就卡死在那了。"

许多自闭症孩子都伴随着一定程度的感统失调。具体表现为对声音、味道或色彩极为敏感，或极不敏感。20多年来，多多总是习惯性按着耳朵，以致耳畔的骨头被按出了一块小凹槽。

2018年底，广州一名怀二胎的母亲带着7岁的自闭症儿子在家里烧炭自杀。起因是儿子在幼儿园打同学，遭到家长们投诉，最终被休学。

2017年，深圳一名同样怀胎3个月的孕妇和丈夫，带着14岁自闭症儿子跳海自杀，最终儿子溺亡，父亲失踪，母亲和未出世的孩子生还。

虽说国人对自闭症的认知程度较低，但多年的媒体报道，也引发许多民间人士的关注，子略就是其中之一。他早年在公益机构供职，很早便接触到了自闭症群体，也从当老师的好友那听闻过自闭症儿童入学难的现象。

这仅是在幼儿园阶段，到了小学、初中，自闭症孩子和普通孩子一起进入青春期，问题愈发凸显。而从学校出来之后，自闭症孩子往往无处可去，只能封闭在家里。

即使在公益领域耕耘多年，子略有时也会感到疲惫，就像用尽全力打一团棉花。"社会接纳程度不高，公众认知也比较弱。"他说。

更重要的是，捐赠和救助模式非常粗放，再众志成城，也无法高效聚集这些力量。

4.6分钱能做什么？

4.6分钱能做什么？按照当前的物价，大概可以买23克白菜，0.06颗鸡蛋，0.04支2B铅笔。4.6分钱确实什么都做不了。

如果是79亿个4.6分呢？这张既宏大又微小的成绩单，组成了过去10多年中国自闭症救助故事的另一面。

2013年，子略转战互联网，进入阿里巴巴，负责公益事务。仿佛推开了一扇新的窗户，改变众多领域的互联网，也正在让公益变得更简单。

而这样的跨界融合要追溯到更久远。2005年，一位乳腺癌晚期的母亲周丽红，在丈夫弃她而去后，想为女儿挣些学费和生活费，在淘宝开了一家童装店。次年，周丽红去世，她的淘宝店却没有因此停业，得知她遭遇的网友们自发接力，继续运营。

而正是这家永不打烊的淘宝店——魔豆宝宝小屋，诞生了阿里"魔豆妈妈"项目，以帮助更多不畏困境的女性。

众人接力的模式被传承下来，越来越多商家和网友想加入，如何将巨大的热情转化为更可持续的方式，成为一个新问题。

当时淘宝的一位产品经理浅雪得知此事，开始琢磨：能不能从产品层面来解决？尤其在这么一个国民级的电商平台上。

互联网的本质之一就是点对点、多对多，人人彼此相连，也彼此影响。如今，有超过7亿人活跃在淘宝，产生海量的交易，只要辅之以产品、技术、规则，必定能积水成渊，集腋成裘。

很快，浅雪和同事们设计了一个捐赠方案，让有公益意愿的商家，选一些商品设置为"公益宝贝"，买卖双方成交后，就有从2分到1元不等的捐赠，汇成涓涓细流帮助有需要的人。

而捐赠者也能得到回报，例如淘宝的流量资源会适当向这些店铺倾斜，从而提高销量。消费者也在"剁手"中参与了公益，获得满足感。最终，各方形成共赢。

2018年算下来，每笔公益宝贝订单的平均捐赠额度是4.6分，而订单总量则是惊人的79亿笔。

这个看似并不复杂的产品背后，却牵涉了交易、商家后台、分账、支付宝、搜索、详情页、售后等环节，十几个团队的工程师、产品及运营人员，均以志愿者身份参与其中。

"起初，这并不算是业务。"浅雪说，"但它是个正确的事。"

子略后来成了"公益宝贝"的运营，他们帮扶的第一个自闭症项目位于北京，合作方是自闭症儿童救助基金，负责人之一就是前文里的自闭症家长周静。

2011年，她决定投入自闭症康复中来。

啊布的花园

"星光益彩"是周静所在基金会推出的艺术疗育公益项目，旨在通过艺术等手段，改善自闭症孩子的社会交往能力。

"星光益彩"在北京798艺术区租下了一个工作室，作为课堂。目前有大约50名孩子在这里持续学习，其中最小的8岁，最大的超过30岁。

课前，在宽敞的教室里，孩子们走来走去，谁都不理谁，彼此之间几乎没有交流。有的孩子热爱数学，口中碎碎念叨，破解脑中的方程式；有的孩子喜欢查公交站牌，听到一个地址，就能说出乘几路车能到；有的孩子喜欢抖空竹，抖起来就没完；有的孩子喧闹不停；有的孩子一言不发……

自2014年开始，数以亿计的小额捐款，分分角角地汇聚，然后划拨到各救助机构，资金问题得到了大大的改善。

"（这里）不到5年，700多万元，帮助太大了。"周静说。有了钱，他们扩大了教学规模，开始建立成系统的课程体系，并将这一模式输出到北京之外的自闭症康复机构中去。

更令周静感动的是，一个在淘宝上卖袜子的女孩，还给孩子们寄来了一整箱手工缝制的布偶，都是她和母亲手工缝制的。女孩说："我们淘宝店小，影响也不大，才一颗钻，销售额也不高，但还是想做点什么。"

还有园艺师啊布。她的工作是为别人设计花园，同时在淘宝上卖园艺类产品。

在徐州郊外，啊布有一片自己的农场，她在此种下各种花卉绿植，以供售卖。她有两个孩子，男孩12岁、女孩8岁。不上课的时候，母子三人会戴着草帽，和一条叫小Q的拉布拉多犬，在花卉环绕的农场里一起劳作。

2019年4月，啊布偶然接触了自闭症群体。那时正逢淘宝举办"花园盛典"，在全国招募花园设计师。啊布注意到，自闭症主题花园无人问津。她便主动认领了。

此前，啊布只在媒体上看到过关于自闭症的报道，真要以它为主题建一个花园，她感到茫然，"看再多的资料心里都不踏实"。

于是，啊布决定真正走进自闭症患者的世界。她去当地儿童医院康复中心，和医生、护士们聊，越聊越觉得难受。

"作为一个妈妈，如果我有一个这样的孩子，是会很绝望的。"啊布说，"他们连一个简单动作都不太能做好。这是很残酷，很折磨人的。"

最终，带着对这些"黑色故事"的理解，啊布的自闭症主题花园搭起来了。这是一个世界对另一个世界善意的邀请，她在花园里布置了众多散发美好气味的植物。

啊布知道，自闭症的孩子对气味敏感。"希望薄荷、柠檬、百里香，可以把他们从自己的世界里吸引到我们的世界中来。"

啊布在花园外挂满了自闭症孩子们的画作。她希望，通过这个花园，可以让大众知道，世界上还有这样一群人。

一位父亲带着自闭症女儿来到花园，现场捐了几百元。女儿则由妻子陪伴，在一旁玩耍。那是一个只有四五岁，很安静的小女孩。

不会撒谎的人

素未谋面的人们在远方尽力，出力传导到康复机构的课堂里，改变也在发生。

27岁的博雅是音乐课代表。他性情温和，懂礼貌，每天都把自己收拾得整洁干净，与人初次见面，自我介绍之后，他总会略显夸张地鞠个躬。

他像一个从戏剧里走出来的人物，博闻强记，总是用话剧般的语调，通过动画片或书里的台词，甚至广告语来表达自己，让人想起电影《变形金刚》里的大黄蜂。

但在来这里之前，博雅不是这样的。他不敢和陌生人说话，总是低着头。一次从学校回来，他的脚受了伤，流着血，袜子粘在了脚趾头上。无论母亲如何追问，他也不肯说发生了什么。

他甚至连撒谎都不会。因为说谎需要一定的语言表达能力。以至有学者认为，说谎对自闭症孩子而言，不仅不是坏事，更是具有里程碑意义的事。

一位自闭症孩子的父亲曾在书里写道："要是哪天有人跟我说我儿子最近总是撒谎，我当即就给他一个大红包，下楼放挂一万响的鞭炮，上电视台为父老乡亲点播一首《今天是个好日子》。"

博雅离开学校，无处可去，只能待在家里，直至来了康复机构。他重新学习一切，甚至演话剧。老师和志愿者也积极配合他，顺着他的调调念出下一句台词，这让博雅很高兴。

在一次展演中，博雅在老师和志愿者们的鼓励下，登台用英文朗诵叶芝的《当你老了》。

这次经历让博雅信心大增，他开始愿意主动和别人交流。

而祝荣，在儿子布谷接受康复训练的一年后，决定冒一次险，她买了自己一直想看的《复仇者联盟4》的票，带着儿子，像寻常母子一样去观影。

要是以前，要让儿子安静坐在人群中，这几乎不可能。那一次，电影院里坐满了人，电影长达3个多小时，布谷坚持下来了，没有影响他人。

20多年来，祝荣终于在电影院看了一场自己想看的电影。走出电影院，祝荣对儿子说："今天真好，布谷能陪妈妈看电影了。"

谁带他们继续唱歌？

始于一家小小淘宝店，最终成为7亿多消费者和数百万商家的接力赛。规模巨大，又悄无声息。很多人可能仍不知道，自己在"买买买"的同时，已经随手帮助自闭症孩子们多念了几句诗，多唱了几句歌。

不过，钱是一方面，更棘手的问题还在后头。

国内第一例自闭症患者已经51岁了，他的父亲于2016年因病过世，如今身患癌症的母亲已年过八旬，一边化疗，一边带着儿子生活。老人如今已经做了17次化疗，还将做第18次。

父母双双故去后，精神残疾人士究竟还能活多久？有民间机构做过小范围抽样调查，结果是"平均一年"。

在"星光益彩"的课堂里，大龄孩子的家长多是20世纪五六十年代出生的人，他们正一天天老去。一位家长曾对音乐老师说："老师，等我们老了，能不能有个地方，你带着他们继续唱歌？"

是啊！父母终将离去，我们能否有足够成熟、可持续的模式继续救助自闭症孩子？

各方都在以不同的方式加快这一进程。在徐州，啊布想将"花园盛典"上的故事延续下去。她联系了当地的康复中心，希望为自闭症的孩子们设置园艺课程，让他们和父母一起到自己的农场来。就像她和自己的孩子一样，在阳光、花朵和绿植环绕之下，享受平常人家的快乐。

在杭州，子略则在面对越发繁重的工作，公益宝贝的规模不断增大，每天等待他的是无数的产品需求，商家的咨询以及对更多自闭症康复机构的考察，多一个机构，就能多惠及一方孩子。

而回看过去10多年的变化，是这群产品经理和工程师最宽慰的时刻。

13年前，他们依靠热情和代码，从传统公益模式中另辟蹊径，打开一扇新窗户。如今，这扇窗户的规模已远超他们当初的小心愿，成功汇集了无数涓涓细流。仅2018年一年，消费者就通过淘宝"公益宝贝"产生了3.6亿元爱心捐赠，惠及800多万人次，这是数亿消费者在"买买买"中不经意间留下的善意。

而正是这些小善意，聚拢后却足以改变一些人的人生。仅"星光益彩"，背后就有超过6000万人次的捐赠。几年下来，他们总共收到了720余万元善款。

子略和同事们也在不断加速扩大"公益宝贝"的救助范围。他们探索出的新救助模式，目前已经延伸至抗战老兵、贫困山区的儿童、乡村孕妇、白血病患儿等多个群体，成为这家成立20年的互联网公司最独特的产品之一。

2019年4月2日，老师为博雅和班上的大龄孩子准备了成人礼。仪式上，博雅特意选了一套灰色西装，颇为帅气。

现在，他已经有了自己的梦想，要成为一名博物馆解说员，他悄悄问母亲："穿上西装之后，我是不是就可以成为上班族了？"

生 死 摆 渡 人

丈夫王瑞祥去世已经快两年了，但陈梅知道，在世界上的某一个地方，有一双眼睛正通过他的角膜注视着这个世界。

"白衣阎罗"

懂霞第一次见陈梅是在ICU病房外的小会客室，她按以往程序，安静地坐在王瑞祥的主治医生旁边，听他向家属陈梅报告病情：脑干出血，接近5毫升，死亡率超过80%。

懂霞看到陈梅的脸顿时就"垮"了，泪水在眼眶里闪，医生随即安慰家属，说会尽全力抢救。等陈梅情绪稍微缓和，懂霞意识到，自己出场的时候到了。

她开始做简短的自我介绍，陈梅的脸转过来，泪水噙在眼里，满是困惑和防备，当懂霞说出"器官捐赠"四个字后，陈梅的泪水随即涌出来，缓缓摇头，不出声。

成为器官捐赠协调员之前，懂霞是一名ICU手术室的护士，以往在手术台前，见惯了死亡，总能冷静克制，但成为协调员以后，她却时常跟家属一起哭。

她仍记得第一次做捐献劝说工作的场景，病人的哥哥当即拍桌子离开。

这种内心折磨背后，却是她必须面对的深刻矛盾。

在低温或低温机械灌注条件下，心脏离开人体只能存活6小时，肝脏、肾脏等存活时间也相当有限，许多器官都通过飞机或直升机运送，往往是捐赠者被宣布"心脏死亡"时，另一边等待者已经躺在手术床上。

器官移植生死时速，争分夺秒，劝说工作必须提前介入，人还未走，就要与家属商谈中国人最忌讳的生死问题，随之而来的伦理困境，甚至让捐赠协调员被称为"白衣阎罗"。

近年来，在中国，器官捐献事业发展迅速，捐献数已居世界第二位，每年移植手术超过两万例，截至2019年11月，累计捐献超过26529例，器官总数75834个，这意味着，有接近这个数量的人重获新生。

进展的另一面却是差距。浙江嘉兴的尿毒症患者董姝在透析的8年里已经"死"过不止一次，当她决定器官移植后，等待时间是将近两年。在董姝身后，每年有超过30万人在垂危境况中等待器官，这与每年的两万例手术相比，差距甚远。

器官捐献，生死摆渡，依然任重道远。在懂霞8年的职业生涯里，共经手上百个捐献案例，见证数百人因器官捐献得以延续生命，因此她也知道，器官捐献更深层的难题是什么。

当人自然死亡或久病而终时，器官往往因病或衰竭而不具备移植条件，很大部分的捐献来源，其实是王瑞祥这样的突发病难者——遭遇车祸、高空坠落或突发疾病离世。浙江省器官捐献中心的资料显示，捐献来源的很大比例来自突遭车祸和脑血管病意外去世的人们。

与突发病对应的，是存在于捐献者群体的另一个普遍现象，"他们往往是比较弱势的群体……那些因为脑血管病去世的人，10多年都没吃过药"。

为此，懂霞所在的浙江省器官捐献中心还通过电商平台募集善款，为器官捐献家庭的孩子助学。浙江省内第931例器官捐献者、来自湖南娄底的农民工王瑞祥，即是这类捐献者的典型。

器官捐赠的吊诡之处在于，当他们的死亡让本就不富裕的家庭骤然崩塌时，在世界的另一些角落里，经过漫长等待后，另一群人才可以看见希望。

最终，王瑞祥离开时，留下了他的眼角膜、肝、肾、心脏等器官，在这个芸芸世界的另一头，共有7个人因他而活下来，或重见光明。

"他们围在井口伸着手，却拉不到我"

董姝的第二次"死亡"发生在透析的第5年。这位浙江嘉兴的"80后"女孩，是另一头等待希望的那群人之一。

作为尿毒症患者，她的血管进行过特殊处理，在手臂上将静脉和动脉连接，以加快血液流动速度，医学上称作"动静脉内瘘"，它是董姝的生命线。

一次午睡意外压迫之后，董姝的内瘘出现损坏，随即引起并发症，导致心脏停止跳动超过一分钟，最后还是被电击"打活"过来。

重新活过来这天，董姝在病床上睁开眼，看到母亲坐在旁边，双眼红肿，她自己却觉得，只是像平常一样睡了一觉醒来。这并不是她唯一的濒死体验。

2011年，董姝的肾病已经拖延一段时间，直到那天在浴室洗澡，她才愕然发现，后背已经肿出两个发亮的圆球，医院检查后，已无更多选择：透析或者换肾。之后8年，她再没离开过那些猩红色的导管。

董姝不敢立即把消息告诉母亲，因为她的舅舅也是因尿毒症去世的。独自走在路上，像"世界已经不存在了"。

虽然不会立即致命，但董姝知道，患尿毒症8年，都是与死神相伴的日子。腹水严重时，她睡觉只能坐着，且要佝偻身体，因为只要躺下，腹水便会压迫心肺，一分钟之内就会出现窒息感。

"像有一把剑悬在头顶，它随时都有可能落下来。"董姝虽早已成年，但那些年，她一直跟母亲睡同一张床。

她也知道，自己体内更鲜为人知的危险，是肾脏失去过滤功能后钾元素大量留存在血液里，带来的可能是心脏骤停。

那些年，母亲也养成浅睡习惯，神经总是绷着，无数夜晚清醒到天明，多年下来，因长期操劳和睡眠不足，母亲的苍老与憔悴早超同龄人。

一个夜晚，董姝忽然深夜醒来，她的头脑异常清醒，却无法控制自己的身体，手脚几乎不能动弹，想呼喊却只能发出呜呜的沙哑声。董姝意识到，那把剑落下来了。

她开始奋力挣扎，竭力控制自己的手，一点一点往旁边挪，终于可以碰到母亲的身体。轻戳几下，母亲即猛地醒来，背起她就往楼下跑，发动摩托车，用绳子将董姝捆在背上，连夜赶去医院，这才抢回女儿的命。

身体的死亡威胁之外，董姝面临的另一重诅咒，来自心理层面，"感觉是渐渐被人推远，渐渐被人埋了"。她的头微微抬起，重重地呼出一口气。

等到婚嫁年纪，家里亲戚给晚辈张罗婚事，却从来都没人想到董姝。在有些人眼里，她已是"废人"，乡下讲迷信的，甚至刻意躲避她，觉得"晦气"。

男朋友也离开了，男孩本来放不下她，可对方母亲打电话来怒骂："为什么要害我的儿子！"那一天，她跑到一座桥下，哭到不再能流出眼泪。董姝回忆当年，知道身边亲友也都觉得，对她来说能活着就是最好结果，其他奢求皆是不妥。

血透的第6年，那一天，董姝做完治疗从医院出来，骑电动车行在雨里，密集的雨水打在脸上，强劲的风吹得路边大树疯摇，街上空无一人，眼泪混着雨水流下来。

当时董姝感到的，是一种彻底的孤独："就像我在井底，他们围在井口，都伸着手，却怎么都拉不到我，这个世界上，没有任何人可以代替我去受。"她坐在客厅沙发上，低头看着地板。

留下他的眼睛，"看着"这个世界

丈夫离开以后，时常侵袭而来的悲痛令陈梅防不胜防，当她站上摇晃的椅子伸手去换掉坏的灯泡时，当她独自骑电动车去学校接孩子却再也没有臂膀可以依靠时。她从不在家里哭，有时去太湖边，在丈夫站立过的地方，望着浩渺无边的湖水，流干眼泪。

王瑞祥弥留之际，陈梅每天的探视时间只有半小时，她的手在丈夫苍灰色的脸庞摩挲，这个陪伴她15年的男人却再也给不出任何回应。

在ICU外的靠椅上守候时，陈梅时常都会想起王瑞祥的眼睛，到后来，在她独自拖着煤气罐上楼的那个下午，还会像现在那样想起那双眼睛，只能倚着墙壁泪流不止。

他们曾站在黄昏的夕阳里，一起遥望过湖南老家门前起伏蜿蜒的山路，那栋简陋的楼房，经风吹日晒已显出斑驳。结婚那年，他们借钱修房，封顶后的十几年来，却几乎没有住过。

2000年初，他们都在广州打工，是朋友介绍他们认识的，陈梅每天工作12小时，做塑料输液管，丈夫在工厂烧陶瓷。

丈夫那双眼睛，会在郊区农民出租房里盯着油烟升腾的锅底，会在没有手机、没有电视的傍晚，望着苍茫迷蒙的江面。

陈梅会想起，丈夫如何笑得眼睛眯缝，把整月的工资交到她手里，还说，喜欢什么，随便买。但哪怕是步行街上二三十元的女装，陈梅半年也舍不得买一件。

浙江湖州是他们新的落脚点，陈梅有时会去给丈夫送饭，看到他摘下口罩，在尘灰飘浮的装修房里朝她眯着眼睛憨笑。她永远不能忘却的，是他们庆祝怀孕的那个夜晚，在一家川菜馆，他们点了三个菜，丈夫喝啤酒，她啜着果汁，昏暗餐厅的白灯下，他盈笑的眼睛似乎在放光。

到2013年，他们已经有了三个孩子，两女一男，王瑞祥的事业也发展顺利，组了工程队，从此活路不愁。

出租屋里，越来越有家的样子，孩子慢慢长大，都上了学，大的读小学，小的在幼儿园。夫妻俩过着平淡日子，有时一起接孩子放学，骑电动车出门，陈梅喜欢搂着丈夫的腰，侧脸贴在丈夫背上。

家楼下有条窄净的水泥路，夏天的夜晚，一家人会出门乘凉，三个孩子在前面奔跑。陈梅总会想起那样的场景，丈夫站在明晃晃的路灯下，不时抬手抽烟，看到远处孩子们玩得欢腾，会不禁眯眼微笑。如今，陈梅想起这些场景，才知那便是此生幸福的顶点。

2018年，陈梅母亲也被接来浙江，出租屋没有电梯，老太太上楼下楼，全靠女婿背。有一次，全家老小外出游玩，初夏时节的太湖，浪白风清，烟波浩渺。王瑞祥平时不爱拍照，那天却很"配合"，蹲在地上拍孩子，让他们摆姿势，他把手机举过头顶，将一家人都框进画面。

吃晚饭时，王瑞祥照例喝些啤酒，心情大好，准备出门打麻将，在平时，陈梅都会跟着，当天因为母亲在，她便留在家里。

出发前，丈夫轻轻带过房门，说了声："走了。"陈梅仍在厨房洗碗，头也没抬地说："早点回来。"心里却知道，打麻将的他肯定不能早回的，却想不到，是再也回不来。

当晚10点多，王瑞祥突发脑出血倒在麻将桌上。

在陈梅眼里，丈夫是个善人，"舍得吃亏"，这位不善情辞的男人再也不会知道，陈梅会无数次地想起，他眼里的爱与温柔。

生死摆渡

在ICU外等待的时日，陈梅的心意也在慢慢变化，她想，即便最终丈夫要走，他的眼睛还可以"看着"这个世界。

但对她来说，这仍是一个艰难的决定。

懂霞第二次见陈梅，王瑞祥的大哥也在，那是个沉默的中年男人，安静地坐在弟媳身边。主治医生从病房出来，不带表情地对两位家属说话。仍没有好消息。

懂霞再次提出器官捐献的建议。这回，陈梅没再摇头，她身边的大哥沉默良久，才抬起头，眼里充满痛苦，像是在哀求："我们还要抢救的啊！"

困难还不只生死问题。当陈梅向那群来自湖南农村的亲属提出想法时，立即遭到激烈反对："没有这个必要！""这个社会又没给过你们什么，凭什么要做这个贡献！""你要是做了这个事情，会有人说你拿丈夫的身体卖钱！"

懂霞第三次见陈梅的那个下午，医生给出最终建议：可以开始准备后事了。

陈梅独自坐在对面，懂霞开始做最后的劝说。

在技巧上，她没有展现过多的同情，而是从道德层面进行"引导"，强调的是，那些躺在病床上等待的人，可能会因此活命。

远在杭州的尿毒症患者董姝，已经在病床上等待了3个月，在这之前，医生给她打电话：快排到你了，来医院吧。

住院的许多个夜晚，董姝都失眠了，她反复地想着另外一头的那个人。

那是一个平常的下午，医生来到病房，他只站在门口，像交代一件很平常的事："董姝，今晚准备手术，不要再进食。"说完，便匆匆离开。

董姝坐在病床上，抑制着兴奋，感到"封闭的房间裂开一条缝，透进一束光"，她只想寻着那道光走出去，只要是离开这里，哪怕光的背后还是万丈深渊。

听完懂霞的话，陈梅依然沉默低头。懂霞也不再说话，经验告诉她，此时，沉默能发挥的作用，超过所有言语。陈梅终于抬头了，她没有看懂霞，眼睛茫然而哀恸，喃喃地说："是啊，对方也是一个家庭啊。"

陈梅最终做出的决定是，捐献丈夫所有健康的器官。

当晚，在懂霞的陪同下，陈梅获准进入手术室观看，9点47分，当看到连接着王瑞祥身体的心电显示仪闪过最后一道波弧时，倚靠在玻璃墙外的陈梅顿时泪水奔涌，她浑身瘫软滑落到地面，懂霞用力将她搀扶起来，走出手术室。

手术室内，麻醉师宣布，摘取器官手术正式开始。1个小时后，手术全部结束，王瑞祥捐献出两个眼角膜、一颗心脏、两个肾脏、一个肝脏等多个健康器官，与此同时，在这个世界的另一头，已经有七个人躺在手术台上，等待着生命延续或重获光明。

医护人员开始为王瑞祥整理遗体，盖上洁白的单子，手术室内所有人员在遗体周围站成一圈，懂霞像往常那样宣布："现在开始默哀。"所有人向王瑞祥三鞠躬。

那天，懂霞回到家里已过午夜，她像往常那样脱去工作的衣裳，像往常那样冲澡，像往常那样在客厅沙发上静坐良久。

对她来说，工作远未结束，"生死摆渡"的使命远比人们想象的长远。出于器官移植的双盲原则，捐受双方不能见面，也不能直接联络，仅有的联结是写信和送礼物。

她会帮助器官受赠者转交信件。有个妻子，只希望懂霞帮她转交三个保温杯，到那个丈夫的心脏依然在跳动的地方……

"活着真好"

董姝仍然无法忘记那8年的深渊噩梦，阴郁始终跟随着她，不敢过分憧憬生活，但仍觉得，活着就是万幸。

她与动物走得更亲近，身体恢复后，回到原来公司上班，有两只流浪猫每天都来办公室窗前，董姝会给它们喂专备的猫粮，让它们趴在椅子上，照顾它们直到下班。

在这场生死摆渡里，需要获得重生的，还有另外一群"健康"的人：器官捐献者的至亲。

丈夫去世头一周，陈梅几乎没吃东西，最初几月，她瘫在床上，想着"死"，不说话也不做事。2018年春节回娘家，尽管所有人都在，她却感到"少了好多人"，觉得"很没劲"；她也想如别人那样，去到丈夫的器官仍在跳动的城市，在那里走一走，呼吸那里的空气。

2019年春天，陈梅在快递公司找到一份工作，做些简单的填写工作，每天下午4点下班，接最小的孩子回家，再去送几个外卖。她一度甚至同时做三份工作，在饭店后厨洗碗，下班已过夜里10点，回家后孩子们都已睡熟。

这种起早贪黑劳碌的日子，在"红十字小桔灯"出现以后才终于结束。这是浙江省器官捐献中心发起的公益项目，通过淘宝等电商平台募集善款，为生活困难的器官捐献者家庭提供子女助学公益服务。

2019年，陈梅第一次接到小桔灯的电话，最初还将信将疑，等助学款发到手里，她才如释重负。读小学的两个女儿，每年各自都有2000元的生活补贴，等最小的儿子进入小学后，也将享受相同的补助，而小桔灯的承诺，是持续助学直到孩子们完成大学学业。

陈梅的心，终于放下，她辞掉那份洗碗的工作，把晚上的时间都留给孩子。在简易的出租屋里，孩子们在写作业，陈梅则在厨房忙碌，淘米，蒸饭，洗菜，切菜……烟火气充满房间，吃饭的木桌旁，是一面贴满奖状的墙。

这个艰辛的家庭，只是一个庞大群体的缩影。自从中国开展器官捐献以来，已有超过2.6万人留下他们的生命余温，在浙江省，这个数字是1292例，有近3800人因此重获新生。在小桔灯起步的浙江省，这个公益项目已经累计助学689人次，发放助学款168万元，数百个生活困难的捐献者家庭，正在小桔灯的暖光照耀下，修复，生长。

董姝也在慢慢爬出8年的深渊。她参加"红十字小桔灯"的志愿活动，通过互联网平台为项目捐款，走进医院病房，对那些移植等待者说鼓励的话，也会去看望捐助者家庭，用自己的经历告诉孩子们，他们已经不在人世的母亲或者父亲，是伟大的。

董姝会越来越直观地意识到，作为一名器官移植者，她的生命已经有所不同，"不是说感觉身上活着两个生命，而是两份责任"。

丈夫刚刚去世那阵子，陈梅曾做过一件不为人知的事情。他们结婚15年，却从未拍过婚纱照，本来已经在计划，人却不在了。她独自去婚纱摄影店，拿着两人照片，想要一张合成的婚纱照，遗憾的是，因为丈夫总不笑，合成的效果难遂人意，最终也没有做成。

她也曾收到从"那边"转送的信，陈梅展开来，读给孩子听，当作是来自爸爸的音讯。虽然知道那会违背器官移植的"双盲"原则，陈梅心里仍然怀有一种期待：希望拥有丈夫那双眼睛的男人，能回来看一眼孩子们。

后来，董姝跟朋友去过一次东极岛，有条很长的路通往海岸，她们走了将近两个小时，穿越野草丛生的山岭，来到高耸的海岸边，她看到眼前，是暗沉的大海与灰蒙的天空，环顾视线前方，最后的海岸线消失了，有呼啸的冷风吹来，陡峭的悬崖之下，汹涌的白色浪涛不停地拍打嶙峋的礁石。眼前并非晴碧的旖旎风光，董姝却觉得，那是她一生所见最美的景色，心底不由感叹："活着真好。"

她用手机拍了视频，配上音乐，发到社交平台与朋友们分享，她也总觉得当时那首配乐极好，极恰当，过了很久，她才搜到那首配乐的名字，是首英文歌，叫"Hey Jude"。

万物生长

冷暖寿衣模特

有人想穿上洁白神圣的婚纱，有人想穿上传统汉服，有人想穿上温暖的大衣，即使是人生的最后一次露面，不同的人对美丽也有不同的期待。

妈妈曾劝她离职，也有人表示不理解这样的"非主流"，1995年出生的赛男，是一位入行3年的寿衣设计师、模特。这些年，她用亲手设计的"最后的衣服"，帮更多逝者"漂漂亮亮地与世界告别"。

在淘宝上，有一群平均年龄不到30岁的手艺人，用一针一线去实现普通人的生命重托。

我想让他们漂亮地告别人世间

"有个女孩和我说，她有想过生老病死。如果有天离开了，她一定要穿着漂漂亮亮的衣服，在亲朋好友的目送下离开。"

在这个社会上，有很多职业天生就带有一些神秘色彩，容易引起别人的偏见，其中最令人忌讳的就是殡葬行业。

"95后"赛男，经历诸多的悲欢离合之后，发现了寿衣设计的意义——一针一线慰藉的不仅仅是逝者，还有生者。

"很多人不喜欢这份工作，觉得不吉利。"2017年，在男友的鼓励下，河南姑娘赛男毕业后进入郑州一家寿衣公司做运营，"第一次在公司里看到实物，我忍不住叫出声，太好看了，一点都不像我想象的寿衣样子"。

一直喜欢设计的她，跑遍了苏州、南京的博物馆，也萌生了加入研发组的想法。"我设计过10款寿衣，有现代款西服，有古装剧同款汉服，还有旗袍。"

在赛男的设计稿里，寿衣打破了外界沉闷、阴森、古板的印象。她给寿衣加了绝美的蝴蝶盘扣，衣襟贴上绣娘定制的手工绣片，还用上了香云纱、真丝等精致面料，"公司每年都会组织寿衣设计大赛，我是这一届的冠军"。

设计好后，还要自己试穿上。"在这个大多是'90后'的团队里，大家很自然地穿上设计服，从而更好地找到不足，提出修改意见。"

3年来，她收到许多陌生网友的善意："我在微淘发过试穿的照片、视频，评论都是正面的，包括直播中，也没有一句攻击性的言论。"还有网友称这个职业为"模特界的泥石流"……

改变赛男的，还有一些温情却又虐心的故事。她记得一对年约60岁的老夫妻，"先是在线上淘宝店咨询，问了还有点不放心，听说有实体店，老夫妻风尘仆仆赶来门店"。

赛男这才了解到原委，夫妻俩的女儿，20多岁的花样年纪，却不幸患上癌症，病情越来越不稳定，"想要一件年轻一点的衣服冲喜"。在店里看了没多久，这对夫妻便挑中了赛男设计的汉服寿衣"花容月貌"，衣服上有花鸟刺绣，颜色是轻柔的淡蕊香红，衣襟上还有真丝绣花。

衣服买走后，原以为这件事就告一段落了。结果有一天，赛男收到了一张照片，打开的一瞬间就被触动了。

照片中，素未谋面的年轻女孩面色憔悴，身穿着这套汉服，站在病房外的走廊上。她冲着镜头平和地笑着。

老夫妻用照片定格了女儿的这一瞬间，向赛男道谢："谢谢小姑娘，女儿很喜欢，我们虽然悲伤，但也有了一丝安慰。"

赛男时常都有冲动想问一问女孩的近况，却又不敢打扰这对老夫妻："我更相信有奇迹，现在的她和我们一样好好地生活着。"

一天24小时陪伴，却永不说"再见"

"您好，有需要可以随时找我。"没有表情包、没有语气词，这是燕子这3年来说得最多的一句话。

1994年出生的燕子，云南人，是赛男的同事，目前做客服工作："我们24小时都有人在线。"

"再见""请帮忙推广一下"，这些，在燕子眼中俨然是禁语，"绝对不能说的"。

由于行业的特殊性，燕子从不说"你什么时候用"，而会说"衣服什么时候用"。"如果想知道客户急不急，就问'身体好不好'，根据这个，我们来评估从哪个仓库发货更快。"

深夜了，燕子却习惯把手机铃声调到最大，这是她对自己这份工作的坚守方式，"生怕漏掉哪一条留言"。

她遇到过一位"90后"女顾客，在网上问得特别详细，甚至还有点小挑剔。

"最后，她拍下一件西服款式的寿衣后，主动要求加我的微信。"后来，燕子翻到了她的朋友圈——西服是买给她新婚不久却意外离世的丈夫的。

突如其来的事故，击碎了这个新组成的三口之家，留下她一个人带着几个月大的孩子。"那一瞬间，突然理解了她的'完美主义'，理解了没来得及好好告别会有多遗憾。"燕子说，这件西服或许就是她的遗憾。

亲人突然离世，而活在世上的亲人没有一点点的心理准备，这种悲痛感会被瞬间放大到一万倍。有一次，临近深夜12点，专用客户手机响起。

这是一个几百公里之外的求助。刚一接通，隔着手机，另一端响起的是撕心裂肺的哭声。一个男生开口，语气很急，情绪很糟。

"听小伙子的声音，很年轻。"小伙子说父亲走了，在这个悲恸的夜晚，家人相守在殡仪馆。在这个节骨眼上，小伙子却发现收到的东西"不会用"。

当客服在电话里一步步教他如何使用后，小伙子突然哽咽道谢："抱歉啊，你们的说明书和视频都很详细，但我太难过了，一个字都看不进去。"

"这件衣服怎么买？"客服接待过一对古稀之年的东北老夫妻。

他们从来没有上淘宝买过东西，第一次点进这家殡葬用品淘宝店。"不想让孩子知道我们在准备寿衣，他们小辈不理解的。"

客服在电话里耐心讲了快30分钟，才帮助老人解决了下单问题。老人家收到衣服，为了表达感谢，硬是给客服寄来了老家的特产木耳。

人类的情感很复杂，但在此刻，善意总是相通的。

记住他们留在人世间最后的样子

三百六十行，殡葬是最严谨的行业之一。"其他事情出错，事后都可以补，但对逝者是永远没法补救的。"

这份失去亲人的痛，让"90后"小金至今也没走出来。父亲肺癌确诊后经历了大大小小的化疗，最后还是离开了。"父亲在我一无所有的时候离开了，没有看到我成功的那一天。"

3个月后，千岛湖小伙小金开出一家殡葬淘宝店，给自己取名"一个木"。

或许是感同身受，小金经营这家淘宝店时格外用心。他曾亲自开车300公里，赶在葬礼开始前，把骨灰盒送到了台州买家手中；发货前，小金会仔细检查，给盒子加上防潮泡沫纸、定制泡沫箱、五层特制厚纸箱。"要是遗憾发生了，对活着的人来说，就是一辈子的遗憾。"

在赛男、燕子和团队成员眼中，入殓师用一双手温柔对待逝者，自己的职业虽然平凡，但也在帮人完成一次生命的交托。

定义一个人最好的方式是什么呢？职业？成就？不同人对这个行业的理解，也让赛男有了新的启发。

几年前开同学会，赛男从不主动说自己做什么。"现在别人问我职业，我都能坦然地说出来。"赛男说，"以前的同学听说了，有人会说'你好厉害呀'，有人就不搭理，连坐我边上都不敢，也有人很好奇地追问个不停。"

"其实，过了两三个月的试用期，我才敢把我的真实工作告诉妈妈。"赛男说，妈妈的第一反应是惊讶，接着马上说"赶紧辞了"。见到女儿一次次为一件衣服熬夜设计，妈妈的态度才有了转变，"现在她已经完全接受了"。

谈恋爱的时候，赛男也嘱咐过男友："千万别给你妈说我是做什么的。"可没想到男友的反应很暖心："早都说过了，家里人一点也不介意，自食其力又帮助了人，有什么不好的？"

做了几年客服，燕子依旧会被店铺的买家评价感动到不行。有人把这里当作一个一直在线的"树洞"。

燕子说，有位女士为老公买了寿衣，写下一段揪心的话："抗击肿瘤一年半了，时刻不离地陪伴你，总是希望你能延长一些时日，说好的要相伴到老你要食言了。这几天你又不省人事了，不能和你商量了，也不知道你是否满意这套衣服，多么希望你永远不穿它，我们永远在一起。"

对生者来说，那一面，是逝者留在人世间最后的样子，也是他们永远活在我们心里的样子。

百变淘女郎

　　为了"双11"，有群人比所有人都更早忙起来。

　　还是七八月份，烈日酷暑的季节，她们就会穿着羽绒服在室外拍摄，热得浑身湿透。

　　这些照片会在几个月后的狂欢购物节时出现在几亿"剁手党"眼前。

　　她们都有一个俏丽的名字：淘女郎，专门为淘宝天猫上的店铺拍摄展示照片。

　　作为一个群体，淘女郎几乎与"双11"同岁，每年这个时候也是她们最忙碌的季节。

　　有的淘女郎一天的收入即超过两万元，一个忙季拍下来，收入可以过百万元，比很多所谓精英人士整年都挣得多。

　　同行10年，如今，淘女郎已经无处不在。

　　她们不只是拍照的模特，有些也是红人店铺主播，或是超级带货主播。

　　淘女郎人数已经超过10万，并且还不断有新人加入进来，10年来，这群"好看"的女人，已经成为中国女性创业的主要力量。

　　她们缔造着一场直播卖出十几亿元的奇迹，也成为无数中小电商企业主理人，数百万人的就业都与她们相关。

凌川：穿衣20万件，再难找到喜欢款

我做了10年淘女郎，经历了10个"双11"。2011年，我刚大学毕业，那时，淘宝服饰发展势头迅猛，需要大量模特拍照，在朋友介绍下，我开始兼职。第一次拍了两小时，入账1200元，我当时工资也不过3000元。回报丰厚，时间自由，我心动了，下定决心转行，没想到，一做就是10年。

第一年"双11"，我就发现一些新的迹象：淘宝女装正在崛起。原因就是，找我拍照的女装店数量远远超出我想象——中国女人开始在网上买衣服了。那个时候给"双11"拍东西就已经非常忙了，每天的时间都被排得满满当当。有时候，喝口水都没时间，半夜一两点睡，凌晨四五点就要起，我甚至坐在马桶上都能睡着。

高速运转里，我也见证了淘女郎这个产业链的慢慢成形，甚至可以说它已经很庞大了。参与这件事情的人不仅是模特，还有摄影、搭配、造型、美工、助理，然后会有专门的摄影棚、拍摄基地。我很喜欢这个行业的一点，是它的透明，有客观的标准：普通女装300元，睡衣600元，泳装700元。拍得多，挣得多，不完全是在拼颜值，它还是个体力活儿。它甚至主要都不是靠脸，而是努力，长得好看的女孩多得是，但不是每个人都做得好。比如，你的姿势要摆得流畅、自然，还要快，一秒钟就得换好几个姿势，所以如果要做得快，你换动作的逻辑就要顺，这得靠脑子的。

每一年"双11"，其实都是淘女郎的一个竞技场，10年下来，我见了太多热闹的相聚和怅然的分离，总有人离开，也总有人到来。我的资历现在已经算是"骨灰级"的了。穿过20万件衣服是什么感觉，也许这个世界上没几个人有机会知道，但我知道。

要说是什么感觉，真的，我想说的是，希望你们都不会体会它。因为你会对衣服产生审美疲劳，你可能再也找不到自己喜欢的款式了。生活中很大的一个乐趣没有了，我所有衣服加一起只需要一个小小的柜子。我也得到了愿想的东西，就是我现在的生活，柔软而自在。当然忙的时候依然得快马加鞭，每年

"双11"活都还是重，一天拍下来，能有2万元收入，一个月忙下来就有60万元了。

闲暇的时候，我喜欢去世界各地旅行，跳伞、蹦极、潜水，惊险、刺激、新鲜的东西，我都很喜欢。还有一个很有成就感的地方就是，我拍的东西能出爆款。我是行业所称的"爆模"，拍的一个单品就能卖出几十万件。我看到好多刚起步的淘宝店铺，因为我拍的款式卖得很火爆，一夜之间就起来了，我特别开心。

拍摄的新鲜感其实挺重要，这也是我10年"双11"能一直坚持下来的原因，因为总是能穿到不一样的衣服。这也是我观察到"双11"很有意思的点，就是在早期，很多时候，不同商家拿过来找我拍的衣服其实是一样的，但是慢慢地，这种尴尬的撞衫现象就不再出现了。可以这么说，我是一步步看到中国女人是怎么美起来的，着装越来越不一样，每年都有变化。"双11"其实就是中国女人着装变化的一面大镜子。

滕雨佳：这可能就是，梦想真正的模样

张爱玲曾说，出名要趁早，这句话也是我的人生格言。我是个"斜杠青年"，身上标签很多：平面模特、"网红"、淘宝店主理人以及一个在追寻梦想的人。我妈是小镇裁缝，我的美学启蒙来自她——小时候家里总是堆满各种时尚杂志，《瑞丽》《ELLE》《世界时装之苑》……因此我从小就有个时尚梦。2011年，那个时候还在读大学，在朋友的推荐下，我在平台发了照片，结果就多了个陪伴我至今的身份：淘女郎。

他们可能觉得我阳光开朗，所以一开始让我拍运动装，我不怯场，才拍第一场，客户就把我当资深人士了。我对那时候"双11"的印象特别深刻，当时我还在学校读书，只是兼职拍，一天就有几千元收入，一个月下来的收入让我过了好久都有点不敢相信。大二那年，我决定放手一搏，也许这就是我实现梦想的最好机会了。我退学了，全职做淘女郎，每天早上4点起床，深夜收工，之所以要起那么早，是因为摄影师要等光线，早上六七点的光线是最柔和

的，适合拍照。等到再参加"双11"，我的状态就完全不一样了，一天要拍几千张，点开淘宝女装，满屏都是我的脸。

到2014年，我的"脸"也变了，那年"双11"，我没再以模特的身份出现，而是成了一个淘宝店主。那一年是淘系电商的新零售转型，我这样的红人店主，就是无数新生势力之一。我有了自己的团队，开始创业了，200万粉丝，够我做很多事情了。2015年的"双11"结束，我的销售额就已经破亿了。

而随着"双11"的迭代，我这个淘女郎的面貌也在跟着发生变化。淘宝店红人的下一步，其实是小众细分，这也是每年"双11"逐渐明显起来的趋势。我也得跟上，把精力和眼光更多地往内收，深耕垂直领域，和粉丝之间做更有意义的沟通。无论我的穿搭还是产品，其实都是一种表达，会有一群人懂你，这种感觉还挺好的。这可能就是，梦想真正的模样吧。

陈洁kiki：100万元，也抵不过认真二字

如果以网红身份出现的话，我的名字叫陈洁kiki，也是粉丝们口中的K姐。至今我仍然很感谢最初淘女郎的经历，每天见识100多个款式，积累下来，全都是有用的穿搭经验。而这也是我下一步的起点。2016年的"双11"，我跟很多淘女郎都不一样，甚至跟绝大多数参加"双11"的人都不一样。那一年，淘宝直播才刚刚上线，其实是很新的事物，有些人甚至嘲讽，说我走回头路，跑去做电视购物了。

带货主播现在已经很普遍了，连农村里的"村播"都超过10万人了。但我可以挺骄傲地说，做淘宝主播，没多少人比我更早。"双11"不比平常，人多，我其实挺紧张，流程还没熟，人还没红，就来上"双11"。唱歌跳舞我都不擅长，我也不喜欢秀场直播那种，讨好大哥要打赏。连老公都跟我开玩笑说："陈洁你这样肯定火不起来，人家都在炒'白富美'人设，你这个人太接地气了，一点爆点都没有。"

其实，大家更喜欢看到一个平常有趣的人，过着跟大家差不多的生活。这个跟整个平台也很有关系，淘宝逐渐社区化、生活化，变成一个分享、交流生

活方式的地方，这让我这样的平淡主播幸运地得到机会。"双11"直播的时候，我就是边啃鸡腿边说话，随意，接地气，后来火了我也还是这样。做自己是件多么不容易的事情啊，还在这么多人面前。所以我觉得淘宝这个地方特别神奇，爱买东西的人，其实都会蛮可爱有趣的，说明你是个热爱生活有能力的人，这真的很重要。我的特点也是，作风很随意，做事很认真。

注重选品是第一步的，作为一个算得上资深的"双11"主播，我的感受很明显：这个平台就是要优胜劣汰的，主播的核心竞争力是专业，所以选品最关键，要严格。有人曾经给我开100万元，让我播他的产品，每个月播两次，但他产品不行，我就直接拒绝了。到今天，我以一个淘宝主播的身份参加"双11"，已经5年了。我是比较明显地感觉到，自己在跟着"双11"一起成长。

美洋：这是一个可以无中生有的地方

别人也叫我淘女郎，但我跟最初的她们却不一样，我没当过模特，以前是一名银行客户经理，整天跟枯燥的数字打交道。我做服装是在2010年，工作之余，兼职办了一个工作室，四处进货，练习穿搭。前期积累成为我成功转型淘女郎的基础。

2018年女儿出生，生活中又多了一份压力。精力顾不过来，我决定放弃银行工作，专注做服装，然后，我的做法也有了更多变化。2018年的"双11"，我刷了很久淘宝天猫，看下来一个很深的感受：粉丝为王。在淘宝，粉丝看重的是你的能力、品位，你能给她们带来的帮助。2019年夏天，我开始尝试新的方法，那就是把我的穿搭拍成视频在网上分享。

我做穿搭大都是"傻瓜式"主题，会有一些很简单的口号，比如"上宽下窄、上窄下宽"。观众一听就明白，然后马上就能上手自己搭配。这些干货内容迅速吸引到很多粉丝，在2019年"双11"前，我的粉丝人数就达到了300万。同时，我又在淘宝店后台做很多功夫，团队也搭建起来：买手、运营、美工、客服、设计师、制版师、样衣工、仓库，一支新式的淘宝队伍迅速成长起来，慢慢成规模。在淘宝上，这种视频化、强交互的生活方式分享，正在形成一波红利，这被我给赶上了。2019年的"双11"，我的销售额就达到几千万元。

其实我的理解是，红利也是自己创造的，平台和参与者之间，是一种共生的关系，相互成就的关系，而这种互动关系的潜力是无穷的。理论上，只要平台这个机制、基础设施在这里，红利就是无限的。这是一个可以无中生有的地方。

"村花"不是一日炼成的

皖南小山村的妇女崔云从没想过,帮别人买东西也能出名。

她曾用10年时间,在淘宝、天猫上购物,攒下了4000多分淘气值,成功打败了全国99.9%的用户,成了88VIP会员的Top10,她还得到了阿里巴巴集团授予的"帮全村买买买奖"称号,以及一份礼物——8888枚鸡蛋。

4000多分的淘气值,非一日之功,也非她一人之力。她的淘宝账号背后,是村里数百名留守妇女和老人。无论他们有怎样的网购需求,衣服、帽子、洗衣粉、纽扣、缝衣针……崔云都能帮他们实现。

8月,皖南连空气都是火辣辣的,在安徽省旌德县东山村,无论多热,崔云都打扮得精精神神的,她爱穿高腰连衣裙,戴白色小花长耳坠,显高挑。崔云有"村花"的名头,不是村花的"花",是会花钱的"花"。

崔云会花钱,特别是在手机上,这一点村里村外都知道。每天下班,崔云就开始她更重要的工作——网购,外人若来家里,她会指着客厅里的家电、家具和摆件说,这些全是她从网上买来的。

按这个买法,家里早该入不敷出了,但崔家的日子过得还不错。仔细一问才得知,崔云并非乱买,她在网上花费最多的,都是餐巾纸、牛奶、衣服等生活必需品。

东山村也有小卖部，洗衣粉、肥皂、酱油、方便面，杂乱地陈列着二三十种商品，可选范围不多。但如果村民们打开翠云的手机，马上就会迎来一个琳琅满目的世界，东西多，还便宜，5升的金龙鱼菜籽油比小卖部便宜10元，奥妙洗衣粉便宜8元。

崔云给村里妇女、老人当代购，让村里的人也能用上大城市里的品牌，还能节省不少生活费。这样一年下来，她在淘宝上花掉20多万元。

"村花"也不是一日炼成的。

2007年，刚毕业的崔云嫁到东山村，在当地卫生院当护士，最初用淘宝是给自己买东西，买衣服、包包，抢购奶粉。

没多久，她兼任东山村干部，平日里多了许多走访，崔云热情大方，见人就嘘寒问暖。逐渐地，就有同龄妇女拉住崔云问，裙子好看："哪里买的?"这便是崔云代购的开始。

一来二去消息就传开了，留守老人们也找上门，小到肥皂，大到食用油，一律都要网购。大家也爱凑"双11"热闹，一个晚上让崔云下40多单。

崔云不仅帮忙买，还包送货到家，从快递站领回包裹，她又骑着电动车，带着女儿挨家挨户地送。这个过程，分文不收。

前前后后，崔云帮村里400多个人买过东西，这期间，也有老人学会自己使用淘宝，有人却是一直离不开她，即便她已不在村里任职，依然对她信任如故。

"村花"的名声可不是白得的，崔云网购很有一套。

她在微博上关注了许多推送优惠券的网络大V，对平台活动一清二楚。哪里有优惠券，拆开下单还是合并购买更合算，没人比她更懂。商家再烦琐的规则，也比不上崔云的精打细算。

作为一个购物者，责任心也很重要，每收到一个包裹，她都及时签收，并认真写评价，攒下的淘气值又是给老人们代购的基础。

有人问过崔云："图啥呢"?

她答："这是我的乐趣。"

零下 25 摄氏度的无畏穿行

当中国大多数地方已经苏醒时，中国极北之地漠河仍被漆黑的夜幕笼罩。25 岁的女快递员吕慧换上防滑钉鞋，披上皮袄，走出温暖的房间，在刺骨的寒冷中摸索着上路。

冬天的漠河，白天很短暂，吕慧和她的同事们，在一片漆黑里开始一天的忙碌，作为菜鸟裹裹的快递员，她的日常工作是上门收快递和打包寄件。由于纬度高，冬日漠河白天只有五六个小时，吕慧总是黑天出门，黑天回家，日日如此。

在漠河，南方人惊叹的泼水成冰，每刻都能发生；室外空气寒冷，棒冰和蔬菜都可直接放在院子冷冻，比冰箱的制冷效果还好；在室外，吃泡面时间不宜过长，因为面和汤很快会被冻住。

花式御寒是当地人的必备技能，对户外工作者则是更大考验，25 岁的吕慧成了中国最抗冻的女快递员，她与丈夫一起，已在漠河走街串巷 7 年，守候当地电商生活的最后一公里。

在这个冰雪世界里，菜鸟裹裹漠河站以一种奇异的方式，让这里的居民和世界建立联系。快递站看上去并不起眼，服务却覆盖 40 多个小区、2 个屯和北极村，近 4 万人享受着便利的快递。

站里有3名快递员，吕慧年纪最小。身为女性，她干活儿一点不比男同事少：日均上门收件30多单，打包寄出六七十件，高峰期则能超过100单。

每天都忙不过来，收件、寄件，回到快递站又马不停蹄地打包，工作时间里几乎没得歇。她也时常念叨，自己主业本来是负责寄快递，因为人手不足，她什么都做。提起在漠河当快递员的感受，吕慧笑着说了句：与寒冷做斗争。

电瓶车比人还怕冷，充电10小时，7点出门，10点就跑空了，快递员出工时总要带着两组电池，即便如此也会不顶事，电瓶罢工的时候，只能步行上门。

手机也怕冻，为避免没电关机，手机都要贴身带着，用体温焐着。吕慧随身揣着几个暖宝宝，不是给自己用，而是用来暖手机，防止休眠。打电话也要快，用最简单的话把意思说完。

徒步取件更不简单，冰雪路面，吕慧每上门取一个快递至少要行走20分钟，一天要走4万多步。在漠河，睫毛结冰，口罩结冰，都是平常事，吕慧出门一次，回来头就白了，漠河最冷时能到零下50摄氏度。

冰雪路面打滑也让吕慧吃了不少苦头，在漠河，人们用盐清雪，雪遇盐即化，但会在地面形成冰层，即便穿上防滑钉鞋、给电瓶车换上雪地轮胎，摔跤、翻车还是免不了。

吕慧丈夫也在站点送件，一不小心摔了一跤，连人带车躺在地上，爬起来还来不及检查身体，就扶起车，把摔出去的快递一件件捡回来，送完东西晚上回家才发现，这一跤摔得可不轻，两个月都没恢复过来。

尽管困难重重，从小在漠河长大的吕慧却并不喊苦喊累，在她眼中，这些事都挺平常。有时走在外面觉得身上冷，她就跑起来，有次在站点门口摔倒，又痛又羞，本能反应仍是去抓快递，事后还去调监控看"自己摔得到底有多丑"。

唯一让她不开心的是，总在风雪里出入，手会冻得红肿，看起来已不像平常女孩那般细腻柔软，她总想着给自己置办一双更好的手套。庆幸的是，手虽冻得不美了，最坏的事却未发生——漠河人冬天光手摸车把，会被冻得粘住，需要浇烫水才能化开。

吕慧平时会接触许多老年人，在外打拼的年轻人给家里父母寄东西，不好用的要退单，吕慧又得再上门跑一趟。

当地人也越来越习惯在网上买东西，天寒地冻时不方便出门，快递员就成了必不可少的存在，有人甚至调侃，在漠河，快递员的暖好比上炕。因为常年都穿蓝色工装在风雪里穿梭，大家还给菜鸟快递员一个诙谐的称呼：蓝朋友。

漠河是旅游胜地，冬天是旺季，吕慧也跟着忙起来。在以往，游客只能拎着大兴安岭的土特产上车，后来可以邮寄了，却还是免不了受冻，要拎着东西去邮局。

吕慧们的出现，彻底解决了这些烦恼，无论东西多少，他们都会上门取件。自此，来漠河的游客都能享受特殊待遇，人还没到家，买的土特产却先到了。能带的东西多了，方便了，也间接造福了当地卖家，旅游业越发兴盛。

漠河的网红们也因此受益，他们在雪原做直播，通过淘宝把大兴安岭的土特产卖到更远的地方，既活跃了当地经济，也增加了农民收益，而这群抗冻的快递员，就是一切的基础。

吕慧的婆婆是典型的"山货人"，每年夏天她都上山采蘑菇，晾干加工后通过电商卖出去，一年下来能挣上万元。

每天披星戴月奔波在路上，吕慧失去了很多个人生活，却也得到足够多的回报。她的收入比当地平均工资高出1000多元，夫妻两人都送快递，生活又可以更"阔"一些，他们很快就在当地买下了一套小房子。

同样是25岁的年纪，当城市女孩出入亮堂的写字楼，谈论下午茶应该选择咖啡还是奶茶时，吕慧和她的同事们却正奔波在风雪中，为冰雪之地与现代世界之间照亮最后一段暗路。

盲人云客服：黑暗里的光

冯家亮打开电脑的音响，密集的机器读音灌满房间，那声音极快，像机枪射出子弹，远超常人听力极限。

他面对灰暗的屏幕，稍微低头，侧耳，脸上神情异常专注。随即，他从一长段语音里提取到关键信息，开始敲击键盘回复，全程双眼紧闭。

机器读音再次变得密集，这次是在辅助他打字，实时播报输入结果，以便及时修正，从而拼出准确的句子。

8岁那年，冯家亮知道，自己会在20岁以前失去所有视力。不幸提早到来，到30岁时，他已在黑暗世界里生活了15年。

现在他是一名阿里云客服，日常工作就是借助"读屏软件"操作电脑，为公司客户提供咨询。因为只能通过声音获取信息，他的耳朵异常灵敏，甚至可以同时应对4名以上客户。

在冯家亮看来，这份工作极好。职业稳定，正常下班，拥有周末，属于自己的时间很充足。闲暇时，他喜欢摸索着出门走走，听些不同的声音；或者待在宿舍，读莎士比亚和鲁迅的文章。

中国视障群体约1730万人，他们的就业率远低于一般残障者。据2012年的一项数据显示，视障群体的就业率不足30%。在社会各界的共同关注下，近年来，视障群体的就业率有所提高。

推拿是视障者的"第一职业"，在一些城市，推拿占盲人就业的96%。

在关注视障群体的公益人士看来，推拿既是视障者的福祉，也是他们的牢笼。

数年如一日地局限在狭小空间，每天工作普遍超12小时。推拿的"统治"现状，折射出视障群体就业的多元化困境，它既是"第一职业"，也几乎是"唯一职业"。

而作为全国第一位全盲的云客服，冯家亮正在蹚出一条不同的路。

"读那么多书有什么用，反正你以后只能做推拿"

河南商丘，平原上的一个村庄，冯家亮出生即患有先天白内障，一场失败的手术后，转为青光眼。病情持续恶化，8岁那年，医生给出了宣判，他站在父母身边听到：20岁以前，他会彻底失明。

少年时，他尚有光感，虽混沌一片，但能分清颜色。年幼的家亮知道，世界对他来说，看一次，就少一次。

因此他对"看见"本身极为珍惜，他喜欢光亮的东西。正午酷烈的太阳，他可以仰头一直盯着；夕阳则要从头看到尾，持续两三小时，直到紫色与蓝色的晚霞消失；月亮看得多了，根据方位与圆缺，可以推断农历的日子。

"读"书是没有可能的，堂哥堂姐也没有耐心一直帮忙。学会盲文后，他就像抓住了救命稻草，夜里睡觉都抱着盲文书。

为了不被玩伴抛弃，他愿意做最危险的事，10多米高的树，别人怕高不敢爬，他摸着树干就往顶上蹬，只为博得几声喝彩。

冯家亮心思单纯，很晚才意识到自己不一样。有年过春节，母亲和婶婶带孩子们上街买新衣服，冯家亮也跟着一起挑，堂哥却忽然说："家亮不用买啊，反正他也看不见!"这句话，永远印在他的脑中。

让冯家亮觉得不一样的还有推拿。他酷爱读书，却招来嘲笑："读那么多书有什么用，反正你以后只能做推拿。"从那时起，他就极度反感推拿，暗自发誓以后绝对不做，想赌这口气。

15岁那年的冬天，冯家亮的眼睛开始胀痛，视线变红，他请假回家休养。

那是一个清晨，冯家亮起得早，听说会下雪，他想出来看看，即便只能看见一团模糊的白色。他摸索着从房间走出来，场院里依然漆黑一片。

他知道母亲在厨房，于是高声问："妈，现在几点了啊，天怎么还没亮？"母亲的声音从厨房传来："8点过了啊，天早就亮了。"

冯家亮不再说话，长久地立在原地，之后又找地方坐下，一整天都没有开过口。第二天早上起来，他找出自己的盲文书，一个一个摸着那些凸起的点，连读两天。

他知道，从此以后，他的世界，再也不会亮了。

难以走出的推拿店

盲文，从此成为冯家亮缓解痛苦的药，他阅读手边能抓到的所有文字，盲校里的各种书籍，文学书、科技书，甚至连广告也读得津津有味。

盲校毕业，他揣着文凭毅然践行誓言：不做推拿。他从贵州坐火车到北京，投简历也会写明：我是盲人。无数简历石沉大海后，终于有家保险公司愿意给他面试机会。

整理好着装，提前数个小时出门，用手机导航，辗转问路，终于找到公司地址，他想告诉未来雇主，他能行。

几经波折，他总算得到了和正常人一起工作的机会——电话销售。他做得比正常人出色，在业内，连续两月不出单都很正常，他却每月都有单，平均打1万个电话出一单。他的机敏也在生活中展现，同事开他玩笑，问怎么把饭送到嘴里，冯家亮反问：你们吃饭时看得到自己的嘴？

勤奋与机敏却未能带来职业发展。他工作的第一家公司倒闭了，第二家公司也倒闭了，他辗转回到了南方，卖禽类饲料。

拥有法学专业背景的视障者薛玲珑，也有着类似的坎坷。毕业之后，她在城市里坚持过3个月，有公司给过她工作机会，过去才发现，是一场骗局。

大学生薛玲珑只好回到家乡县城，进入一家水果包装厂上班，主要工作是分拣苹果，烂的挑出来，不同大小与成色的再分类，每天在一个环形工作台里站12个小时。

这份工作对她"挑战"很大，分拣水果主要靠眼睛，而她仅有微弱的视力，别人一看便明白，她则要举到眼前用力辨认。成为云客服之前，沉默是薛玲珑的常态，整天不开口说一个字，也没有一个朋友。

来自山西农村的张龙，也体验过绝大多数视障者的经历。因为先天性小角膜，他近视3000度。上学时，即便坐最前排，还是看不清黑板上的任何字。他借来同学笔记，凑到眼睛前，一个字一个字看，所花时间比别人多数倍。坚持到初中毕业，虽然成绩"还可以"，但仍被送去盲校学推拿，"很不甘"地认命。

盲校毕业后，这位1993年出生的年轻人，在推拿店一干就是6年。

他很少踏出推拿店，每天工作超过12个小时，不是在睡觉，就是在推拿，有时甚至分不清现实与睡梦，推拿时迷迷糊糊，而梦中也仿佛在做着推拿。

周末的概念是不存在的，时间变回它本来的样子，像一根拉平的直线，日日重复，没有尽头。

"觉得自己活得就像机器，哦，不对。"张龙试图纠正，"像木偶。"

黑暗中的一点光亮

就像当年盲文给他带来的光亮，冯家亮也惊奇于互联网对视障群体生活的改变。

早在2011年，淘宝的几名工程师便牵头，自发成立了信息无障碍实验室。此后，从PC端到移动端，从淘宝到天猫、飞猪、高德地图、支付宝、钉钉等，无障碍设计逐渐成为众多阿里系产品的标配，为视障者在网上修建了一条条"盲道"。

由于身体上的不便，许多视障者极少走出家门，更遑论从容地购物，互联网成了他们眼睛和手脚的延伸。在技术的加持下，越来越多视障者走出了信息的孤岛。如今，每天有高达30万的视障群体在淘宝上消费。

冯家亮甚至一度过起了足不出户的生活，所需的绝大部分东西都可以通过淘宝让快递员送到他的门前。

时代的变化也作用在其他视障者身上。张龙可以在网上买到学习针灸的材料，薛玲珑则第一次在淘宝上帮家里买了全自动洗衣机。

只是他们都想不到，有一天，自己也会进入这个改变了视障者生活的庞大体系中。

2019年4月，冯家亮、薛玲珑、张龙经过层层考核筛选，来到位于宁波的一个云客服基地接受培训，成为阿里巴巴云客服。

这是一个庞大的群体，他们来自全国各地，通过网络远程办公，只需一根网线，就能让出行不便的残障人群实现在家就业。

在岗云客服中，残障云客服占比超过两成。其中的全职者月收入超过3000元，高者可月入万元。

然而，盲人当云客服前所未有，它对所有人来说都是挑战与冒险。

薛玲珑辞去了水果分拣工作，她甚至放弃残联给予的每月1500元补贴，她想活得跟正常人一样，靠自己的能力挣钱；张龙也离开待了6年的推拿店，从零开始学习；冯家亮则在接近30岁时再次换工作。

一切都还有待试验

冯家亮差点就放弃了。作为一名云客服，他需要完成严格的身份注册，问题出在面部识别的眨眼环节，冯家亮眼睛全盲，无论如何都没法注册。

好在为云客服提供支持的阿里技术团队效率很高，发现这一问题后很快便拿出了解决方案，进入6月，冯家亮开始"暴走"工作。

他将读屏语速调到最快，出来的声音，像一连串密集扫射的机枪子弹，正常人一个字都听不清，他却能快速准确地提炼出信息要点，同时为4名客户提供服务，且从不出错。

但困难还是比他们预想的要多。

视障者使用电脑多依靠读屏软件，但读屏软件与云客服所使用的部分软件不兼容，导致有些时候屏幕上的信息读不出来。

这个过程中，张龙发挥了很大作用。他开始担任读屏插件的测试员，提供反馈意见和视障者顺手的操作路径，配合阿里巴巴的程序员完善软件。经历7次迭代，一款适合视障云客服使用的专属读屏插件终于越来越完善。

弱视者也有特殊的困难。薛玲珑不用借助读屏软件，但她需要"放大镜"，将页面字体放大，且要把眼睛贴到距离屏幕仅仅几厘米。她每获取一点信息，都要付出比正常人多得多的艰辛，脖颈长时间向前伸，导致肌肉一直处于紧张状态，很容易疲劳。

更大的问题则在于人。视障者社交狭窄，没有频繁与陌生人打交道的经验。而客服偏偏是各种麻烦的汇集处，更是情绪的爆发口。薛玲珑最初不得不承受一些抱怨甚至谩骂，她因此变得急躁、心情低落，困惑于人为何不能相互理解。

那段时间，坐在隔壁的张龙给了她许多宽慰与鼓励。每当薛玲珑变得急躁时，张龙就会摸索着走过来，伸手摩挲她的头，轻轻说一句："不要着急，慢慢来。"

在视障者之间，触摸的意义不同于正常人，他们无法用眼神交流，他们靠触摸传达鼓励与信任。

重新回到这个世界

薛玲珑还记得那个夜晚，张龙忽然发来信息："要不要出去走走？"薛玲珑矜持地问："有什么事吗？"对方回："也没什么事，就想和你一起走走。"

在一起后，两人会去看电影，即便坐在最前排，他们仍然看不清屏幕，只能靠声音推想电影画面。张龙很难得到完整的观影体验，他的快乐在于陪伴，两个人在一起做这件事，很快乐。

他们都渴望感受生活的丰盈。两人会一起出去旅行，看不清的字就用手机拍下来，放大，再凑到眼前看。十一假期，他们一起去了舟山，一路牵着手，从霓虹闪烁的街头走过，去大海边，听波涛起伏。

在这个特殊的云客服基地里，很多变化正在发生。

从事云客服工作以后，薛玲珑一反之前在工厂分拣苹果时的状态，几乎每周都给家里打电话。

每次和父母通话、视频，她总要聊上半个小时，说她的工作，说她的生活琐事，还让做农活的妈妈对美妆产生了兴趣。她在淘宝上给爸妈买东西，200多元的西服寄回去，爸爸嘴上说贵，却走哪都穿着。

像薛玲珑一样，云客服基地的视障伙伴们，也渐渐走出孤岛状态。有了测试员的经历后，张龙开始接触编程，正在熟悉更多编程语言与操作；而云客服也给了冯家亮新的启发，他时常坐在黑暗里构想创业计划，希望将来也能做一个这样的云客服基地，让更多的视障者看到新的可能。

基地里的女孩们也喜欢逛街，买衣服和饰品。以往，薛玲珑从未买到过称心如意的耳环，因为她看不清镜子里的自己。成为阿里云客服之后，她不再为这件事情困扰，因为同伴就是她的镜子。

那是一个奇特的画面，光线明亮的商场里，薛玲珑摸着耳垂，将耳环带上，几个同伴则围绕在她身边，她们用手提起玲珑的耳垂，脸几乎贴拢，柔软的呼吸落在她的脖子上。她们看得很认真，这个说好看，那个说不行，最终总会挑到满意的。

夜幕降临，在云客服基地所在的宁波工程学院里，一整栋宿舍楼的房间相继亮灯，只剩一间仍然晦暗、静谧。冯家亮从椅子上站起来，摸索着推开通往阳台的门。瞬间，外面的喧哗涌进来，冯家亮尖利的下巴轻微一紧，不自觉地笑起来。

他走到阳台，摸到涂有绿色油漆的栏杆，头稍微抬起，专注听着外面的声音。"有人进球了！"他忽然开口说，脸上露出灿烂的笑容，语气既天真又充满底气。

确实如此，离宿舍楼最近的场地，学生们正在重新开球。"我就追着一个球的声音，如果它停得太久，就是进了重发。"

这是冯家亮的日常娱乐，他喜欢听这个世界，早晨清脆的鸟叫，傍晚热闹的球场，或是寂静午后，他长久地倚靠在阳台边等待着——飞过天空的飞机。

图书在版编目（CIP）数据

　　造梦者：淘宝上的100张面孔 / 天下网商编．—杭
州：浙江人民出版社，2021.7
　　ISBN 978-7-213-10141-0

　　Ⅰ．①造… Ⅱ．①天… Ⅲ．①故事–作品集–中
国–当代 Ⅳ．①I247.81

　　中国版本图书馆CIP数据核字(2021)第097483号

造梦者

　　——淘宝上的100张面孔

天下网商　编

出版发行	浙江人民出版社 (杭州市体育场路347号　邮编　310006)
	市场部电话：(0571)85061682　85176516
责任编辑	余慧琴
责任校对	何培玉
责任印务	陈　峰
封面设计	毛勇梅　邱丹艳　陈耀辉
电脑制版	杭州兴邦电子印务有限公司
印　　刷	浙江印刷集团有限公司
开　　本	710毫米×1000毫米　　1/16
印　　张	22.5
字　　数	334千字
插　　页	6
版　　次	2021年7月第1版
印　　次	2021年7月第1次印刷
书　　号	ISBN 978-7-213-10141-0
定　　价	98.00元

如发现印装质量问题，影响阅读，请与市场部联系调换。